DEAN R. KOONTZ

SCHLÜSSEL DER DUNKELHEIT

Das Buch
Zürich 1968: Ein Gruppe von Wissenschaftlern vollendet das Projekt »Mitternacht« – eine teuflische Form der totalen Gedankenkontrolle. Und eine schreckliche Waffe in den Händen von Verschwörern.
Japan 1978: Der amerikanische Millionär Alex Hunter ist nicht nach Kyoto gekommen, um sich zu verlieben. Aber Joanna Rand ist die schönste, aufregendste Frau, die ihm je begegnet ist. Eine Frau mit einem undurchdringlichen Geheimnis: Alex glaubt in ihr die Tochter des Senators wiederzuerkennen, die vor zehn Jahren spurlos verschwand. Die Frau, die er liebt, ist nicht die Frau , die sie zu sein glaubt. Auf der Suche nach ihrer wahren Identität stoßen Joanna und Alex auf das Codewort »Mitternacht« – Schlüssel zu einer weltweiten Konspiration.

Der Autor
Dean R. Koontz, 1946 in Bedford/Pennsylvania geboren, besuchte das Shippensburg State College und nahm 1966 eine Lehrerstelle in Appalachia an. Wenig später heiratete er und veröffentlichte seine ersten Roman und Kurzgeschichten. 1976 zog er mit seiner Familie nach Orange County/Kalifornien. In mehr als 20 Jahren schrieb Koontz 55 Bücher, die in einer Weltauflage von 60 Millionen Exemplaren in 18 Ländern verbreitet sind. In der Reihe Heyne Jumbos sind bisher erschienen: *Mitternacht* (41/21), *Zwielicht* (41/29) und *Die Kälte des Feuers* (41/32). Als Heyne-Taschenbücher liegen vor: *Unheil über der Stadt* (01/6667), *Wenn die Dunkelheit kommt* (01/6833).

Erster Teil

JOANNA

Ein Geräusch;
Die Vogelscheuche
Ist in sich zusammengefallen.

Bonchô, 1670–1714

1

Joanna Rand tappte im Dunkeln zum Fenster und starrte lange hinaus, nackt, am ganzen Leibe zitternd.

Der kalte Wind von den fernen Bergen rüttelte an einer losen Fensterscheibe.

Um vier Uhr morgens herrschte in Kyoto tiefe Stille, sogar hier in Gion, dem Vergnügungsviertel mit seinen Nachtklubs und Geisha-Häusern. Eine unglaubliche Stadt, dachte sie, tausend Jahre alt und doch ewig jung. Kyoto, das spirituelle Herz Japans, war ein faszinierendes Gemisch aus Neonlichtern und alten Tempeln, Plastik und kunstvoll gemeißeltem Stein, aus Scheußlichkeiten moderner Architektur neben Palästen und Schreinen, die im Laufe der Jahrhunderte durch heiße, feuchte Sommer und kalte, feuchte Winter verwittert waren. Es war eine Metropole, deren wundersame Kombination aus Tradition und neuen Kulturformen Joanna stets ein Gefühl für die Kontinuität der Menschheit vermittelte und ihren mitunter schwankenden Glauben an die Bedeutung des Individuums stärkte.

Die Erde dreht sich um ihre Achse und umkreist die Sonne, die Gesellschaft verändert sich ständig, die Stadt wächst, die Menschen zeugen immer neue Generationen, und ich werde wie alle anderen einfach weitermachen, sagte sie sich. Das war ein tröstlicher Gedanke, wenn die Dunkelheit sie umfing, wenn sie allein war und diese undefinierbare Angst, die sie jede Nacht überfiel, ihr den Schlaf raubte.

Obwohl sie sich inzwischen etwas beruhigt hatte, war sie keineswegs erpicht darauf, wieder zu Bett zu gehen. Ihre schmalen Hände zitterten noch immer, allerdings nicht mehr so stark wie zuvor, als sie in einen rotseidenen Morgenrock und Pantöffelchen schlüpfte.

Sie fühlte sich mißbraucht, benutzt und weggeworfen, so als hätte jene Figur aus ihrem Alptraum irgendwie reale Gestalt angenommen und sie im Schlaf wiederholt brutal vergewaltigt. Sie spürte sogar einen Schmerz zwischen ihren Schenkeln, so als existierte dort tatsächlich eine Wunde.

Der Mann mit den Stahlfingern greift nach der Injektionsspritze ...

Das war die einzige Szene aus dem Alptraum, an die sie sich

erinnerte, aber dieses Bild hatte sich ihr in allen beklemmenden Einzelheiten eingeprägt. Sie hatte die Struktur jener Metallfinger deutlich vor Augen, sie sah die Lichtreflexe an den Fingerkuppen und hörte das leise Quietschen der Scharniere.

Joanna schaltete die Nachttischlampe ein und schaute sich in dem vertrauten Raum um. Es gab nicht das geringste Anzeichen für einen Eindringling, und es gab auch keine fremden Gerüche, aber sie fragte sich dennoch, ob sie wirklich die ganze Nacht über allein hier gewesen war.

Ein kalter Schauer überlief sie.

2

Joanna ging die schmale Treppe hinab und betrat ihr Büro im Erdgeschoß. Sie machte Licht, blieb in unmittelbarer Nähe der Türschwelle stehen und blickte sich hier genauso aufmerksam um wie zuvor in ihrem Schlafzimmer. Die Messinglampe tauchte Bücherregale, Rattanmöbel und Reispapierbilder in weiches Licht und zauberte die reizvollen Silhouetten der eingetopften Palmen an die gegenüberliegende Wand. Alles war in Ordnung.

Auf dem Schreibtisch häufte sich wie immer der zu erledigende Papierkram, aber Joanna war jetzt beim besten Willen nicht in der Verfassung für solche Arbeiten. Was sie brauchte, war ein Drink.

Die äußere Tür des Büros führte in den mit weichen Teppichen ausgelegten Bereich der langen Cocktailbar der Moonglow Lounge. Im Klub war es nicht völlig dunkel: Zwei Nachtlampen brannten über den bläulichen Rauchglasspiegeln hinter der Bar, und an jedem der vier Ausgänge verbreiteten grüne Birnen ein gespenstisches Licht. Joanna konnte nicht nur die Barhocker sehen, sondern auch den dahinter liegenden Hauptsaal mit seinen 60 Tischen, 200 Stühlen und der kleinen erhöhten Bühne. Auch hier herrschte tiefe Stille.

Joanna ging hinter die Bar und schenkte sich ein Glas trockenen Sherry auf Eis ein. Sie nippte daran, seufzte – und wurde plötzlich gewahr, daß sich in der offenen Tür zum Büro etwas bewegte.

Mariko Inamura, ihre im Haus lebende Sekretärin und Stellvertreterin, war ihr nach unten gefolgt. Mariko trug einen schweren braunen Bademantel, der ihr mindestens zwei Nummern zu groß war, uneitel wie immer; ihre schwarzen Haare, die tagsüber mit zwei Elfenbeinnadeln hochgesteckt wurden, fielen ihr jetzt offen über die Schultern. Sie nahm auf einem der Barhocker Platz.

»Möchtest du auch einen Drink?« fragte Joanna.

Mariko lächelte. »Etwas Wasser wäre nicht schlecht.«

»Trink doch etwas Stärkeres.«

»Nein, danke. Nur Wasser.«

»Du willst wohl, daß ich mir wie eine Säuferin vorkomme.«

»Du bist keine Säuferin.«

»Danke für diesen Vertrauensbeweis«, sagte Joanna, »aber ich weiß nicht so recht. Inzwischen scheine ich jede Nacht um diese Zeit hier an der Bar zu landen. Und nicht etwa, um Wasser zu trinken.« Sie stellte ein Glas auf die Theke.

Mariko drehte das Glas langsam in ihren Händen, ohne daraus zu trinken. Joanna betrachtete sie bewundernd. Mariko besaß eine natürliche Anmut, die sogar die alltäglichste Handlung in ein kurzes Theaterstück verwandelte. Sie war mit etwa dreißig in Joannas Alter und ausgesprochen hübsch, mit großen dunklen Augen und zarten Gesichtszügen. Sie selbst schien sich ihrer Schönheit nicht bewußt zu sein, und vielleicht ließ gerade dieser völlige Mangel an Einbildung sie besonders anmutig erscheinen.

Sie hatte die Arbeit in der Moonglow Lounge eine Woche nach der Eröffnung des Nachtklubs aufgenommen. Dabei war es ihr nicht nur um das Gehalt gegangen, sondern genauso um die Gelegenheit, im Umgang mit Joanna ihre Englischkenntnisse zu verbessern. Sie hatte keinen Hehl aus ihrer Absicht gemacht, sich nach ein oder zwei Jahren um eine Stellung als Chefsekretärin bei einer der großen amerikanischen Gesellschaften mit Filialen in Tokio bewerben zu wollen. Doch mittlerweile waren sechs Jahre vergangen, und Tokio schien auf sie keinen Reiz mehr auszuüben, zumindest nicht im Vergleich mit ihrem hiesigen Leben.

Das Moonglow hat auch Mariko in seinen Bann gezogen, dachte Joanna. Dem Klub gilt jetzt ihr Hauptinteresse, auch wenn er nicht ihren einzigen Lebensinhalt darstellt, wie das bei mir der Fall ist.

Außerdem hatte sich zwischen ihnen erstaunlicherweise eine geradezu schwesterliche Zuneigung entwickelt. Keine von ihnen schloß leicht Freundschaften. Mariko war warmherzig und charmant – aber dennoch äußerst zurückhaltend und schüchtern für eine Frau, die in einem Nachtklub in Gion arbeitete. Sie hatte etwas von der stillen, in sich ruhenden Japanerin vergangener Zeiten an sich. Im Gegensatz dazu war Joanna lebhaft, temperamentvoll und kontaktfreudig. Sie kam fast mit jedermann gut zurecht, aber es fiel ihr schwer, jene Nähe zuzulassen, die eine Grundvoraussetzung für jede Freundschaft ist. Und weil Freundschaft für sie etwas so Seltenes war, hatte sie alles getan, um Mariko zu halten. Sie hatte nicht nur das Gehalt der Japanerin alljährlich erhöht, sondern ihr auch immer mehr Verantwortung im Management des Moonglow übertragen, und Mariko hatte sich durch harte Arbeit revanchiert. Ohne daß jemals darüber gesprochen worden war, hatten beide Seiten beschlossen, daß eine Trennung weder wünschenswert noch notwendig sei.

Aber warum ausgerechnet Mariko? fragte sich Joanna. Warum habe ich gerade sie zu meiner besten Freundin auserkoren? Nun ja . . . weil absolut keine Gefahr besteht, daß Mariko jemals neugierig wird und allzuviel über mich herauszufinden versucht.

Dieser Gedanke überraschte Joanna. Sie konnte sich selbst nicht verstehen. Was könnte Mariko denn schon herausfinden? Sie hatte doch nichts zu verbergen, hatte keine Geheimnisse.

Mit ihrem Glas Sherry in der Hand setzte sie sich neben Mariko auf einen Barhocker.

»Du hast wieder jenen Alptraum gehabt«, stellte Mariko fest.

»Es ist nur ein Traum . . .«

»Ein Alptraum«, beharrte Mariko. »Derselbe wie in tausend anderen Nächten, stimmt's?«

»Wie in zwei- oder dreitausend. Habe ich dich aufgeweckt?«

»Er war schlimmer als sonst.«

»Nein, wie immer.«

»Glaubst du, mir einen Bären aufbinden zu können?«

»Also gut«, gab Joanna zu, »er war schlimmer als gewöhnlich. Tut mir leid, daß ich dich geweckt habe.«

»Ich mache mir Sorgen um dich«, sagte Mariko.

»Dazu besteht kein Anlaß. Ich bin zäh.«

»Hast du wieder den Mann mit den Metallfingern gesehen?«

»Ich sehe nie sein Gesicht«, murmelte Joanna müde. »Ich sehe immer nur diese Hand, diese schrecklichen Stahlfinger. Zumindest ist dies das einzige, woran ich mich erinnern kann. Ich nehme an, daß ich in dem Alptraum viel mehr erlebe, aber beim Aufwachen vergesse ich offenbar das allermeiste davon.« Schaudernd trank sie einen Schluck Sherry.

Mariko legte eine Hand auf Joannas Schulter und drückte sie beruhigend. »Du weißt doch, ich habe einen Onkel, der . . .«

»Hypnotiseur ist«, vollendete Joanna ihren Satz.

»Er ist Psychologe«, korrigierte Mariko. »Arzt. Er wendet Hypnose an, um ...«

»Ich habe schon mindestens ein dutzendmal alles über ihn gehört«, fiel Joanna ihr ins Wort. »Ich bin wirklich nicht interessiert.«

»Er könnte dir aber helfen, dich an den vollständigen Traum zu erinnern. Er könnte dir helfen, in deine Vergangenheit zu blicken und die Ursache dieses Alptraums herauszufinden.«

Joanna starrte auf ihr Spiegelbild hinter der Bar und sagte nach längerem Schweigen: »Ich glaube nicht, daß ich die Ursache jemals erfahren will.«

3

Alex Hunter dachte bei sich, daß seine Angestellten in den USA sehr erstaunt über sein Verhalten wären, wenn sie ihn beim Abendessen in der Moonglow Lounge sehen könnten. Sie kannten ihn als anspruchsvollen Chef, der Perfektion erwartete und sich sehr schnell von Mitarbeitern verabschiedete, die seinen Forderungen nicht gerecht werden konnten. Sie kannten ihn als allzeit gerechten, aber unnachsichtigen Mann, der höchst selten Lob spendete und mit scharfer Kritik nicht sparte. In Chicago galt er als reserviert und schweigsam, als ein Mann, der selten lächelte. Er wurde respektiert und von vielen beneidet, aber er war alles andere als beliebt. Und deshalb würden seine Leute ihren Augen kaum trauen, wenn sie ihn hier liebenswürdig mit den Kellnerinnen plaudern und strahlend lächeln sähen.

Er erweckte nicht den Eindruck, als könnte er jemanden umbringen, und doch hatte er zwei Menschen ins Jenseits befördert. Einen Kerl namens Ross Baglio hatte er mit sechs Kugeln in die Brust getötet, und bei einer anderen Gelegenheit hatte er einem Mann mit dem zersplitterten Ende eines abgebrochenen Besenstiels die Kehle durchbohrt. Allerdings hatte er beide Male in äußerster Notwehr gehandelt. Jetzt sah er wie ein eleganter Geschäftsmann auf Urlaubsreise aus.

Seine gute Laune hing in hohem Maße mit der fremdartigen Kultur zusammen, die sich so sehr vom *American way of life* unterschied. Die freundlichen und höflichen Japaner inspirierten einfach zu einem Lächeln. Alex hielt sich erst seit zehn Tagen in ihrem Land auf, aber er konnte sich an keine andere Zeit seines Lebens erinnern, in der er sich auch nur halb so entspannt und ausgeglichen gefühlt hätte wie jetzt.

Natürlich trug auch das Essen zu seinem Wohlbefinden bei. Eine Besonderheit der japanischen Küche bestand darin, daß sie sorgfältig auf die jeweilige Jahreszeit abgestimmt wurde. Zudem legte man größten Wert auf die Farbzusammenstellungen der einzelnen Speisen, die ihrerseits wieder mit Farbe und Muster des chinesischen Porzellans harmonieren mußten. Der Küchenchef des Moonglow war offenbar ein Meister seines Fachs, denn das Abendessen war geradezu ideal für einen kühlen Spätnovembertag. Auf einem zierlichen Holztablett stand ein weißer Porzellantopf, der dicke Scheiben *daikon*-Rettich, rötliche Tintenfischhappen und *konnyaku,* ein geleeartiges Gericht aus Teufelszunge, enthielt. In einem grünen Schälchen befand sich heißer duftender Senf, in den jede Delikatesse getunkt werden konnte. Auf einer großen grauen Platte standen zwei schwarzrote Schüsseln, eine mit Pilzsuppe, die andere mit Reis gefüllt. Und eine längliche Schüssel hielt rohe Brassen, drei Garnelen sowie fein geriebenen Rettich bereit. Es war eine perfekte Wintermahlzeit: herzhafte Speisen in dunklen Farbtönen.

Nach dem letzten Bissen gestand Alex sich jedoch ein, daß weder die gastfreundlichen Japaner noch das hervorragende Essen an seiner Hochstimmung schuld waren. Seine gute Laune war in erster Linie auf Vorfreude zurückzuführen: Er konnte es kaum erwarten, Joanna Rand auf der kleinen Bühne auftreten zu sehen.

Pünktlich um acht wurde die Beleuchtung im Saal gedämpft, die Bühnenvorhänge öffneten sich, und das Orchester spielte ›A String of Pearls‹. Natürlich konnte diese Band es nicht mit der eines Goodman, Miller oder Dorsey aufnehmen, aber sie war erstaunlich gut, wenn man bedachte, daß die Musiker viele tausend Meilen vom Ursprungsland dieses Sounds entfernt geboren und aufgewachsen waren. Als das Publikum am Ende des Liedes enthusiastisch zu applaudieren begann, leitete die Band zu ›Moonglow‹ über, und Joanna Rand betrat von rechts die Bühne.

Alex spürte, wie sich sein Pulsschlag beschleunigte.

Welcher Art wird meine Beziehung zu dieser Frau sein? fragte er sich, aber es war eine rein rhetorische Frage, denn er kannte bereits die Antwort.

Schlank und anmutig, war sie eine der reizvollsten Frauen, die Alex je gesehen hatte. Obwohl sie einen aufregend sinnlichen Körper hatte, faszinierte ihr Gesicht Alex noch mehr als ihre Beine und Brüste. Dabei war sie keine klassische Schönheit. Dazu war ihre Nase weder schmal noch gerade genug, ihre Backenknochen waren nicht hoch genug, und ihre Stirn war nicht breit genug. Sie hatte ein weibliches, aber doch kräftiges Kinn, volle Lippen und blaue Augen, die um einiges dunkler waren als bei den meisten Fotomodellen, die auf Titelblättern und in der Fernsehwerbung als Schönheitsideal präsentiert wurden. Sie hatte eine makellose Haut, aber nicht den modernen bleichen Teint. Er war vielmehr goldfarben; und auch ihr dichtes Haar glänzte wie Gold. Die leichten Fältchen in den Augenwinkeln verrieten, daß sie eher dreißig als sechzehn war – aber genau das machte den Unterschied aus. Ihre Schönheit hatte nichts Künstliches an sich, sondern zeugte von Erfahrungen und einem starker Charakter.

Sie gehörte auf eine Bühne, nicht nur, um gesehen, sondern auch, um gehört zu werden. Ihre Stimme war großartig; sie schien in der stickigen Luft zu vibrieren. Und obwohl alle Tische besetzt waren und viel getrunken wurde, hatte sich das übliche Stimmengewirr bei ihrem Auftritt sofort gelegt, und das Publikum lauschte aufmerksam.

Alex kannte sie von irgendwoher, obwohl er nicht wußte, wo und wann er ihr schon einmal begegnet war. Ihr Gesicht war ihm seltsam vertraut, vor allem die Augen. Er hatte sogar das Gefühl, ihr nicht nur flüchtig begegnet zu sein, sondern sie gut – sehr gut – gekannt zu haben. Aber das war natürlich absurd. Eine so schöne Frau hätte er nie vergessen. Folglich mußte es sich wohl einfach um Wunschdenken handeln. Trotzdem nagte die Sache an ihm.

Alex Hunter lauschte und beobachtete fasziniert. Er begehrte diese Frau.

4

Nachdem Joanna Rand ihr letztes Lied beendet hatte und der Applaus schließlich verebbte, stimmte die Band Tanzmusik an. Paare drängten sich auf dem engen Tanzparkett, Gespräche kamen wieder in Gang, und der Raum war erfüllt von Stimmen, Lachen und Tellergeklirr. Wie jeden Abend, so nahm sich Joanna auch diesmal einen Augenblick Zeit, um vom Bühnenrand aus stolz ihr Reich zu überblicken. Und sie konnte zu Recht stolz sein. Sie hatte einen verdammt guten Nachtklub auf die Beine gestellt.

Joanna war nicht nur eine gute Sängerin, sondern auch eine praktisch veranlagte Geschäftsfrau. Nach ihrem ersten einstündigen Auftritt wartete sie nicht in einer Garderobe auf die Zehn-Uhr-Show, sondern machte in ihrer raschelnden plissierten Seidenrobe langsam die Runde im Saal, nahm Komplimente entgegen, erkundigte sich, ob das Abendessen geschmeckt habe, begrüßte neue Gesichter und plauderte ausgiebig mit Stammgästen. Sie wußte, daß hervorragendes Essen, eine romantische Atmosphäre und ein gutes Unterhaltungsprogramm zwar genügten, um ein äußerst einträgliches Restaurant zu betreiben, daß aber mehr dazu gehörte, um dem Klub einen legendären Namen zu verschaffen. Und darin setzte sie nun einmal ihren Ehrgeiz. Viele Leute fühlten sich geschmeichelt, wenn die Eigentümerin sich höchstpersönlich um sie bemühte, und die vierzig Minuten, die sie allabendlich zwischen ihren Auftritten bei den Gästen verbrachte, zahlten sich in Tausenden von Dollar aus.

Sie registrierte, daß der attraktive Amerikaner mit dem sorgfältig gestutzten Schnurrbart den dritten Abend hintereinander hier war. An den beiden vorangegangenen Abenden hatten sie kaum mehr als ein Dutzend Worte gewechselt, aber Joanna spürte, daß sie nicht mehr lange Fremde sein würden. Bei jedem ihrer Auftritte saß er an einem kleinen Tisch in Bühnennähe und beobachtete sie mit solcher Intensität, daß sie seine Blicke mied, weil sie befürchtete, andernfalls zu sehr abgelenkt zu werden und einen Liedtext zu vergessen. Und wenn sie sich nach der Show unter die Gäste mischte, wußte sie, auch ohne zu ihm hinüberzuschauen, daß er sie keine Sekunde aus den Augen ließ. Sie hatte fast das Gefühl, unter einem Mikroskop zu liegen. Das war zwar etwas unheimlich, aber seltsamerweise doch sehr angenehm, und sie freute sich aufrichtig, ihn wiederzusehen.

Als sie seinen Tisch erreichte, erhob er sich lächelnd, ein großer, sehr breitschultriger Mann, der trotz seiner Statur den Eindruck europäischer Eleganz vermittelte. Er trug einen dreiteiligen grauschwarzen Anzug mit blauen Streifen, ein weißes Leinenhemd und eine perlgraue Krawatte. »Wenn Sie ›These Foolish Things‹ oder ›You Turned the Tables on Me‹ singen«, sagte er, »fühle ich mich lebhaft an Helen Wards Auftritte mit Benny Goodman erinnert.«

»Das ist vierzig Jahre her«, erwiderte Joanna. »Sie sind nicht alt genug, um sich an Helen Ward erinnern zu können.«

»Zugegeben – ich habe sie nie auf der Bühne gesehen. Ich bin erst vierzig. Aber ich habe alle ihre Schallplatten, und ich finde, Sie sind noch besser als Helen Ward.«

»Oh, sie war einfach wundervoll«, widersprach Joanna. »Sie wollen mir nur schmeicheln.«

»Ich habe nur eine Tatsache festgestellt.«

»Sind Sie ein Jazzfan?«

»Hauptsächlich ein Fan von Swing.«

»Dann lieben wir dieselbe Musik.«

»Die Japaner offenbar ebenfalls.« Alex ließ seinen Blick über die Menge schweifen. »Mir wurde gesagt, das Moonglow sei *der* Nachtklub für Amerikaner und sonstige Touristen, die etwas von Musik verstehen, aber neunzig Prozent Ihrer Gäste sind Japaner.«

»Bei ihnen steht diese Art amerikanischer Musik höher im Kurs als bei den meisten Leuten in den Staaten«, erklärte Joanna.

»Swing ist die einzige Musik, für die ich mich dauerhaft begeistern kann.« Nach kurzem Zögern fuhr er fort: »Ich würde Sie gern zu einem Brandy einladen, aber nachdem dieser Klub ja Ihnen gehört, dürfte das kaum der Etikette entsprechen.«

»Ich würde es auch nicht erlauben«, sagte Joanna. »Statt dessen lade ich Sie zu einem Brandy ein.«

Er rückte für sie einen Stuhl zurecht, und sie setzte sich. Ein Kellner in weißem Jackett eilte herbei und verbeugte sich ehrerbietig vor beiden.

»Yamada-san, *burande wo ima onegai, shimasu.* Rémy Martin«, bestellte Joanna.

»Hai, hai«, sagte Yamada. *»Sugu.«* Er entfernte sich in Richtung Bar.

Der Amerikaner hatte Joanna nicht aus den Augen gelassen. »Wissen Sie, Sie haben wirklich eine außergewöhnliche Stimme. Besser als Martha Tilton, Margaret McCrae, Betty Van . . .«

»Ella Fitzgerald?«

Er tat so, als dächte er darüber nach. »Nun . . . mit Ella Fitzgerald sollten Sie nicht verglichen werden.«

»Oh?«

»Ich meine . . . sie hat doch einen völlig anderen Stil als Sie. Das wäre fast so, als wollte man Orangen mit Äpfeln vergleichen.«

Joanna lachte über seine Diplomatie. »Ich bin also nicht besser als Ella Fitzgerald. Gut. Ich freue mich, daß Sie das gesagt haben, denn ich dachte schon, Sie hätten überhaupt kein kritisches Urteilsvermögen.«

»Im Gegenteil – ich bin äußerst kritisch«, erwiderte er ruhig. »Aber Sie werden meinen Anforderungen mehr als gerecht.«

Seine dunklen Augen wirkten förmlich elektrisierend auf Joanna. Mein Gott, dachte sie, ich reagiere auf diesen Mann wie ein sechzehnjähriges Gänschen! Sie hatte das Gefühl, als hätte er sie mit den Augen nicht nur ausgezogen – das taten unzählige Männer jeden Abend, wenn sie auf der Bühne stand –, sondern darüber hinaus auch ihren Geist durchleuchtet und in kürzester Zeit alles Wissenswerte über sie entdeckt, einschließlich ihrer geheimsten Gedanken und Wünsche. Ihr war noch nie ein Mann begegnet, der sich derart intensiv auf eine Frau konzentrierte, so als hätten alle übrigen Menschen auf der Welt für ihn aufgehört zu existieren. Dieses außerordentliche Interesse an ihrer Person erfüllte sie auch jetzt wieder mit einer Mischung aus Unbehagen und Freude.

Sie empfand es als willkommene Ablenkung, daß der Rémy Martin serviert wurde. An ihrem Glas nippend, schloß sie die Augen, so als wollte sie den Geschmack des Cognacs voll auskosten. In der zeitweiligen Dunkelheit stellte sie fest, daß sie während des intensiven Blickkontakts ihre Umgebung überhaupt nicht mehr wahrgenommen hatte: weder das Klirren der Gläser noch das Stimmengewirr und Gelächter, nicht einmal die Musik. Nur langsam kehrte sie in die Realität zurück.

Schließlich öffnete sie ihre Augen wieder und sagte: »Ich bin Ihnen gegenüber im Nachteil, denn ich weiß nicht, wie Sie heißen.«

»Wirklich nicht?« fragte er. »Ich habe das Gefühl, als wären wir uns schon einmal begegnet.«

Sie runzelte die Stirn. »Nicht daß ich wüßte.«

»Vielleicht kommt es einfach daher, daß ich wünschte, wir wären uns schon früher begegnet. Ich bin Alex Hunter.«

»Aus den Vereinigten Staaten.«

»Aus Chicago, um genau zu sein.«

»Arbeiten Sie hier für eine amerikanische Gesellschaft?«

»Nein. Ich bin selbständig.«

»In Japan?«

»Ich mache hier einen Monat Urlaub. Vor acht Tagen bin ich in Tokio gelandet.«

»Und wie lange bleiben Sie in Kyoto?«

»Ich hatte ursprünglich nur zwei Tage eingeplant, aber nun halte ich mich schon länger als vorgesehen in dieser Stadt auf. Vielleicht verbringe ich hier sogar die restlichen drei Wochen, anstatt meine Rundreise fortzusetzen. *Anata no machi wa hi jo ni kyomi ga arimasu.*«

»Ja, es ist eine interessante Stadt«, stimmte Joanna zu, »für meine Begriffe die schönste in Japan. Aber das ganze Land ist faszinierend, Mr. Hunter.«

»Nennen Sie mich Alex.«

»Es gibt auch in anderen Landesteilen eine ganze Menge zu sehen, Alex.«

»Vielleicht sollte ich nächstes Jahr wiederkommen, um all jene Orte aufzusuchen. Im Augenblick kommt es mir so vor, als hätte ich hier alle Sehenswürdigkeiten Japans direkt vor Augen.«

Sie hielt seinem Blick stand, unschlüssig, was sie von seinem Annäherungsversuch halten sollte. Er hatte etwas von einem männlichen Raubtier an sich, das aus seinen Absichten keinen Hehl machte. Solange Joanna sich zurückerinnern konnte, war sie eine starke Frau gewesen, nicht nur in Geschäftsdingen, sondern auch im Privatleben. Sie hatte ihre Gefühle unter Kontrolle, weinte selten und verlor nie die Selbstbeherrschung. Hysterie war für sie ein Fremdwort. Sie legte größten Wert auf ihre Selbständigkeit. Bei ihren Beziehungen mit Männern war sie immer der dominierende Partner, obwohl sie eigentlich nicht zur Herrschsucht neigte. Aber sie wollte selbst bestimmen, wann und wie sich eine Freundschaft mit einem Mann entwickelte. Sie hatte ihre eigenen ausgeprägten Vorstellungen vom wünschenswerten Tempo einer Romanze. Eigentlich hätte Alex Hunters unromantisch direktes Vorgehen sie stören müssen, aber das war unerklärlicherweise nicht der Fall. Ganz im Gegenteil – ihr gefiel die Unverfrorenheit, mit der er sein Interesse an ihr bekundete. Das wollte sie allerdings nicht zu erkennen geben. Sie tat deshalb so, als bemerkte sie seine Annäherungsversuche nicht, ließ ihre Blicke durch den Saal schweifen, so als wollte sie sich vom Wohlbefinden ihrer Gäste überzeugen, trank einen Schluck Cognac und sagte: »Sie sprechen sehr gut japanisch.«

Er bedankte sich mit einer leichten Verbeugung für ihr Kompliment. *»Arigato.«*

»Do itashimashite.«

»Sprachen sind ein Hobby von mir«, erklärte er, »genauso wie schnelle europäische Wagen und gute Restaurants. Apropos Restaurants – kennen Sie hier in der Gegend ein gutes, das mittags geöffnet ist?«

»Gleich im nächsten Block gibt es ein entzückendes Restaurant namens Mizutani. Es ist um einen Garten herum gebaut, mit einem Springbrunnen in der Mitte.«

»Das hört sich großartig an«, meinte Alex. »Treffen wir uns dort morgen zum Mittagessen?«

Zu ihrer eigenen größten Überraschung hörte sie sich ohne Zögern antworten: »Ja, das wäre sehr nett.«

»Um zwölf?«

»Ja.« Sie nippte wieder an ihrem Rémy Martin und hoffte inbrünstig, daß er das leichte Zittern ihrer Hände nicht bemerkte. Ihre Intuition oder eine Art sechster Sinn sagte ihr, daß alles, was zwischen diesem Mann und ihr geschehen würde, mit ihren bisherigen Erfahrungen nicht zu vergleichen war.

5

Der Mann mit den Stahlfingern greift nach der Injektionsspritze . . .

Joanna Rand richtete sich schweißgebadet im Bett auf, rang nach Luft und tastete verzweifelt im Dunkeln herum, bis sie endlich den Lichtschalter fand.

Sie war allein.

Sie warf die Decke zurück und sprang aus dem Bett, getrieben von einer unerklärlichen und undefinierbaren Angst. Nach einigen unsicheren Schritten blieb sie in der Mitte des Schlafzimmers stehen, genauso verstört wie in hundert anderen Nächten.

Die Luft war kühl, und sie nahm scharfe Gerüche wahr, die nicht in diesen Raum gehörten, eine Mischung verschiedener starker Antiseptika: Ammoniak, Lysol, Alkohol und andere Substanzen. Sie schnupperte intensiv, aber die beißenden Gerüche wurden schwächer, noch während sie ihren Ursprung auszumachen versuchte.

Als sie überhaupt nicht mehr wahrzunehmen waren, mußte Joanna sich – wie schon so oft – widerwillig eingestehen, daß sie nur in ihrer Fantasie existiert hatten, daß es sich um Relikte aus ihrem Alptraum handelte – oder aber um Erinnerungsfragmente. Denn obwohl sie sich nicht daran erinnern konnte, jemals krank oder verletzt gewesen zu sein, glaubte sie halb, irgendwann tatsächlich in einem Krankenhauszimmer gewesen zu sein, wo es ungewöhnlich stark nach Antiseptika gerochen hatte. Mehr noch, sie wurde das Gefühl nicht los, daß ihr in jenem Krankenhaus etwas Schreckliches zugestoßen war, das den immer wiederkehrenden Alptraum von dem absurden, aber nichtsdestotrotz furchterregenden Mann mit Stahlfingern ausgelöst hatte.

Sie ging in ihr weiß und grün gekacheltes Bad, goß sich ein Glas Wasser ein, kehrte ins Schlafzimmer zurück, setzte sich auf die Bettkante, trank das Wasser, schlüpfte unter die Decke und schaltete das Licht aus.

Draußen wurde die tiefe Stille kurz vor Morgengrauen durch den Schrei eines Vogels durchbrochen. Ein großer Vogel, ein greller Schrei. Sie hörte das Flattern von Flügeln. Der Vogel flog dicht am Fenster vorbei, streifte mit seinen Federn das Glas und verschwand in der Nacht. Seine Schreie wurden immer leiser und waren schließlich nicht mehr vernehmbar.

6

Plötzlich fiel Alex ein, wo und wann er die Frau zum erstenmal gesehen hatte. Joanna Rand war nicht ihr richtiger Name.

Alex wachte am Donnerstagmorgen um halb sieben in seiner Suite im Kyoto Hotel auf. Ob er nun Urlaub machte oder arbeitete – er stand immer früh auf und ging spät zu Bett, denn er kam mühelos mit weniger als fünf Stunden Schlaf aus. Er war dankbar für seinen ungewöhnlichen Metabolismus, denn die Tatsache, daß er weniger Stunden im Bett verbrachte als die meisten anderen Menschen, verschaffte ihm einen nicht zu unterschätzenden Vorteil. Für Alex, einen überaus leistungsorientierten Mann, war der Schlaf eine besonders abscheuliche, hinterlistige Form der Sklaverei, ein allnächtlicher zeitweiliger Tod, der ertragen werden mußte, den er aber niemals genoß. Schlafen bedeutete für ihn, wertvolle Lebenszeit zu vergeuden, sie sich stehlen zu lassen. Und indem er jede Nacht drei Stunden weniger schlief als der Durchschnittsmensch, gewann er jährlich elfhundert Stunden Lebenszeit hinzu, elfhundert Stunden, in denen er Bücher lesen, Filme sehen oder der Lust frönen konnte, mehr als 45 ›freie‹ Tage, die er zur Fortbildung oder Entspannung nutzen konnte – oder zum Geldverdienen. Auch wenn es noch so abgedroschen klingen mochte – Zeit war Geld, daran gab es nichts zu rütteln. Und Geld war – Alex' Philosophie zufolge – nun einmal das einzige sichere Mittel, um die zwei wichtigsten Dinge im Leben zu erreichen: Unabhängigkeit und Würde. Beides bedeutete ihm tausendmal mehr als Liebe, Sex, Freundschaft, Lob und Religion zusammengenommen. Er war in Armut aufgewachsen, als Kind hoffnungsloser Alkoholiker, für die *Würde* genauso ein Fremdwort war wie *Verantwortung*. Schon als Junge hatte er den festen Entschluß gefaßt, das Geheimnis der Reichen zu ergründen. Und er hatte es entdeckt: Das Geheimnis der Reichen war *Zeit*. Diese Einsicht hatte er seitdem unermüdlich in die Praxis umgesetzt. In zwanzig Jahren peinlich genauer Zeiteinteilung hatte er sein Vermögen von 500 Dollar auf mehr als vier Millionen vermehrt. Und er glaubte, daß seine Angewohnheit, spät zu Bett zu gehen und früh aufzustehen, ein ausschlaggebender Faktor seines phänomenalen Erfolgs gewesen war.

Normalerweise war er zwanzig Minuten nach dem Aufwachen bereits geduscht, rasiert und angezogen, aber an diesem Morgen gestattete er sich den seltenen Luxus, im Bett zu lesen – schließlich hatte er Urlaub. Und er hatte ein Buch in der Hand, als ihm plötzlich einfiel, wer Joanna Rand in Wirklichkeit war. Offenbar hatte sein Unterbewußtsein sich auch beim Lesen mit diesem Problem beschäftigt, denn schlagartig stellte sich eine Verbindung zwischen Joanna und einem Gesicht aus seiner Vergangenheit ein.

Seit seiner Schulzeit führte er Selbstgespräche, wann immer er nach einer Antwort auf private oder berufliche Probleme suchte. Auch jetzt legte er das Buch beiseite und sagte vor sich hin: »Allmächtiger Gott, das ist sie! Sie muß es sein. Joanna sieht wie sie aus, nur zehn Jahre älter. Und sie hört sich wie sie an ... zehn Jahre später.«

Er sprang aus dem Bett, nahm ein Bad und rasierte sich. Während er seinem Spiegelbild in die Augen schaute, setzte er sein Selbstgespräch fort. »Beruhige dich, alter Knabe. Vielleicht ist die Ähnlichkeit nicht so frappierend, wie du glaubst. Es ist schließlich zehn lange Jahre her, seit du auch nur ein Foto von Lisa Chelgrin gesehen hast. Sobald du Bilder zur Hand hast, stellst du vielleicht fest, daß Joanna Rand soviel Ähnlichkeit mit Lisa hat wie eine Giraffe mit einem Shetlandpony.«

Er kleidete sich an und setzte sich an den Schreibtisch im sparsam möblierten Salon seiner Suite. »Außerdem sagt man doch, daß jeder Mensch irgendwo auf der Welt einen oder zwei Doppelgänger hat, sozusagen einen Zwilling, mit dem er nicht verwandt ist. Die Ähnlichkeit könnte also reiner Zufall sein. Denk einmal darüber nach.«

Lange Zeit starrte er das Telefon auf der Schreibunterlage an, dann murmelte er: »Ja, aber ich habe noch nie an Zufälle geglaubt.« Es war ihm gelungen, die zweitgrößte private Sicherheits- und Ermittlungsfirma in den Vereinigten Staaten aufzubauen, und sein Erfolg beruhte nicht zuletzt auf seinem gesunden Mißtrauen gegenüber angeblichen Zufällen. Deshalb nahm er den Hörer ab und meldete bei der Hotelrezeption ein Überseegespräch an. Nach einigen Schwierigkeiten kam die Verbindung mit der Zentrale seiner Gesellschaft um 8.30 Uhr Kyoter Zeit zustande; in Chicago war es demnach 16.30 Uhr. Er sprach mit Ted Blakenship, seinem Spitzenmann im Büro. »Ted, ich möchte, daß du persönlich ins Archiv gehst und alles heraussuchst, was wir über Lisa Chelgrin haben. Ich möchte die Akte so schnell wie möglich in Kyoto haben. Einer unserer jungen Detektive, der gerade nichts Besonderes zu tun hat, soll sich ins nächste Flugzeug setzen.«

Blakenship wählte seine Worte sehr sorgfältig. »Alex, heißt das, daß der Fall ... wiederaufgenommen wird?«

»Ich bin mir noch nicht sicher.«

»Besteht die Möglichkeit ... ich meine, glaubst du, du könntest sie nach all der Zeit gefunden haben?«

»Ich weiß es wirklich nicht, Ted. Vermutlich jage ich nur Phantome, und bei der Sache kommt nichts heraus. Ich erwarte deshalb, daß du mit niemandem darüber sprichst, nicht einmal mit deiner Frau.«

»Selbstverständlich.«

»Geh selbst ins Archiv, anstatt eine Sekretärin hinzuschicken. Ich möchte nicht, daß irgendwelche Gerüchte in Umlauf kommen.«

»Verstanden.«

»Auch der Mann, der mir die Akte bringt, darf nicht wissen, was er transportiert.«

»Ich werde nichts verraten. Aber, Alex ... falls du sie gefunden hast, ist das eine große Sache, stimmt's?«

»Eine sehr große«, bestätigte Alex. »Ruf mich zurück, sobald du alles erledigt hast, damit ich weiß, wann unser Bote kommt.«

»Wird gemacht.«

Alex legte den Hörer auf und trat ans Fenster. Er beobachtete die Rad- und Autofahrer auf der überfüllten Straße. Hier schien jeder den Wert der Zeit zu kennen, denn alle hatten es eilig. Ein Radfahrer schätzte den seitlichen Abstand zwischen zwei Autos falsch ein und wurde von einem weißen Toyota angefahren. Bremsen quietschten, der Verkehr kam zum Stehen, und Passanten eilten auf den Verletzten zu, der mit seinem verbogenen Rad auf der Straße lag. Obwohl Alex im allgemeinen nicht abergläubisch war, hatte er mit einem Male das unangenehme Gefühl, dieser Unfall sei ein schlechtes Omen.

7

Um zwölf traf Alex Joanna im Restaurant Mizutani. Als er sie wiedersah, mußte er feststellen, daß seine Erinnerung an sie mit der Realität etwa soviel gemeinsam hatte wie ein Foto der Niagarafälle mit der wahren Schönheit der hinabstürzenden Wassermassen. Sie war viel schlanker, viel hübscher, viel lebendiger als in seiner Erinnerung, obwohl seit ihrer letzten Begegnung doch nur eine Nacht vergangen war. Sie trug einen weichen beigefarbenen Hosenanzug, der ihre Figur verführerisch zur Geltung brachte, ohne provozierend eng zu sein. Um den Hals hatte sie ein rotes Tuch geschlungen, und ein roter Keramikarmreif zierte ihr linkes Handgelenk. Er küßte ihr zur Begrüßung die Hand, weil das ein günstiger Vorwand war, um mit den Lippen ihre Haut berühren zu können.

Das Mizutani war ein *o-zashiki*-Restaurant, d. h., es wurde durch Reispapier-Paravents in viele kleine Räume unterteilt, in denen die Mahlzeiten auf traditionell japanische Weise serviert wurden. Die Decke war niedrig, kaum 50 cm von Alex' Kopf entfernt, und der auf Hochglanz polierte Kiefernholzboden wirkte durchsichtig und tief wie das Meer. Im Vestibül tauschten Alex und Joanna ihre Straßenschuhe gegen weiche Slipper aus, bevor sie einer zierlichen jungen Kellnerin in einen Raum folgten, wo sie auf dem Boden Platz nahmen, Seite an Seite auf dünnen, aber bequemen Sitzkissen vor einem niedrigen Tisch. Ein großes quadratisches Fenster gab den Blick auf einen Garten frei, wo um diese Jahreszeit allerdings keine Blumen mehr das Auge erfreuten; es gab aber verschiedene immergrüne Pflanzen und einen weichen Moosteppich, der noch nicht braun geworden war. In der Mitte des Gartens befand sich ein Springbrunnen in Form einer zwei Meter hohen Pyramide aus kunstvoll arrangierten Steinen, über die das Wasser in einen flachen Teich lief. Alex hatte noch nie ein Restaurant gesehen, das einen so perfekten Rahmen für ein Liebespaar abgab; es war die ideale Umgebung, um sich näherzukommen.

Er hatte größte Mühe, seine langen Beine irgendwie unter dem Tisch unterzubringen, und zweimal stieß er mit seinen Knien versehentlich gegen Joannas Beine. Verlegen grinsend meinte er: »Japan ist sehr reizvoll, aber ich bin hier völlig fehl am Platz. Ich war 1,88 m groß, als ich Chicago verließ, aber ich könnte schwören, daß ich im Flugzeug um mindestens 5 cm gewachsen bin. Hier ist alles so klein und zierlich. Ich komme mir wie ein plumper, haariger Barbar vor.«

»Im Gegenteil«, sagte Joanna, »für Ihre Größe sind Sie erstaunlich anmutig, selbst für japanische Maßstäbe.«

»Danke für das Kompliment, aber ich weiß, daß das nicht stimmt.«

»Wollen Sie mich eine Lügnerin nennen?«

»Wie bitte?«

»Halten Sie mich für eine Lügnerin?« Sie tat so, als wäre sie beleidigt.

»Natürlich nicht.«

»Wofür halten Sie mich dann?«

»Sie wollen nur höflich sein.«

»Wollen Sie damit sagen, daß man lügen muß, um höflich zu sein?«

»Ich habe nur gesagt, daß ich ein ungeschlachter Ochse bin.«

»Und ich hätte nicht gesagt, daß Sie sich anmutig bewegen, wenn ich nicht dieser Meinung wäre. Ich sage nie Dinge, die ich nicht wirklich meine.«

»Das tut doch jeder.«

»Oh? Sie auch?«

»Ständig.«

»Nun, bei mir sollten Sie lieber darauf verzichten.«

»Ich werde es mir merken.«

»Ich meine es ernst«, sagte sie mit großem Nachdruck. Ihre tiefblauen Augen hielten seinem Blick freimütig stand. »Ich mag Leute, die offen ihre Meinung äußern, selbst wenn sie mir Dinge sagen, die ich nicht so gern höre. Ich selbst behandle jedermann so, und ich will von anderen ebenso behandelt werden. Zum Teufel mit diplomatischen Umgangsformen unter Freunden! Wenn Sie lange genug hierbleiben, werden Sie feststellen, daß ich die Wahrheit sage.«

»Ist das eine Einladung?« fragte Alex scheinheilig.

»Wozu?«

»Eine Einladung, lange hierzubleiben.«

»Brauchen Sie denn eine?« konterte sie.

»Ich glaube kaum.« Deutlicher als zuvor empfand er ihren starken Charakter, die Kraft und Selbstsicherheit unter der weichen, femininen Oberfläche. »Wenn Sie etwas dagegen hätten, würden Sie es mir ganz unverblümt klarmachen, habe ich recht?«

»Ja. Sehen Sie jetzt die Vorteile von Aufrichtigkeit ein? Sie erspart einem soviel Zeit und Kummer. Und wenn Sie jetzt endlich halbwegs bequem sitzen, Sie großer, plumper Ochse, könnten wir vielleicht unser Mittagessen bestellen.«

Er blinzelte überrascht, sie grinste ihm zu, er lächelte, und dann mußten beide herzhaft lachen.

Sie aßen *mizutaki*, weißes Hühnerfleisch, in einem Steinguttopf geschmort und mit Schalotten, Rettichen und vielen Kräutern gewürzt. Anschließend tranken sie die schmackhafte Brühe. Dazu gab es mehrere kleine Tassen dampfenden Sake, Japans Nationalgetränk aus Reis, das köstlich schmeckt, solange es heiß ist, aber kalt schier ungenießbar wird.

Während des Essens unterhielten sie sich angeregt und so ungezwungen, als wären sie schon jahrelang beste Freunde. Sie sprachen über Musik, japanisches Brauchtum, Kunst, Filme und Bücher. Alex überlegte, ob er den magischen Namen Lisa Chelgrin erwähnen sollte, um Joannas Reaktion zu testen. Er besaß mitunter die fast unheimliche Gabe, Unschuld oder Schuld eines Verdächtigen am Gesichtsausdruck, an Stimmnuancen und an kaum merklichen Veränderungen tief in den Augen ablesen zu können. Aber bevor er Lisa Chelgrins Verschwinden aufs Tapet brachte, wollte er mehr über Joannas Leben erfahren: wo sie geboren und aufgewachsen war, wo sie das Singen gelernt hatte, warum sie nach Japan gekommen war und in Kyoto einen Nachtklub betrieb. Vielleicht würde Joannas Biographie ihn davon überzeugen, daß sie wirklich die Person war, für die sie sich ausgab, und daß ihre Ähnlichkeit mit der vermißten Lisa Chelgrin doch nur ein Zufall war. Bedauerlicherweise zeigte sie jedoch wenig Neigung, von sich zu erzählen, nicht etwa aus düsteren Motiven heraus, sondern einfach aus Bescheidenheit. Normalerweise sprach Alex genauso ungern wie sie über sich selbst, sogar mit engen Freunden. Seltsamerweise fiel es ihm aber leicht, seine Hemmungen in Joannas Gesellschaft zu überwinden. Es ist fast so, als führte ich Selbstgespräche, dachte er und erzählte ihr unwillkürlich sehr viel über seinen Lebensweg, anstatt ihr gründlich auf den Zahn zu fühlen.

»Sind Sie wirklich ein Privatdetektiv?« fragte sie.

»Ja.«

»Schwer zu glauben.«

»Warum? Wie sehe ich denn aus – wie ein Gehirnchirurg?«

»Ich meine . . . wo ist denn Ihr Trenchcoat?«

»In der Reinigung. Sie versuchen dort, all die häßlichen Blutflecken zu entfernen.«

»Sie tragen auch keinen Schulterhalfter.«

»Der reibt mir die Schulter wund.«

»Tragen Sie überhaupt keine Waffe bei sich?«

»Ich habe eine winzige Derringer im linken Nasenloch versteckt.«

»Nein, jetzt einmal im Ernst.«

»Wissen Sie, die japanische Regierung hegt eine Abneigung gegen amerikanische Touristen mit Pistolen im Gepäck. Außerdem habe ich nicht die Absicht, während meines Aufenthalts in diesem Land irgendwelche Duelle auszutragen.«

Sogar ihr Lachen gefiel ihm: kein albernes Kichern, sondern weiche, melodische Töne.

»Ich stelle mir einen Privatdetektiv ganz anders vor«, sagte sie. »Ein bißchen schäbig . . .«

»Vielen Dank!«

». . . und heimlichtuerisch. Er dreht sich ständig verstohlen um, ist bis zu den Zähnen bewaffnet, schielt ein wenig, ist sentimental und zugleich völlig kaltblütig, ein Zyniker ohne tiefe Bindungen.«

»Kurzum – Sam Spade, gespielt von Humphrey Bogart.«

»Genau.«

»So geht es in unserem Beruf heutzutage nicht mehr zu«, erklärte Alex. »Und eigentlich bezweifle ich stark, daß es *jemals* so war. Wir kommen selten in wirklich gefährliche Situationen und haben viel weniger Morde aufzuklären, als in Kriminalromanen unterstellt wird. Bei unseren Nachforschungen geht es meistens um Scheidungen, oder wir sammeln Entlastungsmaterial für Verteidiger bei Kriminalprozessen. Gelegentlich suchen wir nach einer vermißten Person, und wir stellen Leibwächter für die Reichen, Berühmten oder einfach Ängstlichen. Den größten Teil unserer Jahreseinnahmen erzielen wir durch die Installierung elektronischer Sicherheitssysteme und durch Bereitstellung uniformierter Sicherheitskräfte für Warenhäuser und Büros. Das alles ist nicht halb so romantisch oder aufregend wie Bogart.«

»Mag sein«, erwiderte Joanna. »Aber es ist immer noch viel romantischer als ein Buchhalter-Job.« Sie aß mit sichtlichem Appetit und Genuß ein Stück zartes Huhn und trank einen Schluck Sake, bevor sie fortfuhr: »Wie sind Sie an einen so ungewöhnlichen Beruf gekommen?«

»Ich habe sehr früh den Entschluß gefaßt, nicht wie meine Eltern an der Armutsgrenze zu leben, und ich hatte die naive Vorstellung, jeder Anwalt sei so reich wie ein Potentat aus dem Mittleren Osten. Mit Hilfe einiger Stipendien und vieler Nachtjobs konnte ich ein Jurastudium absolvieren.«

»Summa cum laude?« fragte sie.

»Woher wissen Sie das?«

Sie lächelte. »Reine Vermutung.«

»Vielleicht sollten *Sie* Privatdetektiv werden.«

»Samantha Spade. Und wie ging es nach dem Studium weiter?«

»Ich arbeitete ein Jahr bei einer großen Chicagoer Kanzlei, die auf Körperschaftsrecht spezialisiert war. Aber das sagte mir nicht allzusehr zu.«

»Sie haben eine vielversprechende Karriere als Anwalt aufgegeben, um Privatdetektiv zu werden?« fragte Joanna ungläubig.

»Die Stellung war nicht besonders vielversprechend. Zum einen stellte ich fest, daß nicht alle Anwälte reich sind. Heutzutage beträgt das Durchschnittsgehalt nur 25 000 Dollar pro Jahr – und damals war es viel niedriger, besonders für einen Anfänger. Als ich jung war, glaubte ich, das sei eine Menge Geld, aber ich merkte sehr schnell, daß der Staat einen ganz schönen Teil davon als Steuern kassiert. Was übrigblieb, hätte mir nie erlaubt, hinter dem Steuer eines Rolls-Royce zu sitzen.«

»Und war es das, was Sie anstrebten – den Rolls-Royce-Lebensstil?«

»Warum nicht? Als Kind hatte ich das Gegenteil davon. Ich wußte, daß Armut nichts Erhebendes oder Edles an sich hat. Ich wollte soviel, wie ich nur bekommen konnte. Aber nachdem ich einige Monate lang Schriftsätze verfaßt hatte, wurde mir klar, daß nur die Seniorpartner in sehr großen Kanzleien das große Geld machten. Bis ich mich an die Spitze gearbeitet hätte, wäre ich viel zu alt gewesen, um meinen Reichtum richtig genießen zu können.«

Mit 25 Jahren hatte Alex Hunter erkannt, daß private Sicherheitsunternehmen eine Branche mit Zukunft waren, und so verließ er die Anwaltskanzlei, um für die Agentur Bonner zu arbeiten, wo er dieses Geschäft von der Pike auf lernen wollte. Sein Gehalt war noch niedriger als das eines jungen Anwalts, aber er erhielt für jeden zufriedenstellend erledigten Auftrag eine relativ hohe Provision. Weil er ehrgeizig, intelligent und clever war, erbrachte er bald bessere Leistungen als seine Kollegen. Seine Ersparnisse legte er vorteilhaft an, und mit dreißig war es ihm bereits möglich, einen Bankkredit aufzunehmen und Martin Bonner die Agentur abzukaufen. Unter Alex' Leitung wurde die Gesellschaft rasch größer, erwarb sich einen hervorragenden Ruf und erzielte hohe Gewinne, nicht zuletzt durch Verkauf, Installierung und Wartung elektronischer Sicherheitsanlagen. Mit mehr als 2000 Angestellten und mit Niederlassungen in acht Großstädten gehörte Alex' Agentur mittlerweile weltweit zu den größten ihrer Art.

»Sind Sie wirklich Millionär?« fragte Joanna.

»Zumindest auf dem Papier.«

»Ich hätte gedacht, daß ein Millionär mit Eskorte auf Reisen geht.«

»Das tun nur unsichere Leute.«

»Ich nehme an, daß Sie inzwischen Ihren Rolls-Royce besitzen?«

»Sogar zwei.«

»Ich habe noch nie mit einem Millionär gespeist.«

»Schmeckt das Essen dadurch anders?« fragte er amüsiert.

»Ich komme mir plötzlich irgendwie eingeschüchtert vor.«

»Um Himmels willen, weshalb denn?«

»All das viele Geld«, meinte sie. »Es ist so . . . ach, ich kann es nicht erklären, aber irgendwie fühle ich mich unbehaglich.«

»Joanna, niemand hält den Dollar mehr in Ehren als ich, aber Geld ist für mich weder schmutzig noch heilig, sondern etwas völlig Wertfreies, ein unvermeidlicher Teil jeder Zivilisation – genauso, wie Tag und Nacht eine natürliche Konsequenz der Erdumdrehung sind. Von uns beiden sind Sie es, die Bewunderung verdient. Sie sind eine talentierte Sängerin, und außerdem betreiben Sie ein hervorragendes Lokal, was ebenfalls eine Kunst ist. Soviel Talent müßte eigentlich *mich* einschüchtern.«

Sie betrachtete ihn forschend, legte ihre Eßstäbchen hin und tupfte sich den Mund mit einer Serviette ab. »Mein Gott, ich glaube, Sie meinen tatsächlich, was Sie sagen!«

»Selbstverständlich«, erklärte Alex. »Wie könnte ich es wagen, unaufrichtig zu sein? Erinnern Sie sich denn nicht mehr an Ihre Rede über absolute Ehrlichkeit?«

Joanna schüttelte erstaunt den Kopf. »Jetzt flößen Sie mir noch mehr Respekt ein. Die meisten Männer, die mit nichts angefangen haben und es mit vierzig zu einem großen Vermögen gebracht haben, sind unerträglich überheblich und egozentrisch.«

»Keineswegs«, widersprach Alex. »Ich habe nichts Besonderes an mir. Ich kenne sehr viele reiche Männer, und die meisten verhalten sich genauso normal wie irgendein Büroangestellter oder wie ein Arbeiter, der für 300 Dollar wöchentlich am Fließband steht. Wir lachen, weinen und bluten genauso wie jedermann. Aber wir haben schon viel zuviel über mich gesprochen. Ich möchte jetzt Joanna Rands Geschichte hören. Wie sind Sie nach Japan gekommen? Was hat Sie veranlaßt, einen Nachtklub zu betreiben? Ich möchte alles über Sie erfahren.«

»Da gibt es nicht viel zu erzählen.«

»Unsinn!«

»Nein, ich meine es ernst. Mein Leben ist im Vergleich zu Ihrem sehr langweilig.«

Er schnitt eine Grimasse. »Bescheidenheit ist zwar eine Zier, aber man kann sie auch übertreiben. Ich habe Ihnen von mir erzählt. Jetzt sind Sie an der Reihe. Das verlangt schon die Fairneß. Ich garantiere Ihnen einen aufmerksamen Zuhörer.«

»Bestellen wir zuerst das Dessert«, sagte Joanna.

Alex war sich nicht schlüssig, ob sie geheimnistuerisch war oder aber tatsächlich durch ihn eingeschüchtert wurde. Drängen wollte er sie nicht. »Okay«, sagte er deshalb, »was hätten Sie denn gern?«

»Etwas Leichtes.«

Die Kellnerin, eine freundliche Frau mit rundem Gesicht, in weißem *yukata* und kurzer brauner Jacke, schlug ihnen Obst vor, womit beide sehr einverstanden waren. Man servierte ihnen Orangenscheiben, bestreut mit fein geraspelten Mandeln und Kokosnüssen.

Alex verzehrte zwei Scheiben, bevor er fragte: »Woher stammen Sie in den Staaten?«

»Ich bin in New York City geboren.«

»Das ist trotz Schmutz und Kriminalität eine meiner Lieblingsstädte. Hat es Ihnen auch gefallen?«

»Ich erinnere mich kaum daran. Mein Vater war Geschäftsführer bei einer dieser amerikanischen Riesenfirmen. Als ich zehn Jahre alt war, wurde er befördert und erhielt in einer britischen Filiale eine Stellung im Spitzenmanagement. Ich bin in London aufgewachsen und habe dort auch die Universität besucht.«

»Was haben Sie studiert?«

»Zunächst Musik . . . dann orientalische Sprachen. Ich begann mich für den Osten zu interessieren, weil ich sehr verliebt in einen japanischen Austauschstudenten war. Wir lebten ein Jahr lang zusammen. Dann ging unsere Beziehung in die Brüche, aber mein Interesse am Osten blieb erhalten.«

»Wann sind Sie nach Japan gekommen?« fragte Alex möglichst beiläufig. Er wollte sich auf gar keinen Fall wie ein Privatdetektiv anhören, der an wichtigen Informationen interessiert ist.

»Vor fast zehn Jahren«, antwortete sie.

Das fällt zeitlich mit Lisa Chelgrins Verschwinden zusammen, dachte er, erwähnte aber nichts davon.

Sie nahm sich mit den Eßstäbchen eine weitere Orangenscheibe und aß mit sichtlichem Genuß. Ein hauchdünnes Kokosnußstückchen blieb in einem Mundwinkel haften, und sie leckte es langsam ab. Alex fühlte sich an eine anmutige Katze erinnert. Als hätte sie seine Gedanken gelesen, blickte sie ihn aus Augen an, die ebenfalls katzenartig anmuteten, weil sie eine seltsam harmonische Kombination scheinbarer Gegensätze widerspiegelten: sowohl Schläfrigkeit als auch totale Präsenz, sowohl Wachsamkeit als auch kühle Gelassenheit, sowohl stolze Reserviertheit als auch ein starkes Bedürfnis nach Zuneigung und Zärtlichkeit.

»Meine Eltern kamen während eines kurzen Urlaubs in Brighton bei einem Autounfall ums Leben«, berichtete sie. »Ich hatte keine Angehörigen in den Staaten, und Großbritannien kam mir plötzlich schrecklich öde und langweilig vor, voll trauriger Erinnerungen. Als ich die Lebensversicherung meines Vaters ausgezahlt bekam, ging ich deshalb nach Japan.«

»Auf der Suche nach jenem Austauschstudenten?«

»O nein. Unsere Affäre war damals schon vorüber. Er studierte noch immer in London. Nein, ich kam nach Japan, weil ich dachte, daß es mir hier vielleicht gefallen würde. Und das war dann auch tatsächlich der Fall. Einige Monate reiste ich als Touristin durchs

Land, und schließlich nahm ich einen Job an: Ich sang japanische und amerikanische Popmusik in einem Nachtklub in Yokohama. Ich habe von Natur aus eine ganz annehmbare Stimme, aber natürlich hatte ich keinerlei Bühnenerfahrung. Anfangs war ich schrecklich unbeholfen, aber mit der Zeit habe ich gelernt, mich auf einer Bühne zu bewegen.«

»Ich könnte wetten, daß zumindest jeder zweite Amerikaner Ihnen damals einen ganz bestimmten Spitznamen gab . . .«

»Yokohama Mama«, fiel sie ihm ins Wort. »Mein Gott, ja!« Sie lächelte säuerlich. »Und jeder hielt sich für wahnsinnig geistreich. ›Yokohama Mama‹ hat nie zu meinen Lieblingsliedern gehört, und nachdem ich diesen Spitznamen tausendmal gehört hatte, wurde ich direkt allergisch gegen das Lied.«

»Und wie sind Sie nach Kyoto gekommen?«

»Zunächst bin ich nach Tokio gegangen, wo ich einen besseren Job als in Yokohama bekam – in einem großen Nachtlokal namens Ongaku, Ongaku.«

»Musik, Musik«, übersetzte Alex. »Ich kenne den Klub. Vor fünf Tagen bin ich dort gewesen.«

»Sie hatten damals eine ziemlich gute Band. Die Musiker hatten die ganze Popmusik genauso satt wie ich, und sie waren bereit, ein Risiko einzugehen. Risiken sind allemal besser als Langeweile – das ist ein Motto von mir. Einige der Musiker waren mit Jazz vertraut, und ich brachte den anderen bei, was ich wußte. Die Manager waren anfangs skeptisch, aber den Gästen gefiel unsere Musik. Ein japanisches Publikum ist im allgemeinen reservierter als ein westliches, aber die Leute im Ongaku gerieten regelrecht aus dem Häuschen, wenn sie uns hörten.« Es war nicht zu übersehen, daß Joanna sich gern an diesen ersten Triumph erinnerte: Sie starrte versonnen in den Garten hinaus und sah sich im Geiste zweifellos auf der Bühne jenes Nachtklubs stehen. »Swing war für sie etwas Neues . . . das heißt, vielleicht war es nicht ganz neu, aber sie entdeckten den Sound damals wieder, was so ziemlich auf das gleiche hinausläuft. Jedenfalls wurde ich zu meiner größten Überraschung zur Hauptattraktion des Klubs. Ich bin dort länger als zwei Jahre mit großem Erfolg aufgetreten, und wenn ich gewollt hätte, wäre ich wahrscheinlich noch immer dort. Aber ich habe schließlich erkannt, daß ich mich mit einem eigenen Nachtklub besserstellen würde.«

»Das Ongaku ist nicht mehr so, wie Sie es beschreiben«, sagte Alex. »Seit Ihrem Weggang ist es mit dem Klub offenbar bergab gegangen. Er ist nur noch eine laute Touristenfalle. Amerikaner, die von Swing keine Ahnung haben, gehen aus einer Art rassistischer Sensationslust hin, um die Gelben zu sehen, die die Musik des weißen Mannes spielen. Und die Japaner gehen vermutlich aus Nostalgie hin, weil sie sich an die einstige Glanzzeit erinnern. Die Band ist jetzt äußerst mittelmäßig, und der Sängerin sollte man überhaupt verbieten, Jazz zu singen, sogar in ihrer eigenen Badewanne.«

Joanna lachte und warf den Kopf zurück, um eine lange Haarsträhne aus dem Gesicht zu bringen. Diese Bewegung verlieh ihr das Aussehen eines Schulmädchens – frisch, weich, unschuldig, keinen Tag älter als siebzehn. Doch Alex vermochte diese unbewußte Demonstration jugendlicher Schönheit und Lebensfreude nicht zu genießen, denn in diesem Augenblick hatte sie noch größere Ähnlichkeit mit Lisa Chelgrin, war sie förmlich das Ebenbild der Vermißten.

Er räusperte sich. »Und wann sind Sie nach Kyoto gekommen?«

»Vor mehr als sechs Jahren, im Juli. Ich wollte hier nur Urlaub machen, während des alljährlichen Gion Matsuri.«

»Matsuri . . . das ist doch ein Festival?«

»Ja, es ist das größte Fest der Stadt. Es gab Partys, Kunstausstellungen, Aufführungen und mehr Fröhlichkeit und spontane Gastfreundschaft, als eine Amerikanerin wie ich verkraften konnte. Die alten Häuser von Muromachi waren für die Öffentlichkeit zugänglich, und dort wurden wertvolle Familienerbstücke gezeigt. Es gab auch einen Festzug mit prächtig geschmückten Wagen . . . Es war einfach umwerfend. Ich blieb eine Woche länger als vorgesehen, und ich verliebte mich in Kyoto, auch als hier wieder der Alltag einkehrte. In Tokio hatte ich einiges über die Leitung eines Nachtklubs gelernt, und so beschloß ich, einen Großteil meiner Ersparnisse für den Kauf des Gebäudes zu verwenden, das jetzt das Moonglow beherbergt. Ich stellte die besten Leute ein, die ich finden konnte, und wir hatten von Anfang an Erfolg. Natürlich bin ich aber weit davon entfernt, eine Millionärin zu sein. So, das war nun also die wenig aufregende Geschichte der Joanna Rand. Ich hatte Sie ja gewarnt, daß sie im Vergleich zu Ihrem Leben sehr langweilig sein würde. Kein einziger mysteriöser Mord oder Rolls-Royce.«

»Ich habe nicht gegähnt, oder?«

»Nur weil Sie höflich sind.«

»Nein, weil ich fasziniert war.«

»Denken Sie an Ihr Versprechen, aufrichtig zu sein.«

»Ich habe es nicht vergessen. Ich *bin* fasziniert.«

»Dann muß ich wohl Ihre Intelligenz überschätzt haben.«

»Ich möchte noch mehr hören.«

»Es gibt nicht mehr zu berichten.«

»Unsinn! Kein Leben läßt sich in fünf Minuten zusammenfassen, und schon gar nicht ein so interessantes wie das Ihrige.«

»O doch«, widersprach sie. »Mein Leben ist keineswegs besonders interessant. Ich bemühe mich nach Kräften, aus dem Moonglow etwas Ähnliches wie Ricks Café Américain in *Casablanca* zu machen, aber ich kann nicht mit so wilden, gefährlichen und romantischen Abenteuern aufwarten wie Humphrey Bogart im Film. Die letzte größere Krise, an die ich mich erinnern kann, war ein Defekt des Geschirrspülers, als zwei Tage lang alles von Hand gespült werden mußte. Das gibt aber keinen spannenden Gesprächsstoff ab, und deshalb werde ich nichts mehr über mich erzählen. Vielleicht langweilt es *Sie* nicht, aber mich langweilt es wahnsinnig.«

Alex war sich nicht sicher, ob Joanna ihm in allem die Wahrheit gesagt hatte, aber insgesamt hatte er einen positiven Eindruck gewonnen. Sie hatte ihre knappe Biographie durchaus überzeugend vorgetragen, ohne Zögern, ohne den geringsten Hinweis auf das leichte Unbehagen eines Lügners. Daß sie als Nachtklubsängerin in Yokohama und Tokio aufgetreten war, stimmte zweifellos, denn diese Angaben waren ja sehr leicht zu überprüfen. Was aber Großbritannien und den tödlichen Autounfall ihrer Eltern während eines Urlaubs in Brighton betraf ... in diesem Punkt war er sich über den Wahrheitsgehalt ihrer Aussage nicht ganz im klaren. Die Geschichte bot eine relativ einleuchtende Erklärung für den völligen Neubeginn in Japan, aber einige Berührungspunkte mit Lisa Chelgrins Biographie ließen Alex erheblich daran zweifeln, daß es sich nur um eine Anhäufung von Zufällen handelte.

Joanna veränderte ihre Sitzposition auf dem Kissen und wandte sich ihm voll zu. Dabei berührte ihr Knie sein Bein, und dieser Körperkontakt hatte auf ihn eine elektrisierende Wirkung. »Haben Sie für den Nachmittag schon irgendwelche Pläne?« erkundigte sie sich.

»Zu meiner Schande muß ich gestehen, daß ich mich im Urlaub zu einem regelrechten Faultier entwickle. Ich habe eigentlich überhaupt keine Pläne gemacht.«

»Wenn Sie etwas von der Stadt sehen möchten, spiele ich gern einige Stunden lang Ihre Reiseleiterin.«

Ihr Knie berührte noch immer sein Bein, und die erregende Wirkung hielt an. Seit Jahren hatte keine Frau eine so starke sexuelle Anziehungskraft auf ihn ausgeübt.

Er räusperte sich, bevor er sagte: »Das ist sehr nett von Ihnen, aber ich möchte Ihre Zeit nicht übermäßig beanspruchen. In einem eigenen Unternehmen, gleich welcher Art, hat man immer tausenderlei zu erledigen, wie ich nur allzugut weiß.«

Sie winkte ab. »Mariko erledigt alles Notwendige. Meine Anwesenheit ist erst ab halb sechs oder sechs erforderlich, wenn der Klub öffnet.«

»Mariko?«

»Mariko Inamura, meine Stellvertreterin und beste Freundin. Sie wird Ihnen bestimmt gefallen. Ich hatte unheimliches Glück mit ihr. Sie ist intelligent und vertrauenswürdig, und ihr Arbeitseifer kennt keine Grenzen.«

Alex prägte sich den Namen ein, fest entschlossen, sich demnächst ausführlich mit dieser Frau zu unterhalten. Mariko wußte bestimmt Näheres über Joannas Vergangenheit. Natürlich würde sie genausowenig wie Joanna selbst geneigt sein, die Neugier eines Fremden zu befriedigen. Doch wenn er es geschickt anstellte, das Thema nur indirekt streifte und seinen Charme spielen ließ – er nannte das seine ›weiche Masche‹ –, würde Mariko ihm bestimmt neue Mosaikteilchen zu Joannas Leben liefern.

Joanna entriß ihn seinen Gedanken, indem sie seine Hand berührte. »Nun, was halten Sie davon?«

»Wovon?«

»Daß ich Ihnen die Stadt zeige.«

»Meine liebe gnädige Frau, ich würde Ihnen überallhin folgen«, erwiderte er übertrieben pathetisch.

Sie grinste. »Sogar bis zu den Pforten der Hölle?«

»Meine Teuerste, nicht nur bis zu den Pforten, sondern sogar ins tiefste Innere der Hölle – falls Sie unbedingt darauf bestehen sollten.«

Ihr melodisches Lachen erfüllte den kleinen Raum. »Ich befürchte, daß Kyoto etwas so Aufregendes nicht zu bieten hat. Aber Sie können Douglas Fairbanks wirklich gut imitieren.«

Er machte eine leichte Verbeugung. »*Arigato,* Joanna-san.«

Sie verbeugte sich ebenfalls.

Alex hatte sich während des Essens ein festes Urteil über sie bilden wollen, aber das war ihm nicht gelungen. Er blickte fasziniert in ihre tiefblauen Augen, die noch eine Nuance dunkler zu werden schienen.

Wer war sie?

Joanna Rand oder Lisa Chelgrin?

8

Es dauerte knapp fünf Minuten, bis das in Joannas Auftrag bestellte Taxi vor dem Eingang des Restaurants hielt, ein schwarzer Wagen mit roten Schriftzeichen. Joanna hätte sich für die kleine Rundfahrt, die ihr vorschwebte, keinen idealeren Fahrer vorstellen können. Der runzelige, weißhaarige alte Mann hatte ein sympathisches Lächeln; als guter Menschenkenner bemerkte er sofort, daß sich zwischen seinen Fahrgästen eine Romanze anbahnte, und deshalb vergewisserte er sich nur durch gelegentliche Blicke in den Rückspiegel, daß sie die wichtigsten Sehenswürdigkeiten nicht übersahen.

Während der etwa einstündigen Fahrt durch die Altstadt machte Joanna Alex auf die interessantesten Häuser, Tempel und Hotels aufmerksam und erzählte ihm allerhand Wissenswertes über japanische Geschichte und Architektur. Er schien sich bestens zu unterhalten, stellte Fragen, lächelte oder lachte über ihre geistreichen Kommentare und blickte ihr zwischendurch immer wieder tief in die Augen. Seine starke Persönlichkeit übte auf Joanna eine geradezu magische Anziehungskraft aus, wie sie sich eingestehen mußte.

Das Taxi hielt gerade an einer Ampel in der Nähe des Nationalmuseums, als er sie mit einer unerwarteten Bemerkung aus dem Konzept brachte. »Ihr Akzent ist mir ein Rätsel«, sagte er.

»Welcher Akzent?«

»Es ist jedenfalls kein New Yorker Akzent ...«

»Mir ist überhaupt nicht bewußt, daß ich mit Akzent spreche.«

»Vielleicht Boston?«

»Ich bin nie in Boston gewesen.«

»Er ist sehr schwer einzuordnen ... Vielleicht eine Spur von britischem Englisch ... ja, vielleicht ist es das.«

»Ich hoffe nicht«, sagte Joanna. »Ich hatte immer eine Abneigung gegen Amerikaner, die sich einen britischen Akzent zulegen, nachdem sie einige Jahre dort gelebt haben. Es kommt mir so künstlich vor.«

»Nein, es ist kein britischer Akzent«, stellte er fest. Er betrachtete sie nachdenklich, und als das Taxi sich wieder in Bewegung setzte, erklärte er: »Jetzt hab' ich's! Chicago!«

»*Sie* stammen aus Chicago«, widersprach Joanna, »und ich spreche nicht wie Sie.«

»Doch – zumindest ein klein wenig.«

»Nein. Außerdem gehört auch Chicago zu jenen Orten, wo ich nie gewesen bin.«

»Sie müssen irgendwo in Illinois gelebt haben«, beharrte er.

Einen Augenblick lang kam es ihr so vor, als kostete es ihn beträchtliche Mühe, sein strahlendes Lächeln zu bewahren.

»Nein«, erwiderte sie, »ich bin nie in Illinois gewesen.«

Er zuckte mit den Schultern und ließ das Thema so plötzlich fallen, wie er es aufs Tapet gebracht hatte. »Nun, dann irre ich mich.« Er deutete auf ein Gebäude auf der linken Straßenseite. »Was ist das?«

Sie schlüpfte wieder in die Rolle einer Fremdenführerin, wurde aber das unangenehme Gefühl nicht los, daß Alex mit den Fragen nach ihrem Akzent einen ganz bestimmten Zweck verfolgt hatte.

Ein leichter Schauder überlief sie, ein Hauch jener unerklärlichen Ängste, von denen sie Nacht für Nacht heimgesucht wurde.

9

Vor Schloß Nijo bezahlten sie den Taxifahrer und setzten die Stadtbesichtigung zu Fuß fort. Hinter drei anderen Touristen gingen sie auf das riesige, mit Eisen gepanzerte Osttor des Palastes zu. Joanna sah, daß Alex beeindruckt war.

»So stelle ich mir ein Schloß vor!« rief er bewundernd, fügte aber gleich darauf kopfschüttelnd hinzu: »Aber es ist für Japan viel zu prunkvoll.«

Joanna seufzte erleichtert. »Ich bin froh, daß Sie das sagen.«

»Tatsächlich?«

»Ja, denn wenn Sie allzu begeistert von Schloß Nijo wären, müßte ich an Ihrem guten Geschmack zweifeln – und ich mag nur Männer mit gutem Geschmack.«

»Sie hofften also, daß ich das Schloß zu prunkvoll finden würde?« fragte er.

»Die meisten Menschen, die ein Empfinden für den japanischen Stil haben, sind dieser Meinung.«

»Ich dachte, es wäre ein Wahrzeichen.«

»Historisch betrachtet, ist es das auch. Aber es ist für Touristen eine größere Attraktion als für Japaner.«

Sie passierten das Haupttor und kurz darauf ein zweites Tor, das Kara-mon, das mit kunstvollen Holzschnitzereien und Metallornamenten reich verziert war. Vor ihnen erstreckte sich ein großer Hof, und dahinter ragte der Palast empor.

Während sie über den Hof gingen, erklärte Joanna: »Die meisten Europäer und Amerikaner haben die Vorstellung, daß alte Paläste massiv und prunkvoll sein müssen. Sie sind normalerweise enttäuscht, daß es hier so wenige imposante Baudenkmäler gibt – aber Schloß Nijo gefällt fast allen. Seine Rokokopracht sagt ihnen zu. Aber es ist keineswegs typisch für die japanische Lebenseinstellung und Philosophie.«

Ihr war bewußt, daß sie nervös daherzuplappern begann, aber sie konnte nichts daran ändern. Schon beim Mittagessen, noch viel stärker aber in dem kleinen Taxi hatte sie gespürt, daß zwischen ihr und Alex eine mächtige sexuelle Anziehungskraft entstand, eine schier unwiderstehliche erotische Spannung. Sie freute sich auf den Akt, der diesen Hunger stillen würde ... aber gleichzeitig fürchtete sie sich vor einer möglichen emotionalen Bindung. Sie hatte während der letzten sechs Monate keinen Liebhaber gehabt, obwohl sie sich durchaus nach Wärme sehnte, nach einem Menschen wie diesem attraktiven Amerikaner. Sie wollte mit Alex Hunter ins Bett gehen, sie wollte dieses Geben und Nehmen, diesen gemeinsamen Genuß, diese wilde Zärtlichkeit, diese animalische Nähe, aber sie wußte nicht, ob sie imstande sein würde, danach eine weitere schmerzhafte Trennung zu ertragen. Im allgemeinen war sie stark, durch nichts so leicht zu erschüttern, doch bei Alex hatte sie das Gefühl, am Rande eines Abgrunds zu wandeln und ihr Gleichgewicht leichtsinnig aufs Spiel zu setzen. Ihre letzte Liebesaffäre hatte – wie alle vorangegangenen – ein schlechtes Ende genommen, und zweifellos würde das auch diesmal der Fall sein. Sie hatte einen unerklärlichen destruktiven Hang, ein ihr selbst unverständliches Bedürfnis, alles Positive zu zerstören, das sich zwischen einem Mann und ihr entwickelte. Irgend etwas zwang sie, eine Beziehung abzubrechen, sobald aus einem sexuellen Abenteuer Liebe wurde. Ihr Leben lang hatte sie sich eine feste Bindung gewünscht, hatte mit stiller Verzweiflung danach gesucht. Sie war von ihrem ganzen Wesen her nicht dazu geschaffen, allein zu leben; trotzdem lehnte sie jeden Heiratsantrag ab, auch dann, wenn sie sehr verliebt war. Sobald die heißersehnte Zweisamkeit zum Greifen nahe war, schreckte sie aus unerfindlichen Gründen zurück. Jedesmal befürchtete sie im letzten Moment, daß ein Ehemann neugieriger sein könnte als ein bloßer Geliebter, daß er in ihrer Vergangenheit herumschnüffeln und die Wahrheit erfahren könnte. *Die Wahrheit.* Diese Sorge verwandelte sich stets in Angst, in unerträgliche überwältigende Angst. Aber warum? Verdammt, warum nur? Sie hatte nichts zu verbergen, dessen war sie sich ganz sicher. Sie hatte nicht gelogen, als sie Alex erzählte, daß es in ihrem Leben keine aufregenden Ereignisse und keine dunklen Geheimnisse gegeben habe. Trotzdem wußte sie, daß sie auch ihn brutal zurückstoßen würde, falls er auf mehr als nur auf ein flüchtiges Abenteuer aus sein sollte. Und sobald er dann gegangen wäre, sobald sie wieder allein wäre, würde dieser Verlust sie völlig niederschmettern, und sie würde sich hassen wie niemals zuvor. Ihre Ängste waren irrational, aber sie konnte sie nicht überwinden. Aus diesem Grunde redete sie unablässig, während sie den Hof überquerten. Mit ihrem trivialen Geplaudere wollte sie verhindern, daß das Gespräch eine persönliche Wendung nahm.

»Menschen aus dem Westen«, erklärte sie ihm pedantisch, »sind ständig auf der Suche nach Beschäftigung und Aufregung, vom Aufstehen bis zum Schlafengehen. Sie beklagen sich endlos über den furchtbaren Streß, der ihr Leben vergiftet, aber in Wirklichkeit brauchen sie diesen Druck, diese Betriebsamkeit. Sie sind die reinsten Energiebündel. Im Gegensatz dazu ist das hiesige Leben geprägt von Ruhe und Vernunft. Die Schlüsselworte der japanischen Philosophie sind nicht umsonst *Gelassenheit* und *heitere Ruhe.*«

Alex grinste gewinnend. »Nichts für ungut – aber Ihrer momentanen Überaktivität nach zu schließen, sind Sie noch immer mehr westlich als japanisch geprägt.«

»Entschuldigung«, murmelte Joanna verlegen. »Ich liebe Kyoto und Japan einfach so sehr, daß ich dazu neige, mich idiotisch aufzuführen, wenn ich jemandem die Stadt zeige. Mir liegt soviel daran, daß sie auch Ihnen gefällt.«

Sie blieben am Haupteingang zum größten der fünf miteinander verbundenen Palastgebäude stehen, und Alex fragte unvermittelt: »Joanna, machen Sie sich über irgend etwas Sorgen?«

»Sorgen? Ich? Keineswegs.« Sie war bestürzt über seine Beobachtungsgabe und hatte wieder das unangenehme Gefühl, vor diesem Mann nichts verbergen zu können. Er schien das außergewöhnliche Talent zu besitzen, ihre geheimsten Gedanken lesen zu können.

»Sind Sie sicher, daß Sie den Nachmittag mit mir verbringen wollen?« erkundigte sich Alex besorgt. »Wie schon gesagt – wenn die Geschäfte Sie rufen, können wir uns ein anderes Mal treffen.«

»Nein, nein«, erwiderte Joanna. Sie wagte nicht, ihm in die dunklen Augen zu schauen, die bis auf den tiefsten Grund ihrer Seele zu blicken vermochten. »Ich versuche nur mein Bestes, eine gute Fremdenführerin zu sein.«

Er betrachtete sie forschend, während er mit zwei Fingern an seinem Schnurrbart zupfte – eine unbewußte Geste des Nachdenkens, die Joanna schon früher aufgefallen war.

»Kommen Sie«, sagte sie möglichst munter. »Hier gibt es so viel zu sehen.«

Während sie einer Touristengruppe durch die prächtigen Säle folgten, erzählte Joanna über die lange, bewegte Geschichte des Palastes. Schloß Nijo beherbergte eine Unmenge von Kunstschätzen, auch wenn ein Großteil davon ziemlich protzig war. Die ersten Bauten waren 1603 errichtet worden und hatten dem ersten Shogun aus der Dynastie Tokugawa als Residenz in Kyoto gedient. Später waren dem Palast Teile von Hideyoshis Schloß Fushimi angegliedert worden. Trotz des Wallgrabens, der Wachtürme und des imposanten Eisentores war Schloß Nijo von einem Mann erbaut worden, der sich keine Sorgen um seine Sicherheit zu machen brauchte, denn es hätte mit seinen niedrigen Mauern und weiten Gärten keinem Angreifer trotzen können. Obwohl der Palast für die japanische Kunstgeschichte nicht repräsentativ war, vermittelte er einen lebendigen Eindruck vom Lebensstil eines sehr mächtigen und reichen Militärdiktators, der absoluten Gehorsam verlangte und auf genauso großem Fuße leben konnte wie der Kaiser höchstpersönlich.

Joanna und Alex waren weit hinter den anderen Besuchern zurückgeblieben, und sie erklärte ihm gerade die Bedeutung und den Wert eines besonders schönen Wandgemäldes, als er plötzlich sagte: »Entschuldigung, daß ich Sie unterbreche, aber wissen Sie was?«

»Was denn?«

»Schloß Nijo ist wundervoll. Aber ich bin von Ihnen noch viel stärker beeindruckt als von diesem Palast.«

»Von mir?« fragte sie verwirrt. »Weshalb denn, um Himmels willen?«

»Nun, wenn Sie nach Chicago kämen, gäbe ich keinen so großartigen Fremdenführer ab.«

»Machen Sie sich keine Sorgen. Ich glaube nicht, daß ich in absehbarer Zeit nach Chicago kommen werde.«

Die Touristengruppe war inzwischen nicht mehr zu sehen. Joanna und Alex waren allein. Ihre Stimmen hallten in den Sälen so stark wider, daß sie sich unwillkürlich im Flüsterton unterhielten.

»Ich wollte damit sagen, daß ich keine Ahnung von der Geschichte meiner Heimatstadt habe«, erläuterte Alex. »Ich könnte Ihnen nicht einmal das Jahr nennen, in dem Chicago bis auf die Grundmauern abgebrannt ist. Es gibt nur wenige Menschen, die sich für ihre eigenen Wurzeln interessieren. Um so erstaunlicher ist es, daß Sie sich als Amerikanerin in einem fremden Land und einer fremden Stadt so hervorragend auskennen.«

Sie nickte zustimmend. »Manchmal wundere ich mich selbst darüber. Ich weiß mehr über Kyoto als die meisten Einheimischen, die hier geboren sind. Aber japanische Geschichte ist mein Hobby, seit ich England verlassen habe. Es ist sogar mehr als nur ein Hobby. Sozusagen eine Art Nebenbeschäftigung. Manchmal kommt es mir vor, als wäre es fast so etwas wie eine Besessenheit.«

Seine Augen verengten sich ein wenig, und Joanna glaubte professionelle Neugier wahrzunehmen. »Besessenheit«, wiederholte er nachdenklich. »Finden Sie nicht, daß das ein seltsamer Ausdruck ist?« Er zupfte an seinem Schnurrbart.

Sie hatte wieder das Gefühl, daß er mit seinen Fragen einen bestimmten Zweck verfolgte, daß er sie auf sanfte, aber beharrliche Weise auszuhorchen versuchte. Was wollte dieser Mann von ihr? Sie fühlte sich ja fast schon so, als hätte sie irgendein schreckliches Verbrechen zu verbergen. Am liebsten hätte sie sofort das Thema gewechselt, aber das wäre sehr unhöflich gewesen.

»Ich kaufe und lese jedes Jahr mehr als hundert Bücher über japanische Geschichte«, erklärte sie ihm deshalb. »Ich besuche Vorträge über Geschichte, und meinen Urlaub verbringe ich größtenteils in Heiligtümern und Museen. Es ist fast so, als . . .«

»Ja? Was wollten Sie sagen?« drängte er sanft, als sie mitten im Satz verstummte.

Mein Gott, ich muß verrückt sein, dachte Joanna. *Ich ziehe eine Affäre mit ihm in Betracht, und im nächsten Moment mißtraue ich ihm und fürchte mich vor ihm. Es ist sein Beruf, der mich stört. Privatdetektiv! Wahrscheinlich sind die meisten Leute verkrampft und nervös, bis sie ihn wirklich gut kennen.*

»Joanna?«

Sie starrte das Wandgemälde an. »Nun ja, ich glaube, daß ich so versessen auf japanische Geschichte bin, weil ich keine persönlichen Wurzeln habe. Geboren in den USA, aufgewachsen in England, meine Eltern seit zehn Jahren tot, keine lebenden Verwandten ...«

»Stimmt das?« fiel Alex ihr ins Wort.

»Was?«

»Daß Sie keine Verwandten haben?«

»Keine lebenden.«

»Keine Großeltern oder ...«

»Wie gesagt – nein.«

»Nicht einmal einen Onkel oder eine Tante?«

»Nein.« Sie wandte sich ihm wieder zu. Was stand in seinem attraktiven Gesicht geschrieben – Mitgefühl oder Berechnung? Teilnahme oder Mißtrauen? *Jetzt fange ich schon wieder damit an,* dachte sie, wütend auf sich selbst. *Was ist nur los mit mir? Warum bin ich bei einem neuen Mann jedesmal so nervös, so beunruhigt, daß er viel zu neugierig sein könnte?*

»Aus diesem Grunde bin ich ja nach Japan gegangen«, sagte sie. »Es gab niemanden, an den ich mich hätte wenden können.«

Er runzelte die Stirn. »Das ist ungewöhnlich. In Ihrem Alter hat fast jeder irgendwo auf der Welt zumindest *einen* Verwandten ... vielleicht einen, den man kaum kennt oder wenig schätzt, aber immerhin ...«

Joanna zuckte mit den Schultern. »Nun, falls es irgendwo irgendwelche Verwandten dieser Art gibt, weiß ich jedenfalls nichts von ihrer Existenz.«

»Ich könnte Ihnen bei der Suche nach ihnen helfen«, sagte er rasch. »Schließlich gehören Nachforschungen zu meinem Beruf.«

»Ihre Honorare könnte ich mir vermutlich nicht leisten.«

»Oh, ich arbeite zu erschwinglichen Preisen.«

»Immerhin können Sie sich davon zwei Rolls-Royce kaufen.«

»Diesen Auftrag würde ich für die Kosten eines Fahrrads ausführen.«

»Das müßte dann wohl ein riesiges Fahrrad sein.«

»Ich täte es sogar für ein Lächeln.«

Joanna lächelte. »Das ist sehr großzügig von Ihnen. Viel zu großzügig, als daß ich dieses Angebot annehmen könnte.«

»Ich würde es unter ›allgemeine Unkosten‹ verbuchen und auf diese Weise Steuern sparen. In gewissem Sinne würde also der amerikanische Staat die Arbeit bezahlen.«

Aus unerfindlichen Gründen lag ihm viel daran, in ihrer Vergangenheit recherchieren zu können. Das bildete sie sich nicht nur ein. Sie litt nicht unter Verfolgungswahn. Er bedrängte sie *tatsächlich*. Trotzdem hatte sie das Bedürfnis, sich mit ihm zu unterhalten, denn sie spürte, daß er sie verstehen würde. Ihre Wellenlängen stimmten irgendwie überein. »Nein«, sagte sie. »Vergessen Sie's. Selbst wenn es irgendwo solche Verwandten geben sollte, wären sie für mich wildfremde Leute, denen ich nichts bedeute. Deshalb ist es mir so wichtig, die Geschichte von Kyoto und Japan wirklich gut zu kennen. Dies hier ist jetzt meine Heimatstadt – es ist meine Vergangenheit, meine Gegenwart und Zukunft. Man hat mich hier akzeptiert. Ich habe keine Wurzeln wie andere Menschen; sie sind ausgerissen und verbrannt worden. Aber vielleicht kann ich hier neue Wurzeln schlagen – kulturelle Wurzeln, die genauso tief und stark sind wie die zerstörten. Ich *muß* das schaffen, mir bleibt gar keine andere Wahl. Ich brauche dieses Zugehörigkeitsgefühl. Ich will nicht einfach eine erfolgreiche Immigrantin sein, sondern zu einem integralen Bestandteil dieses herrlichen Landes werden. Dazugehören ... mit allem fest und sicher verbunden sein, wie eine Faser im Gewebe ... das ist es, was zählt. Ich verspüre das verzweifelte Bedürfnis, eine solche Gewebefaser zu sein, mich zu verlieren ... mich untrennbar mit Japan zu verbinden. Oft habe ich das Gefühl einer ... einer schrecklichen Leere. Nicht immer. Nur hin und wieder. Aber wenn es mich überkommt, ist es fast zuviel für mich. Und ich glaube ... ich *weiß*, daß ich nicht mehr unter dieser Leere leiden würde, wenn es mir gelänge, völlig mit der hiesigen Gesellschaft zu verschmelzen.«

Joanna wunderte sich selbst, daß sie Alex Dinge erzählte, die sie noch nie jemandem anvertraut hatte. Die Palastmauern schienen in die Ferne gerückt und so unwirklich wie eine Filmkulisse. Es war fast so, als würden Alex und sie in einer Art Ballon außerhalb von Zeit und Raum dahinschweben. Trotz ihrer sonstigen Zurückhaltung und trotz ihrer leichten Verstörung über seinen Beruf genoß sie es, ihm nahe zu sein, mit ihm allein zu sein. Am liebsten hätte sie ihre Arme um ihn geschlungen, aber sie wußte, daß es dafür noch zu früh war.

So leise, daß sie ihn kaum verstehen konnte, sagte er: »Leere? Auch das ist eine seltsame Wortwahl.«

»Wahrscheinlich haben Sie recht.«

»Was meinen Sie damit?«

Joanna fragte sich, wie sie ihm jenes unangenehme Gefühl, anders zu sein als alle anderen Menschen, begreiflich machen könnte, jenes Krebsgeschwür der Entfremdung und Einsamkeit, das sie ein- oder zweimal im Monat aus heiterem Himmel überfiel und an ihr nagte. Erschöpfende Einsamkeit, die an Verzweiflung grenzte. Düstere totale Einsamkeit. Nein, auch das war nicht der richtige Ausdruck. Es war noch viel schlimmer. *Alleinsein* wäre vielleicht treffender. Aus unerfindlichen Gründen war sie manchmal überzeugt, daß sie sich auf schreckliche Weise von allen anderen Menschen unterschied, daß sie in einer Dimension lebte, die jenseits der normalen Ströme des menschlichen Daseins verlief. *Alleinsein.* Diese unerklärlichen Emotionen stürzten sie in tiefe Depressionen, aus denen sie sich nur durch äußerste Willenskraft zu befreien vermochte. Sie murmelte zögernd: »Diese Leere ist ... das ist so, als wäre ich niemand.«

»Sie meinen, es bekümmert Sie, daß Sie niemanden haben?«

»Nein, das ist es nicht. Ich habe das Gefühl, daß ich niemand *bin.*«

»Ich verstehe immer noch nicht.«

»Es ist so, als wäre ich nicht Joanna Rand ... als wäre ich überhaupt niemand ... nur eine leere Hülle ... eine Null ... ein Hohlkörper ... nicht wie alle anderen ... nicht einmal ein menschliches Wesen. Und in solchen Stimmungen frage ich mich dann, warum ich lebe ... welchen Sinn das hat ...«

»Wollen Sie damit sagen, daß Sie an Selbstmord denken?« fragte Alex besorgt.

»Nein, nein. Nie. Das würde ich nicht fertigbringen.«

»Ich bin sehr erleichtert, das zu hören.«

Sie schüttelte den Kopf. »Ich bin viel zu zäh, viel zu stur, um den leichten Ausweg zu wählen. Ich habe nur versucht, die Düsternis dieser Stimmungen zu beschreiben, damit Sie begreifen, warum es für mich so wichtig ist, hier in Kyoto Wurzeln zu schlagen.«

Alex' Gesicht drückte tiefes Mitgefühl aus. »Wie können Sie mit diesem Gefühl der Leere leben und dabei noch heiter und ausgeglichen wirken?«

»Oh, ich fühle mich ja nicht immer so miserabel«, sagte Joanna rasch. »Diese Depressionen überfallen mich nur hin und wieder, alle paar Wochen einmal, und sie halten nie länger als einen Tag an. Ich kämpfe gegen sie an.«

Er berührte ihre Wange mit seinen Fingerspitzen. Sie waren rauh und kühl.

Schlagartig kehrte Joanna in die Realität zurück, und sie war erstaunt, ja sogar schockiert, daß sie einem fast Fremden soviel von sich erzählt hatte. Warum hatte sie ausgerechnet bei diesem Mann ihren Schutzpanzer abgelegt? Warum nur war sie bereit, sich Alex Hunter anzuvertrauen wie keinem Menschen je zuvor, nicht einmal Mariko Inamura? Offenbar war ihr Hunger nach Gemeinschaft und Liebe noch viel größer, als sie bis zu diesem Moment geglaubt hatte.

Errötend sagte sie: »Schluß jetzt mit dieser Beichte. Sie sind schließlich kein Psychoanalytiker.«

»Nun, jeder Privatdetektiv muß auch etwas von einem Psychiater an sich haben . . . genauso wie ein guter Barkeeper.«

»Ich bin aber keine Patientin. Weiß der Teufel, was überhaupt in mich gefahren ist!«

»Es macht mir nichts aus zuzuhören.«

»Sie sind sehr freundlich.«

»Ich sage das wirklich nicht nur höflichkeitshalber.«

»Vielleicht macht es Ihnen nichts aus zuzuhören, aber ich möchte nicht darüber sprechen.«

»Warum?«

»Weil es etwas sehr Persönliches ist . . . und etwas so Absurdes.«

»Es tut Ihnen vermutlich gut, sich einmal auszusprechen.«

»Sie haben wahrscheinlich recht«, gab sie zu. »Aber es ist sonst nicht meine Art, einem vollkommen Fremden mein Herz auszuschütten.«

»He, ich bin doch kein vollkommen Fremder!« protestierte Alex.

»Fast.«

»Ah, ich verstehe«, sagte er. »Sie meinen, ich sei vollkommen, aber kein Fremder.«

Joanna lächelte und mußte an sich halten, um ihn nicht zu berühren. »Nun, wie dem auch sein mag, wir sind hier, um den Palast zu besichtigen, nicht um lange und langweilige analytische Gespräche zu führen. Es gibt tausend Dinge zu sehen, und jedes davon ist interessanter als meine Psyche.«

»Sie unterschätzen sich gewaltig«, meinte Alex.

Eine neue Gruppe schwatzender Touristen bog um die Ecke und näherte sich Joanna von hinten. Sie drehte sich nach ihnen um, weil sie wenigstens für Sekunden Alex' durchdringendem Blick entgehen und ihre Fassung wiedererlangen wollte. Doch was sie sah, raubte ihr die Luft zum Atmen.

Ein Mann ohne rechte Hand.

Nur etwa sechs Meter entfernt.

Und er kam auf sie zu.

Er war seiner Gruppe um einige Schritte voraus: ein freundlich lächelnder Koreaner mit stahlgrauem Haar und faltigem Gesicht. Er trug eine Hose mit korrekter Bügelfalte, ein weißes Hemd mit blauer Krawatte und einen hellblauen Sweater, dessen rechter Ärmel einige Zentimeter hochgerollt war. Der Arm war verkrüppelt: ein glatter, runder rosafarbener Stumpf anstelle einer Hand.

»Ist alles in Ordnung?« erkundigte sich Alex, der offenbar ihre plötzliche Verkrampfung bemerkt hatte.

Sie konnte keinen Ton hervorbringen.

Der einhändige Mann kam näher.

Fünf Meter.

Sie roch Antiseptika, Alkohol, Lysol. Eine starke Kernseife.

Das ist doch lächerlich, sagte sie sich. *Du kannst keine Antiseptika riechen. Hier gibt es keine Gerüche dieser Art. Pure Einbildung. Es gibt nichts, wovor du in Schloß Nijo Angst haben müßtest.*

Lysol.

Alkohol.

Kein Grund zur Angst! Dieser einhändige Koreaner ist ein freundlicher alter Herr, der niemandem etwas zuleide tun könnte. Beruhige dich. Um Himmels willen, starre diesen armen Mann doch nicht so an!

»Joanna, was ist los?« Alex legte ihr besorgt eine Hand auf die Schulter.

Der Koreaner schien sich im Zeitlupentempo zu bewegen, wie ein Traumungeheuer, und Joanna fühlte sich in demselben unwirklich langsamen Zeitablauf gefangen.

Sie hatte eine belegte Zunge und einen schlechten Geschmack im Mund, einen Blutgeschmack, von dem sie wußte, daß sie ihn sich genauso einbildete wie die Gerüche von Antiseptika. Trotzdem verursachte er ihr Übelkeit. Ihre Kehle war wie zugeschnürt, und sie verspürte einen leichten Würgereiz. Sie hörte sich keuchend nach Luft schnappen.

Lysol.

Alkohol.

Sie zwinkerte, aber das Flattern ihrer Lider bewirkte lediglich eine weitere unheimliche Veränderung der Realität. Der rosafarbene Armstumpf des Koreaners ging nun in eine künstliche Hand über. Absurderweise hörte sie sogar das Surren des Servomechanismus, das Gleiten der geölten Pleuelstangen und das Klicken der Scharniere beim Öffnen der geballten Faust.

Nein! Das alles war ebenfalls nur Einbildung.

Als der Koreaner nur noch knapp drei Meter von ihr entfernt war, hob er den verkrüppelten Arm und deutete mit der nicht vorhandenen Hand auf etwas. Ihr Verstand sagte Joanna, daß der Mann sich nur für das Wandgemälde interessierte, das auch sie und Alex betrachtet hatten, aber emotional war sie überzeugt, daß er auf *sie* deutete, daß er in böser Absicht nach ihr greifen wollte.

Aus den Tiefen ihres Unterbewußtseins stieg plötzlich eine Stimme empor, eine erschreckende, grobe, eisige Stimme voll Haß und Bitterkeit. Es war eine vertraute Stimme, für Joanna ein Synonym für Schmerz und Entsetzen. Sie wollte schreien. Obwohl der Mann aus ihrem Alptraum, der gesichtslose Mann mit den Stahlfingern, nie gesprochen hatte, wußte sie genau, daß das seine Stimme war. Was aber noch viel schlimmer war: Sie wußte plötzlich, daß sie ihn zwar in ihrem Alptraum nie gehört hatte, dafür aber in der Realität. Irgendwo ... irgendwann ... irgendwie ... Die Worte, die ihr mit einem Male in den Ohren dröhnten, entstammten weder ihrer Fantasie noch ihren schlimmsten Träumen. Es waren verschüttete Erinnerungsfetzen an eine Zeit und an einen Ort, die genauso zu ihrer Vergangenheit gehörten wie der gestrige Tag. Eine kalte Stimme sagte: *»Noch einmal die Nadel, mein schönes kleines Fräulein. Noch einmal die Nadel.«* Die Stimme wurde immer lauter, schien ihren Schädel zu sprengen. Nur sie allein konnte diese Stimme hören; der Rest der Welt war dafür taub. Die Worte explodierten in ihr – *Noch einmal die Nadel, noch einmal die Nadel, noch einmal die Nadel ...*

Der Koreaner blieb einen halben Meter vor ihr stehen.

Lysol.

Alkohol.

Noch einmal die Nadel, mein schönes kleines Fräulein.

Joanna rannte los. Sie wimmerte wie ein verwundetes Tier, stieß gegen Alex Hunter, ohne ihn richtig wahrzunehmen, und stürzte an ihm vorbei in den nächsten Saal. Sie wollte schreien, schien aber die Stimme verloren zu haben. Sie rannte, ohne sich umzublicken, überzeugt davon, daß der Koreaner sie verfolgte, rannte an den herrlichen Kunstwerken des Meisters Kano Tan'yu und seiner Schüler aus dem 17. Jahrhundert vorbei, stürzte zwischen Holzskulpturen hindurch, die für ihre kunstvollen Details berühmt waren, und die ganze Zeit über rang sie nach Luft, die ihr wie eine dichte Staubwolke die Lungen zu verstopfen schien. Ihre Schritte hallten von den vergoldeten Kassettendecken wider, während sie durch die Säle rannte, vorbei an einem bestürzten Wärter, der etwas zu ihr sagte, hinaus ins Freie, auf den Hof, in die kühle Novemberluft . . .

Sie hörte, daß eine bekannte Stimme ihren Namen rief, und blieb im Schloßgarten endlich stehen, am ganzen Leibe zitternd.

10

Alex führte sie zu einer Bank und setzte sich neben sie. Joanna schien den scharfen Herbstwind überhaupt nicht zu bemerken. Ihre Augen waren unnatürlich groß, und ihr Gesicht war leichenblaß. Er hielt ihre schmale Hand. Ihre Finger waren eiskalt und so weiß, als wären sie völlig blutleer und leblos. Sie klammerte sich so fest an seine Hand, daß ihre manikürten Nägel sich schmerzhaft in seine Haut bohrten, aber er ließ sich nichts anmerken, weil er befürchtete, daß sie sich andernfalls zurückziehen würde. Was für ein Problem sie auch haben mochte, sie brauchte jetzt menschlichen Kontakt, und er wollte derjenige sein, der sie beruhigte und tröstete.

»Soll ich einen Arzt rufen?«

»Nein, es ist schon vorbei. Mir wird es gleich bessergehen.«

»Sagen Sie mir bitte, womit ich Ihnen helfen kann.«

»Ich möchte einfach ein Weilchen hier sitzen.«

Er warf ihr einen forschenden Blick zu und stellte fest, daß sie die Wahrheit sagte: Ein Arzt war wohl tatsächlich überflüssig. Sie sah miserabel aus, aber ihre Wangen bekamen allmählich wieder etwas Farbe. »Was war denn los, Joanna?«

Ihre Unterlippe zitterte, und in ihren Augen glänzten Tränen.

»Na, na«, murmelte er sanft.

»Alex, es tut mir so schrecklich leid . . .«

»Was denn?«

»Daß ich mich so idiotisch aufgeführt habe.«

»Pschscht!«

»Es war mir so wichtig, daß Sie . . . daß Sie einen guten Eindruck von mir bekommen. Und jetzt . . .«

»Reden Sie doch kein dummes Zeug. Ich weiß, daß Sie eine schöne, begabte und sehr intelligente Frau sind – die reizvollste Frau, der ich seit Jahren begegnet bin.«

Joanna blickte ihn mit einer Mischung aus Hoffnung und Zweifel an, ohne ihre feuchten Augen verbergen zu wollen. Am liebsten hätte er ihre roten, geschwollenen Lider geküßt. »Ist das Ihr Ernst?« fragte sie ungläubig.

Er wischte ihr behutsam eine Träne vom Gesicht. »Muß ich Sie immer wieder daran erinnern, daß wir absolute Aufrichtigkeit vereinbart haben? Das war schließlich Ihre Idee.« Er seufzte in gespielter Entrüstung. »Selbstverständlich ist jedes Wort mein voller Ernst.«

»Aber die Art und Weise, wie ich davongerannt bin . . .«

»Ich bin sicher, daß Sie dafür einen triftigen Grund hatten.«

Joanna schnitt eine Grimasse. »Ich bin mir dessen nicht so sicher wie Sie, aber es freut mich, daß Sie mich nicht für verrückt halten.« Sie schniefte und wischte sich mit ihrer freien Hand die Augen ab.

Ihm rührte die Verletzlichkeit, die dicht unter jener Oberfläche von kühler Distanz und Selbstvertrauen verborgen war, womit sie ihre Umgebung normalerweise beeindruckte.

Sie entspannte sich ein klein wenig, so daß ihre Nägel sich nicht mehr in sein Fleisch gruben. »Entschuldigen Sie bitte den peinlichen Auftritt. Ich habe mich wie eine Irre benommen.«

»Das stimmt nicht«, widersprach Alex geduldig. »Sie haben sich benommen, als hätten Sie wahnsinnige Angst.«

Sie war überrascht. »Woher wissen Sie das?«

»Ich bin schließlich Detektiv.«

»Es war genauso, wie Sie sagen. Ich hatte irrsinnige Angst.«

»Wovor?«

»Vor dem Koreaner.«

»Ich verstehe nicht . . .«

»Vor dem Mann mit nur einer Hand.«

»War das ein Koreaner?«

»Ich glaube.«

»Kannten Sie ihn?«

»Ich habe ihn noch nie gesehen.«

»Hat er etwas gesagt, das Sie erschreckt hat?«

»Nein«, erwiderte Joanna. »Er . . . er hat mich an etwas Schreckliches erinnert, und da . . . da bin ich in Panik geraten.« Sie umklammerte seine Hand erneut fester.

»Wollen Sie mir Näheres erzählen?«

Sie berichtete ihm von ihrem Alptraum.

»Sie haben diesen Traum *jede* Nacht?« fragte Alex.

»Soweit ich mich zurückerinnern kann – ja.«

»Auch schon als Kind?«

»Ich glaube nicht . . . nein, damals nicht.«

»Wie lange dann?«

»Sieben Jahre . . . oder acht . . . vielleicht auch zehn.«

»Das Merkwürdige daran ist die Häufigkeit«, meinte Alex. »Jede Nacht! Das muß ja unerträglich sein und Sie total zermürben. Der Traum als solcher ist nicht so seltsam. Ich habe schon schlimmere Alpträume gehabt.«

»Ich weiß«, sagte Joanna. »Jeder Mensch kennt schlimmere Träume. Wenn ich ihn zu beschreiben versuche, hört er sich überhaupt nicht so schrecklich, so bedrohlich an. Aber nachts . . . da habe ich das Gefühl, als müßte ich sterben. Ich kann das Grauen nicht in Worte fassen, ich kann nicht schildern, was ich dabei durchmache, was dieser Traum mir antut.«

Alex spürte, wie sie sich versteifte, so als wollte sie sich gegen die in ihrer Erinnerung aufsteigenden Schrecken der Nacht wappnen. Sie biß sich auf die Unterlippe und starrte eine Zeitlang schweigend die düsteren grauschwarzen Wolken an, die von Osten nach Westen über die Stadt hinwegzogen. Als sie Alex schließlich wieder anblickte, hatten ihre Augen einen gehetzten Ausdruck. »Vor einigen Jahren mußte ich mich jedesmal übergeben, wenn ich aus dem Bett fuhr. Dieser Alptraum hat mich physisch krank gemacht, mich an den Rand der Hysterie gebracht. Seitdem weiß ich, daß Menschen sich tatsächlich zu Tode ängstigen können. Ich war selbst nahe daran, wie nahe, darüber will ich lieber nicht nachdenken. Heutzutage reagiere ich nur noch selten derart heftig . . . obwohl ich nach dem Traum ziemlich oft nicht mehr einschlafen kann, zumindest nicht sofort. Die künstliche Hand, die Spritze . . . das alles ist so ekelhaft . . . es macht mich seelisch fertig . . .«

Alex hielt ihre Hand jetzt zwischen seinen beiden Händen, um ihre eiskalten Finger zu wärmen. »Haben Sie schon einmal mit jemandem über den Traum gesprochen?«

»Nur mit Mariko . . . und jetzt mit Ihnen.«

»Ich dachte an einen Arzt.«

»Einen Psychiater?«

»Er könnte Ihnen vielleicht helfen.«

»Er würde versuchen, die Ursache für den Traum zu ergründen«, murmelte sie nervös.

»Gewiß.«

»Ich will die Ursache aber nicht wissen.«

»Wenn Ihnen dadurch aber geholfen würde . . .«

»Nein, ich will die Ursache nicht wissen!«

»Okay, aber weshalb nicht?«

»Dieses Wissen . . . es würde mich zerstören.«

»Auf welche Weise?«

»Das kann ich nicht erklären . . . aber ich fühle es.«

»Das ist irrational, Joanna.«

Sie schwieg.

»Also gut«, sagte Alex. »Vergessen Sie den Psychiater. Was glauben Sie, welche Ursachen es geben könnte?«

»Ich habe nicht die leiseste Ahnung.«

»Sie müssen im Laufe der Jahre doch sehr oft darüber nachgedacht haben.«

»Tausende von Stunden«, gab Joanna zu.

»Und? Nicht einmal irgendwelche Ideen?«

»Alex, ich bin müde und immer noch ziemlich durcheinander. Könnten wir nicht über irgend etwas anderes sprechen?«

»In Ordnung.«

Sie schüttelte den Kopf. »Sie lassen das Thema wirklich so leicht fallen?«

»Welches Recht hätte ich denn, in Sie zu dringen?«

Sie lächelte zum erstenmal, seit sie auf der Bank saßen, aber es war ein gezwungenes Lächeln. »Muß ein Privatdetektiv in einer solchen Situation nicht ganz unerbittlich weiterbohren?«

Obwohl ihre Frage scherzhaft klingen sollte, spürte Alex dahinter die reale Angst, er könnte sie mit weiteren Fragen bedrängen. »Ich bin hier nicht als Privatdetektiv, und ich stelle mit Ihnen kein Verhör an. Ich bin einfach ein Freund, der Ihnen eine Schulter anbietet, falls Ihnen danach zumute sein sollte, sich daran auszuweinen.« Er verspürte beim Sprechen plötzlich Gewissensbisse, denn in Wirklichkeit war das durchaus ein Verhör gewesen. Schließlich hatte er bereits in Chicago angerufen und die Chelgrin-Akte angefordert.

»Könnten wir vielleicht draußen auf der Straße nach einem Taxi

Ausschau halten?« fragte Joanna. »Mir ist heute nicht mehr nach Sightseeing zumute.«

»Selbstverständlich.«

Sie hängte sich bei ihm ein, während sie durch den Palastgarten auf das Kara-mon, jenes kunstvoll verzierte innere Tor zugingen.

Zwei große Vögel flogen mit schrillen Schreien über ihre Köpfe hinweg und ließen sich auf einem Bonsai nieder.

Alex war überrascht, als Joanna ihr Schweigen brach und ganz von allein wieder auf den Alptraum zu sprechen kam. Unbewußt wünschte sie sich vielleicht sogar, daß er als aggressiver Inquisitor auftreten sollte, weil sie sich dann vor sich selbst damit rechtfertigen könnte, er hätte sie zum Reden gezwungen.

»Ich war lange Zeit der Meinung, es sei ein symbolischer Traum in bester Freudscher Tradition. Ich glaubte, die stählerne Hand und die Injektionsspritze seien Symbole für etwas anderes, für ein derart traumatisches Erlebnis, daß ich mich nicht einmal im Schlaf daran zu erinnern vermochte. Aber ...« Ihre Stimme hatte bei den letzten Worten gezittert, und nun schien sie außerstande weiterzusprechen.

»Fahren Sie fort«, sagte er behutsam.

»Vor wenigen Minuten im Palast ... als ich den einhändigen Mann sah ... da wurde mir schlagartig klar, daß der Traum keineswegs symbolisch ist. Ich bin so in Panik geraten, weil ich begriffen habe, daß es Erinnerungen sind, die mich im Schlaf überwältigen, völlig realistische Erinnerungen.«

Sie passierten das Kara-mon. Es waren keine anderen Touristen in Sicht. Zwischen dem inneren und dem äußeren Tor blieb Alex stehen. Nicht einmal der kühle Wind hatte Farbe in Joannas Wangen gebracht. Sie war noch immer so weiß im Gesicht wie eine gepuderte Geisha.

»Sie wollen damit also sagen, daß es irgendwann in Ihrer Vergangenheit einen Mann mit einer künstlichen Hand gegeben hat«, konstatierte Alex.

Sie nickte stumm.

»Und aus irgendwelchen Gründen, die Sie nicht verstehen, hat er Ihnen eine Injektion verabreicht.«

»Ja, dessen bin ich mir ganz sicher.« Sie schluckte. »Als ich den Koreaner gesehen habe, ist in meinem Gehirn etwas eingerastet. Ich hörte plötzlich die Stimme des Mannes aus meinem Traum. Er sagte: ›Noch einmal die Nadel, noch einmal die Nadel.‹ Immer wieder sagte er das.«

Ein eisiger Schauder lief Alex den Rücken hinab. »Sie wissen aber nicht, wer der Mann war?«

»Ich weiß auch nicht, wann und wo sich das alles abgespielt hat«, sagte sie deprimiert. »Ich leide offenbar an Gedächtnisschwund. Aber ich schwöre bei Gott, daß es sich um ein reales Erlebnis gehandelt hat. Ich bin nicht verrückt. Es hat sich irgendwann zugetragen. Irgend etwas ist mir gegen meinen Willen angetan worden ... aber ich kann mich nicht erinnern, was es gewesen ist.«

»Versuchen Sie es.«

Sie begann zu flüstern, so als befürchtete sie, daß das Ungeheuer aus ihrem Alptraum sie hören könnte. »Der Mann hat mich verletzt ... er hat mir etwas angetan, das ... ich weiß, das hört sich melodramatisch an, aber ich empfinde es so ... etwas, das so schlimm wie der Tod ist, vielleicht sogar noch schlimmer ...«

In ihrem schönen Gesicht spiegelte sich ein Grauen wider, das er niemals würde nachvollziehen können.

Sie zitterte.

Auch Alex fröstelte.

Sie machte einen zögernden Schritt auf ihn zu. Er breitete instinktiv die Arme aus, und sie schmiegte sich an ihn. Er hielt sie fest.

»Es hört sich bizarr an«, murmelte sie. »Ich weiß, daß es sich lächerlich anhört. Ein Mann mit einer stählernen Hand, wie der Bösewicht in einem Comicheft. Aber ich schwöre, Alex ...«

»Ich glaube Ihnen.«

Immer noch in seinen Armen, blickte sie zu ihm auf. »Ja?«

Er betrachtete sie aufmerksam, während er sagte: »Ja, ich glaube Ihnen – Miß Chelgrin.«

»Wie bitte?«

»Lisa Chelgrin.«

Verwirrt löste sie sich von ihm und trat ein wenig zurück.

Er beobachtete sie, wartete ab.

»Alex, ich verstehe nicht.«

Er schwieg.

»Wer ist Lisa Chelgrin?«

»Ich glaube, Sie wissen es wirklich nicht.«

»Werden Sie es mir sagen?«

»*Sie* sind Lisa Chelgrin.«

Er ließ sie keine Sekunde aus den Augen, in der Hoffnung, daß sie sich durch irgendeine Kleinigkeit verraten würde, durch einen gehetzten Blick oder durch ein leichtes Zucken der Mundwinkel. Aber noch während er nach solchen Anzeichen von Schuld suchte, kam er zu der Überzeugung, daß er nichts Derartiges finden würde. Ihr Erstaunen war nicht gespielt. Wenn Joanna Rand in Wirklichkeit die seit langem vermißte Lisa Chelgrin war – und davon war er jetzt überzeugt –, dann war ihr jede Erinnerung an ihre wahre Identität geraubt worden, entweder durch einen Unfall oder aber vorsätzlich.

»Lisa Chelgrin«, murmelte sie bestürzt. »Ich soll Lisa Chelgrin sein?«

»Ja«, bestätigte Alex.

Sie schüttelte langsam den Kopf. »Ich verstehe nicht, was Sie meinen.«

»Auch mir ist vieles noch unverständlich«, gestand er.

»Sie erlauben sich einen Scherz mit mir.«

»Es ist kein Scherz, Joanna. Aber eine sehr lange Geschichte, die ich Ihnen nicht hier in der Kälte erzählen möchte.«

11

Auf der Rückfahrt zur Moonglow Lounge lehnte sich Joanna in eine Ecke des Rücksitzes, während er ihr erzählte, wer sie seiner Meinung nach war. Ihr Gesicht zeigte keinen Ausdruck, aber die dunkelblauen Augen blickten wachsam drein. Er konnte nicht erkennen, welche Wirkung sein Bericht auf sie ausübte.

Der Taxifahrer hatte sein Transistorradio eingeschaltet und summte die japanischen Hits leise mit. Alex hatte sich vergewissert, daß der Mann kein Englisch verstand, bevor er mit seiner unglaublichen Geschichte begann.

»Ich weiß nicht so recht, womit ich anfangen soll«, sagte er. »Vielleicht am besten mit dem Hintergrund. Die Hauptfigur ist Thomas Morely Chelgrin, seit fast 14 Jahren Senator von Illinois. Davor war er Abgeordneter im Repräsentantenhaus. Er ist ein gemäßigter Politiker, weder konservativ noch liberal. In Sozialfragen tendiert er eher zu den Liberalen, in der Verteidigungs- und Außenpolitik eher zu den Rechten. Vor etwa vier Jahren war er einer der Initiatoren der Kennedy-Chelgrin-Resolution, die zu großen Veränderungen in der Senatssatzung führte. Er scheint in Washington ziemlich beliebt zu sein, hauptsächlich, weil er sich den Ruf erworben hat, Teamgeist zu besitzen. Ich bin zwar nie auf einer seiner Partys gewesen, weiß aber vom Hörensagen, daß seine Feste zu den gelungensten in der Hauptstadt gehören, und auch das trägt erheblich zu seiner Beliebtheit bei. In Washington spielen Partys eine wichtige Rolle. Man weiß einen Mann zu schätzen, der sich auf gutes Essen und auf Whiskey versteht. Offenbar stellt Tom Chelgrin aber auch seine Wähler zufrieden, denn andernfalls würde er nicht bei jeder Wiederwahl Stimmen dazugewinnen. Ich habe noch nie im Leben einen so cleveren Politiker wie ihn gesehen – und ich hoffe aufrichtig, daß es nicht allzu viele von seiner Sorte gibt! Er versteht es hervorragend, den Herdentrieb der Massen auszunutzen, und sie folgen ihm wie einem Leithammel. Schwarze, Weiße und Braune, Katholiken, Protestanten, Juden und Atheisten, Junge und Alte, Rechte und Linke. Keiner entkommt ihm. Er hat sich fünfmal einer Wahl gestellt und nur eine Niederlage erlitten – beim allerersten Mal. Er ist eine sehr imposante Gestalt: groß, schlank, mit der geschulten Stimme eines Schauspielers. Er ist schon mit Anfang Dreißig ergraut, und dieses Silbergrau wirkt sehr distinguiert. Alle seine Gegner schreiben seinen Erfolg der Tatsache zu, daß er so aussieht, wie man sich einen Senator vorstellt. Das ist natürlich verdammt zynisch und zweifellos eine Vereinfachung, aber es ist etwas Wahres daran.« Er verstummte und wartete auf Joannas Reaktion.

Sie sagte aber nur: »Fahren Sie fort.«

»Kommt er Ihnen noch nicht bekannt vor?«

»Ich bin ihm nie begegnet.«

»Ich glaube, Sie kennen ihn besser als jeder andere Mensch.«

»Sie irren sich.«

»Vielleicht muß ich Ihnen noch mehr Einzelheiten über Chelgrin erzählen, damit Sie sich an ihn erinnern.«

»Erzählen Sie. Ich möchte wissen, worauf Sie hinauswollen. Aber ich kann Ihnen schon jetzt definitiv sagen, daß ich den Mann nicht kenne.«

»Chelgrins Vater starb, als der Sohn zwölf oder dreizehn Jahre alt war. Die Familie hatte bis dahin zur unteren Mittelschicht gehört, lernte aber nach dem Tod des Vaters richtige Armut kennen. Tom Chelgrin schaffte es trotzdem, ein College zu besuchen und ein Diplom in Betriebswirtschaft zu erwerben. Kurz danach wurde er zur Armee eingezogen und mit dem ersten Truppenkontingent der UNO nach Korea geschickt. Das war im August 1950.

Wenn ich mich recht entsinne, wurde er irgendwann im September, nach der Invasion von Inchon, von den Kommunisten gefangengenommen. Wissen Sie über den Koreakrieg gut Bescheid?«

»Nur daß er stattgefunden hat.«

»Zu den seltsamsten und bestürzendsten Aspekten dieses Krieges gehörte das Verhalten amerikanischer Gefangener. In beiden Weltkriegen hatten sich fast alle Soldaten der USA im Falle der Gefangennahme durch Mut und Standhaftigkeit ausgezeichnet. Sie zettelten Verschwörungen gegen das Wachpersonal an, leisteten Widerstand und unternahmen erfolgreiche Fluchtversuche. Im Koreakrieg war das ganz anders. Die Kommunisten brachten es irgendwie fertig, ihren Willen zu brechen – durch brutale körperliche Folter, vielleicht auch mit Hilfe ausgeklügelter Gehirnwäschetechniken mit ständigem psychologischem Druck. Fluchtversuche wurden selten unternommen, und jene, denen die Flucht gelang, kann man an den Fingern abzählen. Chelgrin gehörte zu den wenigen, die sich von den Kommunisten nicht umerziehen ließen. Sieben oder acht Monate nach seiner Gefangennahme entkam er aus dem Lager und erreichte schließlich die UN-Truppen. Die *Saturday Evening Post* widmete ihm sogar eine Titelstory, und er schrieb ein ziemlich erfolgreiches Buch über seine Abenteuer. Daraus schlug er später beträchtliches politisches Kapital, als es darum ging, Wählerstimmen zu gewinnen. Ein Kriegsheld stand damals noch hoch im Kurs.«

»Ich habe nie etwas von ihm gehört«, beharrte Joanna.

Während das Taxi die belebte Horikawa-Straße entlangfuhr, setzte Alex seinen Bericht fort. »Nur Geduld. Die Geschichte wird noch wesentlich interessanter. Als Chelgrin aus der Armee entlassen wurde, lernte er ein Mädchen kennen, heiratete und wurde Vater einer Tochter. Seine Mutter war während seines Aufenthalts im Lager gestorben, und Tom war der Begünstigte ihrer Lebensversicherung. Es handelte sich nach Abzug der Steuern um eine Summe von 25 000 oder 30 000 Dollar, was damals gar nicht wenig war. Mit diesem Geld plus den Tantiemen aus seinem Buch plus einem hohen Darlehen – sein Status als Kriegsheld war auch bei den Bankiers von Nutzen – erwarb er eine Volkswagen-Vertretung und baute eine Ausstellungshalle und eine riesige Werkstatt. Wenige Jahre später konnte man den Eindruck gewinnen, als würde die Hälfte der Bevölkerung VWs fahren. Tom dehnte sein Geschäft auf den Verkauf von Renault, MG, Triumph und Jaguar aus und stieg auch in andere Branchen ein. Ende der 50er

Jahre war er ein reicher Mann. Er spendete hohe Summen für Wohltätigkeitsvereine und erwarb sich den Ruf eines Menschenfreundes. Trotzdem erlitt er eine Niederlage, als er sich 1958 erstmals um einen Sitz im Kongreß bewarb. Aber er gab nicht auf, und 1960 wurde er, wie gesagt, Abgeordneter im Repräsentantenhaus. Vier Jahre später schaffte er auch den Sprung in den Senat. Diesen Posten hat er seitdem inne.«

Joanna unterbrach ihn. »Und was ist mit dem Namen, den Sie vorhin erwähnten – mit dem Sie mich anredeten?«

»Lisa Chelgrin.«

»Ja. Welche Rolle spielt sie in dieser Geschichte?«

»Sie war Thomas Chelgrins einziges Kind.«

Joanna riß die Augen weit auf. Sie starrte ihn an, als erwartete sie, daß er in Lachen ausbrechen würde, und als er nicht einmal lächelte, rutschte sie unbehaglich auf dem Vinylsitz hin und her. Wieder deutete nichts darauf hin, daß sie sich verstellte. Sie war völlig perplex. »Sie glauben, ich wäre die Tochter dieses Mannes?«

»Ja. Zumindest halte ich es für sehr wahrscheinlich.«

»Das ist ausgeschlossen.«

»Sie müssen wissen . . .«

Sie fiel ihm ins Wort. »Ich weiß, wessen Tochter ich bin.«

»Sie *glauben* es zu wissen.«

»Meine Eltern waren Robert und Elizabeth Rand.«

»Und sie starben bei einem Unfall in der Nähe von Brighton.«

»So ist es. Vor langer Zeit.«

»Und Sie haben keine lebenden Verwandten.«

»Halten Sie mich für eine Lügnerin?«

Der Fahrer bemerkte Joannas feindseligen Ton, warf seinen Fahrgästen im Rückspiegel einen flüchtigen Blick zu und begann sodann aus Höflichkeit lauter zu summen, um den Streit nicht zu belauschen, obwohl er ohnehin kein Wort davon verstand.

»Joanna, Sie sind überreizt.«

»Wie kommen Sie darauf?«

»Sie haben keinen Grund, auf mich wütend zu sein.«

»Das bin ich auch nicht«, erwiderte sie kurz angebunden.

»Es klingt aber so.«

Sie schwieg.

»Und Sie haben Angst vor meinen Schlußfolgerungen.«

»Das ist lächerlich. Sie haben aber meine Frage nicht beantwortet: Halten Sie mich für eine Lügnerin?«

»Das habe ich nicht gesagt. Ich wollte nur . . .«

»Was werfen Sie mir eigentlich vor?«

»Nichts, Joanna, wenn Sie . . .«

»Mir kommt es aber schon fast so vor, als stünde ich unter Anklage.«

»Tut mir leid. Diesen Eindruck wollte ich wirklich nicht erwekken. Sie reagieren aber so, als hätte ich Ihnen irgendeine kriminelle Handlung vorgeworfen. Das ist keineswegs der Fall. Ich glaube vielmehr, daß andere Ihnen etwas angetan haben. Sie sind meiner Ansicht nach das *Opfer* einer kriminellen Handlung.«

»Inwiefern?«

»Das weiß ich nicht.«

»Und wer sollen diese Leute sein?«

»Auch das weiß ich nicht.«

»Verdammt, was soll dieser ganze Unsinn!« rief Joanna. Sie erkannte ihre eigene Stimme kaum wieder, so schrill hatte sie geklungen. Ihr kam plötzlich zu Bewußtsein, wie seltsam sie sich benahm, und sie starrte eine Weile aus dem Seitenfenster. Als sie sich Alex wieder zuwandte, hatte sie sich voll unter Kontrolle. »Es ist einfach unmöglich. Trotzdem haben Sie mich neugierig gemacht. Ich möchte wissen, wie Sie auf diese absurde Idee gekommen sind.«

»Lisa Chelgrin verschwand nach ihrem ersten Studienjahr an der Georgetown University in einer Julinacht aus der Ferienvilla ihres Vaters auf Jamaika. Jemand ist durch ein offenes Fenster in ihr Schlafzimmer eingedrungen. Obwohl es Anzeichen für einen Kampf gab – man fand Blutspuren auf den Bettlaken und auf dem Fenstersims –, hatte niemand im Haus sie schreien gehört. Es gab keinen Zweifel daran, daß sie gekidnappt worden war, aber es wurden nie Lösegeldforderungen gestellt. Die Polizei glaubte, sie wäre entführt und ermordet worden, vermutlich von einem sexuellen Psychopathen. Andererseits wurde ihre Leiche nie gefunden, und deshalb konnte die Polizei sie nicht einfach für tot erklären. Sogar auf Jamaika sind die Behörden lieber etwas vorsichtig, wenn sie es mit einem US-Senator zu tun haben. Sie gaben sich deshalb den Anschein, als würden sie eine sehr gründliche Suchaktion durchführen. Doch nach drei Wochen verlor Chelgrin jedes Vertrauen in die Inselpolizei – was schon zwei Tage nach Lisas Verschwinden angebracht gewesen wäre. Weil er aus der Gegend um Chicago stammt, und weil einer seiner Freunde meine Firma empfohlen hatte, bat Chelgrin mich, nach Jamaika zu kommen und Lisa zu suchen. Meine Leute arbeiteten zehn Monate an dem Fall, bevor Chelgrin aufgab. Acht oder neun unserer besten Männer taten ihr möglichstes, und für die Routinearbeiten engagierten wir außerdem noch ein Dutzend Jamaikaner. Es war eine teure Angelegenheit für den Senator, aber das schien ihm nichts auszumachen. Er scheute keine Kosten, das muß ich ihm lassen. Seine Tochter schien ihm wirklich sehr viel zu bedeuten. Aber wir wären auch mit zehntausend Mann nicht weitergekommen. Es war ein perfektes Verbrechen. Seit ich die Detektei führe, mußten wir nur zweimal die Waffen strecken, und der Fall Chelgrin war einer davon.«

Das Taxi bog um eine Ecke. Nun war das Moonglow nur noch einen halben Block entfernt.

»Aber wie kommen Sie auf die Idee, daß ausgerechnet ich Lisa Chelgrin bin?«

»Dafür habe ich mindestens zwei Dutzend gute Gründe. Unter anderem sind Sie so alt, wie Lisa jetzt wäre. Was aber am wichtigsten ist – Sie sind Ihr Ebenbild, nur zehn Jahre älter.«

Joanna runzelte die Stirn. »Haben Sie ein Foto von ihr?«

»Noch nicht, aber ich werde es bald erhalten.«

Das Taxi hielt vor dem Nachtklub. Der Fahrer stellte die Uhr ab, öffnete seine Tür und stieg aus.

»Wenn Sie dieses Foto haben, würde ich es gern sehen«, sagte Joanna und streckte Alex ihre Hand hin. »Danke für das wunderbare Mittagessen. Ich habe unsere Unterhaltung sehr genossen. Ich hoffe, Sie auch. Und es tut mir sehr leid, daß ich unsere Stadtbesichtigung verdorben habe.«

Er begriff, daß sie ihn verabschieden wollte, und wandte hastig ein: »Könnten wir nicht noch etwas trinken und . . .«

»Nicht jetzt, Alex.« Sie war plötzlich sehr reserviert. »Ich fühle mich nicht wohl.«

Der Fahrer öffnete ihre Tür, und sie machte Anstalten auszusteigen.

Alex hielt ihre Hand fest. »Joanna, wir müssen uns über vieles unterhalten.«

»Hat das nicht Zeit bis später?«

»Sind Sie denn gar nicht mehr neugierig?«

»Doch, aber im Augenblick überwiegt mein Bedürfnis nach Ruhe. Ich habe Magenbeschwerden und Kopfweh. Vielleicht ist mir das Essen nicht bekommen. Vielleicht liegt es aber auch an der ganzen Aufregung.«

»Brauchen Sie einen Arzt?«

»Nein, nein, ich muß mich nur ein Weilchen hinlegen.«

»Und wann können wir uns unterhalten?« Er spürte, daß sie immer distanzierter wurde, und wollte das verhindern. »Heute abend zwischen Ihren Auftritten?«

»Ja«, murmelte sie zerstreut. »Dann werden wir uns unterhalten.«

»Versprochen?«

»Versprochen«, sagte Joanna. »Aber, Alex, der arme Taxifahrer wird sich eine Lungenentzündung holen, wenn er mir noch lange die Tür aufhalten muß. Es ist seit dem Mittagessen viel kälter geworden.«

Widerwillig ließ er ihre Hand los.

Während sie ausstieg, fegte ein eisiger Windstoß Alex direkt ins Gesicht.

12

Joanna fühlte sich bedroht.

Sie hatte das Gefühl, jede ihrer Bewegungen würde beobachtet und aufgezeichnet.

Sie verriegelte die Wohnungstür, ging ins Schlafzimmer und verschloß auch diese Tür.

Einen Augenblick blieb sie lauschend mitten im Raum stehen. Dann schenkte sie sich aus einer Kristallkaraffe einen doppelten Brandy ein, trank ihn hastig, schenkte noch etwas nach und stellte das Schwenkglas auf ihren Nachttisch.

Es war viel zu warm im Zimmer.

Tropisch heiß. Erstickend.

Sie schwitzte.

Jeder Atemzug schien ihre Lungen zu verbrennen.

Sie öffnete das Fenster einen Spalt breit und ließ die kalte Luft eindringen, zog sich aus, ließ ihre Kleidung achtlos auf den Boden fallen und streckte sich nackt auf dem seidenen Bettüberwurf aus. Trotzdem hatte sie weiterhin den Eindruck, als glühe sie am ganzen Leibe. Ihr Puls raste. Ihr war schwindlig, und sie hatte leichte Halluzinationen. Das alles war für sie nichts Neues; sie hatte es in ähnlichen Situationen wie der jetzigen schon oft durchgemacht. Die Decke schien sich auf sie herabzusenken, wie in den Folterkammern aus den alten Tarzanfilmen. Und die Matratze, bei deren Kauf sie besonders auf Festigkeit geachtet hatte, wurde von Minute zu Minute weicher und schwabbeliger, schien sie in sich aufsaugen zu wollen. Nein! Alles nur Einbildung! Kein Grund zur Panik! Sie biß die Zähne zusammen und versuchte verzweifelt, sich von diesen Sinnestäuschungen zu befreien. Aber sie unterlagen nicht ihrer Willenskontrolle.

Sie schloß die Augen – und öffnete sie sogleich wieder, denn die Dunkelheit war noch unerträglicher.

Sie war mit diesen Symptomen bestens vertraut, litt unter diesen Ängsten jedesmal, wenn aus einer flüchtigen Beziehung eine tiefere Bindung entstand, wenn reine Lust sich in Liebe zu verwandeln begann. Sie begehrte Alex Hunter, aber sie liebte ihn nicht. Noch nicht. Dazu kannte sie ihn einfach noch nicht lange genug. Alles deutete jedoch darauf hin, daß sich aus ihrer starken Zuneigung mehr entwickeln könnte. Und sofort fühlte sie sich von allen Seiten bedroht, nicht nur von Menschen, sondern auch von Gegenständen, ja sogar von der Luft. Alles schien sie zu bedrängen und Druck auf sie auszuüben, und sie wußte genau, womit das enden würde: Sie würde diese keimende Liebe auch diesmal zerstören. Irgendein monströser Mechanismus in ihrem Innern wurde automatisch wirksam, sobald sie mit menschlicher Wärme in Berührung kam. O ja, sie kannte das unvermeidliche Ende. Sie würde die Beziehung abbrechen, die diese irrationale, aber unerträgliche emotionale Klaustrophobie auslöste. Das war der einzige Ausweg aus diesem grauenhaften Gefühl, eingeschlossen zu sein, beobachtet und belauscht zu werden.

Sie würde Alex Hunter nie wiedersehen.

Natürlich würde er ins Moonglow kommen. Heute abend. Vielleicht auch an den folgenden Abenden. Er würde sie bei ihren Auftritten nicht aus den Augen lassen, aber sie würde sich nicht zwischen die Gäste mischen, bis er Kyoto verlassen hätte.

Wenn er sie anrief, würde sie den Hörer auflegen.

Wenn er sie nachmittags besuchen wollte, würde sie ihn nicht empfangen.

Wenn er ihr schrieb, würde sie die Briefe ungelesen wegwerfen.

Sie konnte grausam sein. Sie hatte darin viel Übung.

Der Entschluß, Alex aus ihrem Leben zu verbannen, hatte eine sofortige positive Wirkung. Erleichtert spürte sie, wie die lähmenden Ängste dahinschwanden. Das Schlafzimmer wurde allmählich kühler. Die feuchte Luft erstickte sie nicht mehr. Die Decke hatte wieder ihre normale Höhe, und die Matratze war wieder fest und hart.

13

Das Kyoto Hotel, das größte Luxushotel der Stadt, wußte den Bedürfnissen westlicher Gäste auch in Details Rechnung zu tragen. Dazu gehörte, daß die Telefone in Alex' Suite mit Anrufbeantwortern ausgestattet waren, die man als typisch für den hektischen Lebensstil der Amerikaner betrachten konnte. Als Alex von dem Stadtbummel mit Joanna zurückkam, sah er sofort, daß die rote Lampe am Telefon im Salon blinkte. Er hörte das Band ab, überzeugt davon, daß Joanna ihn angerufen hatte, während er vom Moonglow ins Hotel unterwegs gewesen war.

Aber es war nicht Joanna. An der Rezeption lag für ihn ein Telegramm. Er ließ es sich von einem Pagen heraufbringen.

Am Schreibtisch sitzend, riß er den Umschlag auf.

KURIER TRIFFT FREITAG 12 UHR KYOTER ZEIT IN HOTEL EIN!
BLAKENSHIP

Morgen mittag würde er die komplette Chelgrin-Akte in Händen haben, die mehr als neun Jahre im Archiv geruht hatte, nun aber wieder geöffnet werden würde. Sie enthielt nicht nur Hunderte von Berichten, Protokollen und Interviews, sondern auch mehrere ausgezeichnete Fotos von Lisa, die nur wenige Tage vor ihrem Verschwinden aufgenommen worden waren. Vielleicht würden diese Bilder Joanna aufrütteln.

Alex fragte sich, warum sie vorhin im Taxi beim Abschied plötzlich so kühl und reserviert gewesen war. Falls sie tatsächlich Lisa Chelgrin sein sollte, so wußte sie das nicht, davon war er inzwischen felsenfest überzeugt. Trotzdem benahm sie sich wie eine Frau, die gefährliche Geheimnisse und eine schmutzige Vergangenheit zu verbergen hat.

Er warf einen Blick auf seine Digitaluhr. Es war 16.30 Uhr.

In zwei Stunden, um halb sieben, würde er durch das Vergnügungsviertel Gion schlendern, im Moonglow zu Abend essen – und jene so wichtige Unterhaltung mit Joanna führen. Ihm blieb also noch genügend Zeit für ein ausgiebiges heißes Bad; ein kühles Bier würde dabei für angenehmen Temperaturausgleich sorgen.

Er holte eine eiskalte Flasche Asahi-Bier aus dem kleinen Kühlschrank und befand sich auf der Schwelle zum Schlafzimmer, als ihn abrupt das Gefühl überkam, etwas sei nicht in Ordnung. Er blieb stehen und ließ seinen Blick aufmerksam durch den Raum schweifen. Das Zimmermädchen hatte in seiner Abwesenheit den Stapel Taschenbücher, Zeitschriften und Zeitungen auf der Kommode geordnet und das Bett gemacht. Die Vorhänge waren geöffnet; ihm persönlich waren geschlossene Vorhänge lieber. Und der Fernseher, den er ans Fußende des Bettes gerollt hatte, stand jetzt wieder in der Ecke. Was sonst noch? Er konnte nichts Ungewöhnliches entdecken – und ganz bestimmt nichts, was auf irgendeine Gefahr hindeutete. Trotzdem erhielt er weiterhin innere Warnsignale. Man konnte das als Intuition oder als sechsten Sinn bezeichnen oder auch einfach von einer ›Nase für Ärger‹ sprechen. Jedenfalls wußte er aus Erfahrung, daß dieses Gefühl ihn im allgemeinen nicht trog.

Er stellte sein Bier auf dem Toilettentisch ab und ging vorsichtig auf das Bad zu, legte seine linke Hand auf die schwere Schwingtür, lauschte, hörte nichts, zögerte, warf sodann die Tür nach innen auf und stürzte in den Raum. Die strahlende Spätnachmittagssonne fiel durch ein hoch angebrachtes Fenster herein und tauchte das Bad in warmes goldenes Licht. Er war allein.

Diesmal hatte sein sechster Sinn ihn getrogen. Falscher Alarm. Er kam sich ein bißchen töricht vor.

Daß er nervös war, war eigentlich nicht verwunderlich. Das Mittagessen mit Joanna hatte er zwar sehr genossen, aber der übrige Nachmittag war ziemlich aufreibend gewesen: ihre Flucht vor dem Koreaner; ihre Beschreibung des Alptraums; jener Mann mit der stählernen Hand und der Spritze, der in ihrer vergessenen Vergangenheit eine Hauptrolle gespielt haben mußte; die bestürzende Erkenntnis, daß diese schöne und begabte Frau emotionale Probleme hatte, die gravierender waren, als ihr selbst vielleicht bewußt war; und schließlich seine wachsende Überzeugung, daß das rätselhafte Verschwinden von Lisa Jean Chelgrin überaus komplizierte Ursachen gehabt hatte und noch viel mysteriöser gewesen war, als er damals ahnen konnte. Seine Nervosität war deshalb durchaus entschuldbar.

Alex zog sein Hemd aus und warf es in den Wäschekorb. Er

holte eine Zeitschrift und sein Bier aus dem Schlafzimmer und legte sie auf einem niedrigen Tischchen neben der Wanne ab. Dann drehte er die Hähne auf und regulierte die Wassertemperatur.

Er ging noch einmal ins Schlafzimmer, um einen Anzug für den Abend auszuwählen. Die Tür des Wandschranks war nur angelehnt. Als Alex sie öffnete, sprang ihn aus dem dunklen Schrank ein Mann an. Ein *dorobo,* dachte Alex – ein Einbrecher. Der Kerl war klein, stämmig, muskulös und sehr wendig. Mit einer Handvoll Kleiderbügel aus Draht schlug er Alex ins Gesicht!

Meine Augen! schoß es Alex in panischem Schrecken durch den Kopf.

Die Haken der Bügel rissen ihm aber nur eine Wange auf, bevor sie scheppernd zu Boden fielen.

Der Einbrecher versuchte, Alex' Schrecksekunde auszunutzen, um die Schlafzimmertür zu erreichen. Alex packte ihn jedoch am Jackett und wirbelte ihn herum. Beide Männer verloren das Gleichgewicht, stürzten gegen die Bettkante und rollten zu Boden, wobei Alex das Pech hatte, unter seinem Gegner zu landen.

Der erste Boxhieb traf Alex' Rippen, der zweite ebenfalls, während der dritte auf seinem Kinn landete. Er selbst konnte seine Fäuste nicht wirkungsvoll gebrauchen, aber es gelang ihm schließlich, den Mann von sich zu schleudern.

Der Fremde prallte gegen den Toilettentisch und fluchte laut auf japanisch, während er sich aufrappelte.

Alex blieb keine Zeit, um auf die Beine zu kommen. Deshalb packte er den Japaner am Knöchel und riß mit aller Kraft daran. Der Bursche landete wieder auf dem Fußboden, trat aber nach Alex und traf dessen linken Arm am Musikantenknochen. Alex schrie auf. Der Schmerz breitete sich vom Ellbogen sowohl zum Handgelenk als auch zur Schulter aus und trieb ihm Tränen in die Augen.

Eine Sekunde später hastete der Japaner in den Salon.

Alex verfolgte ihn. Seine Ausbildung zum Detektiv und seine Kämpfernatur machten es ihm unmöglich, den Kerl einfach laufen zu lassen. Als er sah, daß er ihn nicht einholen konnte, griff er nach einer großen Ziervase und schleuderte sie wütend durchs Zimmer. Er hatte gut gezielt: Das Glas zerschellte am Hinterkopf des Einbrechers, der taumelte und in die Knie ging. Alex stürzte an ihm vorbei und versperrte ihm den einzigen Fluchtweg – die Tür zum Korridor.

Kurze Zeit war nur das laute Keuchen beider Männer zu hören.

Der *dorobo* schüttelte sich Glassplitter von den breiten Schultern und stand auf. Er starrte Alex zornig an und bedeutete ihm mit einer Geste, die Tür freizugeben. »Versuchen Sie nicht, den Helden zu spielen«, sagte er auf englisch, mit starkem Akzent, aber durchaus verständlich.

»Was haben Sie hier gemacht?« fragte Alex.

»Gehen Sie mir aus dem Weg.«

»Ich habe Sie gefragt, was Sie in meinem Zimmer zu suchen hatten.«

Der Mann gab keine Antwort.

»Sind Sie ein *dorobo*?« wollte Alex wissen. »Nein, das glaube ich eigentlich nicht. Ich halte Sie nicht für einen kleinen Dieb.«

»Was Sie glauben, ist mir völlig egal.« Der Japaner schien die Geduld zu verlieren. Seine Stimme hörte sich wie das warnende Knurren eines Hundes an. »Los, aus dem Weg mit Ihnen!«

»Es geht um den Fall Chelgrin, stimmt's?«

»Verdammt, bewegen Sie sich endlich!«

»Wer ist Ihr Auftraggeber?«

Der Fremde ballte seine kräftigen Hände zu riesigen Fäusten und machte einen drohenden Schritt auf Alex zu.

Alex war nicht gewillt, zur Seite zu treten.

Der *dorobo* blieb stehen, betrachtete ihn aufmerksam und holte ein Schnappmesser mit Elfenbeingriff aus der Jackentasche. Er drückte auf einen kleinen Knopf, und blitzschnell kam eine dünne, 20 cm lange Klinge zum Vorschein. »Werden Sie jetzt den Weg freigeben?«

Alex fuhr sich mit der Zunge über die trockenen Lippen. Er hatte einen bitteren Geschmack im Mund. Während er seine durchweg wenig attraktiven Alternativen schnell überdachte, teilte er seine Aufmerksamkeit zwischen den harten Äuglein des Mannes und der scharfen Messerspitze.

Der Fremde spürte Alex' Furcht, glaubte an ein sofortiges Nachgeben und winkte kichernd mit dem Messer.

»Nein«, ernüchterte Alex ihn. »So schnell gebe ich nicht auf.«

Eine düstere Miene löste das Grinsen ab. »Mir wurde aufgetragen ...«

»Von wem?«

Der Einbrecher ignorierte die Frage. »Sie sollten zu Ihrem eigenen Nutzen begreifen, daß Sie für mich keine Gefahr darstellen. Bestenfalls ein Ärgernis.«

»Das werden wir ja sehen.«

»Ich kann Sie zertreten, wenn es sein muß.«

»Wie einen Käfer, nehme ich an?«

»So ist es. Wie einen Käfer.«

Alex lächelte, aber es war ein sehr künstliches Lächeln. Dieser breitgesichtige Mann mochte auf den ersten Blick nicht sehr gefährlich erscheinen, doch bei näherer Betrachtung war nicht zu übersehen, daß er durchtrainiert war. So sahen oft Ringer zu Beginn ihrer Ausbildung aus, solange sie noch kein Fett angesetzt hatten.

»Ich bin nicht ermächtigt worden, Sie auszuschalten«, sagte der Einbrecher. Offenbar hatte sein Englischlehrer ihm beigebracht, so häßlich klingende Wörter wie *umbringen* oder *ermorden* durch Euphemismen zu ersetzen. »Mir wurde sogar befohlen, Sie nicht zu verletzen, falls Sie mich bei der Arbeit stören sollten. Verstehen Sie?«

»Ja. Eines steht jedenfalls fest – durch eine Anzeige in der *Times* sind Sie nicht an diesen Job gekommen.«

Der Mann blinzelte verdutzt. »Was?«

»Nur ein dummer kleiner Scherz.«

»Dies hier ist kein Scherz, Mr. Hunter.«

»Entschuldigen Sie vielmals.«

»Ihnen passiert nichts, wenn Sie mir aus dem Weg gehen.«

»Aber wie soll ich dann morgen früh in den Spiegel schauen können?«

»Ich möchte meine Vorgesetzten nicht verärgern, indem ich Sie ohne Erlaubnis ausschalte.«

»Das wäre schrecklich, nicht wahr?« sagte Alex sarkastisch, um sein Unbehagen zu verbergen.

»Falls Sie aber unvernünftig sind, und ich gezwungen bin, Sie in Stücke zu schneiden . . .«

»Ich weiß ja, daß Sie an meiner Meinung nicht interessiert sind, aber ich glaube, daß ich eine verdammt gute Chance habe, Ihnen dieses Spielzeug abzunehmen.« Alex deutete auf das Messer.

Mit phänomenaler Geschwindigkeit sprang der Japaner ihn an, behende wie ein Ballettänzer. Alex packte ihn am Handgelenk, aber der Kerl warf das Messer mit dem Geschick eines Zauberkünstlers in die andere Hand und stach zu. Die kalte Klinge glitt an der Innenseite von Alex' linkem Arm entlang, der von dem Fußtritt ohnehin noch immer schmerzte.

So abrupt, wie er angegriffen hatte, zog sich der Mann auch wieder zurück. »Nur ein Kratzer, Mr. Hunter.«

Das Messer hatte zwei Wunden verursacht; die eine war etwa 7 cm, die andere 12 cm lang. Alex starrte sie an, so als hätten sie sich ohne jede äußere Einwirkung geöffnet, wie wundersame Stigmata. Sie bluteten stark; das Blut lief an seiner Hand entlang und tropfte von seinen Fingerspitzen auf den Boden, aber offenbar war keine größere Vene oder Arterie durchtrennt, denn das Blut spritzte nicht wild hervor. Was Alex am meisten erschüttert hatte, war die blitzschnelle Bewegung des Messers; alles war so schnell vor sich gegangen, daß er noch immer keinen Schmerz verspürte.

»Diese Wunden müssen nicht genäht werden«, sagte der Eindringling, »aber wenn Sie mich zwingen, noch einmal zuzustoßen, kann ich keinerlei Garantien übernehmen.«

»Es wird kein nächstes Mal geben«, erwiderte Alex. Es fiel ihm schwer, sich mit einer Niederlage abzufinden, aber er war kein Narr. »Sie sind ein hervorragender Messerkämpfer. Ich gebe Ihnen den Weg frei.«

»Sehr klug von Ihnen.« Der Mann lächelte wie ein häßlicher Buddha. »Setzen Sie sich dort drüben auf die Couch.«

Alex gehorchte, hoffte aber von ganzem Herzen, daß ihm in letzter Minute doch noch irgendein großartiger Trick einfallen würde. Das war jedoch nicht der Fall.

Der Einbrecher wartete, bis Alex auf der Couch Platz genommen hatte, bevor er sich aus dem Staube machte und die Tür hinter sich zuwarf.

Sobald Alex allein im Zimmer war, sprang er auf, stürzte zum Telefon und wählte die Nummer der Hoteldetektei. Doch dann machte er plötzlich einen Sinneswandel durch und legte den Hörer auf, als sich am anderen Ende der Leitung jemand meldete.

Wie immer analysierte er die Situation in einem halblauten Selbstgespräch. »Die Detektei wird die Polizei rufen. Willst du das?«

Er ging zur Tür, verschloß sie und stellte sicherheitshalber noch einen Stuhl davor.

»Eines steht fest: Das war kein gewöhnlicher Einbrecher.«

Er preßte seinen verletzten Arm an seinen Körper, damit das Blut sein Unterhemd durchtränkte, anstatt auf den Teppich zu tropfen.

»Er arbeitet für jemanden, der weiß, daß Joanna Lisa ist. Jemand, der befürchtet, daß ich etwas herausfinden könnte.«

Er ging ins Bad und konnte die Wasserhähne gerade noch rechtzeitig zudrehen, bevor das Wasser überlief. Dann zog er den Stöpsel aus der Wanne.

»Aber was wollte er hier? Mein Zimmer durchsuchen? Wonach? Vielleicht ... ja ... vielleicht nach einem Brief oder Tagebuch ... oder Notizblock ... nach irgendwelchen Aufzeichnungen. Das muß es wohl sein.«

Die Schnittwunden begannen zu brennen und zu stechen. Er preßte den Arm noch fester an seinen Körper, in der Hoffnung, die Blutung durch den Druck zum Stillstand bringen zu können. Die Vorderseite seines Unterhemds war vom Blut gerötet.

Er setzte sich auf den Wannenrand.

Schweiß lief ihm in die Augen, wodurch er zwinkern mußte. Er wischte sich die Stirn mit einem Waschlappen ab. Dann griff er nach der Bierflasche und trank ein Drittel des Inhalts in einem Zug.

»Wer könnte der Auftraggeber des Mannes sein? Er muß verdammt gute Beziehungen haben, internationale Beziehungen. Vielleicht hat er sogar jemanden in meine Chicagoer Agentur eingeschleust. Wie hätte er denn sonst so schnell reagieren können, nachdem ich erst heute morgen mit Blakenship telefoniert habe?«

Alex stellte fest, daß die Wanne inzwischen nur noch halb voll war, und drehte das kalte Wasser auf.

»Viel wahrscheinlicher ist es natürlich«, sagte er sich, »daß meine Telefone hier abgehört werden. Und wahrscheinlich werde ich seit meiner Ankunft in Kyoto observiert.«

Er bewegte vorsichtig seinen Arm. Obwohl die Wunden noch immer stark bluteten, hielt er es für überflüssig, einen Arzt zu rufen. Er verspürte nicht die geringste Lust, jemandem zu erklären, wie er sich die Verletzung zugezogen hatte. Nur Joanna würde die Wahrheit erfahren. Sein Arm brannte mittlerweile so, als wäre er von zwei Dutzend Wespen gestochen worden. Er hielt ihn unter den kalten Wasserstrahl und verspürte sofort Linderung.

Währenddessen dachte er weiter nach. Als ihm erstmals der Verdacht gekommen war, daß Joanna in Wirklichkeit Lisa Chelgrin sein könnte, hatte er vermutet, daß sie ihre angebliche Entführung auf Jamaika vor zehn Jahren selbst inszeniert hatte. Er hatte zwar keine Ahnung, wozu sie Derartiges hätte tun sollen, aber er wußte aus jahrelanger Erfahrung, daß Menschen sehr häufig seltsame, drastische Handlungen begingen, ohne einleuchtende Gründe dafür zu haben. Ein starkes Bedürfnis nach Veränderungen oder ein ungeheurer Freiheitsdrang konnte jemanden dazu bringen, alle Zelte hinter sich abzubrechen und irgendwo ein neues Leben zu beginnen, allen Schwierigkeiten und Risiken zum Trotz. Inzwischen war Alex aber überzeugt, daß Joanna nicht zu diesen Menschen gehörte. Außerdem wäre eine unerfahrene Studentin niemals in der Lage gewesen, Alex' beste Detektive hinters Licht zu führen.

Möglich wäre ferner ein Gedächtnisschwund, aber diese Erklärung war noch unbefriedigender als die erste. Ein Mensch, der an Amnesie litt, erfand keine falschen Erinnerungen, an die er dann felsenfest glaubte. Genau das war bei Joanna aber der Fall.

»Okay«, sagte Alex laut. »Joanna ist also weder eine Betrügerin noch hat sie das Gedächtnis verloren, zumindest nicht im klassischen Sinne der Amnesie. Welche Möglichkeiten bleiben denn dann noch übrig?«

Er zog seinen Arm zurück, stellte fest, daß das kalte Wasser die Blutung verlangsamt hatte, und wickelte ein feuchtes Handtuch als behelfsmäßigen Verband um die Wunden.

Vom Salon aus rief er in der Rezeption an und bat, man solle ihm eine Flasche Alkohol zum Abreiben, eine Flasche Mercurochrom, Pflaster, Gaze und eine elastische Binde besorgen. »Wenn der Mann sich beeilt, bekommt er ein besonders großzügiges Trinkgeld«, fügte er hinzu.

»Falls Sie einen Unfall hatten ... wir haben einen Arzt, der ...«

»Danke, es war nur ein kleiner Unfall. Ich brauche keinen Arzt, nur die von mir gewünschten Sachen.«

Während Alex auf Antiseptika und Verbandszeug wartete, zog er sein blutdurchtränktes Unterhemd aus, rieb sich die Brust mit einem Waschlappen ab und kämmte sein Haar.

Obwohl die Wunden noch immer brannten, war der Schmerz jetzt erträglich. Allerdings war der Arm ziemlich steif.

Im Salon hob Alex die größten Scherben der Vase auf und warf sie in den Papierkorb. Dann stellte er den Stuhl, mit dem er die Tür verbarrikadiert hatte, wieder an Ort und Stelle.

Das Blut sickerte allmählich durch seinen behelfsmäßigen Verband.

Er setzte sich an den Schreibtisch, um auf den Pagen zu warten. Der Raum schien sich langsam um ihn zu drehen.

Er nahm den Dialog mit sich selbst wieder auf. »Nun, wenn

wir Betrug und Amnesie ausschließen können, bleibt nur noch eine Möglichkeit übrig, stimmt's? Gehirnwäsche, so absurd sich das auch anhören mag.«

Die Leute, die Lisa Jean Chelgrin entführt hatten, mußten modernste Techniken der Gehirnwäsche angewandt haben – Drogen, Hypnose, unterbewußte Umerziehung und ein Dutzend anderer Methoden der psychologischen Konditionierung. Sie hatten Lisas Geist völlig ausradiert. Er wußte nicht genau, ob das machbar war, hielt es aber für ziemlich wahrscheinlich. Auf verschiedenen Gebieten hatte die Forschung inzwischen phänomenale Fortschritte erzielt – in Psychopharmakologie, Biochemie, Psychochirurgie oder Psychologie –, und diese Erfolge ließen sich auch für die wenig angesehene, aber nichtsdestotrotz sehr gefragte Wissenschaft der Gehirnkontrolle nutzen.

Er hoffte, daß man Lisa doch etwas nicht ganz so Schlimmes angetan hatte. Vielleicht war die totale Auslöschung aller Erinnerungen bisher nur ein Wunschtraum von Diktatoren wie Hitler, vielleicht waren ihre Entführer nur imstande gewesen, ihre ursprüngliche Persönlichkeit teilweise zu unterdrücken. Mit anderen Worten, vielleicht war Lisa tief unter der Joanna-Oberfläche begraben, zwar betäubt, aber doch nicht tot. In diesem Fall könnte sie erreicht und gewissermaßen wiederbelebt werden. Und dann müßte sie sich auch wieder an die näheren Umstände des Verbrechens erinnern können.

Fest stand jedenfalls, daß die Kidnapper sie mit falschen Erinnerungen programmiert hatten. Sie war mit einer neuen Identität ausgestattet und irgendwie nach Japan gebracht worden, ausgestattet mit einer erheblichen Geldsumme, die sie angeblich ihrem Erbe und einer Lebensversicherung verdankte.

»Aber wozu das alles, um Himmels willen?« fragte Alex den leeren Raum.

Er erhob sich und lief nervös im Zimmer auf und ab, wobei er sich eingestehen mußte, daß er ziemlich wackelig auf den Beinen war.

»Wer könnte ihr das angetan haben?« fragte er sich halblaut. »Und warum sind sie noch immer an ihr interessiert? Was steht bei dieser Sache auf dem Spiel? Wie wichtig ist es für sie, daß Joanna Rands wahre Identität ein Geheimnis bleibt? Werden sie mich umbringen, wenn ich beweisen kann, wer sie ist? Und werden sie Joanna umbringen, wenn ich sie von meiner Theorie überzeugen kann?«

Er hatte keine Antworten auf all diese Fragen, aber er war davon überzeugt, daß er sie schließlich finden würde. Diese Affäre würde ihm keine Ruhe lassen, bis alles aufgeklärt war. Seine Hotelsuite war durchsucht worden, und man hatte ihn verletzt. Allein das war schon Grund genug, ihnen das Handwerk zu legen, von seinem Interesse an Joanna ganz zu schweigen.

14

Westlich von Kyoto war die Sonne untergegangen; unter einem schieferfarbenen Himmel brach der Abend an.

Die Straßen des Vergnügungsviertels Gion waren sehr belebt. In den Bars, Klubs, Restaurants und Geisha-Häusern hatte wieder eine Nacht der Flucht aus der Realität begonnen.

Auf dem Weg zum Moonglow hatte es Alex nicht eilig. Er schlenderte gemächlich dahin, wie alle anderen Touristen. Er war untadelig gekleidet: grauer Anzug mit Weste, hellgraues Hemd, grüne Krawatte und grauer Mantel, capeartig über die Schultern geworfen. Sein linker Arm hing in einer Schlinge, die er aus einem Seidenschal fabriziert hatte. Obwohl er so tat, als wäre er völlig fasziniert von der bunten Szenerie, nahm er sie in Wirklichkeit kaum wahr. Die Ereignisse der letzten zwei Stunden ließen es ihm geboten erscheinen festzustellen, ob die Gegenseite ihn beschattete. In dem Menschenstrom, der sich über das frisch gewaschene Steinpflaster schob, hatte Alex alle Mühe, eventuelle Verfolger ausfindig zu machen. Jedesmal, wenn er um eine Ecke bog oder an einer Querstraße stehenblieb, warf er einen Blick zurück, so als wollte er sich irgendein Wahrzeichen von Gion einprägen. Drei Männer kamen ihm nach einer Weile suspekt vor. Jeder von ihnen war allein unterwegs, jeden von ihnen ertappte er mindestens einmal dabei, daß sie ihn beobachteten, und jeder von ihnen blieb ihm auf den Fersen. Der erste war ein fetter Mann mit tiefliegenden Augen, dicken Backen und einem Kinnbärtchen. Aufgrund seiner Statur schien er aber der unwahrscheinlichste Kandidat zu sein; in dieser Berufssparte waren unauffällige Typen gefragter. Der zweite Verdächtige war ein schlanker Mann um die vierzig mit schmalem Gesicht und stark hervortretenden Backenknochen. Der dritte war ein junger Bursche von höchstens 25, in Jeans und gelber Nylonwindjacke, der nervös eine Zigarette nach der anderen rauchte. Als Alex das Moonglow erreichte, war er sich noch immer nicht sicher, welcher der drei Männer – wenn überhaupt einer – ihn beschattete, aber er hatte sich ihre Gesichter vorsichtshalber genau eingeprägt.

Im Foyer des Nachtklubs stand eine Art Staffelei mit einer großen quadratischen Hinweistafel, auf der sorgfältig von Hand in japanischen Schriftzeichen und darunter auch auf englisch geschrieben stand:

> KRANKHEITSHALBER TRITT JOANNA RAND HEUTE ABEND NICHT AUF. DAS MOONGLOW-ORCHESTER WIRD SIE MIT TANZMUSIK UNTERHALTEN

Alex gab seinen Mantel an der Garderobe ab und beschloß, zunächst etwas zu trinken. Das Restaurant war gut besucht, aber an der Bar saßen nur sechs Gäste. Alex nahm etwas abseits von ihnen Platz und bestellte Old Suntory. Als der Barkeeper ihm den Whiskey brachte, sagte Alex: »Hoffentlich handelt es sich bei Miß Rands Krankheit um nichts Ernstes.«

»Nichts Ernstes«, beruhigte ihn der Barkeeper, dessen Englisch einen starken Akzent hatte. »Nur rauhen Hals.«

»Würden Sie bitte bei ihr anrufen und ihr sagen, daß Alex Hunter hier ist?«

»Viel zu krank, um jemanden zu sehen«, erwiderte der Mann mit einem höflichen Lächeln.

»Ich bin ein Freund.«

»Viel zu krank.«

»Sie wird mit mir reden wollen«, insistierte Alex.

»Rauher Hals.«

»Das habe ich begriffen. Aber . . .«

»Kann nicht viel sprechen.«

»Wir sind verabredet.«

»Tut mir sehr leid.«

So ging es noch eine ganze Weile weiter, bis der Barkeeper schließlich nachgab und zum Telefon ging, das neben der Kasse stand. Während er mit Joanna sprach, blickte er mehrmals verstohlen zu Alex hinüber. Als er zurückkam, mied er Alex' Blick. »Bedaure.«

»Was soll das heißen?«

»Sie sagt, nicht kann Sie sehen.«

»Sie müssen sie mißverstanden haben.«

»Nein.«

»Rufen Sie noch einmal an.«

Dem Barkeeper war die Situation sichtlich peinlich. »Miß Rand sagt, sie nicht kennt jemanden mit Namen Alex Hunter.«

»Das ist doch lächerlich.«

Der Barkeeper schwieg.

»Joanna und ich haben zusammen zu Mittag gegessen.«

Der Mann zuckte die Achseln.

»Heute mittag!« rief Alex.

Ein gequältes Lächeln. »Tut mir so leid.«

Ein Gast am anderen Ende der Theke wollte bedient werden, und der Barkeeper eilte erleichtert davon.

Alex starrte in den bläulichen Barspiegel und fragte sein Spiegelbild: Verdammt, was geht hier eigentlich vor?

15

Als Alex nach Mariko Inamura fragte, gab es wieder ein langes Hin und Her, bevor der Barkeeper sich bereit erklärte, sie anzurufen.

Eine Minute später trat sie durch eine Tür mit der Aufschrift PRIVAT ein. Sie war in Joannas Alter und sehr hübsch. Ihr dichtes schwarzes Haar war mit Elfenbeinnadeln hochgesteckt.

Alex stand auf und verbeugte sich.

Mariko verbeugte sich ebenfalls, und nachdem beide sich vorgestellt hatten, nahm sie auf dem Barhocker neben Alex Platz.

»Mariko-san, ich habe viel Gutes über Sie gehört«, eröffnete Alex das Gespräch.

»Dieses Kompliment könnte ich mit denselben Worten erwidern.« Ihr Englisch war perfekt. Sie hatte nicht einmal mit jenen Lauten Problemen, die es in ihrer Sprache nicht gab, und an denen viele Japaner, die Englisch lernten, schier verzweifelten. »Was ist mit Ihrem Arm passiert?« erkundigte sie sich.

»Oh, nichts Schlimmes. Ich habe mich an Glasscherben geschnitten. Wie geht es Joanna?«

»Sie hat einen rauhen Hals.«

Er nippte an seinem Whiskey. »Entschuldigen Sie bitte, wenn ich mich wie ein stereotyper Amerikaner benehme. Ich erscheine nur ungern bäurisch und ungeschliffen, aber ich bezweifle, daß die Geschichte mit dem rauhen Hals der Wahrheit entspricht.«

»Das ist wirklich eine erstaunliche Bemerkung.«

»Aber ich habe recht, nicht wahr?«

»Wollen Sie mich der Lüge zeihen?«

»Nein. Ich will Sie nicht beleidigen, Mariko-san.«

»Ich bin nicht beleidigt, Alex-san.«

»Ich versuche nur, die Situation zu verstehen.«

»Ich werde Ihnen helfen, wenn ich kann.«

»Wissen Sie, ich habe den Barkeeper gebeten, Joanna anzurufen und ihr zu sagen, daß ich hier bin. Wir wollten heute abend etwas sehr Wichtiges besprechen. Aber sie hat dem Barkeeper erklärt, sie würde keinen Alex Hunter kennen.«

Mariko seufzte. »Sie hat sich so begeistert über Sie geäußert. Sie war wie ein junges Mädchen, und ich begann zu hoffen, daß es diesmal anders verlaufen würde.«

»Was ist los mit ihr?«

Mariko wandte ihren Blick von ihm ab und starrte auf die polierte Theke. Japaner haben sehr ausgeprägte Vorstellungen von Schicklichkeit, halten sich an strenge Anstandsregeln und legen auch bei privaten Beziehungen größten Wert auf korrektes Verhalten. Deshalb widerstrebte es Mariko, über ihre Freundin zu sprechen.

In der Hoffnung, sie davon überzeugen zu können, daß er kein völlig Fremder war, daß sie Joanna nicht vor ihm zu beschützen brauchte, sagte Alex: »Über den Alptraum, den sie jede Nacht hat, weiß ich schon Bescheid.«

Mariko war überrascht. »Joanna hat noch nie jemandem etwas davon erzählt – außer mir.«

»Jetzt hat sie es auch mir erzählt.«

Sie schaute ihn wieder an, und der Blick ihrer rabenschwarzen Augen war wärmer als noch vor einer Minute. Trotzdem kämpfte sie offenbar noch immer mit ihrem Ehren- und Benimmkodex. Um die Entscheidung noch ein wenig hinausschieben zu können, bestellte sie beim Barkeeper einen Old Suntory mit Eis.

Alex spürte, daß Mariko in vieler Hinsicht ein konservatives, altmodisches Mädchen war. Er hatte Verständnis dafür, daß es ihr nicht leichtfiel, den traditionellen japanischen Respekt vor dem Privatleben anderer zu überwinden, und es gefiel ihm sogar, daß sie – im Gegensatz zu vielen ihrer Landsleute – von westlichen Sitten und vom Zeitalter des Computers nicht verdorben worden war. Deshalb brachte er viel Geduld auf.

Als ihr Drink kam, trank sie langsam einen kleinen Schluck,

klirrte mit dem Eis im Glas und sagte schließlich: »Wenn Joanna Ihnen von dem Alptraum erzählt hat, dürften Sie so ziemlich alles wissen, was sie überhaupt je preisgibt.«

»Ist sie denn eine solche Geheimniskrämerin?«

»Das eigentlich nicht. Sie spricht einfach nicht gern über sich.«

»Aus Bescheidenheit?«

»Teilweise. Aber da ist noch etwas anderes – sie scheint regelrecht Angst zu haben, zuviel über sich zu sprechen.«

»Angst? Was meinen Sie damit?«

»Ich kann es nicht erklären. Aber wenn ich mehr über Joanna weiß als Sie, so liegt das nur daran, daß ich in den sechs Jahren, seit ich für sie arbeite, gewisse Beobachtungen gemacht habe. Es ist aber nichts besonders Aufregendes oder Geheimes.«

Alex entnahm ihren Worten, daß sie kapituliert hatte. Jetzt überlegte sie offenbar nur noch, womit sie beginnen sollte.

Nach einem weiteren Schluck Whiskey erklärte Mariko: »Was Joanna heute mit Ihnen gemacht hat . . . daß sie behauptet hat, Sie nicht zu kennen . . . na ja, es ist nicht das erste Mal, daß sie sich so benimmt.«

»Das paßt gar nicht zu ihr.«

»Jedesmal, wenn sie so etwas macht, bin ich schockiert«, sagte Mariko. »Sie haben völlig recht – es paßt nicht zu ihrem Charakter. Sie ist im Grunde der freundlichste und liebenswerteste Mensch, den man sich nur denken kann. Doch sobald sie sich ernsthaft in einen Mann verliebt – oder er in sie –, bricht sie die Beziehung abrupt ab. Und dabei wendet sie äußerst brutale Methoden an. Sie scheint dann ein völlig anderer Mensch zu werden. Sie verletzt absichtlich die Gefühle des Mannes, Mr. Hunter. Sie bricht Herzen . . . einschließlich ihres eigenen.«

»Ich verstehe aber nicht, was das mit mir zu tun hat. Ich kenne sie schließlich erst seit wenigen Tagen, und wir hatten nur ein einziges Rendezvous, ein ganz harmloses Mittagessen.«

Mariko nickte ernst. »Sie hat sich in Sie schneller verliebt als in jeden anderen Mann – und viel heftiger.«

»Nein, da müssen Sie sich irren.«

»Bevor Sie aufgetaucht sind, war Joanna wahnsinnig deprimiert, geradezu beängstigend deprimiert.«

»Diesen Eindruck hat sie auf mich nicht gemacht.«

»Genau das habe ich ja gemeint: Sie hat auf Sie sofort positiv reagiert. Sie ist nach dem Abbruch einer Beziehung immer einige Wochen oder sogar Monate in schlechter Verfassung, aber in letzter Zeit ist es besonders schlimm gewesen. Und Sie haben sie sozusagen über Nacht kuriert.«

»Warum zerstört sie denn jede Beziehung, wenn sie es haßt, allein zu leben?« fragte Alex.

»Sie tut es gegen ihren Willen. Sozusagen unter Zwang.«

»Wer zwingt sie denn dazu?«

»Es ist fast so, als wäre sie ... besessen, als würde sich eine zweite Joanna tief in ihrem Innern verbergen, ein Dämon, der sie zwingt, allein zu leben und unglücklich zu sein.«

»Hat sie es jemals mit Psychotherapie versucht?«

Mariko schüttelte betrübt den Kopf. »Mein Onkel ist ein ausgezeichneter Psychologe. Ich habe sie schon oft gedrängt, ihn wegen des Alptraums aufzusuchen, aber sie will nichts davon wissen. Ich mache mir ständig Sorgen um sie, und manchmal überträgt sich ihre Depression sogar auf mich. Wenn sie mich nicht bräuchte, und wenn ich sie nicht wie eine Schwester lieben würde, wäre ich schon längst gegangen. Sie müßte Freunde und einen Lebensgefährten haben, aber sie stößt jeden Menschen zurück – in gewissem Grade sogar mich. In den letzten Monaten ist sie deprimierter gewesen als je zuvor. Manchmal war es so schlimm mit ihr, daß ich nahe daran war, trotz aller Skrupel zu kündigen. Und dann sind plötzlich Sie auf der Bildfläche erschienen. Joanna würde das niemals zugeben, nicht einmal sich selbst gegenüber, aber sie hat sich so schnell und so heftig in Sie verliebt, daß ich gehofft habe, sie würde diesmal jenen Dämon besiegen und eine dauerhafte Beziehung aufbauen.«

Alex rutschte unbehaglich auf seinem Barhocker hin und her. Dieses Gesprächsthema war ihm peinlich. »Mariko-san, ich befürchte, Sie interpretieren in diese Beziehung zuviel hinein.«

»Joanna ist nicht zum Alleinsein geschaffen. Sie braucht jemanden.«

»Das glaube ich Ihnen gern, aber sie liebt mich nicht. Das geht nicht so schnell.«

»Glauben Sie nicht an Liebe auf den ersten Blick?«

»Das ist eine Erfindung von Dichtern.«

»Ich halte so etwas für möglich.«

»Oh! Haben Sie es je erlebt?«

»Nein, aber ich hoffe, daß ich es irgendwann erleben werde.«

»Viel Glück! Ich glaube überhaupt nicht an Liebe, und an Liebe auf den ersten Blick schon gar nicht.«

Sie war sichtlich bestürzt. »Aber wenn Sie nicht an Liebe glauben ... wie nennen Sie dann das, was zwischen Mann und Frau ...«

»Ich nenne es Lust.«

»Das ist nicht alles.«

»Und Zuneigung, gegenseitiges Vertrauen, manchmal sogar zeitweilige Unzurechnungsfähigkeit.«

»Ist das alles, was Sie je empfunden haben?«

»Ja.«

»Das kann ich nicht glauben.«

Er zuckte die Achseln. »Es stimmt aber.«

»Liebe ist das einzige, worauf wir uns in dieser Welt verlassen können«, sagte sie. »Abzustreiten, daß sie existiert ...«

»Liebe ist das allerletzte, worauf wir uns verlassen können. Menschen nehmen das Wort ›Liebe‹ sehr oft in den Mund, aber dieses Gefühl ist nie von Dauer. Meiner Ansicht nach gibt es nur zwei Konstanten: den Tod und die Steuern.«

»Es gibt Menschen, die nicht arbeiten und deshalb auch keine Steuern zahlen«, widersprach Mariko. »Und viele weise Menschen glauben an ein ewiges Leben.«

Er wollte ein Gegenargument anführen, grinste aber statt dessen: »Ich sehe schon, daß Sie eine Meisterin im Diskutieren sind. Da höre ich lieber auf, solange ich nicht allzusehr ins Hintertreffen gerate.«

»Was ist mit Joanna?« fragte sie.

»Inwiefern?«

»Machen Sie sich überhaupt nichts aus ihr?«

»Doch, selbstverständlich.«

»Aber Sie glauben nicht an Liebe.«

»Ich habe Joanna sehr gern. Aber ...«

Sie brachte ihn mit einer Geste zum Schweigen. »Entschuldigen Sie bitte. Ich bin sehr unhöflich und anmaßend. Bitte verzeihen Sie mir. Ich habe kein Recht, so in Sie zu dringen.«

»Wenn ich nicht wollte, würden Sie kein Wort aus mir herausbringen«, beruhigte Alex sie.

»Mir ging es eigentlich nur darum, Ihnen klarzumachen, daß Joanna Sie liebt. Nur deshalb hat sie Sie heute abend abgewiesen. Sie hat Angst vor solchen Bindungen.« Mariko trank ihren Whiskey aus und stand auf.

»Warten Sie«, bat Alex, »ich muß unbedingt mit Joanna sprechen.«

Mariko lächelte verständnisvoll.

Er wollte ihr nichts über Lisa Chelgrin erzählen und ließ sie deshalb glauben, was immer sie wollte. »Es ist sehr wichtig.«

»Kommen Sie morgen abend wieder«, riet sie ihm. »Joanna kann ihre Auftritte nicht ewig absagen.«

»Könnten Sie nicht jetzt gleich zu ihr gehen und sie überreden, mich zu sehen?«

»Das wäre sinnlos. Wenn sie in dieser Stimmung ist, hört sie auf niemanden. In den nächsten ein, zwei Tagen wird sie die ganze Welt hassen.«

»Gut, dann komme ich morgen.«

»Sie wird sehr unfreundlich zu Ihnen sein.«

»Ich werde meinen ganzen Charme spielen lassen.« Er lächelte schwach.

»Sie können sich nicht vorstellen, wie gemein sie sein kann.«

»Ich lasse mich nicht abschrecken.«

»Andere Männer haben aufgegeben.«

»Das werde ich nicht tun.«

Mariko legte eine Hand auf seinen Arm. »Ich hoffe, daß Sie wirklich hartnäckig sind. Wenn jene anderen Männer nicht so leicht aufgegeben hätten, hätte einer von ihnen Joannas Widerstand früher oder später vielleicht doch noch brechen können. Ich glaube nach wie vor, daß Sie bessere Chancen bei ihr haben als jeder Mann vor Ihnen. Joanna und Sie sind sich in vieler Hinsicht sehr ähnlich. Sie haben sich beide mit einem Leben in Einsamkeit abgefunden. Sie haben sich lange Zeit verzweifelt gewünscht, jemanden zu lieben, aber keiner von Ihnen konnte bisher über seinen Schatten springen. Seien Sie so hartnäckig, wie Sie nur können, Alex-san. Sie brauchen Joanna genauso, wie sie Sie braucht.«

Mariko verschwand durch die Tür mit der Aufschrift PRIVAT.

Alex starrte eine ganze Weile in den bläulichen Spiegel.

16

Alex war erstaunt und verwirrt über seine Reaktion auf Joannas Benehmen. Er hatte Mühe, seinen üblichen Gleichmut zumindest nach außen hin zu bewahren. Innerlich war er ziemlich durcheinander. Er verspürte das Bedürfnis, jemanden zu verprügeln oder sein Whiskeyglas in den blauen Barspiegel zu schleudern, und er nahm nur deshalb davon Abstand, weil eine derart unvernünftige

Handlung bewiesen hätte, wie stark die Wirkung dieser Frau auf ihn war. Sie übte auf ihn eine Faszination aus, die er noch vor kurzem für unmöglich gehalten hätte. Über die möglichen Konsequenzen wollte er lieber nicht nachdenken.

Nach einem leichten Abendessen verließ er das Moonglow, als das Orchester die erste Melodie anstimmte. Die lebhafte Musik – »A String of Pearls« – begleitete ihn auf die Straße hinaus.

Die Stadt erstrahlte im kalten Glanz von Neonlicht. Seit Einbruch der Dunkelheit war die Temperatur unter den Gefrierpunkt gefallen. Dicke Schneeflocken schwebten langsam zu Boden und tauten auf dem Pflaster.

Alex blieb vor dem Moonglow kurz stehen und blickte umher, so als überlegte er, wo er jetzt hingehen könnte. Er entdeckte einen der drei Männer, die er am frühen Abend verdächtigt hatte, ihn zu beschatten. Der hagere Japaner mit dem schmalen Gesicht und den stark hervortretenden Backenknochen wartete keine 30 m entfernt vor einem Nachtklub namens The Serene Dragon. Er hatte den Mantelkragen hochgeschlagen und die Schultern eingezogen, um sich vor dem kalten Wind zu schützen. Obwohl er sich den Anschein zu geben versuchte, als wollte er sich hier in Gion wie alle anderen nur amüsieren, wirkte er schlau, verschlagen und arglistig. Alex fiel ein passender Name für ihn ein: Ratte.

Alex mußte sich zwischen zwei Alternativen entscheiden: Er konnte zum Hotel zurückschlendern, sich in seine Suite begeben und zu Bett gehen – voll aufgestauter Energie, frustriert und ohne neue Erkenntnisse über die Hintergründe von Lisa Chelgrins Entführung. Er konnte sich aber auch einen Spaß machen, die Ratte zu einem ungemütlichen Spaziergang zwingen und den Kerl vielleicht sogar irgendwie zum Reden bringen.

In seiner gegenwärtigen Gemütsverfassung fiel ihm die Entscheidung nicht schwer.

Fröhlich pfeifend, begann er seinen Bummel durch das Vergnügungsviertel. Er bog um mehrere Ecken, und als er sich nach fünf Minuten unauffällig umsah, entdeckte er die Ratte in einigem Abstand hinter sich.

Trotz des aufkommenden Windes und des unerwarteten Schneefalls waren fast genauso viele Menschen unterwegs wie bei Sonnenuntergang. Das Nachtleben in Kyoto wirkte für Japan untypisch hektisch, vielleicht weil es im Gegensatz zu Tokio und zu den meisten westlichen Großstädten auf wenige Stunden beschränkt war. Die Nachtklubs öffneten am Spätnachmittag und schlossen im allgemeinen um halb zwölf, denn die anderthalb Millionen Einwohner von Kyoto hatten die provinzielle Gewohnheit, vor Mitternacht zu Bett zu gehen. Für ihre Begriffe war der Abend jetzt schon halb vorbei, und wer noch nicht sein flüchtiges Glück gefunden hatte, mußte sich beeilen, wenn er nicht zu kurz kommen wollte.

Alex war fasziniert von Gion: ein kompliziertes Gewirr von Straßen, engen Gassen, überdachten Passagen und Fußgängerzonen, ein kunterbuntes Durcheinander von Nachtklubs, Bars, Kunstgewerbeläden, Stundenhotels, ruhigen Restaurants, öffentlichen Bädern, Tempeln, Kinos, Imbißstuben, Teehäusern und noch vielem mehr. Die größeren Straßen waren laut und aufregend; grelles Neonlicht in allen Regenbogenfarben spiegelte sich in Glas, Chrom und Plastik. Diese gelungenen Imitationen der schlimmsten Elemente westlichen Lebensstils demonstrierten, daß es Ausnahmen von der angeblichen künstlerischen Sensibilität der Japaner gab. In vielen Gäßchen mit Kopfsteinpflaster hatte jedoch ein sympathischeres Gion überlebt: Nur wenige Schritte abseits von den Hauptverkehrsstraßen waren herrliche Beispiele traditioneller Architektur erhalten geblieben. Manche dienten noch als Wohnhäuser, andere waren in teure Bäder, Restaurants, Bars und Kabaretts umgewandelt worden; allen gemeinsam war jedoch die bewährte Konstruktion aus glattem, wetterfestem Holz und poliertem Stein, verziert mit schweren Bronze- oder Eisenarbeiten.

Alex ging durch diese Seitenstraßen und überlegte dabei fieberhaft, wie er die Ratte in eine Falle locken könnte.

Der Mann mußte notgedrungen ebenfalls die Rolle eines Touristen spielen. Sobald Alex vor irgendeinem Schaufenster stehenblieb, tat sein Verfolger das gleiche, allerdings einen halben Block weiter hinten.

Schließlich trieb der kalte Wind Alex in eine Bar. Um sich aufzuwärmen, bestellte er Sake, doch trotz des heißen Getränks überlief ihn plötzlich ein eiskalter Schauder: Ihm war eingefallen, daß die Ratte im Gegensatz zu dem Einbrecher vielleicht die Erlaubnis hatte, ihn umzubringen. *Während ich ihn in eine Falle locken möchte, wartet er möglicherweise nur auf eine günstige Gelegenheit, mir eine Kugel durch den Kopf zu jagen.*

Doch selbst wenn sein Leben in Gefahr sein sollte, konnte er die Geschichte jetzt nicht mehr auf sich beruhen lassen. Falls die Männer, die hinter dem Chelgrin-Rand-Schwindel steckten, das

Gefühl hatten, daß er bereits zuviel wußte, bestand seine einzige Hoffnung darin, alles über sie herauszufinden, um sie mit Hilfe dieses Wissens entweder zu vernichten oder aber mit ihnen zu verhandeln. Außerdem hatte er mit der Bande sowieso noch ein Hühnchen zu rupfen: Der Einbrecher hatte ihn verletzt, und er war nun einmal ein nachtragender Mensch.

Er trank eine zweite Tasse Sake.

Als er die Bar verließ, sah er die Ratte 20 m entfernt vor einem Schaufenster stehen.

Mittlerweile waren weniger Menschen als zuvor unterwegs, aber es waren trotzdem noch zu viele, als daß die Ratte einen Mord riskieren könnte. Was Verbrechen betraf, reagierten die Japaner nicht so gleichgültig wie die meisten Amerikaner. Sie respektierten Tradition, Stabilität, Ordnung und Gesetz. Die meisten von ihnen würden versuchen, einen Mann, der in aller Öffentlichkeit einen Mord beging, zu fassen.

In einem Getränkeladen kaufte Alex eine Flasche Awamori, einen Brandy aus süßen Kartoffeln, für japanische Gaumen eine Köstlichkeit, für westliche Maßstäbe jedoch viel zu scharf und bitter. Die Qualität des Alkohols war Alex allerdings völlig gleichgültig, denn er hatte nicht die Absicht, ihn zu trinken.

Als er aus dem Laden herauskam, betrachtete die Ratte etwa 15 m nördlich die Auslage eines Juweliers. Alex ging in südliche Richtung, und der Mann folgte ihm wie sein Schatten.

In der Hoffnung, einen Ort zu finden, wo er mit dem Kerl allein sein würde, bog Alex in ein Sträßchen ein, das für Fahrzeuge verboten war. Hier wurde die Schönheit der alten Bauten durch Neonlicht kaum beeinträchtigt; nicht einmal ein Dutzend Leuchtreklamen erhellte die Nacht, und diese waren wesentlich kleiner als die riesigen blinkenden Plakate im Zentrum von Gion. Schneeflocken wirbelten um jahrzehntealte kugelförmige Straßenlampen. Alex kam an einem Schrein vorbei, der in mattes gelbes Licht getaucht war und wo Amateure zu den Klängen von Fingerglokken und Saitenintrumenten alte zentralasiatische Tempeltänze übten. Hier waren relativ wenig Leute unterwegs, aber immerhin noch genug, um einen Mörder von der Tat abzuschrecken.

Alex begab sich noch tiefer ins Labyrinth von Gion und kam in Gegenden, wo es mehr Wohnhäuser als Vergnügungslokale und Geschäfte gab. Hier fiel die Ratte mehr auf als im Gewühl, und so blieb dem Mann nichts anderes übrig, als mehr als 30 m Abstand zu halten. Endlich gelangte Alex in eine Straße, die von Einfamilienhäusern gesäumt war. Kein Mensch war zu sehen. Ziehharmonikaartige Papierlaternen an Elektrokabeln über den Haustüren stellten die einzige Beleuchtung dar. Die Laternen schaukelten im Wind, und unheimliche Schatten huschten über das nasse Kopfsteinpflaster. Alex eilte zur nächsten Einfahrt, spähte hinein und grinste. Er hatte gefunden, was er brauchte.

Die etwa zwei Meter breite, mit Klinkersteinen gepflasterte Gasse war sehr schlecht beleuchtet: nur drei Lampen, eine an beiden Enden des Blocks und eine in der Mitte. Dazwischen war es dunkel. Alex konnte Mülleimer und einige an Eisengestelle angekettete Fahrräder erkennen. Ansonsten waren nur dunkle Umrisse zu sehen, bei denen es sich um alles mögliche handeln konnte; Alex war aber ziemlich sicher, daß keiner dieser Umrisse ein Mensch war – und das bedeutete, daß er hier mit der Ratte allein sein würde.

Ausgezeichnet.

Alex bog um die Ecke, streifte sich den Mantel von den Schultern und warf ihn über den rechten Arm. Dann rannte er los. Wenn sein Plan klappen sollte, mußte er drei Viertel des Blockes hinter sich bringen, ohne daß die Ratte ihn sah. Seine Schuhe glitten auf den nassen Klinkern aus, aber er stürzte nicht. Er ließ den ersten Lichtkegel hinter sich, tauchte in die Dunkelheit ein, rannte an der mittleren Lampe vorbei und brachte wieder ein langes Stück Dunkelheit hinter sich. Er hatte Herzklopfen und atmete stoßweise; sein verletzter Arm schaukelte in der Schlinge und prallte immer wieder schmerzhaft gegen seine Brust. Trotzdem blieb er erst unter dem dritten Lichtkegel stehen und drehte sich um.

Sein Verfolger war noch nicht in Sicht.

Alex ließ seinen Mantel mitten in den Lichtkreis auf dem Boden fallen.

Keine Ratte war zu sehen.

Alex hastete ein Stück zurück, aber nur drei oder vier Meter, bis die Dunkelheit zwischen der zweiten und dritten Lampe ihm Schutz bot.

Er war noch immer allein.

Er versteckte sich hinter fünf riesigen Mülleimern und wartete in geduckter Haltung darauf, daß sein Verfolger auftauchte. Der Abstand zwischen Mauer und erstem Mülleimer bot ihm die Möglichkeit, die ganze Einfahrt zu überblicken.

Schritte.

In der kalten Luft waren Geräusche gut zu hören.

Alex bemühte sich, möglichst leise zu atmen.

Die Ratte tauchte am oberen Ende der Gasse auf und blieb abrupt stehen, erstaunt über das Verschwinden ihres Objekts.

Trotz der Nervenanspannung mußte Alex lächeln.

Fast eine Minute stand die Ratte bewegungslos da.

Komm schon, du Dreckskerl!

Die Ratte betrat die Gasse und kam langsam näher. Der Mann bewegte sich fast lautlos, mit katzenhafter Geschmeidigkeit.

Alex zog seinen linken Arm aus der Schlinge. Er hoffte, daß er nicht gezwungen sein würde, ihn zu benutzen, denn dadurch könnten die Wunden wieder aufplatzen. Eigentlich hatte er ja nicht die Absicht, mit seinem Verfolger zu kämpfen, aber er wollte beide Hände frei haben, falls sein Vorhaben fehlschlagen sollte.

Sein Verfolger war ein vorsichtiger Mensch: Er spähte hinter die Mülltonnen.

Damit hatte Alex nicht gerechnet. Wenn der Kerl das auch weiterhin tat, würde er Alex' einzigen Vorteil – den Überraschungseffekt – zunichte machen.

Der hagere Mann schob seine Hand in die Manteltasche.

Greift er nach seiner Pistole? fragte sich Alex.

Die Ratte hatte den ersten dunklen Abschnitt erreicht.

Trotz der Kälte begann Alex zu schwitzen.

Der Mann kam immer näher, war bereits beim zweiten Lichtkegel angelangt und schaute weiterhin methodisch hinter jeden Gegenstand, der einem Menschen als Versteck dienen konnte.

Der Abfall in den Mülltonnen neben Alex stank nach verdorbenem Fisch und ranzigem Öl. Er hatte diese widerlichen Gerüche gleich wahrgenommen, aber sie schienen von Sekunde zu Sekunde immer stärker und ekelerregender zu werden. Fast glaubte er, den Fisch nicht nur zu riechen, sondern den Geschmack auch auf der Zunge zu haben. Ihn quälte ein heftiger Würgereiz, und er verspürte das Bedürfnis, diesen ungemütlichen Ort zu verlassen und frische Luft einzuatmen.

Und was dann? überlegte er. Mit fünfzigprozentiger Sicherheit eine Kugel im Kopf.

Die Ratte blieb am Rand des zweiten dunklen Teilstücks wie angewurzelt stehen.

Er hat den Mantel gesehen, dachte Alex. *Er weiß, daß ich ihn wie ein Cape über die Schultern geworfen hatte. Glaubt er jetzt, daß ich auf ihn aufmerksam geworden bin, daß ich es mit der Angst zu tun bekommen habe und vor ihm weggerannt bin, daß mir dabei der Mantel von den Schultern gerutscht ist, daß ich in meiner Panik keine Sekunde Zeit verlieren wollte und den Mantel deshalb liegengelassen habe? Bitte, lieber Gott, laß ihn das glauben!*

Der Mann bewegte sich wieder – aber nicht mehr so langsam und vorsichtig wie bisher. Er ging schnurstracks auf den dritten Lichtkreis zu, wo der Mantel lag, und schaute nicht mehr hinter jede Mülltonne. Seine Schritte hallten zwischen den Häusern zu beiden Seiten der Einfahrt laut wider.

Alex hielt den Atem an.

Der Kerl war nur noch fünf Meter entfernt.

Drei Meter.

Einen Meter.

Sobald er Alex' Versteck hinter sich gelassen hatte, richtete dieser sich auf.

Der Mann bemerkte den Schatten hinter sich nicht. Seine Aufmerksamkeit war auf den Mantel konzentriert.

Alex schlich auf Zehenspitzen hinter ihm her. Die wenigen Geräusche, die er machte, wurden zum Glück von den kräftigen Schritten der Ratte übertönt. Und seine Befürchtungen, der Gegner könnte seinen Schatten sehen, sobald er in die Nähe des Lichts kam, erwiesen sich als grundlos, denn der Schatten fiel hinter ihn.

Der Mann bückte sich nach dem Mantel und hob ihn auf. Plötzlich spürte er intuitiv, daß er nicht allein war, und drehte sich blitzschnell um.

Alex schlug mit der Flasche zu. Sie traf den Kerl an der Schläfe und zerbrach. Es regnete Glasscherben, und der unverwechselbare Geruch von Kartoffelschnaps breitete sich aus.

Die Ratte taumelte, ließ den Mantel fallen, griff sich an den Kopf, versuchte mit der anderen Hand Alex zu packen, stürzte aber wie vom Blitz getroffen zu Boden.

Alex sprang einen Schritt zurück, um nicht am Knöchel gepackt und umgeworfen zu werden.

Aber diese Gefahr bestand nicht. Die Ratte war bewußtlos. Haare, Stirn, Wangen und Kinn waren blutüberströmt.

Alex blickte sich nach allen Seiten um. Er rechnete damit, daß Anwohner aus den Häusern stürzen und auf ihn schießen würden. Ihm war das *Popp* der zerschellenden Flasche und das Klirren von Glas auf den Klinkersteinen so laut wie ein Donnerhall vorgekommen. Er stand fluchtbereit da, den Flaschenhals mit der rechten Hand umklammernd. Nach einer Weile begriff er aber, daß niemand etwas gehört hatte.

17

Ein regelrechtes Schneetreiben hatte eingesetzt. Dichte, dicke weiße Flocken wirbelten durch die Einfahrt.

Der Mann, den er Ratte getauft hatte, war bewußtlos, aber nicht ernsthaft verletzt. Sein Puls war kräftig, und er atmete flach, aber regelmäßig. Die Stelle, wo die Flasche ihn getroffen hatte, war geschwollen und blutunterlaufen, aber die oberflächlichen Schnittwunden im Gesicht hörten schon zu bluten auf.

Alex durchsuchte seine Taschen. Er fand Münzen, ein Bündel Papiergeld, ein Zündholzheft ohne Reklameaufschrift, einen grünen Zahnstocher aus Plastik, eine Packung Papiertaschentücher, eine Rolle Pfefferminzbonbons und einen Kamm. Eine Brieftasche, Kreditkarten, einen Führerschein oder sonstige Papiere hatte der Mann nicht bei sich. Aber natürlich eine Waffe – eine japanische 7-mm-Pistole mit Schalldämpfer. Sie befand sich in der rechten Manteltasche, die viel tiefer war als die linke; das bedeutete, daß er die Pistole immer bei sich trug und wahrscheinlich auch regelmäßig benutzte. Alex fand auch ein Ersatzmagazin mit 20 Schuß Munition.

Er lehnte seinen Verfolger gegen die Mauer, und die Ratte blieb wie eine Stoffpuppe sitzen – das Kinn auf der Brust, die Hände seitlich am Körper, die Handflächen nach oben, die Finger leicht gekrümmt.

Alex hob seinen beschmutzten Mantel auf und hängte ihn sich über die Schulter. Dann schob er seinen linken Arm wieder in die Schlinge, erleichtert, daß der Heilungsprozeß nicht unterbrochen worden war.

Eine dünne Schneeschicht bedeckte das Haar seines Verfolgers. Alex ging neben ihm in die Hocke und verabreichte ihm einige leichte Ohrfeigen.

Nach einer Weile bewegte sich der Mann, schlug die Augen auf, blinzelte verwirrt, schaute sich um, nahm Alex wahr und wurde sich allmählich seiner Situation bewußt.

Alex hielt die Pistole auf das Herz der Ratte gerichtet. Sobald er sicher war, daß dieser wieder klar denken konnte, sagte er: »Ich habe eine Menge Fragen an dich.«

»Das werden Sie noch bereuen«, entgegnete der Mann auf japanisch. »Das verspreche ich Ihnen.«

Alex bediente sich derselben Sprache. »Warum bist du mir gefolgt?«

»Das bin ich nicht.«

»Hältst du mich für einen Idioten?«

»Ja.«

Er gab einen Schmerzenslaut von sich, als Alex ihm den Pistolenlauf in die Magengrube stieß.

»Also gut«, gab er zu. »Ich wollte Sie ausrauben.«

»Das stimmt nicht.«

»Sie haben wie ein reicher Amerikaner ausgesehen.«

»Jemand hat dir den Auftrag erteilt, mich zu beschatten.«

»Sie irren sich.«

»Wer ist dein Auftraggeber?«

»Ich habe keinen.«

»Lüg nicht.«

Die Ratte schwieg.

Obwohl Alex nicht fähig war, physische Gewalt anzuwenden, um Informationen zu erhalten, schreckte er vor leichter psychologischer Folter keineswegs zurück. Er hielt die kalte Mündung der Pistole an das linke Auge des Mannes.

»Der Augapfel ist weich wie Gelee«, sagte er. »Und das Gehirn ist auch nicht viel solider. Es wird nach allen Seiten spritzen und die ganze Mauer beschmutzen.«

Die Ratte starrte ihn aus dem rechten Auge haßerfüllt an, schien aber nicht eingeschüchtert zu sein.

»Willst du eine häßliche Leiche abgeben?«

»Sie werden mich nicht töten.«

»Da wäre ich mir an deiner Stelle nicht sicher.«

»Sie sind kein Mörder.«

»Ich habe zwei Menschen umgebracht.«

»Ja, aber Sie haben beide Male in Notwehr gehandelt.«

»Hat man dir das gesagt?«

»Es stimmt.«

»Mag sein«, sagte Alex. »Aber ich glaube, man könnte auch in dieser Situation von Notwehr sprechen.«

»Nur wenn ich versuchen würde, Ihnen die Pistole zu entreißen.«

»Und warum tust du das nicht?«

»Ich bin ganz zufrieden.« Die Ratte lächelte humorlos. »Sie können die Pistolen behalten, Mr. Hunter.«

Alex drückte die Mündung weiterhin an das linke Auge des Mannes.

Eine Zeitlang herrschte Schweigen.

Der Wind heulte durch die Reihen von Mülltonnen, so als wären es Orgelpfeifen, und erzeugte eine unwirkliche, gespenstische Musik, die ein Frösteln hervorrief.

Schließlich stand Alex seufzend auf. Die Pistole immer noch auf seinen Gegner gerichtet, sagte er: »Obwohl du keine meiner Fragen beantwortet hast, habe ich einiges über dich herausgefunden.«

Der Mann zuckte nicht mit der Wimper. »Sie erwarten von mir offenbar eine Frage, und solange Sie die Pistole haben, sollte ich wohl kooperativ sein. Also, was haben Sie über mich herausgefunden?« erkundigte er sich spöttisch.

»Nun, zunächst einmal weiß ich jetzt, was du *nicht* bist. Du bist kein normaler angeheuerter Killer, kein gewöhnlicher Ganove. Du schwitzt nicht.«

»Oh?« Die Ratte war sichtlich amüsiert. »Schwitzt ein gewöhnlicher Ganove besonders stark?«

»Ja, das tut er, wenn jemand ihm eine Pistole ans Auge hält und droht, ihm das Gehirn wegzupusten. Dann kommt er nicht nur ins Schwitzen, sondern bricht sogar völlig zusammen. Der normale Killer hat nämlich keine Achtung vor dem menschlichen Leben, und er hält seinen Gegner automatisch für genauso skrupellos, wie er selbst ist. Er glaubt, daß der andere seine Drohung in die Tat umsetzen wird, so wie er es an dessen Stelle täte. Deshalb schwitzt er. Ich weiß das aus Erfahrung, denn ich hatte schon oft mit solchen Typen zu tun.«

Die Ratte nickte. »Sehr interessant.«

»Es gibt nur zwei Kategorien von Menschen, die jenes starke, unverbrüchliche Selbstvertrauen besitzen, das du bewiesen hast«, erklärte Alex.

»Die Guten und die Gerechten?«

Alex ignorierte diese sarkastische Bemerkung. »Zum einen sind das mordwütige Psychopathen, die den Zusammenhang von Ursache und Wirkung nicht begreifen, Killer, die nicht verstehen können, daß einem Verbrechen die Strafe oft auf dem Fuße folgt.«

»Bin ich das in Ihren Augen – ein Psychopath?«

»Nein, Sie gehören zur zweiten Kategorie. Sie sind ein Fanatiker.«

»Ein Mensch, der von etwas zutiefst überzeugt ist?«

»So ist es.«

»Und welche Ziele verfolge ich Ihrer Ansicht nach so fanatisch?«

»Auch da gibt es zwei Möglichkeiten.«

»Tatsächlich?«

»Entweder es geht um Religion oder um Politik. Es läuft immer auf eines dieser beiden Motive hinaus.«

Das Schneetreiben hatte nachgelassen. Der Wind wurde schwächer, und die Musik der Mülltonnen verwandelte sich in ein leises Wiegenlied.

»Sie sind clever«, gab die Ratte stirnrunzelnd zu. »Aber ich kann nicht verstehen, welchen Sinn diese Unterhaltung haben soll.«

Alex winkte mit der Pistole. »Deine Leute sollen begreifen, daß sie mit mir nicht spielen können wie mit irgendeinem unerfahrenen Jungen vom Lande. Bei jeder ihrer Aktionen gegen mich werde ich etwas über sie erfahren, so indirekt sie auch vorgehen mögen. Sie können noch so vorsichtig zu Werke gehen und sich für unsichtbar halten – sie werden mir jedesmal unwillkürlich Hinweise auf sich liefern. Ich bin ein scharfer Beobachter, und ich bin gewitzt. Schließlich bin ich nicht umsonst der erfolgreichste Privatdetektiv der Welt, zumindest in finanzieller Hinsicht. Wenn sie sich über mich informiert haben, wissen sie, daß ich mich von ganz unten hochgearbeitet habe, sozusagen aus knietiefer Scheiße. Und wenn sie auch nur ein wenig Ahnung von Psychologie haben, müssen sie wissen, daß Männer wie ich, die sich an Hunger erinnern können – daß solche Männer Terrier sind: Wir verbeißen uns in die Ratte und schütteln sie, ohne loszulassen, bis sie tot ist, auch wenn sie uns noch so oft in die Schnauze beißt. Früher oder später werde ich alle Teile zusammensetzen, die sie mir liefern, und dann werde ich wissen, wer sie sind, was sie mit Joanna Rand gemacht haben und warum.«

»Wenn Sie lang genug leben.«

»Oh, das werde ich«, sagte Alex. »Wie du weißt, habe ich keine Skrupel, in Notwehr zu töten. Ich möchte also, daß du ihnen etwas ausrichtest, und zwar folgendes: Falls sie mich zwingen, das Puzzle mühsam zusammenzusetzen, werde ich die Geschichte in alle Welt hinausposaunen, sobald ich alles weiß. Ich werde den

Fall Chelgrin auf sehr spektakuläre Weise abschließen. Falls sie mir aber viel Zeit und Mühe ersparen, zu mir kommen und alles erklären, besteht immerhin eine kleine Chance, daß es mir ratsam erscheinen wird, den Mund zu halten. Die Entscheidung liegt einzig und allein bei ihnen. Ich werde das Geheimnis so oder so ergründen.«

»Sie müssen verrückt sein, wenn Sie glauben, daß diese Leute sich mit Ihnen an einen Tisch setzen werden«, schnaubte die Ratte. »Sie haben ja nicht die leiseste Ahnung, was auf dem Spiel steht.«

»Du auch nicht«, sagte Alex. »Tu nicht so, als wärst du eine wichtige Figur. Man hat dir nicht viel erzählt. Du bist ein Laufbursche, weiter nichts. Also richte deinen Auftraggebern meine Botschaft aus. Ich erwarte, daß sie mich morgen bis 12 Uhr mittags in meinem Hotel anrufen. Und sag ihnen, daß ich dieses Spiel schon jetzt satt habe. Ich kann es nicht leiden, wenn mein Zimmer durchsucht wird, wenn man mich verletzt, beschattet und zu Handgreiflichkeiten in schmutzigen Hinterhöfen zwingt. Sie sollten damit lieber aufhören. Und falls sie dazu nicht bereit sind, sollten sie nicht vergessen, daß ich sehr nachtragend sein kann.«

»Ich auch«, knurrte die Ratte.

»Ich bin aber schneller und schlauer als du, Freundchen. Du solltest lieber um die Willenskraft beten, deine Rachsucht diesmal im Zaume zu halten.«

Alex entfernte sich rückwärts, die Pistole noch immer auf den Mann gerichtet. Als der Abstand zwischen ihnen etwa 20 m betrug, drehte er sich um und ging vorwärts. Am Ende der Gasse warf er noch einen Blick zurück.

Der Mann lehnte noch immer an der Mauer. Er hatte sich nicht von der Stelle gerührt, damit Alex keinen Vorwand hatte, ihn zu erschießen.

Alex sicherte die Waffe, schob sie unter seinen Gürtel und knöpfte sein Sakko wieder zu.

Die Ratte stand nicht auf.

Alex bog um die Ecke und eilte durch das Gassengewirr zu den Hauptstraßen von Gion.

Es war dunkel.

Es war kalt.

Er wünschte, er müßte diese Nacht nicht allein verbringen.

18

Joanna lag in ihrem dunklen Schlafzimmer auf dem Bett, starrte zur Decke empor und hörte sich plötzlich zu ihrer größten Verwunderung laut »Alex« sagen. Es war nichts anderes als ein Hilferuf, der von jemand anderem zu stammen schien. Aber sie war allein, niemand war bei ihr – und genau das war der eigentliche Grund für ihren Hilferuf.

Der Name hing minutenlang gleichsam in der Luft, während sie darüber nachdachte, welche Bedeutung er für sie hatte.

Sie fühlte sich miserabel. Wie schon so oft in der Vergangenheit, war sie gezwungen, sich zwischen einem Mann und ihrem übertriebenen Bedürfnis nach Abkapselung zu entscheiden. Diesmal würde sie jedoch daran zerbrechen, welche Wahl sie auch immer treffen mochte. Sie wußte, daß sie am Ende war. Jahrelang hatte sie dem Dämon in ihrem Innern gehorcht, der von ihr diese unnatürliche Einsamkeit verlangte, und das hatte ihre Kräfte aufgezehrt. Sie fühlte sich schwach und hilflos. Wenn sie die Beziehung mit Alex Hunter fortsetzte, würde sich die Welt wie ein Schraubstock um sie schließen; Decke, Wände und Fußboden, Erde und Himmel würden sie in einem Alptraum der Klaustrophobie zerquetschen, jeden Funken von Verstand aus ihr herauspressen und eine Wahnsinnige zurücklassen. Wenn sie Alex aber fallenließ, mußte sie ein für allemal die wichtigste Wahrheit über sich selbst akzeptieren: *Sie würde immer allein sein.* Eine solche Resignation und die damit verbundene trostlose Zukunft ließen es ebenfalls wahrscheinlich erscheinen, daß sie eines Tages wahnsinnig werden würde. Welche Entscheidung sie auch traf – beide waren mit unerträglichen Schmerzen verbunden, und ihre Leidensfähigkeit war fast erschöpft.

Es war jetzt zwei Uhr morgens, und sie fühlte sich außerstande, noch länger über ihre ausweglose Lage nachzudenken. Ihr Kopf dröhnte, ihre Augen brannten, und ihr Körper fühlte sich bleischwer an. Sie brauchte dringend etwas Schlaf. Im Schlaf würde sie wenigstens für einige Stunden ihre Ängste vergessen können – zumindest bis ihr Alptraum sie unsanft wecken würde.

Sie setzte sich auf die Bettkante. Ohne Licht zu machen, öffnete sie die Nachttischschublade und tastete nach dem Röhrchen verschreibungspflichtiger Schlaftabletten, von denen sie in den meisten Nächten abhängig war. Sie hatte schon vor einer Stunde eine dieser Pillen eingenommen, aber eine zweite würde ihr bestimmt nicht schaden.

Doch plötzlich schoß ihr ein Gedanke durch den Kopf: *Warum nur EINE Tablette nehmen? Warum nicht alle, die ich habe?*

Ihre Erschöpfung, ihre Angst vor lebenslangem Alleinsein und ihre Depression waren so stark, daß sie diese Idee nicht sofort wieder verwarf, wie sie es noch vor einem Tag getan hätte.

Joanna zählte im Dunkeln, wie viele Pillen es waren.

Zwanzig.

Mit Sicherheit genug für einen langen Schlaf.

O nein, nein, nein! Nenn es nicht einen langen Schlaf, ermahnte sie sich nüchtern. *Verwende keine Euphemismen. Du solltest wenigstens noch soviel Selbstachtung haben, um ehrlich zu sein. Keine beschönigenden Worte. Sprich im Klartext von Selbstmord. Erschreckt dich dieses Wort? Selbstmord ... Selbstmord ...*

Das Wort verursachte ihr kein Unbehagen, stieß sie nicht ab, ängstigte sie nicht; und sie wußte, daß dieses müde Akzeptieren einen schrecklichen Willensverlust bewies. Bis jetzt hatte sie nie voll erkannt, daß die eiserne Entschlossenheit und der persönliche Ehrgeiz, auf die sie so stolz gewesen war, im Laufe der Zeit immer mehr abgenommen hatten. Sie fand sich in jenem Strudel gefangen, der aus ständigem Selbsthaß entsteht und zu Schwäche und mangelnder Widerstandskraft führt. Sie wußte, daß sie dieses Übel bekämpfen mußte, daß sie sich mit einer Aufzählung ihrer positiven Eigenschaften Mut machen mußte, daß sie optimistisch in die Zukunft blicken und sich vorstellen mußte, welch wundervolle Dinge ihrer noch harrten, wenn sie weiterlebte. Sie wußte, daß sie einen verzweifelten, unerbittlichen Kampf ums Überleben führen mußte, gegen jenen inneren Feind, der sie in den Selbstmord treiben wollte. Aber sie war dazu nicht fähig. Sie hatte keine Kraftreserven mehr. Auf der Bettkante sitzend, zählte sie die Tabletten noch einmal.

Selbstmord.

Dieses Wort, das für sie immer absolut tabu gewesen war, hörte sich mit einem Male vielversprechend und süß an. Es war Musik in ihren Ohren. Keine Einsamkeit mehr. Keine Sehnsucht mehr nach einer Liebe, vor der sie dann doch immer wieder flüchtete. Nie mehr jenes Gefühl des Andersseins, des Ausgeschlossenseins. Keine Zweifel mehr. Keine Schmerzen mehr.

Keine Alpträume mehr, keine Visionen von Injektionsspritzen und quietschenden stählernen Händen! Nichts mehr . . .

Zumindest im Augenblick brauchte Joanna keine Entscheidung pro oder contra Alex Hunter zu treffen. Sie mußte einen einfacheren, aber noch folgenschwereren Entschluß fassen. Sollte sie nur *eine* Tablette nehmen – oder alle zwanzig?

Sie hielt die Pillen in der Hand.

Sie waren glatt und kühl, wie winzige Kieselsteine aus einem Flußbett.

19

Alex war es gewohnt, so wenig Zeit wie nur möglich an den Schlaf zu verschwenden, aber in dieser Nacht kam er nicht einmal zu jenen wenigen Stunden Ruhe, die sein Körper benötigte. Seine Gedanken rasten, und er vermochte ihnen nicht Einhalt zu gebieten.

Schließlich stand er auf, holte eine Flasche Bier aus dem Kühlschrank und setzte sich in einen Sessel im Salon. Er schaltete keine Lampe ein, sondern begnügte sich mit dem Licht, das durch die großen Fenster einfiel – dem gespenstisch matten Licht in den Stunden vor der Morgendämmerung.

Er analysierte seine Situation so gründlich, als müßte er eine Expertise anfertigen. Was würden die Auftraggeber der Ratte wohl als nächstes tun? Vielleicht würden sie tatsächlich anrufen und ihn mit einigen Informationen über den Chelgrin-Fall versorgen, wie er vorgeschlagen hatte. Allerdings war es ziemlich unwahrscheinlich, daß sie ihre Vorgehensweise ändern würden, nur weil er es ihnen geraten hatte. Sie würden vermuten, daß man ihn weder mit Informationen noch mit Geld kaufen konnte – und sie hätten mit dieser Annahme völlig recht. Trotzdem ließ sich die Möglichkeit nicht völlig ausschließen, daß das Telefon klingeln würde. Vermutlich würden sie sich aber für eine Eskalation der Gewalt entscheiden. Ihn zusammenschlagen. Handlungsunfähig machen. Ihm eine Lektion erteilen. Ihn vielleicht sogar ermorden. Die Gefahr schreckte ihn kaum. Es hatten schon zahlreiche andere Leute versucht, ihn umzubringen, und alle hatten es bereut. Er hatte ein natürliches Talent zum Überleben (das war einer der wenigen Vorteile einer Kindheit in Armut und häuslichem Chaos, mit Eltern, die Alkoholiker waren und Kindesmißhandlung als legitimes Mittel zum Abreagieren von Spannungen betrachteten), und im Laufe der Jahre hatte sein Beruf ihn gelehrt, dieses Talent weiterzuentwickeln.

Nein, es war nicht Furcht, die ihn am Einschlafen hinderte. Wenn er sich selbst gegenüber ehrlich sein wollte, mußte er zugeben, daß Joanna Rand der einzige Grund für seine Schlaflosigkeit war. Eine Fülle von Bildern schwirrten in seinem Kopf herum: Joanna in dem beigen Hosenanzug, den sie beim Mittagessen getragen hatte; Joanna auf der kleinen Bühne des Moonglow, in einem engen roten Seidenkleid; eine lachende Joanna; Joanna, wie sie den Kopf zurückwarf und sich mit den Händen die Haare hinter die Ohren strich ...

Er wollte ihren geschmeidigen Körper streicheln, sie liebkosen, ihr goldenes Haar mit seinen Fingern kämmen, die Form ihrer Brüste, ihres Bauches, ihrer Hüften und ihres Gesäßes erforschen; er wollte mit ihr Liebe machen und ihre Reaktion spüren. Vorhin im Bett hatte er an nichts anderes denken können als daran, wie es wohl wäre, wenn sie jetzt neben, unter oder über ihm läge. Seine mächtige Erektion hatte ihn amüsiert, war ihm zugleich aber auch etwas peinlich gewesen. *Wie ein Teenager ohne Selbstkontrolle,* hatte er gedacht. Es war lange her, daß eine Frau ihn zu derart intensiven Fantasien beflügelt hatte.

Am interessantesten und bestürzendsten war jedoch die Tatsache, daß Lust weder das einzige noch das stärkste Gefühl war, das sie in ihm hervorrief. Er verspürte Joanna gegenüber eine Zärtlichkeit, die über Zuneigung und Freundschaft hinausging.

Keine Liebe.

Er glaubte nicht an Liebe.

Seine Eltern hatten ihm bewiesen, daß Liebe ein Wort ohne jede Bedeutung war, ein Betrug, eine emotionale Droge, mit der die Menschen sich selbst und andere täuschten, eine Papierwand, hinter der sie ihre wahren Gefühle verbargen, mit deren Hilfe sie ihr Wissen um die primitiven Urwaldgesetze des wirklichen Lebens verdrängten. Hin und wieder hatten seine Eltern überzeugend beteuert, wie sehr sie Klein-Alex liebten. (Sein Vater war Big Alex, und das Kind hatte oft den Eindruck gehabt, als mißhandle seine Mutter es am grausamsten, wenn sie besonders wütend auf Big Alex war. Und Big Alex seinerseits hatte sich besonders schlimm aufgeführt, wenn ihn Anfälle von Selbsthaß überkamen.)

Manchmal, wenn ihnen gerade danach zumute war – meistens

dann, wenn sie ihren Kater überstanden hatten, aber noch nicht jenes neue Quantum an Whiskey intus hatten, das sie in Ungeheuer verwandelte –, hatten sie Klein-Alex an sich gedrückt und abgeküßt und ihrem Abscheu über ihre Taten wortreich Ausdruck verliehen, über das letzte blaue Auge, die letzte Quetschung, Schnitt- oder Brandwunde. Wenn sie sich besonders schuldig fühlten, hatten sie eine Menge billiger Geschenke für Klein-Alex angeschleppt. Comichefte, Spielzeuge, Süßigkeiten, Eis – so als wären nach Kriegsende Reparationen fällig. Doch das, was sie Liebe nannten, war nie von Dauer gewesen. Es war unweigerlich nach wenigen Stunden abgeflaut und nach ein oder zwei Tagen völlig verschwunden. Mit der Zeit hatte sich Alex vor ihren überschwenglichen Demonstrationen von »Liebe« gefürchtet, denn nach diesen kurzen friedlichen Intermezzi waren ihr Zorn, ihre Feindseligkeit und Brutalität nur noch schwerer zu ertragen gewesen. Bestenfalls war Liebe eine Art Würze, wie Salz oder Pfeffer, die benutzt wurde, um den bitteren Geschmack von Einsamkeit, Haß und Schmerz zu verstärken.

Deshalb wollte und konnte er Joanna Rand nicht lieben. Er fühlte etwas für sie, und es war ein starkes Gefühl, für das er keinen Namen kannte. Mehr als Lust und Zuneigung. Etwas Neues und Seltsames. Er wußte, daß er in unbekannten Gewässern segelte und Vorsicht walten lassen mußte.

Er trank zwei Flaschen Bier, bevor er wieder zu Bett ging. Wieder wälzte er sich schlaflos umher, vom Rücken auf die rechte Seite und auf den Bauch; nur die linke Seite konnte er wegen seiner Armverletzung nicht ausprobieren. Schließlich versuchte er, Joanna aus seinen Gedanken und aus seiner Fantasie zu verdrängen, indem er sich das hypnotische Wogen des Meeres vorstellte, die gewaltigen Fluten, die Wellen, die sich am Ufer brachen, den Schaum, der wie ein Spitzenschal in die Luft geschleudert wurde ...

Nach einiger Zeit wurde er tatsächlich schläfrig, aber er konnte Joanna nicht vergessen, denn sie tauchte als Seejungfrau auf, sie ritt auf den Wellenkämmen, vervielfältigte sich, bis hundert Millionen Joannas mit schlanken Fischschwänzen und Flossen sich auf dem Meer tummelten.

Ein schriller Ton riß ihn aus einem unruhigen Schlaf.

Er sprang aus dem Bett und tastete im Dunkeln nach der Pistole, die er der Ratte abgenommen und auf den Nachttisch gelegt hatte.

Dann begriff er, daß das Telefon klingelte. Er legte die Pistole wieder hin und setzte sich auf die Bettkante.

Auf seinem Reisewecker mit Leuchtanzeige war es halb fünf morgens. Er hatte weniger als eine Stunde geschlafen.

Er nahm den Hörer ab und rechnete damit, die Stimme von einem der Hintermänner im Fall Chelgrin zu hören. »Ja?«

»Sind Sie das, Alex-san?«

»Mariko-san?« fragte Alex überrascht.

»Entschuldigen Sie bitte, daß ich Sie geweckt habe.«

Er war verwirrt. Mariko? Um diese Zeit?

»Das macht nichts«, sagte er.

»Joanna hat mich gebeten, Sie anzurufen.«

»Ich höre.«

»Können Sie sofort herkommen?«

»Wohin? Ins Moonglow?«

»Ja.«

»Was ist denn los?«

»Es ist etwas sehr Schlimmes passiert, Alex-san.«

»Etwas sehr Schlimmes? Mit Joanna?«

»Ja.«

Ihn fröstelte plötzlich, und er hatte das Gefühl, sich gleich übergeben zu müssen.

Mariko hörte sich so an, als kämpfte sie mit den Tränen. »Alex-san, sie hat versucht . . .« Ihre Stimme brach.

»Mario! So reden Sie doch, um Gottes willen!«

Mariko holte tief Luft. Dann brach es förmlich aus ihr heraus, wie ein einziges Wort: »Joanna-hat-versucht-sich-umzubringen.«

20

Das Taxi hielt vor dem Moonglow.

Es schneite noch immer, aber auf den Straßen lag höchstens ein halber Zentimeter Schnee.

Mariko öffnete ihm sofort die Tür.

»Wo ist Joanna?« fragte er, während er über die Schwelle trat.

»Oben, Alex-san.«

»Wie geht es ihr?«

»Sie wird bald wieder auf den Beinen sein.«

»Sind Sie ganz sicher?«

»Der Arzt ist bei ihr.«
»Und er hat gesagt, daß sie über den Berg ist?«
»Ja.«
»Ist es ein guter Arzt?«
»Er behandelt sie seit Jahren.«
»Ein Spezialist könnte . . .«
»Das ist nicht nötig. Außerdem . . . welcher Arzt ist auf so etwas spezialisiert?«
»Ich meine . . . ich kann den besten Arzt bezahlen.«
Mariko lächelte. »Das ist sehr nett von Ihnen, aber Joanna ist keine arme Frau, müssen Sie wissen. Und ich versichere Ihnen, Alex-san, daß unser Doktor Mifuni gut mit der Situation fertig wird.«
Er folgte Mariko an der Bar mit dem blauen Spiegel vorbei in ein elegant eingerichtetes Büro, dann eine Treppe hinauf, in Joannas Wohnung.
Das Wohnzimmer war sehr gemütlich eingerichtet, mit Rattanmöbeln, vielen Topfpflanzen und einem halben Dutzend ausgezeichneter japanischer Aquarelle auf Pergament.
»Sie ist mit dem Arzt im Schlafzimmer«, sagte Mariko. »Wir werden hier warten.«
Sie setzten sich auf die Couch.
»War es eine Pistole?« erkundigte sich Alex.
»Eine Pistole?«
»Ich meine . . . womit wollte sie sich umbringen?«
»Oh . . . mit Schlaftabletten.«
»Wer hat sie gefunden?«
»Niemand. Sie ist zu mir gekommen: Ich habe auf dieser Etage eine Dreizimmerwohnung. Ich war um eins ins Bett gegangen. Ich habe geschlafen, und dann . . . dann habe ich sie . . . gehört und . . .« Wieder brach Marikos Stimme. Sie zitterte wie Espenlaub.
Alex legte ihr eine Hand auf die Schulter. »Jetzt ist es doch vorbei, nicht wahr?« fragte er. »Sie sagten doch, daß sie durchkommen würde.«
Mariko biß sich auf die Unterlippe und nickte. »Sie ist in mein Schlafzimmer gekommen und hat mich geweckt. Sie hat gesagt: ›Mariko, ich glaube, ich habe wie schon so oft eine Riesendummheit begangen.‹«
»Mein Gott!«
»Sie hatte zwanzig Schlaftabletten«, fuhr Mariko fort. »Vier-

zehn hat sie geschluckt, bevor sie erkannt hat, daß Selbstmord kein Ausweg ist. Sie hat mich gebeten, einen Krankenwagen zu rufen.«

»Warum ist sie nicht in der Klinik?«

»Die Sanitäter brachten alles Nötige mit. Sie mußte einen Schlauch schlucken . . . Man hat ihr gleich hier den Magen ausgepumpt.« Sie schloß die Augen und schnitt eine Grimasse.

»Ich bin bei solch einer Prozedur schon einige Male anwesend gewesen«, sagte Alex mitfühlend. »Keine angenehme Sache.«

»Ich brachte es nicht fertig hinzuschauen, aber ich habe Joannas Hand gehalten. Als es überstanden war, traf auch schon Doktor Mifuni ein. Er hat mit ihr gesprochen und sie untersucht. Er meinte, sie bräuchte nicht in die Klinik.«

Alex blickte zur Schlafzimmertür hinüber. Was ging dort vor? Waren plötzlich irgendwelche Komplikationen eingetreten?

Er wandte sich wieder Mariko zu. »Ist dies Joannas erster Selbstmordversuch gewesen?«

»Selbstverständlich!«

»Es gibt Leute, die sich das zur Gewohnheit machen.«

»Ist das Ihr Ernst?«

»Ja.«

»Nun, Joanna gehört jedenfalls nicht zu dieser Kategorie.«

»Glauben Sie, daß sie wirklich die Absicht hatte zu sterben?«

»Anfangs, ja.«

»Und warum hat sie ihre Meinung geändert?«

»Ihr ist klargeworden, daß es falsch wäre.«

»Manche Leute täuschen einen Selbstmord nur vor.«

»Was wollen Sie damit sagen?«

»Sie wollen Mitleid erwecken und . . .«

Mariko fiel ihm ins Wort. Ihre Stimme war eisig. »Wenn Sie glauben, daß Joanna zu solchen Mitteln greifen würde, kennen Sie sie überhaupt nicht.« Marikos Körper hatte sich vor Zorn versteift, und ihre kleinen Hände waren zu Fäusten geballt. Sie funkelte Alex wütend an.

Er überlegte kurz und sagte dann: »Sie haben recht. Joanna ist keine solche Egoistin.«

Mariko betrachtete ihn forschend, stellte fest, daß er wirklich meinte, was er sagte, und entspannte sich ein wenig.

»Aber ich hätte auch nicht geglaubt, daß sie zu den Menschen gehört, die Selbstmord ernsthaft in Erwägung ziehen«, fügte Alex hinzu.

»Sie war wahnsinnig deprimiert, bevor sie Sie kennengelernt

hat. Und dann ... nachdem sie Sie ... abgewiesen hat ... ist es noch schlimmer geworden. Und in dieser Situation hat sie einen Augenblick lang keinen anderen Ausweg als Selbstmord gesehen. Aber sie ist sehr stark. Sogar noch stärker als meine Mutter, die eine eiserne Lady ist. In letzter Minute hat Joanna es doch noch geschafft, ihre Depression zu überwinden.«

Die Schlafzimmertür öffnete sich, und Doktor Mifuni trat ins Wohnzimmer.

Mariko und Alex standen auf.

Mifuni war ein kleiner Mann mit rundem Gesicht und dichten schwarzen Haaren. Im allgemeinen lächelten Japaner, wenn sie eine neue Bekanntschaft machten. Mifuni blickte jedoch düster drein.

Ist etwas schiefgegangen? fragte sich Alex mit trockenem Mund.

Trotz der alles andere als idealen Umstände nahm sich Mariko Zeit für eine formelle Vorstellung, wobei sie über jeden der beiden Herren etwas Gutes hinzuzufügen wußte. Und jetzt setzten alle ein Lächeln auf.

Alex hätte sie am liebsten angebrüllt, sie sollten mit diesem Blödsinn aufhören. Er war heftig versucht, den Arzt am Revers zu packen und zu schütteln, bis der Kerl endlich mit der Sprache herausrücken würde, wie es Joanna ging. Gleichzeitig wunderte er sich darüber, daß er solche Ängste um eine Frau ausstand, die er erst so kurze Zeit kannte.

Er unterdrückte seinen Impuls, gewalttätig zu werden, und machte statt dessen eine höfliche Verbeugung. *»Isha-san, dozo yoroshiku.«*

Auch Mifuni verbeugte sich. »Es ist mir eine Ehre, Sie kennenzulernen, Mr. Hunter.«

»Geht es Joanna besser?« fragte Mariko.

»Ich habe ihr eine Beruhigungsspritze gegeben, damit sie einschlafen kann«, sagte Mifuni. »Aber vorher kann Mr. Hunter sich noch mit ihr unterhalten.« Er lächelte Alex zu. »Sie besteht darauf, Sie zu sehen.«

Innerlich zutiefst aufgewühlt, durchquerte Alex langsam das Wohnzimmer, betrat das Schlafzimmer und schloß hinter sich die Tür.

21

Alex hatte damit gerechnet, daß ihr die Qualen dieser Nacht deutlich anzusehen wären, aber sie war schön wie immer. Gestützt von Kissen, saß sie im Bett, in einem blauen Seidenpyjama, der ihre vollen Brüste betonte. Sogar die Brustwarzen waren durch den dünnen Stoff hindurch andeutungsweise zu erkennen. Ihre goldenen Haare waren zwar ein wenig feucht und strähnig, weckten in ihm aber nichtsdestotrotz den Wunsch, sie mit den Fingern zu kämmen. Natürlich war sie sehr blaß, und an den Schläfen war das feine Netzwerk bläulicher Venen zu sehen. Sie hatte dunkle Ringe unter den Augen, aber aus einiger Entfernung konnte man das auch für verschmierte Wimperntusche halten. Nur ihre amethystblauen Augen verrieten, was sie durchgemacht hatte. Der Schmerz, den er darin las, zerriß ihm fast das Herz.

Joanna wies mit der Hand auf die Bettkante. Er setzte sich.

»Was ist mit Ihrem Arm passiert?« fragte sie.

»Eine Schnittwunde. Nichts Ernsthaftes.«

»Sind Sie beim Arzt gewesen?«

»Nein, die Wunde brauchte nicht genäht zu werden.«

Eine Zeitlang schwiegen beide. Schließlich sagte Joanna: »Was müssen Sie jetzt nur von mir denken?«

»Daß Sie bezaubernd aussehen.«

»Das reinste Schreckgespenst.«

»Nun, wenn Sie Ihr Geheimrezept preisgeben würden, wie man es anstellt, als Schreckgespenst so wie Sie auszusehen, könnten Sie in der Kosmetikbranche Millionen verdienen.«

»Mein Gott«, lächelte Joanna, »ich dachte, daß nur Cary Grant so charmant sein könnte. Kein Wunder, daß Frauen Sie umschwärmen.«

»Tun sie das?«

»Etwa nicht?«

»Umschwärmen? Mich?«

»Seien Sie nicht so bescheiden!«

»Haben Sie mich etwa umschwärmt?«

»Sie bringen mich noch zum Erröten«, sagte sie, plötzlich überraschend schüchtern, »und das ist mir seit Jahren nicht passiert.«

»Es wäre mir sehr lieb, wenn Ihr Gesicht etwas Farbe bekäme.«

»Hören Sie« – sie wurde plötzlich wieder ernst – »der Arzt hat mir eine Beruhigungsspritze gegeben, aber bevor ich einschlafe, muß ich Ihnen noch etwas Wichtiges sagen.«

»Ich bin ganz Ohr.«

»Glauben Sie noch immer, daß ich nicht weiß, wer ich bin?«

»Wenn Sie mich fragen, ob ich noch immer glaube, daß Sie Lisa Chelgrin sind – ja.«

»Wie können Sie so sicher sein?«

»Seit unserem gemeinsamen Mittagessen hat sich einiges getan.«

»Was?«

»Ich werde auf Schritt und Tritt beschattet.«

»Von wem?«

»Es würde viel zu lange dauern, Ihnen das jetzt zu erklären.«

»Ich habe Zeit.«

»Aber Ihre Augen beginnen zuzufallen.«

Sie zwinkerte. »Ich habe heute nacht den Tiefpunkt erreicht. Um ein Haar hätte ich eine Riesendummheit begangen.«

»Das ist jetzt vorbei.«

»Ich wußte, daß mir nur noch die Wahl blieb zu sterben – oder aber herauszufinden, warum ich mich so absurd benehme.«

Er nahm ihre Hand.

»Etwas stimmt nicht mit mir«, fuhr sie fort. »Ich habe mich immer so hohl gefühlt, so leer, so . . . abgekapselt. Irgend etwas muß vor langer Zeit mit mir geschehen sein . . . Ich versuche nicht einfach, Entschuldigungen für mein Verhalten vorzubringen, Alex.«

»Das brauchen Sie mir nicht zu sagen«, erwiderte er. »Weiß der Himmel, was man Ihnen angetan hat.«

»Ich muß herausfinden, was es war.«

»Das werden Sie auch.«

»Ich muß seinen Namen wissen.«

»Wessen Namen?«

»Den Namen des Mannes mit der künstlichen Hand.«

»Wir werden ihn finden.«

»Er ist gefährlich.«

»Das bin ich auch.«

Joanna legte sich nieder. »Verdammt, ich möchte noch nicht einschlafen.«

Er zog eines der beiden Kissen unter ihrem Kopf hervor und deckte sie bis zum Hals zu.

Ihre Artikulation wurde undeutlich. »Da war ein Raum . . . ein Raum, in dem es nach Antiseptika stank . . . vielleicht irgendeine Klinik . . .«

»Wir werden sie finden.«

»Ich möchte Sie engagieren, damit Sie mir helfen.«

»Ich bin bereits engagiert worden. Senator Chelgrin hat ein kleines Vermögen ausgegeben, damit ich seine Tochter finden sollte. Es wird Zeit, daß er für sein Geld etwas bekommt.«

»Kommen Sie morgen wieder her?«

»Ja.«

»Um welche Zeit?«

»Wann immer Sie wollen.«

»Um eins?«

»In Ordnung.«

»Und wenn ich dann noch nicht wach bin?«

»Dann warte ich eben.«

Sie schwieg so lange, daß er dachte, sie wäre eingeschlafen. Dann murmelte sie: »Ich hatte solche Angst.«

»Das ist jetzt vorbei.«

»Ich habe immer noch Angst ... aber nicht mehr solch schlimme.«

»Alles wird gut werden.«

»Ich bin so froh, daß Sie hier sind, Alex.«

»Ich auch.«

Sie drehte sich auf die Seite und schlief ein.

Keiner von uns spricht von Liebe, dachte Alex.

Er küßte sie auf die Stirn und verließ das Zimmer.

22

Mariko saß auf der Couch, Doktor Mifuni war nicht mehr da.

»Die Beruhigungsspritze hat gewirkt«, berichtete Alex.

»Der Arzt hat gesagt, daß sie fünf oder sechs Stunden schlafen wird. Er kommt am Nachmittag wieder.«

»Bleiben Sie bei Joanna?«

»Selbstverständlich.« Sie stand auf und zupfte am Kragen ihres schweren, unförmigen Morgenrocks. »Möchten Sie einen Tee trinken?«

»Gern.«

Sie setzten sich an den kleinen Küchentisch, tranken Tee und knabberten Mandelwaffeln. Alex erzählte Mariko alles über den Fall Chelgrin, über den Einbrecher in seiner Hotelsuite und über den Mann, der ihn in Gion beschattet hatte.

»Unglaublich«, kommentierte Mariko. »Aber warum? Warum sollte jemand die Identität dieses Mädchens ändern ... alle alten Erinnerungen löschen und ihm neue eingeben ... und es dann nach Kyoto bringen?«

»Ich habe keine Ahnung«, gab Alex zu. »Aber ich werde es herausfinden. Wissen Sie, Mariko, ich habe Ihnen das alles erzählt, damit Sie verstehen, daß es gefährliche Leute gibt, die Joanna irgendwie manipuliert haben. Mich haben sie schon aufs Korn genommen, und wenn sie erfahren, daß Joanna mich um Hilfe gebeten hat, werden sie bestimmt noch unangenehmer werden. Vorhin haben Sie mir die Tür geöffnet, ohne zu fragen, wer Einlaß begehrt. Ab sofort sollten Sie vorsichtiger sein.«

»Aber ich habe Sie doch erwartet«, rechtfertigte sie sich.

»Das spielt keine Rolle. Wenn es von nun an klingelt, dürfen Sie die Tür nur öffnen, wenn Sie wissen, wer es ist. Besitzen Sie zufällig eine Pistole?«

»Diese Leute würden Joanna doch bestimmt nichts zuleide tun.«

»Das Dümmste, was wir tun könnten, wäre, sie zu unterschätzen.«

»Wir können Joanna unmöglich rund um die Uhr beschützen. Was ist beispielsweise, wenn sie auftritt? Dann bietet sie doch eine perfekte Zielscheibe.«

»Wenn ich dabei etwas mitzureden habe, wird sie nicht auftreten, bis diese Sache erledigt ist.«

»Aber trotz all der schrecklichen Dinge, die sie ihr angetan haben, wurde ihr physisch kein Haar gekrümmt.«

»Wenn sie erfahren, daß Joanna sich mit ihrer Vergangenheit beschäftigt, und wenn sie befürchten, daß sie ihnen gefährlich werden könnte, werden sie möglicherweise zu brutalen Mitteln greifen. Sie dürfen nicht vergessen, daß wir bisher nicht wissen, wer diese Leute sind und was für sie auf dem Spiel steht.«

Nach kurzem Nachdenken sagte Mariko: »Ich kann mir einfach nicht vorstellen, daß jemand Joanna etwas antun könnte. Aber vermutlich kennen Sie im Gegensatz zu mir alle möglichen Arten von Menschen.«

»So ist es. Und ich hoffe, daß Ihnen die Bekanntschaft mit solchen Typen auch weiterhin erspart bleibt.«

»Also gut, ich werde Ihren Rat befolgen und vorsichtig sein.«

»Ausgezeichnet.«

Er trank seinen Tee aus, während sie für ihn ein Taxi bestellte.

Als er sich an der Haustür von ihr verabschiedete, sagte sie unvermittelt: »Alex-san, Sie werden es nicht bereuen, Joanna geholfen zu haben.«

»Das habe ich auch nie befürchtet.«

»Sie werden finden, wonach Sie Ihr Leben lang gesucht haben.«

Er hob die Brauen. »Ich dachte, das hätte ich schon längst gefunden.«

»Nein. Sie brauchen Joanna genauso, wie sie Sie braucht.«

»Das haben Sie mir schon einmal gesagt.«

»Tatsächlich?«

»Sie haben es bestimmt nicht vergessen.«

Mariko verbeugte sich lächelnd und gab eine orientalische Weisheit zum besten, halb im Scherz, halb ernsthaft. »Ehrenwerter Detektiv müßte wissen, daß Wiederholung einer Wahrheit nichts an Wahrheit ändert, und daß Widerstand gegen Wahrheit nur zeitweilige Dummheit sein kann.«

Sie schloß die Haustür, aber Alex blieb stehen, bis er hörte, daß der Riegel vorgeschoben wurde.

Das Taxi wartete schon.

Ein roter Toyota folgte dem Taxi bis zum Hotel.

23

Alex war so erschöpft, daß er sofort einschlief. Es war elf Uhr zehn am Freitagvormittag, als er nach vier Stunden Schlaf erholt aufstand.

Er duschte und rasierte sich schnell, verzichtete aber darauf, seinen Verband zu wechseln. Er wollte rechtzeitig fertig sein, um den Kurier aus Chicago empfangen zu können.

Er war gerade dabei, seinen Anzug auszuwählen, als das Telefon klingelte. »Hallo?«

»Mr. Hunter?«

»Ja.«

»Wir sind uns letzte Nacht begegnet.«

»Doktor Mifuni?«

»Wer?«

»Wer spricht dort?« fragte Alex.

»Sie haben meine Pistole.«

Die Ratte!

»Reden Sie weiter.«

»Meine Auftraggeber lassen Ihnen ausrichten, daß Sie innerhalb einer Stunde eine Botschaft von ihnen erhalten werden.«

»Soll das heißen, daß sie zur Zusammenarbeit bereit sind?«

Die Ratte legte den Hörer auf.

Alex tat das gleiche. »Verdammt, was sollte das eigentlich?« sagte er laut. »War das nun ein Versprechen oder eine Drohung?« Er ließ das kurze Gespräch im Geiste noch einmal Revue passieren und kam zu dem Schluß: »Eine Drohung.«

Er kleidete sich hastig an und schob die Pistole in sein Hemd. Wenn er seine Suite verließ, würde er das Jackett zuknöpfen. Die Waffe war viel zu unhandlich, als daß er sie den ganzen Tag unter dem Gürtel tragen konnte. Im Hemd war sie zwar auch nicht ideal untergebracht, aber immerhin konnte er sich dann problemlos setzen.

Ihm war kein Land bekannt, wo man ohne Waffenschein eine Pistole mit Schalldämpfer bei sich tragen dürfte, aber wenn er nur vor der Wahl stand, ein lebendiger Gesetzesbrecher oder aber ein braver, aber toter Bürger zu sein, fiel ihm die Entscheidung nicht schwer.

Er wartete im Salon.

Um acht Minuten nach zwölf klopfte es laut an der Tür.

Alex ging in die kleine Diele, holte die Pistole aus seinem Hemd und fragte: »Wer ist dort?«

»Der Hotelpage, Mr. Hunter.«

Alex öffnete die Tür, entfernte aber nicht die Sicherheitskette. Sie würde einem kräftigen Stoß oder Tritt zwar nicht standhalten, aber ihm zusätzliche Sekunden Zeit geben, die für sein Überleben ausschlaggebend sein könnten.

Der Mann im Korridor war einer der beiden Pagen, die sein Gepäck in die Suite gebracht hatten, und er war sichtlich verstört. »Es tut mir leid, Sie stören zu müssen, Mr. Hunter«, sagte er nervös, »aber kennen Sie zufällig einen Mann namens Kennedy?«

Alex war über die unerwartete Frage im ersten Moment völlig perplex. Dann antwortete er: »Ja, natürlich. Er arbeitet für mich.«

»Es hat einen Unfall gegeben.«

»Wann?«

»Vor einer Viertelstunde oder so. Ein Auto. Direkt vor dem Hotel.«

Blakenship hatte den Namen des Kuriers im Telegramm nicht erwähnt. Er hatte also Kennedy auf die Reise geschickt.

»Wir haben sofort einen Krankenwagen gerufen«, berichtete der Page, »und sie wollen ihn in die Klinik bringen, aber sobald jemand auch nur in seine Nähe kommt, schlägt er um sich und beißt.«

Alex glaubte, sich verhört zu haben. Sie unterhielten sich auf japanisch, und der Page sprach sehr schnell. »Sagten Sie, daß er um sich schlägt?«

»Ja. Und er beißt. Er läßt sich von niemandem anrühren und besteht darauf, mit Ihnen zu sprechen, bevor man ihn ins Krankenhaus bringt. Die Polizei will nicht eingreifen, weil sie befürchtet, dadurch seinen Zustand nur noch zu verschlimmern.«

»Ich komme sofort.«

Alex hatte die Pistole so gehalten, daß der Page sie nicht sehen konnte. Jetzt schob er sie rasch wieder unter das Hemd, knöpfte Hemd und Jackett zu, nahm die Sicherheitskette ab und schloß von außen hastig zu. Zusammen mit dem Pagen rannte er zu den Aufzügen. Ein zweiter Page hatte ihnen einen Lift freigehalten.

Auf der Fahrt nach unten erkundigte sich Alex: »Haben Sie gesehen, wie es passiert ist?«

»Ja«, sagte der erste Page. »Mr. Kennedy ist aus dem Taxi gestiegen, und ein roter Toyota ist wohl plötzlich ins Rutschen gekommen, auf den Gehweg geraten und hat ihn angefahren.«

»Wurde der Fahrer schon verhört?«

»Nein, er ist geflüchtet.«

»Er hat nicht angehalten?«

»Nein, Sir.«

»In welchem Zustand befindet sich Mr. Kennedy?«

Der Page mied Alex' Blick. »Es ist sein Bein.«

»Gebrochen?«

Der erste Page wollte sich dazu nicht äußern.

»Er blutet sehr stark«, berichtete der zweite Page.

Die Hotelhalle war fast leer. Abgesehen von den Angestellten in der Rezeption scharten sich alle draußen um den Unfallort.

Alex bahnte sich einen Weg durch die Menge, bis er Wayne Kennedy sehen konnte. Der Mann saß auf dem Gehsteig, an die Hotelmauer gelehnt. Um ihn herum hatte man einen Raum von mehreren Metern freigehalten, so als wäre er ein gefährliches Raubtier. Neben ihm lagen zwei Koffer, beide blutbeschmiert und verbeult. Den Griff des kleineren Koffers hielt Kennedy umklammert. Er brüllte wütend einen Sanitäter in weißer Tracht an, der es gewagt hatte, sich ihm auf anderthalb Meter zu nähern.

Kennedy bot einen imposanten Eindruck. Er war ein gutaussehender Schwarzer, etwa dreißig Jahre alt, mit einer Frisur im Afrolook und einer Vorliebe für Kleidung, die genauso stilvoll und fast genauso teuer war wie jene, die Alex trug. Was die Sanitäter jedoch in respektvollem Abstand hielt, war weder seine Hautfarbe noch die exquisite Kleidung, sondern Waynes Größe und sein wildes Gebaren. Der Mann war 1,94 m groß und wog mindestens 240 Pfund, alles Knochen und Muskeln. Wie er so dasaß, drohend eine riesige Faust schüttelte und mit höchster Lautstärke fluchte, schien er nicht aus Fleisch und Blut zu sein, sondern aus riesigen Quadersteinen, Eisenbahnschwellen und -bolzen zu bestehen.

Als Alex die Verletzungen seines Angestellten sah, imponierte ihm dessen furchterregendes Auftreten noch viel mehr, doch zugleich war er zutiefst bestürzt. Das Bein war nicht einfach gebrochen, sondern förmlich zerquetscht. Ein Knochensplitter hatte das Fleisch und die Hose durchbohrt. Die Hose war blutgetränkt.

Alex schob sich durch den vordersten Ring der Neugierigen und ging auf Wayne zu.

Der Schwarze nahm aus dem Augenwinkel heraus eine Bewegung wahr, wandte fluchend den Kopf zur Seite, erkannte Alex und rief: »Gott sei Dank, daß Sie hier sind!«

Alex kniete sich neben ihn.

Kennedy sank in sich zusammen, so als hätte jemand die Fäden einer Marionette durchtrennt. Er schien kleiner zu werden, und die Wildheit wich schlagartig einer tiefen Erschöpfung. Er war schweißüberströmt und wurde von kaltem Fieber geschüttelt. Sein Gesicht war schmerzverzerrt. Seine Augen traten aus den Höhlen hervor. Er befand sich am Rande eines Schocks, und es war kaum zu glauben, daß er genügend Adrenalin aufgebracht hatte, um eine Viertelstunde keinen Menschen an sich heranzulassen.

»Haben Sie tatsächlich nach den Sanitätern geschlagen?«

»Keiner dieser Dummköpfe spricht Englisch!« empörte sich Wayne, so als würde in der umgekehrten Situation jeder Einwohner von Chicago fließend Japanisch sprechen. »Sie können sich nicht vorstellen ... wie mühsam es war ... jemanden zu finden, der unsere Sprache spricht. Ich ... ich konnte mich doch nicht wegbringen lassen, bevor ... bevor ich Ihnen die Akte übergeben hatte.« Er deutete auf den Koffer, den er krampfhaft festhielt.

»Um Gottes willen, Mann, *so* wichtig ist diese Akte nun auch wieder nicht!«

»Doch, sie muß sehr wichtig sein«, widersprach Kennedy. »Jemand hat versucht, mich ... deshalb umzubringen. Das war ... kein Unfall.«

»Woher wissen Sie das?«

»Ich habe den Dreckskerl heranbrausen sehen«, stöhnte Kennedy. »Ein roter Toyota. Ich bin ... beiseite gesprungen ... aber er hat mich ... absichtlich über den Haufen gefahren.«

Alex winkte den Sanitätern, die mit einer Bahre herbeieilten.

»Zwei Männer ... in dem Toyota«, fuhr Wayne mühsam fort.

»Sparen Sie Ihre Kräfte«, sagte Alex. »Alles Nähere können Sie mir später erklären.«

»Ich möchte ... lieber jetzt berichten. Das lenkt mich ... von den Schmerzen ab. Der Toyota ... er hat mich an die Mauer gedrückt ... mich eingeklemmt ... dann etwas zurückgesetzt ... Und dann ist der Beifahrer rausgesprungen und ... und wollte mir den Koffer entreißen. Ich hab' ihn in die Hand gebissen ... hab' dem Dreckskerl den Daumen fast abgebissen ... da hat er aufgegeben.«

Alex wußte, daß dies die Botschaft war, die die Ratte ihm angekündigt hatte.

Die Sanitäter konnten Wayne nur mit größter Mühe auf die Bahre heben.

Der Schwarze heulte vor Schmerz, als er bewegt wurde. Tränen liefen ihm über die Wangen.

Die Bahre wurde in den Krankenwagen – einen Transporter – geschoben.

Alex nahm den Koffer mit der Chelgrin-Akte an sich, stieg ebenfalls ein und setzte sich auf einen fest montierten Hocker zu Füßen des Patienten.

Jemand schlug die Türen zu.

Einer der Sanitäter blieb bei Kennedy und begann, eine intravenöse Plasmatransfusion vorzubereiten.

Der Wagen setzte sich mit heulender Sirene in Bewegung.

Ohne den Kopf von der Bahre zu heben, fragte Wayne: »Sind Sie noch da?«

»Selbstverständlich«, erwiderte Alex.

Kennedy hatte Mühe zu sprechen, wollte aber nicht still sein. »Halten Sie mich ... für einen Narren?«

»Inwiefern?«

»Weil ich auf Sie gewartet habe.«

Alex starrte auf den gräßlichen Knochensplitter, der aus der Hose hervorragte. »Wayne, um Gottes willen, Sie hätten verbluten können.

»Wenn Sie ... an meiner Stelle ... gewesen wären ... hätten Sie ... das gleiche getan.«

»Nie und nimmer, mein Freund.«

»O doch. Ich kenne Sie«, beharrte Kennedy. »Sie hassen es zu verlieren.«

Der Sanitäter entblößte Waynes linken Arm, desinfizierte mit einem alkoholgetränkten Wattebausch die ebenholzfarbene Haut und führte die Nadel geschickt in die Vene ein.

Kennedys verletztes Bein zuckte. Er stöhnte und räusperte sich. »Ich muß Ihnen etwas sagen, Mr. Hunter ... aber vielleicht sollte ich doch lieber nichts sagen ...«

»Spucken Sie's aus, bevor Sie daran ersticken, aber dann halten Sie um Gottes willen die Klappe, wenn Sie sich nicht umbringen wollen.«

Der Wagen bog so scharf um eine Ecke, daß Alex fast von seinem Hocker gefallen wäre.

»Sie und ich ... wir sind uns in vieler Hinsicht sehr ähnlich. Ich meine ... ich habe wie Sie bei Null angefangen. Sie waren fest entschlossen ... sich ganz nach oben zu arbeiten ... und Sie haben es geschafft ... ich bin ebenfalls fest dazu entschlossen ... und auch ich werde es schaffen. Wir haben beide ... eine noble Fassade ... aber im Grunde genommen sind wir ... Straßenkämpfer.«

Alex vermutete, daß der Mann delirierte, antwortete aber trotzdem. »Das weiß ich alles, Wayne. Was glauben Sie, warum ich Sie eingestellt habe? Mir war klar, daß Sie ein genauso nimmermüder Spürhund sein würden wie ich in meiner Anfangszeit.«

Mit zusammengebissenen Zähnen brachte Kennedy mühsam hervor: »Deshalb möchte ich vorschlagen ... wenn Sie wieder in den Staaten sind ... und entscheiden müssen ... wer Bob Feldmans Job übernehmen soll ... vergessen Sie mich nicht.«

Bob Feldman leitete und koordinierte die Arbeit aller Außendienstmitarbeiter der Gesellschaft, und er wollte in zwei Monaten in den Ruhestand gehen.

»Ich bin ein guter ... Organisator«, fuhr Kennedy fort. »Ich bin der richtige Mann ... für diesen Job ...«

Alex schüttelte lachend den Kopf. »Ich könnte fast glauben, daß Sie um die halbe Welt geflogen sind und diesen verdammten Unfall selbst arrangiert haben, nur um mit mir diesen Handel abzuschließen.«

»Ich bin ein Aktivist ... ich will jede günstige Gelegenheit ausnutzen.«

»Ich weiß«, sagte Alex. »Und mir gefällt diese Einstellung.«

»Werden Sie es sich ... durch den Kopf gehen lassen?«

»Nicht nur das. Sie bekommen den Job.«

Kennedy hob ein wenig den Kopf. »Ist das Ihr Ernst?«

»Ehrenwort.«

»Ein Silberstreif am Horizont!« murmelte Wayne Kennedy.

24

Nachdem Wayne in den Operationssaal gebracht worden war, rief Alex von der Klinik aus Joanna an.

Mariko war am Apparat. »Sie schläft noch, Alex-san.«

Er berichtete ihr, was geschehen war. »Ich bleibe hier, bis die Ärzte mir nach der Operation sagen können, ob das Bein amputiert werden muß oder nicht. Deshalb kann ich nicht, wie versprochen, um eins bei Joanna sein.«

»Selbstverständlich«, sagte Mariko. »Ich werde es Joanna erklären.«

»Ich möchte nicht, daß sie glaubt, ich wollte kneifen.«

»Sie wird verstehen, daß Sie sich um Ihren Freund kümmern müssen.«

»Hat Joanna ein Gästezimmer?« fragte er.

»Für Ihren Mr. Kennedy?«

»Nein«, erwiderte Alex. »Er wird lange in der Klinik bleiben müssen. Das Zimmer wäre für mich. Die Leute, mit denen wir es zu tun haben, kennen offensichtlich nur die Sprache der Gewalt, und sie könnten immer brutaler vorgehen. Weder Sie noch Joanna sollten allein sein, bis alles vorbei ist. Außerdem ist es strategisch günstiger, von einem Hauptquartier aus zu operieren. Man spart dadurch viel Zeit. Ich würde gern zu Ihnen umziehen – wenn ich damit nicht Joanna oder Sie kompromittiere.«

»Ich werde das Gästezimmer vorbereiten, Alex-san.«

»Sind Sie sicher, daß Joanna damit einverstanden ist?«

»Darüber brauchen Sie sich keine Gedanken zu machen.«

»Ich komme, sobald ich kann.«

»Ich werde keinem Fremden die Tür öffnen.«

»Wir haben es mit gewissenlosen Schurken zu tun, Mariko.«

»Das ist noch sehr milde ausgedrückt«, meinte die Japanerin.

»Aber sie werden mich nicht aufhalten.«

»Gut.«

»Wir werden nicht aufgeben, bis wir wissen, was Joanna angetan wurde und warum.«

»Gut«, sagte Mariko wieder.

»Wir werden diese Schweine im eigenen Saft braten.«

»Ausgezeichnet.«

Seit mindestens fünf Jahren hatte Alex keine solche Wut und keine derartige Energie mehr verspürt wie jetzt. Bis zu diesem Moment war ihm nicht bewußt gewesen, daß der Erfolg seinen Feuereifer gedämpft hatte. Sein Vermögen, sein Haus mit achtzehn Zimmern und seine beiden Rolls-Royce hatten ihn gemäßigt. Nun aber war er plötzlich wieder der zu allem entschlossene Spürhund von einst.

Zweiter Teil

ANHALTSPUNKTE

Die Hängebrücke;
Weinranken
Umwinden unser Leben.

Bashô 1644–1694

25

Um sechs Uhr kam der Chefchirurg, Dr. Ito, in die Klinikhalle, wo Alex wartete. Der Arzt war ein schlanker, eleganter Mann Anfang Fünfzig. Kennedys Operation hatte fünf Stunden in Anspruch genommen. Dr. Ito sah müde aus, aber er lächelte, denn er hatte gute Nachrichten. Eine Amputation war nicht notwendig. Allerdings war Kennedy noch nicht völlig außer Gefahr. Bei einer so starken Beschädigung des Gewebes konnte eine Venenentzündung auftreten, und eventuell würde später eine weitere Operation erforderlich werden. Wahrscheinlich würde er für den Rest seines Lebens etwas hinken, aber er würde wenigstens beide Beine gebrauchen können.

Doktor Ito hatte sich gerade verabschiedet, als Mariko in Begleitung eines bewaffneten Leibwächters in Zivil die Halle betrat. Alex hatte einen privaten Sicherheitsdienst beauftragt, Kennedy rund um die Uhr zu bewachen, obwohl er einen weiteren Angriff auf seinen Angestellten für eher unwahrscheinlich hielt. Die Auftraggeber der Ratte hatten ihren Standpunkt bereits unmißverständlich demonstriert. Trotzdem fühlte sich Alex verpflichtet, Kennedy den bestmöglichen Schutz angedeihen zu lassen. Mariko sollte Alex ablösen, damit er vom Hotel ins Moonglow umziehen konnte. Wenn Kennedy aus der Narkose erwachte, sollte er ein freundliches Gesicht sehen, und außerdem würde er jemand um sich haben wollen, der fließend Englisch sprach.

Joanna war in ihrer Wohnung nicht allein. Doktor Mifuni war bei ihr.

Der Leibwächter blieb zunächst wachsam am Eingang stehen.

Alex führte Mariko ans andere Ende der Halle. Sie setzten sich auf ein Kunstledersofa und unterhielten sich im Flüsterton.

»Die Polizei wird Wayne befragen wollen«, sagte Alex.

»Heute abend? In seinem Zustand?«

»Wahrscheinlich erst morgen, wenn er sich völlig von der Narkose erholt hat. Richten Sie ihm bitte aus, sobald er zu sich kommt und Sie sicher sind, daß er alles versteht, er solle mit der Polizei zusammenarbeiten . . .«

»Selbstverständlich.«

» . . . aber nur bis zu einem bestimmten Punkt.«

Mariko runzelte die Stirn.

»Er soll ihnen das Auto und dessen Insassen beschreiben«, fuhr Alex fort, »aber die Akte mit keinem Wort erwähnen. Er soll sich für einen normalen Touristen ausgeben und behaupten, er hätte keine Ahnung, warum man seinen Koffer stehlen wollte, in dem sich nur Unterwäsche und Hemden befänden. Ist das klar?«

Mariko nickte. »Aber wäre es nicht besser, der Polizei alles zu erzählen und sie für uns arbeiten zu lassen?«

»Nein. Wir wollen zwar Druck auf die Typen ausüben, hinter denen wir her sind – aber nicht *zuviel* Druck. Nur soviel, daß sie immer nervöser werden und dann einen Fehler machen. Sie neigen zu sehr heftigen Reaktionen, sogar wenn sie Oberwasser haben. Wenn sie erführen, daß wir der Polizei alles erzählt haben, könnten sie sich in die Ecke gedrängt fühlen und noch mehr Gewalt anwenden. Vielleicht werden wir die Polizei später einweihen – oder zumindest damit drohen, um von diesen Leuten zu erhalten, was wir haben wollen. Aber jetzt noch nicht.«

Zu Marikos streng traditioneller japanischer Erziehung gehörte ein großer Respekt vor Amtspersonen. »Aber die Polizei verfügt doch über entsprechend qualifiziertes Personal und über Möglichkeiten, um . . .«

Alex fiel ihr ins Wort. »Wir müssen noch einen anderen Aspekt berücksichtigen. Eine andere Möglichkeit. Vielleicht ist die Verwandlung von Lisa Chelgrin in Joanna Rand kein so strenges Geheimnis, wie es zunächst scheint. Sind Joannas gefälschte Papiere und ihre falsche Identität wirklich so überzeugend, daß niemand je daran gezweifelt hat? Hat sich nie jemand gefragt, wie und warum sie hierhergekommen ist?«

»Was wollen Sie damit sagen?«

»Die Polizei könnte in diese Geschichte verwickelt sein und wesentlich mehr darüber wissen als wir. Zumindest einzelne Personen bei der Polizei. Und falls dem so sein sollte, ist die Polizei nicht unser Freund und Helfer und wird es auch nie sein.«

Mariko war schockiert. »Das ist . . . paranoid.«

»Ja«, stimmte er zu. »Trotzdem könnte es sich so verhalten.«

»In Japan ist die Polizei . . .«

»Sollen wir Joannas Leben unnötig aufs Spiel setzen?«

»Nein«, murmelte Mariko besorgt. »Natürlich nicht.«

»Vertrauen Sie mir.«

»Das tu ich.«

Alex stand auf und streckte sich. Seit er wußte, daß Waynes

Bein nicht amputiert werden mußte, hatte seine Nervenanspannung erheblich nachgelassen. Jetzt war er entspannt, sogar ein bißchen schläfrig.

»Ich habe Wayne in einem Einzelzimmer unterbringen lassen«, sagte er. »Vielleicht sollten Sie jetzt hinaufgehen. Man wird ihn in wenigen Minuten dorthin bringen.«

»Ist es für Sie nicht gefährlich, allein unterwegs zu sein?« fragte Mariko.

Er nahm den Koffer mit der Chelgrin-Akte in die Hand. »Kein Problem«, meinte er. »Die Kerle glauben bestimmt, mir einen Mordsschrecken eingejagt zu haben. Eine Zeitlang werden sie jetzt vorsichtig sein und uns nur observieren.«

Er ließ sie mit dem Leibwächter zurück.

Der Abend war kalt, aber es schneite nicht. Wolken zogen am Himmel dahin, vom Mond beleuchtet.

Alex nahm ein Taxi ins Hotel, packte und bezahlte die Rechnung. Zwei Männer in einem weißen Subaru folgten ihm von der Klinik zum Hotel und dann vom Hotel zum Moonglow.

Joannas Gästezimmer war ein kleiner, aber gemütlicher Raum mit niedriger, schräger Decke und zwei Dachfenstern. Alex stellte dort sein Gepäck ab und gesellte sich um halb acht zu Doktor Mifuni und Joanna.

Kurz bevor der Arzt sich verabschiedete, ging Joanna in die Küche, um nach dem Abendessen zu sehen, und Mifuni nutzte diese günstige Gelegenheit, um mit Alex unter vier Augen zu sprechen. »Sie sollten sich nachts ein- oder zweimal vergewissern, daß sie nur schläft.«

»Sie glauben doch nicht, daß sie es wieder versuchen wird?«

»Nein, nein«, sagte Mifuni. »Das halte ich für ausgeschlossen. Es war eine reine Kurzschlußhandlung, und sie neigt von Natur aus eigentlich nicht zu impulsivem Handeln. Aber trotzdem . . .«

»Ich werde sie im Auge behalten«, versprach Alex.

»Gut. Wissen Sie, ich kenne Joanna, seit sie nach Kyoto gekommen ist. Eine Sängerin, die fast jeden Abend auftritt, hat gelegentlich Probleme mit dem Hals. Ich behandle sie, und im Laufe der Zeit ist sie mir sehr ans Herz gewachsen. Sie ist nicht nur eine Patientin, sondern auch eine Freundin.« Er schüttelte seufzend den Kopf. »Sie ist eine erstaunlich widerstandsfähige Frau, finden Sie nicht auch? Die Erfahrungen der letzten Nacht scheinen nur ganz leichte seelische Spuren hinterlassen zu haben. Und physisch ist ihr überhaupt nichts anzusehen.«

Joanna kam aus der Küche zurück, und sie sah tatsächlich blendend aus. Sogar in ausgewaschenen Jeans und einem mitternachtsblauen Sweater, der an den Ellbogen und Kanten sehr verschlissen war, kam sie Alex wie eine Märchenprinzessin vor. Ihre Augen leuchteten, ihr Blick war hellwach, und auch die dunklen Augenringe waren verschwunden. Sie war nicht mehr bleich und mitgenommen, sondern frisch und lebhaft. Kurzum, sie war wieder das goldene Mädchen, das Alex gleich auf den ersten Blick so fasziniert hatte: schön, selbstsicher, bei bester Gesundheit.

»Arigato, Isha-san«, verabschiedete sie sich von Doktor Mifuni, der aufbrechen wollte.

»Do itashimashita.«

»Konbanwa.«

»Konbanwa, Joanna-san.«

Während Alex beobachtete, wie der Arzt und Joanna sich an der Wohnungstür voreinander verbeugten, stieg plötzlich ein so mächtiges Verlangen in ihm auf, daß er sich wie entrückt fühlte und sich selbst in völlig neuem Licht sehen konnte, gleichsam von außen, von einer hohen Warte aus, die ihm den Blick in seine Seele ermöglichte. Er sah jenen Alex Hunter, den alle kannten – den ruhigen, selbstsicheren, selbstbeherrschten, entschlossenen Geschäftsmann, eine starke, imposante Persönlichkeit –, aber er wurde sich erstmals auch eines Aspekts seiner selbst bewußt, der ihm bisher verborgen geblieben war. Er sah, daß sich in dem kühlen Analytiker Alex Hunter ein unsicheres, einsames, suchendes, hungriges Geschöpf versteckte, das emotionale Bedürfnisse und Wünsche hatte, und daß diese Seite seines Wesens mit einem Male energisch auf ihre Rechte pochte. Und er begriff, daß er es nur Joanna verdankte, diesen verdrängten Teil seines Ichs entdeckt zu haben. Zum erstenmal in seinem Leben wurde er schier überwältigt von einem Verlangen, das nicht durch harte Arbeit und intellektuelle Leistungen gestillt werden konnte. Er sehnte sich nach etwas anderem als Erfolg, Geld und Ansehen. Joanna. Er wollte Joanna. Er wollte sie berühren. Er wollte sie umarmen. Er wollte mit ihr schlafen. Aber es ging ihm nicht nur um den körperlichen Kontakt. Er suchte bei ihr nach etwas, das er nicht richtig beschreiben konnte: nach Seelenfrieden, nach nie gekannten Gefühlen, nach einer tiefen Bindung. Das alles waren nicht die richtigen Worte, und schließlich gestand er sich ein, daß er sich sehnlichst wünschte, von Joanna Rand geliebt zu werden – er, der die wahre Liebe bisher stets geleugnet hatte. Alte Überzeugungen und zuverlässige psychische Krücken ließen sich nicht so leicht über Bord werfen; er war noch nicht bereit, die Realität der Liebe anzuerkennen – aber ein Teil von ihm *wollte* verzweifelt daran glauben.

Und das beunruhigte ihn.

26

Joanna wollte Alex ein perfektes Abendessen servieren. Für sie war das ein entscheidender Test, den sie bestehen mußte, um ihn davon zu überzeugen, daß sie noch die tüchtige und beherrschte Frau war, die er auf der Bühne singen gehört hatte, und nicht jenes mitleiderregende Opfer, auf das sie ihm vergangene Nacht einen kurzen Blick gewährt hatte. Sie mußte sein völliges Vertrauen zurückgewinnen. Das bedeutete ihr sehr viel. Wenn sie es schaffte, ihm ein vorzügliches Mahl aufzutischen und eine genauso interessante und geistreiche Gesprächspartnerin zu sein wie bei dem gemeinsamen Mittagessen, würde sie beweisen, daß ihre melodramatische Tat der letzten Nacht eigentlich nicht ihrem Charakter entsprach, daß es sich um eine Kurzschlußhandlung gehandelt hatte, die man am besten schnell vergessen sollte, um eine Verirrung, die sich nicht wiederholen würde.

Sie hatte den niedrigen Tisch in ihrem in japanischem Stil eingerichteten Eßzimmer mit königsblauen Sets, grauem Geschirr in verschiedenen Farbtönen und dunkelroten Servietten gedeckt. Sechs frische weiße Nelken lagen fächerförmig an einem Tischende, und sie legte einige Dutzend lose Blütenblätter um die Stiele herum.

Das Essen war herzhaft, aber nicht schwer. *Igaguri:* Shrimps-Bällchen mit einer Füllung aus süßen Kastanien. *Sumashi wan:* klare Suppe mit Sojabohnenklößchen und Shrimps. *Tatsuta age:* Rindfleisch in Scheiben, garniert mit rotem Pfeffer und Rettich. *Yuan zuke:* gegrillter Fisch in einer Marinade aus Soja und Sake. *Umani:* Hühnchen und Gemüse, in einer köstlich gewürzten Brühe gekocht. Natürlich gab es auch gedämpften Reis und als Getränk heißen Tee.

Während des Abendessens, das ein großer Erfolg war, fühlte sich Joanna wohler als seit vielen Monaten. Der Selbstmordversuch hatte auf sie eine befreiende Wirkung gehabt, denn nachdem sie jene tiefste Verzweiflung, als sie ihrem Leben keinen Sinn mehr abzugewinnen vermochte, in letzter Sekunde überwunden hatte, war sie davon überzeugt, alle zukünftigen Probleme bewältigen zu können. Das Schlimmste lag hinter ihr. Nun konnte es nur noch aufwärts gehen. Das mochte ein Klischee sein, aber es stimmte trotzdem. Zum erstenmal hatte sie das Gefühl, die Paranoia und die seltsamen Symptome von Klaustrophobie besiegen zu können, die in der Vergangenheit so oft ihr Glück verhindert hatten.

Gleich nach dem Essen bekam Joanna die Gelegenheit, ihre neue Stärke zu erproben. Alex und sie setzten sich im Wohnzimmer auf das Sofa und begannen sich mit der Chelgrin-Akte zu beschäftigen, die einen mittelgroßen Koffer füllte – und die nach Alex' Ansicht ihre wahre Lebensgeschichte enthielt.

Die Akte enthielt Stapel von Berichten der verschiedenen Detektive, die sich mit dem Fall beschäftigt hatten, Hunderte Niederschriften von Interviews mit potentiellen Zeugen, Freunden und Verwandten von Lisa Chelgrin, ferner Kopien der Protokolle der jamaikanischen Polizei sowie andere offizielle Dokumente. Alles in allem waren es fünf- bis sechstausend Seiten Material – auf Durchschlagpapier, als Fotokopien oder handschriftliche Notizen in Taschenkalendern. Diese Papierberge übten auf Joanna eine negative Wirkung aus: Zum erstenmal an diesem Tag fühlte sie sich bedroht, und die ersten vertrauten Symptome von Paranoia machten sich bemerkbar.

Es waren aber die Fotos, die Joanna noch mehr als der übrige Kofferinhalt verstörten: Lisa Chelgrin in Jeans und T-Shirt, vor einem Cadillac-Kabriolett, in die Kamera lächelnd und winkend. Lisa Chelgrin im Bikini unter einer riesigen Palme. Lisa Chelgrin in Nahaufnahme: ein lachendes Gesicht. Es gab insgesamt ein Dutzend Fotos. Der Hintergrund, vor dem Lisa posierte, und die Menschen, die auf einigen Fotos neben ihr standen, waren Joanna völlig unbekannt, aber das junge Mädchen selbst – blond, schlank, mit weiblichen Formen – kam ihr so vertraut wie ihr eigenes Spiegelbild vor. Lange Zeit starrte sie ungläubig das Gesicht der Vermißten an. Ein kalter Schauder lief ihr über den Rücken, und schließlich stand sie auf und holte ein halbes Dutzend ihrer eigenen Fotos aus dem Einbauschrank im Schlafzimmer. Es waren Aufnahmen, die während ihres ersten Jahres in Japan gemacht worden waren, als sie in Yokohama gearbeitet hatte. Sie breitete sie neben den Fotos von Lisa Chelgrin aus, und während sie sie verglich, nahm ihre Angst zu.

»Eine bemerkenswerte Ähnlichkeit, nicht wahr?« fragte Alex.

»Identisch«, murmelte Joanna.

»Verstehen Sie jetzt, warum ich meiner Sache so sicher bin?«

Nun machten sich auch die Symptome der Klaustrophobie bemerkbar. Die Luft war plötzlich zu dick zum Atmen. Der Raum wurde immer wärmer. Heiß. Glühend. Die Wände bewegten sich wie lebendige Membranen, und die Decke senkte sich langsam, aber sicher auf sie herab. Obwohl sie wußte, daß sie sich das alles nur einbildete, befürchtete sie, zerquetscht zu werden.

»Joanna, was ist los?«

Sie zitterte heftig.

Eine innere Stimme flüsterte ihr ein: *Sag diesem Kerl, daß er seine dämlichen Bilder und seine verdammten Berichte einpacken soll! Sag ihm, daß er sich hier wegscheren soll! Sag ihm das. Jetzt! Er darf die Wahrheit nicht erfahren. Niemand darf etwas über dich wissen. Jag ihn zum Teufel! Schnell!*

»Joanna?«

»Die Wände rücken wieder auf mich zu«, flüsterte sie angsterfüllt.

»Die Wände?« Alex sah sich verwirrt um.

Für Joanna war das Zimmer auf ein Drittel der normalen Größe zusammengeschrumpft.

Die Luft war so heiß und trocken, daß sie ihre Lunge versengte und ihre Lippen ausdörrte. »Und die Decke senkt sich«, murmelte sie.

Sie schwitzte. Sie schien vor Hitze zu schmelzen, so als wäre sie aus Wachs.

»Sehen Sie das wirklich?« fragte Alex.

»Ja.«

Sie starrte die Wände an und versuchte, sie durch Willenskraft zurückzuschieben, fest entschlossen, sich diesmal nicht von ihren Ängsten überwältigen zu lassen.

»Sie haben Halluzinationen«, sagte Alex.

»Ich weiß.« Sie berichtete ihm in Kürze von der schrecklichen Klaustrophobie und Paranoia, die sie überfielen, wann immer jemand sich allzu sehr für ihre Vergangenheit interessierte oder wann immer eine Affäre ernstere Formen anzunehmen begann.

»Mariko hat mich gewarnt, daß Sie grob, ja sogar grausam werden können. Aber sie hat nicht erklärt, aus welchen Gründen Sie sich so verhalten. Sie hat nicht erwähnt, daß Sie unter diesen Anfällen . . .«

»Sie weiß nichts davon«, unterbrach Joanna ihn. »Ich habe bisher nie jemandem davon erzählt. Weder von der Klaustrophobie noch von der Paranoia. Wissen Sie, manchmal glaube ich, die ganze verdammte Welt hat sich gegen mich verschworen und verfolgt mich, und dann möchte ich am liebsten wegrennen und mich verstecken, irgendwohin in die Wildnis flüchten, wo mich niemand sehen, finden oder verletzen kann.« Sie redete hastig, zum einen, weil sie befürchtete, sie könnte den Mut verlieren, ihm das alles anzuvertrauen, und zum anderen, weil sie hoffte, daß die Unterhaltung sie von den näher rückenden Wänden ablenken würde. »Wahrscheinlich habe ich niemandem etwas davon erzählt, weil . . . weil ich dachte, die Leute würden mich für verrückt halten. Aber ich bin nicht verrückt. Wenn ich wahnsinnig wäre, würde ich gar nicht bemerken, daß ich gelegentlich paranoid bin. Wenn ich verrückt wäre, würde mir diese Paranoia als etwas ganz Normales vorkommen. Habe ich nicht recht?«

Die Halluzination verschwand nicht; im Gegenteil, sie wurde schlimmer. Obwohl Joanna saß, schien die Decke nur noch 25 oder 30 cm von ihrem Kopf entfernt zu sein; die Wände waren auf jeder Seite höchstens noch einen Meter entfernt und rollten auf geölten Schienen immer näher. Die Atmosphäre wurde in diesem kleinen Raum immer komprimierter, Moleküle stießen gegen Moleküle, bis die Luft aufhörte, ein Gas zu sein, und sich in eine Flüssigkeit verwandelte, die rasch sirupartig wurde. Wenn sie einatmete, schienen sich Kehle und Lunge mit diesem dickflüssigen Zeug zu füllen. Sie wimmerte. Sie hörte es, hatte darüber aber keine Kontrolle.

Alex rückte näher an sie heran und nahm ihre Hand. »Joanna, denken Sie daran, daß alles, was Sie sehen, nicht real ist. Es sind Halluzinationen, und Sie können ihrer Herr werden, wenn Sie es versuchen.«

Die Luft war so dick, daß sie daran erstickte. Sie beugte sich vor, hustete und würgte.

Alex versuchte ihr das Geschehen zu erklären, in der Hoffnung, sie dadurch beruhigen zu können. Sie hörte ihm begierig zu, weil ja auch sie sich nichts so sehr wünschte wie die Überwindung ihrer Panik, aber gleichzeitig mußte sie ihre Aufmerksamkeit auf die drohenden Wände konzentrieren.

»Man hat Sie einer Gehirnwäsche unterzogen«, sagte Alex. »Alle Erinnerungen an Ihre Vergangenheit sind ausgelöscht und durch frei erfundene Daten ersetzt worden.«

Sie verstand alles, was er sagte, aber das änderte nichts daran, daß die Decke sie inzwischen platt auf den Boden drückte.

»Anschließend wurden Ihnen dann auch noch einige posthypnotische Suggestionen eingeimpft, die enorme Auswirkungen auf Ihr Leben hatten. Unter einer dieser Suggestionen leiden Sie im Augenblick. Das ist die einzig mögliche Erklärung. Jedesmal, wenn Sie jemanden kennenlernen, der sich für Ihre Vergangenheit interessiert und das ganze Lügengebäude zum Einsturz bringen könnte, leiden Sie an Klaustrophobie und Paranoia, *weil jene Leute Ihnen suggeriert haben, daß das geschehen würde.*«

In dem immer kleiner werdenden Raum kam seine Stimme Joanna unerträglich laut vor.

»Und jedesmal, wenn Sie die Person abweisen, die Ihnen nahegekommen ist, verschwindet die Klaustrophobie wieder – *weil man es Ihnen so suggeriert hat.* Eine äußerst effektive Methode, um enge Beziehungen zu verhindern. Sie wurden *programmiert,* Joanna. Programmiert zu lebenslänglicher Einsamkeit. Verstehen Sie?«

Sie starrte ihn an und wußte plötzlich, daß er kein Freund war. Er war einer von IHNEN. Er gehörte zu den Leuten, die versucht hatten, sie umzubringen, er war einer der Verschwörer. Sie durfte ihm nicht trauen. Er war verkommen, verabscheuungswürdig ...

Nein, dachte sie. *Das ist Paranoia. Alex Hunter ist auf meiner Seite.*

Sie zuckte heftig zusammen, weil die Decke sich noch mehr gesenkt hatte, und duckte sich auf die Couch.

Die Luft war jetzt derartig komprimiert, daß sie gegen ihre Haut drückte. Schwer wie Metall. Von allen Seiten. Wie eine Rüstung. Eine Rüstung, die immer enger, immer kleiner wurde. Sie war schweißgebadet. Ihre Haut wurde wundgerieben.

»Kämpfen Sie dagegen an!« sagte Alex.

»Die Wände!« rief Joanna. So schlimm war es noch nie gewesen. Sie keuchte. Ihre Lunge war verstopft. Ihre Kehle war verdorrt. Der Raum würde auf die Größe eines Sarges zusammenschrumpfen, und sie wußte, wie es im Grab sein würde – kalt und feucht, eng und dunkel. »O mein Gott!«

»Schließen Sie die Augen«, verlangte Alex.

»Nein!« Das wäre unerträglich. Wenn sie die Augen schloß, würde die Dunkelheit die Klaustrophobie nur noch verschlimmern. Sie mußte sehen, was passierte, selbst wenn der Anblick der grauenhaft nahen Wände ihr den Verstand raubte.

»Schließen Sie die Augen«, insistierte Alex.

»Hören Sie endlich auf, mich zu belästigen! Verdammt, lassen Sie mich in Ruhe!«

»Vertrauen Sie mir«, bat er.

»Das kann ich nicht.«

»Warum nicht?«

»Darum.«

»Ich bin Ihre größte Hoffnung.«

Sie fand die Kraft, sich wieder aufrecht hinzusetzen, um ihm in die Augen blicken zu können. Im Moment war sie sogar imstande, ihrer Klaustrophobie Herr zu werden. Das Allerwichtigste war jetzt, ihn loszuwerden. »Machen Sie, daß Sie hier wegkommen«, sagte sie in scharfem Ton.

»Nein.«

»Dies ist *meine* Wohnung.«

»Es ist Joannas Wohnung. Aber Sie sind derzeit nicht Joanna. Sie benehmen sich nicht wie sie.«

Sie wußte, daß er recht hatte. Sie führte sich wie eine Besessene auf. Sie wollte nicht mit ihm streiten oder ihn wegschicken, aber sie konnte nicht aufhören.

»Schwein! Stinkendes, verkommenes Schwein! Ich weiß, wer Sie sind.«

»Oh? Wer bin ich denn?«

»Einer von DENEN.«

»Hören Sie auf, Joanna.«

»Ich schreie um Hilfe, wenn Sie nicht sofort abhauen!«

»Im Grunde wollen Sie nicht, daß ich weggehe.«

Sie schlug ihm hart ins Gesicht.

Er bewegte sich nicht.

Sie schlug noch einmal zu.

Er zuckte zusammen, hielt aber weiterhin ihre Hand.

Sie versuchte, ihm ihre Hand zu entreißen.

Er ließ sie nicht los.

Sie konnte ihre Fingerabdrücke auf seiner Wange sehen, und das machte sie verlegen.

»Ich werde hierbleiben, bis Sie die Augen schließen und mit mir zusammenarbeiten«, sagte er, »oder bis Wände und Decke Sie zermalmen.«

Sie sank wieder in sich zusammen. Die Klaustrophobie war stärker als die Paranoia. Alex' Trick hatte geklappt. Sie verlor das Interesse daran, ihn loszuwerden. Ihre ganze Aufmerksamkeit galt jetzt wieder dem schrumpfenden Raum. Sie glaubte zu erstikken, denn die Luft war dicker als Motorenöl. Sie begann zu weinen.

»Schließen Sie die Augen«, sagte er sanft.

Joanna betrachtete angsterfüllt die Wände und die Decke, betrachtete ihre Hand in der seinigen, blickte in seine Augen, biß sich auf die Lippe, schloß die Augen und wußte sofort, daß sie in einem Sarg lag, daß der Deckel schon geschlossen war . . . Jemand schlug Nägel in den Deckel, und dann hörte sie, wie eine Schaufel Erde nach der anderen auf den Sarg fiel, und es war so eng und dunkel, so schrecklich dunkel, und zwischen den rohen Holzwänden drang kein bißchen Luft ein, aber sie hielt ihre Augen geschlossen und lauschte Alex, und seine Stimme war ein Leuchtfeuer, das den Weg in die Freiheit wies.

»Sie brauchen nicht selbst nachzuschauen«, sagte Alex. »Ich sage Ihnen, was vor sich geht.«

»Okay.«

»Die Wände kommen langsam zum Stehen. Und die Decke senkt sich überhaupt nicht mehr. Jetzt bewegen sich auch die Wände nicht mehr. Hören Sie mich, Joanna?«

»Ja.«

»Nein, öffnen Sie Ihre Augen noch nicht. Halten Sie sie fest geschlossen. Stellen Sie sich einfach vor, was ich Ihnen erzähle. Alles ist zum Stillstand gekommen. Sehen Sie das?«

»Ja«, sagte sie leise.

Die Luft war dünner als in den letzten Minuten – sie konnte durchatmen.

»Schauen Sie, was jetzt passiert«, fuhr Alex fort. »Die Decke bewegt sich nach oben, entfernt sich von Ihnen. Und die Wände gleiten zurück, langsam, sehr langsam. Aber sie entfernen sich ebenfalls. Der Raum wird allmählich größer. Spüren Sie, daß er größer wird? Sehen Sie es?«

Er redete noch lange so auf sie ein, und Joanna lauschte auf jedes Wort und stellte sich jede Aussage vor. Als der Luftdruck schließlich wieder normal war, als sie keine Atembeschwerden mehr hatte, öffnete sie die Augen und stellte fest, daß ihr Wohnzimmer wie immer aussah.

Sie seufzte erleichtert. »Der ganze Spuk ist vorüber. Sie haben ihn vertrieben.«

Er schüttelte lächelnd den Kopf. »Nicht nur ich. Wir haben es gemeinsam geschafft. Und von nun an werden Sie auch allein dazu imstande sein.«

»O nein, allein werde ich das nie schaffen.«

»Doch«, versicherte Alex. »Diese Phobie hat nämlich im Grunde keine psychischen Ursachen.«

»Sie halten das alles für eine posthypnotische Suggestion?«

»So ist es. Und deshalb werden Sie auch keine langwierige Psychoanalyse benötigen, um diese Probleme zu überwinden – wie das der Fall wäre, wenn sie ihre Ursache in einem realen Trauma hätten. Jedesmal, wenn Sie merken, daß ein solcher Anfall beginnt, brauchen Sie nur die Augen zu schließen und sich vorzustellen, daß alles sich von Ihnen fortbewegt und weit öffnet. Das wird immer funktionieren.«

»Aber warum hat es bisher nie geklappt, wenn ich es versucht habe?«

Er zupfte an seinem Schnurrbart. »Beim erstenmal brauchten Sie jemanden, der Ihre Hand festhielt. Außerdem haben Sie es bis heute als geistige Krankheit betrachtet, die einem peinlich ist und derer man sich schämt. Von nun an können Sie es als äußeres Problem ansehen – als eine Art Fluch, den jemand über Sie verhängt hat.«

Sie blickte zur Decke empor, nicht ängstlich, eher herausfordernd.

»Die Attacken werden immer schwächer werden und schließlich ganz aufhören. In einigen Wochen werden Sie die Klaustrophobie überwunden haben. Das gleiche gilt für die Anfälle von Paranoia. Darauf gehe ich jede Wette ein. Beides wurde Ihnen von den Dreckskerlen eingeimpft, die Lisa in Joanna verwandelt haben. Sie sind programmiert worden, und jetzt können Sie sich umprogrammieren und ein Mensch wie alle anderen sein.«

En Mensch wie alle anderen sein . . .

Diese Worte hatten für sie den erlösenden Klang einer Freiheitsglocke.

Zum erstenmal seit über zehn Jahren hatte Joanna die volle Kontrolle über ihr Leben – zumindest in dem Ausmaß, wie es Menschen überhaupt möglich ist. Endlich konnte sie den Kampf mit den bösartigen Kräften aufnehmen, die ihr Leben vergiftet hatten. Wenn sie von nun an eine enge Beziehung zu Alex oder einem anderen Mann haben wollte, würde nichts sie daran hindern. Ihren Wünschen würden sich keine unüberwindlichen inneren Hindernisse in den Weg stellen. Dieser Gedanke war einfach herrlich. Wasser aus dem Jungbrunnen. Die Jahre fielen von ihr ab. Die Zeit lief rückwärts. Sie war wieder ein Mädchen. So befreiend war das Wissen, daß sie nie mehr vor Angst zittern würde, weil die Decke sich auf sie herabsenkte und die Wände sie zu zerquetschen drohten. Sie würde nie wieder das Grauen und die Einsamkeit durchmachen müssen, die eine Folge der Paranoia waren. Sie würde sich nie mehr in einem verschlossenen Raum verstecken müssen, sie würde nie mehr unter der Vorstellung leiden, ihr Essen wäre vergiftet, und sie würde nicht mehr jenes krankhafte Mißtrauen hegen, das jede wahre Freundschaft verhinderte.

Ein Mensch wie alle anderen sein ...

»Was haben Sie?«

»Nichts. Alles ist in bester Ordnung.«

»Aber Sie weinen doch.«

»Weil ich so glücklich bin wie noch nie in meinem Leben.«

27

Die Fotos verstörten Joanna jetzt nicht mehr. Sie betrachtete sie mit jenem ehrfürchtigen Staunen, das die Menschen durchdrungen haben muß, die vor Jahrhunderten in die ersten Spiegel blickten, mit abergläubischer Faszination, aber ohne Furcht.

Alex saß neben ihr auf dem Sofa, nippte an einem Brandy und las ihr einzelne Abschnitte aus besonders wichtigen Papieren der Chelgrin-Akte vor. Sie unterhielten sich über jede winzige Information, betrachteten alles unter verschiedensten Gesichtspunkten, suchten nach einer Perspektive, die bei der damaligen Untersuchung möglicherweise übersehen worden war.

Im Laufe des Abends erstellte Joanna eine Liste, auf der sie notierte, welche Ähnlichkeiten es zwischen Lisa Chelgrin und ihr gab. Vom Verstand her war sie inzwischen fast überzeugt, daß Alex recht hatte, daß sie die vermißte Tochter des Senators war. Aber emotional konnte sie noch nicht daran glauben. War es möglich, daß die Eltern, an die sie sich so gut erinnerte – Elizabeth und Robert Rand –, nur Phantome waren, daß sie in Wirklichkeit nie existiert hatten? Und die Wohnung in London – war es vorstellbar, daß sie dort nie gelebt hatte? Bevor sie das ernsthaft in Erwägung ziehen konnte, mußte sie den Beweis schwarz auf weiß vor Augen haben, mußte sie eine Liste vor sich haben, aus der hervorging, warum sie das Unglaubliche glauben sollte.

LISA	ICH
1. Sie sieht aus wie ich.	1. Folglich sehe ich wie sie aus.
2. Sie ist 1,67 m groß.	2. Ich ebenfalls
3. Sie wiegt etwa 115 Pfund.	3. Ich ebenfalls
4. Sie hat Musik studiert.	4. Ich ebenfalls
5. Sie hat eine wohlklingende Singstimme.	5. Ich ebenfalls
6. Ihre Mutter starb, als sie zehn Jahre alt war.	6. Meine Mutter ist ebenfalls tot.
7. Sie ist von ihrem Vater getrennt, wo auch immer sie sein mag.	7. Mein Vater ist tot.
8. Sie wurde mit neun Jahren am Blinddarm operiert.	8. Ich habe eine kleine Narbe von einer Blinddarmoperation.
9. Sie hat ein braunes Muttermal von der Größe eines Zehncentstücks an der rechten Hüfte.	9. Ich ebenfalls!

Während Joanna diese Liste zum zehnten oder elften Mal studierte, nahm Alex einen weiteren Bericht zur Hand, überflog ihn und sagte: »He, hier ist etwas verdammt Eigenartiges. Das hatte ich total vergessen.«

»Was?«

Er zeigte ihr eine Faltmappe, die etwa ein Dutzend Seiten Durchschlagpapier enthielt. »Es ist ein Interview mit Mr. und Mrs. Morimoto.«

»Wer ist das?«

»Es sind wunderbare Menschen«, erwiderte Alex. »Dienstboten. Sie waren seit Lisas fünftem Lebensjahr bei Tom Chelgrin angestellt.«

»Heißt das, daß der Senator ein Ehepaar aus Japan geholt hat?«

»Nein, nein«, erwiderte Alex. »Beide waren Japaner, die schon in der zweiten Generation in Amerika lebten.«

»Trotzdem ist es verdammt eigenartig, wie Sie gesagt haben. Jetzt besteht auch ein japanisches Bindeglied zwischen Lisa und mir.«

»Sie haben noch nicht einmal die Hälfte gehört.«

Joanna runzelte die Stirn. »Glauben Sie, daß die Morimotos

vielleicht etwas mit meinem ... mit Lisas Verschwinden zu tun hatten?«

»Keineswegs. Es waren gute Menschen. Reizende Menschen, grundanständig.«

»Wie können Sie so sicher sein?«

»Ich hätte das gespürt«, sagte Alex. »Ich hätte es gerochen. Lachen Sie nicht. Es ist mein voller Ernst.«

Sie konnte ein Grinsen nicht unterdrücken. »Sie sind ein Detektiv, kein Bluthund.«

»Ob Bluthund oder nicht – wenn man lange in meinem Beruf tätig ist, entwickelt man ein Gespür für solche Dinge. Natürlich meine ich nicht, daß ich sie im buchstäblichen Sinne rieche. Es ist eine Aura, eine unterbewußte Ausstrahlung. Es als Geruch zu bezeichnen, ist einfach am bildhaftesten. Sehr viele Leute besitzen nur ein hauchdünnes Furnier von Zivilisiertheit. Unter dem hübschen Zuckerguß verbergen sich alle möglichen perversen oder kriminellen Neigungen. Das sind sozusagen Wilde in Smokings. Sie haben ihren ganz speziellen Gestank. Aber die Morimotos gehörten nicht zu dieser Kategorie. Genauso wenig wie Sie. Außerdem waren sie nicht auf Jamaika, als Lisa verschwand. Sie hielten sich im Haus des Senators in Virginia auf, in der Nähe von Washington.«

»Und was finden Sie dann besonders Eigenartiges an ihnen?«

Er griff nach seinem Brandyglas. »Nun, sehen Sie, die Morimotos waren tagtäglich den ganzen Tag über im Haus, während Lisa heranwuchs. Fumi war Köchin, und nebenbei verrichtete sie auch ein wenig leichte Hausarbeit. Ihr Mann Koji wurde manchmal als Butler eingesetzt, aber in erster Linie war er ›Mädchen für alles‹. Er konnte sämtliche Reparaturen durchführen. Und natürlich spielten sowohl Fumi als auch Koji oft Babysitter für Lisa. Sie vergötterte das Ehepaar. Sie schnappte eine Menge japanischer Wörter von ihnen auf, und der Senator war damit sehr einverstanden. Seiner Ansicht nach sollten Kinder Fremdsprachen in möglichst frühem Alter lernen, sozusagen spielerisch. Er schickte Lisa auf eine private Grundschule, wo sie vom ersten Schuljahr an Französisch lernte ...«

»Ich spreche Französisch!«

» ... und wo sie vom dritten Schuljahr an Deutschunterricht hatte.«

»Ich spreche auch Deutsch.«

Sie fügte diese Gemeinsamkeiten ihrer Liste hinzu.

»Ich will auf folgendes hinaus«, fuhr Alex fort. »Die Morimotos haben Lisa in Tom Chelgrins Auftrag Japanisch beigebracht. Sie sprach es fließend. Besser als Französisch oder Deutsch.«

Joanna blickte von der Liste auf. Ihr war etwas schwindlig. Alles ging so schnell – viel zu schnell. »Mein Gott!« murmelte sie.

»Ja«, sagte Alex. »Für meine Begriffe kann das kein Zufall sein.«

»Aber ich habe Japanisch in England gelernt«, hielt sie ihm schwach entgegen.

»Tatsächlich?«

»An der Universität – und von meinem Freund.«

»Tatsächlich?«

Sie starrten einander an.

Zum erstenmal kam Joanna das Unmögliche plötzlich wahrscheinlich vor.

28

Joanna fand die Briefe im Schlafzimmerschrank, ganz unten in der Schachtel, wo sie auch ihre Fotos aufbewahrte. Es war ein dünnes Bündel, mit einem verblaßten gelben Band zusammengebunden. Sie überreichte es Alex. »Ich weiß beim besten Willen nicht, warum ich sie so lange aufgehoben habe«, sagte sie.

»Zweifellos deshalb, weil es Ihnen so befohlen wurde«, meinte Alex.

»Befohlen – von wem?«

»Von den Leuten, die Lisa entführt haben. Von den Leuten, die Sie einer Gehirnwäsche unterzogen haben. Briefe dieser Art sind gefälschte Beweise für Ihre Identität als Joanna Rand.«

»Müssen sie gefälscht sein?«

»Das werden wir bald herausfinden.«

Es waren insgesamt fünf Briefe. Drei davon stammten von J. Compton Woolrich, einem Londoner Anwalt, den Robert und Elizabeth Rand zum Testamentsvollstrecker bestimmt hatten. In Woolrichs letztem Brief wurde eine Anlage erwähnt – ein Scheck über mehr als 90 000 amerikanische Dollar, Joannas Erbe nach Abzug der Steuern.

Joanna hatte damit gerechnet, daß Alex überrascht sein würde. Ihrer Ansicht nach brachte dieses Geld die Verschwörungstheorie mächtig ins Wanken.

»Haben Sie den Scheck tatsächlich erhalten?« fragte er.

»Ja.«

»Und er war gedeckt?«

»Ja.«

»Sie haben das Geld erhalten?«

»Bis auf den letzten Cent.«

Während Alex die wenigen formellen Zeilen, die Woolrich geschrieben hatte, noch einmal aufmerksam durchlas, zupfte er nachdenklich an seinem Schnurrbart.

»Wenn die Rands ein so großes Vermögen besaßen«, äußerte Joanna, »müssen meine Eltern – Robert und Elizabeth – doch reale Personen gewesen sein. Sie müssen wirklich gelebt haben.«

»Vielleicht«, murmelte Alex zweifelnd und rutschte nervös auf der Couch hin und her. »Aber auch das bedeutet noch lange nicht, daß Sie ihre Tochter sind.«

»Wie hätte ich sie denn sonst beerben können?«

Er ließ diese Frage unbeantwortet und las die beiden letzten Briefe, deren Absender eine Versicherungsgesellschaft war, die United Britisch-Continental Insurance Association, Limited. Nach Erhalt der Sterbeurkunden von Robert Rand und Elizabeth Rand, geb. Henderson, hatte die British-Continental Roberts Lebensversicherung in voller Höhe an die einzige Erbin ausgezahlt – an Joanna. Es handelte sich um eine Summe von 40000 Pfund, abzüglich der Steuern.

»Und Sie haben auch dieses Geld erhalten?« fragte Alex.

»Ja.«

»Zusammen mit der Erbschaft war das eine ganz hübsche Summe.«

»Das stimmt, aber ich habe dieses Geld später größtenteils für Kauf und Renovierung dieses Gebäudes hier ausgegeben. Und den Rest mußte ich in den Nachtklub investieren, bis er Gewinne abzuwerfen begann – was zum Glück nicht allzu lange dauerte.«

Alex nahm wieder den letzten Brief des Londoner Anwalts zur Hand. »Dieser Woolrich ... haben Sie alle Vorgänge mit ihm nur schriftlich oder telefonisch abgewickelt?«

»Aber nein.«

»Sind Sie ihm persönlich begegnet?«

»Selbstverständlich. Sehr oft sogar.«

»Wann? Wo?«

»Er war der Anwalt meines Vaters ... Robert Rands, und sie waren außerdem befreundet. Mindestens zwei- oder dreimal im Jahr wurde er zum Abendessen in unsere Wohnung eingeladen.«

»Was für ein Mensch war er?«

»Sehr freundlich und nett«, erwiderte Joanna. »Nachdem meine Eltern – falls sie meine Eltern waren – bei einem Unfall in der Nähe von Brighton ums Leben gekommen waren, hat Mr. Woolrich mich ziemlich oft besucht. Nicht nur, wenn er irgendeine Unterschrift oder Bescheinigung von mir benötigte, um den Nachlaß zu regeln. Mindestens einen Monat lang ist er fast jeden Tag gekommen, um mich etwas aufzuheitern. Wissen Sie, ich war schrecklich deprimiert. Und er hatte immer einige neue Witze auf Lager. Sehr gute Witze. Ich weiß überhaupt nicht, wie ich diese Zeit ohne seine Hilfe überstanden hätte. Er war überaus zuvorkommend. Ich brauchte mich nie in seine Kanzlei zu begeben. Kein einziges Mal. Er ist immer zu mir gekommen. Ein warmherziger, rücksichtsvoller Mann. Ich mochte ihn sehr.«

Alex betrachtete sie forschend. Er hatte jetzt wieder sehr viel von einem Detektiv an sich, und das störte sie, wenn auch nicht so sehr wie früher.

»Haben Sie sich soeben zugehört?« wollte er plötzlich wissen.

»Wie meinen Sie das?«

»Ist Ihnen nicht aufgefallen, wie Sie sich angehört haben?«

»Wie denn?«

Anstatt zu antworten, erhob er sich und begann im Zimmer auf und ab zu laufen. »Erzählen Sie mir einen von Woolrichs Witzen.«

»Was?«

»Sie sagten doch, Woolrich hätte Sie mit Witzen aufzuheitern versucht. Erzählen Sie mir einen davon.«

»Ist das Ihr Ernst?«

»Absolut.«

»Sie glauben doch nicht, daß ich mich nach all den vielen Jahren noch daran erinnern kann.«

»Er hat Sie aufgeheitert. Seine Witze waren wirklich lustig. Das haben Sie extra erwähnt«, sagte Alex. »Da wäre es doch sehr naheliegend, daß Sie sich an einige davon erinnern könnten.«

Sein Interesse verwirrte sie. »Ich erinnere mich aber nicht daran.«

»Wenigstens einen einzigen«, insistierte er.

»Warum ist das denn so wichtig?«

Er blieb stehen und blickte sie an.

Diese Augen, deren Bann sie sich nicht entziehen konnte! Gleichzeitig fühlte sie sich diesen durchdringenden Blicken jedoch schutzlos ausgeliefert. Sie hatte geglaubt, das würde sie jetzt nicht mehr stören, aber nun spürte sie plötzlich wieder den Würgegriff der Paranoia. Es gelang ihr jedoch, den Anfall im Keim zu ersticken und ihre Fassung zu bewahren.

»Wenn Sie sich an einen der Witze erinnern könnten«, erklärte Alex, »würde ich Ihren Erinnerungen an Woolrich mehr Gewicht beimessen und weniger Zweifel an ihrer Echtheit hegen.«

»Ich versuche nicht, etwas zu verheimlichen«, verteidigte sich Joanna. »Ich erzähle Ihnen so viele Einzelheiten wie nur möglich.«

»Ich weiß, und genau das beunruhigt mich.«

»Ich verstehe nicht.«

Alex setzte sich wieder neben sie. »Ist Ihnen nichts Merkwürdiges aufgefallen, als Sie mir Woolrich beschrieben haben?«

»Was soll daran merkwürdig gewesen sein?«

»Ihre Stimme hat sich verändert«, sagte Alex. »Ihr ganzes Verhalten hat sich verändert. Zwar nur ein klein wenig, aber mir ist es aufgefallen. Als Sie den Charakter dieses Anwalts schilderten, hörten Sie sich so monoton an, als rezitierten Sie einen auswendig gelernten Text.«

»Das haben Sie sich bestimmt nur eingebildet.«

»Eine scharfe Beobachtungsgabe gehört zu meinem Job«, entgegnete Alex. »Blühende Fantasie fällt hingegen nicht in mein Ressort. Erzählen Sie mir mehr über Woolrich.«

»Was wollen Sie hören?«

»Wie sieht er aus?«

»Ist das wirklich von Bedeutung?«

Alex hakte sofort nach. »Können Sie sich auch daran nicht mehr erinnern?«

»Doch, natürlich.«

»Berichten Sie.«

»Er war Anfang Vierzig, als meine Eltern ums Leben kamen. Ein schlanker Mann, 1,78 m groß. Etwa 140 oder 150 Pfund schwer. Sehr nervös. Er redete ziemlich schnell. Er war sehr energisch. Er hatte ein schmales blasses Gesicht, dünne Lippen, braune Augen und braunes, etwas schütteres Haar. Er trug eine Brille mit schwerer Schildpattfassung, und er . . .«

Joanna verstummte, weil sie plötzlich gehört hatte, was Alex schon zuvor aufgefallen war – jene leichte Veränderung ihrer Stimme. Sie hörte sich so an, als stünde sie vor einer Schulklasse und trüge ein auswendig gelerntes Gedicht vor. Es war unheimlich. Sie erschauderte.

»Korrespondieren Sie noch mit Woolrich?« fragte Alex.

»Ob ich ihm Briefe schreibe? Warum sollte ich?«

»Er war ein Freund Ihres Vaters.«

»Sie waren eher gute Bekannte als enge Freunde.«

»Aber er ist auch Ihr Freund gewesen.«

»Ja, in gewisser Weise.«

»Und nach allem, was er für Sie getan hat, als Sie so deprimiert waren . . .«

»Vielleicht hätte ich wirklich in Kontakt mit ihm bleiben sollen.«

»Das hätte zu Ihnen gepaßt.«

»Aber ich habe es nicht getan.«

»Warum nicht?«

»Sie wissen ja, wie das so ist: Freundschaften verlaufen im Sande.«

»Nicht immer.«

»Doch, zumindest wenn man 15 000 oder 20 000 km voneinander entfernt ist.« Sie schnitt eine Grimasse. »Sie wecken in mir Schuldgefühle.«

Alex schüttelte den Kopf. »Sie verstehen nicht, worauf ich hinauswill. Ich will keine Schuldgefühle wecken. Ganz im Gegenteil.«

»Trotzdem mache ich mir jetzt Vorwürfe.«

»Ich wollte mit meinen Fragen beweisen, daß Ihre Erinnerungen an Woolrich entweder ungenau oder völlig falsch sind.«

»Aber ich . . .«

»Lassen Sie mich ausreden«, bat er. »Sehen Sie, wenn Woolrich tatsächlich ein Freund Ihres Vaters gewesen wäre, und wenn er Ihnen nach dem Unfall tatsächlich so sehr geholfen hätte, hätten Sie den Kontakt zu ihm aufrechterhalten, zumindest einige Jahre lang. Es paßt einfach nicht zu Ihrem Charakter, einen Freund so schnell und so leicht zu vergessen.«

Joanna lächelte verlegen. »Vielleicht machen Sie sich ein idealisiertes Bild von mir.«

»Nein, keineswegs. Ich bin mir durchaus bewußt, daß Sie Fehler und Schwächen haben. Aber Undank gehört bestimmt nicht dazu. Ich glaube, daß dieser J. Compton Woolrich überhaupt nie existiert hat. Und die Tatsache, daß Sie mit ihm keinen Kontakt aufrechterhalten haben, stützt meine Theorie.«

»Aber ich erinnere mich an ihn!« rief Joanna.

»Sie erinnern sich an vieles, was sich nie ereignet hat.«

»Weil man mich programmiert hat?«

»So ist es. Aber es fällt Ihnen noch immer schwer, das zu glauben, stimmt's?«

»Wenn Sie an meiner Stelle wären, hätten Sie bestimmt auch Zweifel.«

»Mit Sicherheit«, sagte er freundlich. »Aber es ist die Wahrheit, Joanna. Sie sind Lisa.«

Erst jetzt wurde ihr bewußt, wie angespannt sie wieder war. Sie saß vornübergebeugt, mit hochgezogenen Schultern da, so geduckt, als rechne sie jederzeit mit einem Schlag in den Nacken. Und sie kaute an ihren Fingernägeln, wie sie entsetzt feststellte. Sie rief sich energisch zur Ordnung, lehnte sich zurück und versuchte sich zu entspannen.

»Wahrscheinlich haben Sie recht«, gab sie zu. »Ich habe die Veränderung in meiner Stimme gehört, als ich Ihnen Woolrichs Aussehen beschrieb. Ein monotoner Tonfall, wie Sie gesagt haben. Es ist unheimlich. Und wenn ich versuche, mich an weitere Einzelheiten zu erinnern, fällt mir überhaupt nichts ein. Irgendwie haben meine Erinnerungen keine Farbe, kein Leben. Sie sind flach, wie ein Foto oder wie ein Gemälde. Und doch . . . ich *habe* diese drei Briefe von ihm erhalten.«

»Auch das macht mich stutzig. Sie sagten doch, Woolrich hätte Sie nach dem Unfall fast jeden Tag besucht.«

»Ja.«

»Warum mußte er Ihnen dann überhaupt schreiben?«

»Nun, er mußte natürlich aufpassen, um . . .« Joanna runzelte die Stirn. »Verdammt, ich habe keine Ahnung. Ich habe nie darüber nachgedacht.«

Alex schüttelte das dünne Bündel von Briefen, so als hoffte er, daß sie ein Geheimnis preisgeben würden. »In diesen drei Briefen steht nichts, was nicht auch mündlich zu erledigen gewesen wäre. Er hätte Ihnen nicht einmal den Scheck mit der Post zu schicken brauchen.« Alex warf die Briefe auf den Tisch. »Diese Briefe wurden nur aus einem einzigen Grund geschrieben – damit Sie einen scheinbar unumstößlichen Beweis für Ihre angebliche Identität in Händen haben.«

Joanna konnte seiner Argumentation nach wie vor keinen Sinn

abgewinnen. »Wenn Mr. Woolrich nie existiert hat ... und wenn Robert und Elizabeth Rand nie existiert haben ... wer zum Teufel hat mir dann jene 90 000 Dollar zukommen lassen?«

»Vielleicht jene Leute, die Sie entführt haben, als Sie noch Lisa waren.«

Sie glaubte sich verhört zu haben. »Das kann doch nicht Ihr Ernst sein.«

»Vielleicht wollten sie Sie aus irgendwelchen Gründen in Ihrer neuen Identität finanziell gut versorgt wissen.«

»Aber das ist doch total verrückt!« rief Joanna. »Kidnapper sind darauf aus, Geld zu erhalten, und nicht, Geld auszugeben.«

»Das waren keine gewöhnlichen Kidnapper«, sagte Alex. »Sie haben vom Senator nie Lösegeld gefordert. Ihre Motive waren einzigartig.«

»Und wer steckte nun dahinter?«

»Ich habe eine vage Idee, über die ich aber noch nicht sprechen möchte.«

»Warum nicht?«

Alex zuckte mit den Schultern. »Das ist nun mal meine Arbeitsmethode. Wenn ich irgendeine Theorie habe, brüte ich erst ein Weilchen darüber, bevor ich sie jemandem unterbreite. Wenn ich sie für mich behalte, bis sie in sich schlüssig ist, gehe ich nicht das Risiko ein, daß ein Skeptiker mich von einer möglicherweise richtigen Theorie abbringt.« Er grinste. »Und falls die Theorie sich doch nicht als überzeugend erweist, stehe ich nicht als Dummkopf da.«

»Für Sie mag das ja sehr schön sein«, sagte Joanna. »Aber was soll ich tun, während Sie Sherlock Holmes spielen?«

Alex deutete auf das Telefon, das in der Ecke auf einem Rattanschreibtisch stand. »Sie werden zwei wichtige Anrufe tätigen.«

»Wen soll ich denn anrufen?«

Er lächelte wieder, und sie sah ihm an, daß er die Herausforderung genoß, die dieser Fall darstellte. »Einen Londoner Anwalt namens Woolrich ...«

»Den es wahrscheinlich nicht gibt.«

»Sehr richtig.«

»Aber wozu soll ich dann ...«

»Auf seinem Briefpapier ist eine Telefonnummer angegeben«, sagte Alex. »Wir sind verpflichtet, es zu versuchen. Das würde jeder gute Detektiv tun. Immerhin ist es eine Spur.«

»Und wen soll ich sonst noch anrufen?«

»Das Londoner Büro der United British-Continental Insurance Association.«

»Wozu?«

»Aus welchem Grund stößt ein neugieriger kleiner Junge einen Stock in ein Hornissennest? Um zu sehen, was passiert.«

29

Die für Auslandsverbindungen zuständige Telefonistin brauchte über eine Stunde, um die Gespräche zu vermitteln.

Joanna saß an ihrem Schreibtisch; Alex zog einen Stuhl heran und setzte sich neben sie. Während sie warteten, las er ihr Auszüge aus weiteren Protokollen der Chelgrin-Akte vor.

Als die erste Verbindung zustande kam, war es in Kyoto Mitternacht, in London aber erst 14 Uhr.

Die Dame bei der Telefonzentrale der Versicherungsgesellschaft hatte eine hohe Mädchenstimme. Kaum zu glauben, daß ein so junges Ding schon arbeitete. »Was kann ich für Sie tun?«

»Ist dort die British-Continental Insurance?«

Kurze Pause. Dann: »Ja.«

»Ich möchte mit jemandem von Ihrer Rechtsabteilung sprechen.«

Eine längere Pause. Dann: »Mit wem möchten Sie dort sprechen?«

»Das ist mir egal«, sagte Joanna.

»Um welche Art der Versicherung geht es denn?«

»Um eine Lebensversicherung.«

»Einen Moment, bitte.«

Eine Zeitlang waren nur Hintergrundgeräusche zu hören: ein leises Zischen in der Leitung sowie das Surren und Piepsen von Computern.

Endlich meldete sich ein Mann aus der Rechtsabteilung, der eine ziemlich undeutliche Aussprache hatte. »Hier Phillips. Womit kann ich Ihnen helfen?«

Um einen Vorwand für den Anruf zu haben, hatten sich Alex und Joanna folgende Geschichte ausgedacht: Joannas Vater war bei der British-Continental versichert gewesen, und die Gesellschaft hatte nach seinem Tod die Versicherungssumme auch prompt ausgezahlt. Kurz danach hatte Joanna in Japan ein neues

Leben begonnen. Und nun, nach all den Jahren, machten ihr die japanischen Steuerbehörden plötzlich Ärger. Sie wollten sicher sein, daß Joanna ihren Nachtklub nicht durch Schwarzarbeit in Japan erworben hatte. Falls sie nicht belegen konnte, woher ihr Anfangskapital stammte, drohte ihr eine Anzeige wegen Steuerhinterziehung. Unglückseligerweise hatte sie den Begleitbrief zum Scheck weggeworfen, der bewiesen hätte, daß das Geld aus einer Lebensversicherung stammte.

Joanna brachte das alles äußerst überzeugend vor. Alex nickte immer wieder beifällig, um anzudeuten, daß sie ihre Sache sehr gut machte.

»Und nun habe ich mich gefragt, Mr. Phillips, ob Sie mir vielleicht eine Kopie jenes Briefes schicken könnten, damit ich das Finanzamt beruhigen kann.«

»Wann haben Sie Ihren Scheck erhalten?«

Joanna nannte ihm das Datum.

»Oh, dann kann ich Ihnen leider nicht helfen«, sagte Phillips. »Unsere Unterlagen reichen nicht so lange zurück.«

»Was geschieht denn mit ihnen?«

»Wir vernichten sie. Das Gesetz schreibt nur sieben Jahre Aufbewahrungsfrist vor. Es wundert mich aber sehr, daß Sie solche Schwierigkeiten haben. Gibt es in Japan denn keine Verjährung?«

»Nicht in Steuerangelegenheiten«, erwiderte Joanna. Sie hatte keine Ahnung, ob das stimmte. »Ich dachte, heutzutage würde nichts mehr weggeworfen, nachdem ja alles auf Mikrofilm aufgezeichnet ist.«

»Selbst Mikrofilme nehmen Platz weg«, sagte Phillips.

Sie überlegte kurz und fragte sodann: »Mr. Phillips, haben Sie schon für die British-Continental gearbeitet, als mein Fall bearbeitet wurde?«

»Nein, ich bin erst seit acht Jahren bei der Gesellschaft.«

»Und was ist mit Ihren Kollegen? Gibt es niemanden, der schon vor zehn Jahren in der Abteilung arbeitete?«

»O doch. Mehrere Leute.«

»Glauben Sie, daß einer von ihnen sich vielleicht an den Vorgang erinnern könnte?«

»An die Auszahlung einer normalen Lebensversicherung? Nach zehn Jahren?« fragte Phillips leicht indigniert. »Das ist höchst unwahrscheinlich.«

»Würden Sie bitte trotzdem Ihre Kollegen fragen?«

»Sie meinen, jetzt, während Sie am Apparat bleiben?«

»Nein«, sagte Joanna. »Das wäre bei einem Auslandsgespräch doch etwas teuer. Aber ich wäre Ihnen sehr dankbar, wenn Sie die Zeit erübrigen könnten, bei den langjährigen Mitarbeitern der Gesellschaft nachzufragen. Und schreiben Sie mir bitte sofort, falls jemand sich an etwas erinnern kann.«

»Ich wage zu bezweifeln, daß eine vage Erinnerung Ihnen etwas nutzen würde. So etwas wird gesetzlich bestimmt nicht anerkannt.«

»Na ja, schaden könnte es jedenfalls nicht«, meinte Joanna.

»Wahrscheinlich nicht.«

»Werden Sie Ihre Kollegen fragen?«

»Ja, wird gemacht.«

Joanna gab Phillips ihre Adresse, bedankte sich und legte den Hörer auf.

»Erfolg gehabt?« fragte Alex.

Sie berichtete ihm, was Phillips gesagt hatte.

»Sehr bequem«, kommentierte Alex säuerlich.

»Es beweist überhaupt nichts.«

»Genau«, stimmte er zu. »Es beweist nichts – weder so noch so.«

Zwanzig Minuten nach Mitternacht klingelte das Telefon wieder: Die Verbindung mit der Londoner Nummer, die auf Woolrichs Briefpapier stand, war zustande gekommen.

Die Frau am anderen Ende der Leitung hatte nie etwas von einem Anwalt namens Woolrich gehört. Sie besaß ein Antiquitätengeschäft in der Jermyn Street, und seit über acht Jahren hatte sie diese Telefonnummer. Sie wußte nicht, wer die Nummer früher gehabt hatte.

Wieder eine Sackgasse.

30

Das Moonglow hatte um 23.30 Uhr geschlossen, vor fast einer Stunde, und das Personal war schon nach Hause gegangen, als Joanna den zweiten Anruf nach London beendete. Aus dem Nachtklub drang keine Musik mehr nach oben, und die Winternacht wirkte nun unnatürlich still. Die tiefe Finsternis jenseits der Fenster kam Joanna bedrohlich vor.

Sie schaltete die Stereoanlage ein. Bach.

Nebeneinander auf dem Sofa sitzend, blätterten Alex und sie weiter in den grau-grünen Faltmappen der Bonner Security Cooperation, Alex' Gesellschaft.

»Mich laust der Affe!« rief Alex plötzlich, während er zwei Schwarzweißfotos aus einer Mappe hervorholte.

»Was ist?« fragte Joanna.

Er hielt die Fotos hoch, damit sie einen Blick darauf werfen konnte. »Vergrößerungen von Lisa Chelgrins Daumenabdrücken. Den einen haben wir auf ihrem Führerscheinantrag gefunden, und der andere stammt von dem Reisewecker in ihrem Schlafzimmer. Ich hatte ganz vergessen, daß es diese Abdrücke gibt.«

Joanna betrachtete die Fotos mit gemischten Gefühlen. Sie würden Alex' Theorie, daß sie Lisa war, entweder bestätigen oder zunichte machen, und in beiden Fällen würden sie ein außerordentlich kompliziertes Geheimnis aufklären müssen, was möglicherweise mit erheblichen Gefahren verbunden sein würde. »Der endgültige Beweis . . .« sagte sie leise.

»Wir brauchen ein Stempelkissen und weiches Papier . . . aber es darf nicht *zu* saugfähig sein. Wir wollen einen deutlichen Abdruck, keinen verwischten Fleck. Und wir brauchen ein Vergrößerungsglas.«

»Stempelkissen und Papier habe ich«, sagte Joanna, »aber kein Vergrößerungsglas.«

Alex sprang vom Sofa auf, förmlich elektrisiert von der Aussicht auf einen unwiderlegbaren Beweis. »Wo können wir ein Vergrößerungsglas kaufen?«

»Um diese Zeit? Nirgends. Wir werden uns bis morgen früh gedulden müssen. Das heißt . . .« Sie zögerte. »Mir ist gerade eingefallen, daß ich doch so etwas Ähnliches wie ein Vergrößerungsglas besitze. Kommen Sie mit.«

Sie führte ihn in ihr Büro im Erdgeschoß und zeigte ihm den Briefbeschwerer auf ihrem großen Schreibtisch – eine etwa zweieinhalb Zentimeter dicke Linse mit einem Durchmesser von zehn Zentimeter, ohne Fassung und Griff. Sie war optisch nicht ganz einwandfrei, aber als Alex sie über Joannas Hauptbuch hielt, erschienen Buchstaben und Ziffern drei- bis fünfmal vergrößert.

»Es haut hin«, sagte er befriedigt.

Joanna holte Stempelkissen und Papier aus der mittleren Schreibtischschublade. Nach mehreren Versuchen erhielten sie zwei fast makellose Daumenabdrücke.

Alex legte sie neben die Fotos. Während Joanna ihre Finger mit

Papiertaschentüchern und Spucke zu säubern versuchte, verglich er die Abdrücke unter Zuhilfenahme der Linse. Dann überreichte er ihr kommentarlos das behelfsmäßige Vergrößerungsglas. Sie bewegte es langsam zwischen den Fotos und den frischen Abdrücken hin und her. Schließlich blickte sie hoch. »Sie sind sehr ähnlich.«

»Identisch«, bekräftigte er.

31

Toshio Adachi, der Mitarbeiter des privaten Sicherheitsdienstes, fuhr Mariko nach Hause, nachdem ihn ein Kollege in Wayne Kennedys Zimmer abgelöst hatte. Alex und Joanna hatten in Joannas Küche heißen Tee und kleine belegte Brote vorbereitet. Mariko zog ihren Mantel aus und nahm ihnen gegenüber am Tisch Platz.

Mariko war müde. Mehr noch – erschöpft. Sie hatte das Gefühl, als wäre ihr Gesicht schmutzig, und ihre Augen brannten so, als hätte sie Sand unter den Lidern. Ihre Füße schmerzten, und ihre Beine waren geschwollen und bleischwer. Sie hatte in den letzten 36 Stunden weniger als drei Stunden geschlafen; und sie hatte einen sehr anstrengenden Tag hinter sich, vor allem in nervlicher Hinsicht. Sie gähnte mehrmals hinter vorgehaltener Hand und konnte ihre Augen kaum offenhalten.

Alex und Joanna wollten einen ausführlichen Bericht über Kennedys Zustand hören, aber Mariko konnte ihnen nicht allzuviel erzählen. Kennedy war um 18.45 Uhr aus der Narkose erwacht, aber zunächst noch nicht ansprechbar gewesen. Er war immer wieder eingedöst; um 21 Uhr war er dann hellwach gewesen, hatte über einen trockenen Mund – »gerade soviel Spucke, um eine halbe Briefmarke abzulecken« – und Hunger geklagt. Die Krankenschwestern erlaubten ihm, Eiswürfel zu lutschen, erklärten aber, er würde an diesem Abend noch künstlich ernährt. Daraufhin fluchte er lauthals, um seiner Forderung nach einem kräftigen Mahl – »wenigstens ein paar Eier mit Speck« – Nachdruck zu verleihen. Seine Vitalität hatte Mariko sehr beeindruckt. Die Schmerzen waren erträglich, weil die Narkose noch wirkte. Gegen halb zehn hatte Doktor Ito Visite gemacht, und Wayne war ziemlich deprimiert gewesen, als er erfuhr, daß er mindestens einen Monat in der Klinik bleiben mußte, und daß eventuell eine zweite Operation notwendig werden würde. Mariko hatte versucht, ihn aufzuheitern, und als die Krankenschwester kurz vor Mitternacht seine Schlaftabletten brachte, hatte er erklärt, er fühle sich viel zu gut, um schon wieder zu schlafen: »Ich habe nicht mehr soviel geschlafen, seit man mich von der Muttermilch entwöhnt hat.« Er erzählte Mariko ein Dutzend sehr komischer Geschichten über seine Arbeit als Detektiv in Chicago, und sie konnte ihn nur mit großer Mühe dazu überreden, die Tabletten einzunehmen. Eine halbe Stunde später schlief er tief und fest. Die Polizei hatte ihn noch nicht vernommen, wollte aber am frühen Morgen wiederkommen. Mariko beneidete die Polizisten nicht um ihre Aufgabe, denn von Wayne würden sie nur das erfahren, was er preisgeben wollte. Und natürlich würde er sich genau an Alex' Wunsch halten, das Wichtigste zu verschweigen. Sogar ein ans Bett gefesselter Wayne mit einem Bein im Streckverband war der Polizei durchaus gewachsen.

Als sie ihren Bericht beendet hatte, machte sich Mariko über die Sandwiches her, weil sie plötzlich einen Heißhunger verspürte. Während sie aß, erzählten Alex und Joanna ihr von der erstaunlichen Ähnlichkeit zwischen Lisa Chelgrin und Joanna, von den beiden Telefongesprächen und den identischen Daumenabdrükken.

Mariko hörte gespannt zu und vergaß dabei ihre Müdigkeit. Ihre Augen brannten noch immer, aber sie drohten nicht mehr zuzufallen. Ihre Glieder waren noch immer bleischwer, aber sie war geistig hellwach. Es war nicht nur Joannas fantastische Geschichte, die Mariko neue Kräfte verlieh. Daß ihre Freundin die Tochter eines amerikanischen Senators und das Opfer einer mysteriösen Verschwörung war, faszinierte und schockierte sie; aber ebenso interessant fand sie das Verhalten von Joanna und Alex. Die beiden berührten einander häufig; es waren keine Umarmungen, sondern harmlose Berührungen von Händen, Ellbogen und Knien, scheinbar zufällig, aber zweifellos beabsichtigt, wenn auch unbewußt. Beide wirkten jetzt völlig entspannt. Joannas dunkelblaue Augen leuchteten und spiegelten Zuneigung, Vertrauen und Sorge wider, wenn sie Alex anschaute. Und auch er fühlte sich sichtlich wohl. Mariko hatte ihn bisher immer nur in Anzug und Krawatte gesehen; meistens auch noch mit Weste. Er hatte immer sehr korrekt und nüchtern gewirkt. Jetzt trug er weder ein Jackett noch eine Krawatte, hatte die Hemdsärmel aufgekrempelt und sogar seine Schuhe ausgezogen, obwohl Joanna sich nicht an die japanische Tradition hielt, derzufolge Schuhe im Haus verpönt waren. Daß er sich so locker gab, war zweifellos seiner neuen Vertrautheit mit Joanna zuzuschreiben. Mariko glaubte nicht, daß sie schon miteinander im Bett gewesen waren. Noch nicht. Aber bald. Man konnte es ihren Augen ansehen und ihren Stimmen anhören – jene ganz besondere verlockende Vorahnung. Und würde Alex weiterhin behaupten können, es gebe keine Liebe, wenn er Joanna erst einmal intim kannte?

Nein.

Er würde von seinen Gefühlen überwältigt werden.

Er war schon jetzt auf dem besten Wege.

Mariko lächelte bei diesem Gedanken. Sie wußte, daß Joanna und Alex füreinander bestimmt waren, so kitschig sich das auch anhörte, und sie war glücklich, daß die beiden sich trotz innerer Widerstände unwiderstehlich zueinander hingezogen fühlten. Aus unerfindlichen Gründen war Mariko davon überzeugt, daß auch ihr eigenes Leben sich durch diese Hochzeit positiv verändern würde. Für dieses Gefühl gab es keine logischen Gründe, und sie konnte es sich selbst nicht erklären. Ihre Intuition sagte ihr aber, daß diese Hochzeit eine Voraussetzung für ihre eigenen Hoffnungen war, daß sie ihr Glück niemals finden würde, wenn Alex und Joanna es nicht fänden.

Sie trank einen Schluck Tee und fragte: »Und was werdet ihr jetzt tun, nachdem die Fingerabdrücke euch völlige Gewißheit verschafft haben? Den Senator anrufen und ihm alles erzählen?«

»Wahrscheinlich«, erwiderte Joanna, obwohl diese Idee sie sichtlich verstörte.

»Nein«, widersprach Alex. »Wir rufen ihn noch nicht an.«

»Warum nicht?« wollte Mariko wissen.

Alex starrte in seine Teetasse, so als könnte er daraus die Zukunft lesen. Nach langem Zögern sagte er: »Wir werden ihn noch nicht anrufen, weil ich vermute, daß er in dieser ganzen Sache mit drin hängt.«

»Mit drin hängt?« wiederholte Joanna perplex.

»Inwiefern?« fragte Mariko.

»Ich glaube, er weiß, daß Sie hier in Kyoto sind«, sagte Alex, an Joanna gewandt. »Ich glaube, daß er von Anfang an gewußt hat, wer seine Tochter entführt hat. Es ist sogar möglich, daß der Senator selbst diese Entführung organisiert hat.«

»Aber warum, um Gottes willen?« rief Joanna entgeistert.

»Das weiß ich nicht.«

»Wie können Sie dann behaupten . . .«

Sie verstummte, als Alex sanft nach ihrer Hand griff. Mariko lächelte in sich hinein. »Ich habe doch gesagt, daß es nur eine Vermutung ist. Aber ich habe im Laufe der Jahre gelernt, mich auf meine Intuition zu verlassen. Außerdem würde das einiges erklären.«

»Beispielsweise?«

»Beispielsweise die Summe von über 150000 Dollar, die Sie erhalten haben«, sagte Alex. »Wir wissen ja inzwischen, daß es sich weder um das Erbe der Rands noch um eine Lebensversicherung gehandelt hat.«

Mariko stellte ihre Teetasse ab. »Entschuldigung«, sagte sie. »Ich bin sehr müde, und deshalb fällt es mir besonders schwer, das alles zu verstehen. Wollen Sie etwa sagen, daß der Senator seine eigene Tochter aus dem Ferienhaus auf Jamaika entführen ließ, daß er sie jenen Leuten auslieferte, die sie einer Gehirnwäsche unterzogen haben, und daß er alles arrangierte, damit sie ein neues Leben mit einer völlig neuen Identität beginnen konnte? Daß er ihr 150000 Dollar von seinem eigenen Geld zukommen ließ – jene Summen, die sie angeblich von ihren Eltern geerbt bzw. von der Lebensversicherung erhalten hatte? Ist es das, was Sie uns erzählen wollen?«

Alex nickte. »Ich kann nicht behaupten, seine Gründe zu kennen, und ich habe auch keinerlei Beweise. Aber ich bin ziemlich überzeugt davon, daß es sich so verhält. Es ist die einzige Erklärung, die ich momentan habe. Woher sonst hätte all das viele Geld stammen sollen?«

»Aber wie könnte ein Vater so etwas tun?« fragte Mariko entsetzt. »Aus welchen Gründen sollte er sie wegschicken? Wie könnte er glücklich sein, ohne sie jemals zu sehen? Wie könnte er sein Leben genießen, ohne die Möglichkeit, an ihrem Leben Anteil zu nehmen?«

»Hier in Japan ist der Zusammenhalt der Generationen noch sehr stark. Ihr habt einen ausgeprägten Familiensinn. Die Familie hat für euch einen enorm hohen Stellenwert. Aber in anderen Teilen der Welt ist das nicht immer so. In meiner Heimat führen sich manche Eltern wie männliche Löwen auf: Unter gewissen Umständen sind sie zu emotionalem Kannibalismus fähig, und sie können ihre Kinder sogar regelrecht zerfleischen und verschlingen. Sie scheinen das nicht so recht glauben zu können, aber ich spreche aus eigener Erfahrung. Meine Eltern waren Alkoholiker.

Sie haben mich fast zerstört, sowohl psychisch als auch physisch. Sie schlugen mich, fügten mir Schnitt- und Brandwunden zu, verletzten mich auf tausenderlei Arten. Sie waren schlimmer als wilde Tiere.«

»Hier gibt es auch solche Leute.«

»Aber wesentlich weniger als bei uns.«

»Sogar einer ist zuviel. Aber was Joannas Vater getan haben soll . . . das geht immer noch über mein Begriffsvermögen«, sagte Mariko bekümmert.

Er lächelte sie so bezaubernd an, daß sie einen Augenblick lang wünschte, sie hätte ihn gefunden, bevor er und Joanna sich kennengelernt hatten.

»Es geht über Ihr Begriffsvermögen, weil Sie so herrlich zivilisiert sind, Mariko-san.«

Sie errötete und bedankte sich mit einer leichten Verbeugung für das Kompliment.

»Sie haben aber eines nicht bedacht«, sagte Joanna zu Alex. »Der Senator hat Sie engagiert, damit Sie seine Tochter finden sollten. Er hat für die Suche ein kleines Vermögen ausgegeben. Warum hätte er das tun sollen, wenn er die ganze Zeit wußte, wo sie war?«

Während Alex sich eine weitere Tasse Tee einschenkte, erwiderte er: »Das gehörte zu seiner Taktik perfekter Irreführung. Er spielte den verzweifelten Vater, dem kein Preis zu hoch ist, um sein entführtes Kind zurückzubekommen. Wer hätte ihn verdächtigen sollen? Und er kann sich teure Spielchen durchaus leisten, denn er besitzt wesentlich mehr Millionen als ich.«

»Was er mir angetan hat – *falls* er es getan hat –, war aber kein Spiel«, warf Joanna grimmig ein.

»Für Sie nicht«, stimmte Alex ihr zu. »Aber vielleicht für Tom Chelgrin.«

»Dann ist er ein Monster«, kommentierte Mariko.

»Ich bin völlig Ihrer Meinung«, sagte Alex.

Mariko war entzückt zu sehen, daß nun Joanna spontan nach seiner Hand griff. »Alex«, sagte sie, »mir ist schon am Mittwochnachmittag im Taxi aufgefallen, daß Sie Thomas Chelgrin nicht mögen. Warum eigentlich?«

»Ich kann ihn nicht ausstehen, und ich traue ihm nicht«, knurrte Alex.

»Ja, aber warum?«

»Er manipuliert Menschen.«

»Tun das nicht alle Politiker?«

»Deshalb sind sie mir alle nicht sonderlich sympathisch.«

»Aber es wird sie immer geben.«

»Den Tod wird es auch immer geben, und trotzdem möchte ich manchmal dagegen rebellieren. Aber Chelgrin ist noch viel glatter als die meisten anderen Politiker. Er ist aalglatt.« Alex führte sein Sandwich zum Mund, legte es dann aber wieder auf den Teller, ohne abgebissen zu haben. Offenbar war ihm der Appetit vergangen. »Ich hatte oft Gelegenheit, Chelgrin zu beobachten, und mir ist nie im Leben ein Mensch begegnet, der sich so total unter Kontrolle hat und so berechnend ist wie dieser Senator. Er hat für die Öffentlichkeit vier verschiedene, sehr überzeugende Masken auf Lager: eine nachdenklich-aufmerksame Miene, wenn er glauben machen will, daß er sich für die Ansichten eines Wählers interessiert; ein väterliches Lächeln, bei dem sich sein ganzes Gesicht in Falten legt, das aber nur eine hauchdünne Fassade ist; eine strenge, amtliche Miene, wenn er sich als hart arbeitender Mann präsentiert, der keinen Müßiggang duldet; und schließlich die Zurschaustellung von Trauer, ob es sich nun um den Tod seiner Frau oder das Verschwinden seiner Tochter handelt. Diese Trauermiene setzt er auch auf, wenn er anläßlich des Todes irgendeines großzügigen Spenders für seine Wahlkampagnen einige passende Worte sagen muß. Ich glaube, daß es ihm einen noch größeren Genuß als anderen Politikern bereitet, Menschen zu manipulieren. Für ihn ist das eine Art geistige Masturbation.«

»Hui!« war das einzige, was Joanna hervorbrachte.

»Es tut mir leid, daß ich mich so kraß ausdrücken muß, um ihn zu charakterisieren«, entschuldigte sich Alex. »Aber das ist nun einmal mein Eindruck von diesem Mann. Und ich hatte jetzt zum erstenmal die Gelegenheit, es auszusprechen. Er war ein wichtiger Klient, und deshalb mußte ich meine wahren Gefühle immer verbergen. Aber obwohl er soviel Geld für die Suche nach Lisa ausgab und so viele Tränen um sein verlorenes Kind vergoß, habe ich ihm nie ganz abgenommen, daß die Entführung ihn wirklich so mitgenommen hatte, wie er alle glauben machen wollte. Er kommt mir irgendwie . . . hohl vor. Wenn man ihm in die Augen schaut, stößt man auf Kälte, auf Leere. Von Menschlichkeit ist nichts zu spüren.«

»Sollten wir dann nicht lieber alles ruhen lassen?« fragte Joanna.

»Was meinen Sie damit?«

»Wäre es nicht vernünftiger, unsere Nachforschungen einzustellen?«

»Das können wir jetzt nicht mehr.«

Joanna runzelte die Stirn. »Aber wenn der Senator so ist, wie Sie ihn darstellen ... ein skrupelloser Mann, der zu allem fähig ist ... dann wäre es für uns wahrscheinlich besser, ihn zu vergessen. Ich weiß jetzt, warum ich mich so abgesondert habe, warum ich in mancher Hinsicht so krankhaft reagiert habe. Es ist so, wie Sie gesagt haben – ich wurde programmiert. Mehr brauche ich eigentlich nicht zu wissen. Ich kann leben, ohne zu wissen, wie es mir angetan wurde, von wem und aus welchen Gründen.«

Mariko schaute Alex an.

Ihre Blicke trafen sich.

Er ist mit dem, was Joanna gesagt hat, genausowenig einverstanden wie ich, dachte sie.

Sie ergriff als erste das Wort. »Joanna, das glaubst du jetzt, aber später würdest du deine Meinung ändern. Die Neugier würde dir keine Ruhe lassen. Jeder Mensch muß wissen, wer er ist, warum er sich so und nicht anders entwickelt hat. Andernfalls gibt es keine Basis für Wachstum und Veränderung, und das Leben verliert seinen Sinn.«

Alex ging von einem weniger philosophischen Standpunkt an die Sache heran. »Wir können unsere Nachforschungen jetzt nicht mehr einfach einstellen. Dazu ist es zu spät. Unsere Gegner werden uns nicht in Ruhe lassen, denn wir haben bereits zuviel erfahren. Indem ich hier eingezogen bin, indem ich Waynes Krankenzimmer bewachen lasse, und indem wir in London angerufen haben, sind wir aus der Sicht dieser Leute schon erheblich zu weit gegangen. Sie werden unser Vorgehen als Kriegserklärung betrachten, und deshalb müssen wir mit Angriffen rechnen.«

Joanna hob die Brauen. »Glauben Sie, daß diese Leute versuchen werden, uns zu töten?«

»Ja, oder noch Schlimmeres.«

»Was wäre denn schlimmer als der Tod?«

Alex schob seinen Stuhl zurück, stand auf, trat an das kleine Fenster und starrte eine Weile auf Gion und die dunkle Stadt hinaus, bevor er sich wieder den beiden Frauen zuwandte. »Sie möchten wissen, was schlimmer wäre als der Tod? Also gut. Vielleicht werden wir alle eines Tages in anderen Teilen der

Welt aufwachen, mit neuen Namen, neuen Vergangenheiten und neuen Erinnerungen – und wir werden nicht wissen, daß wir jemals Joanna Rand, Mariko Inamura und Alex Hunter waren.«

Joanna wurde leichenblaß.

»Würden sie es wirklich noch einmal machen?« fragte Mariko.

Alex zuckte die Achseln. »Warum nicht? Es ist eine äußerst effektive Methode, uns zum Schweigen zu bringen. Und auf diese Weise gibt es keine Leichen, die zu polizeilichen Ermittlungen führen könnten.«

»Nein . . . nein«, murmelte Joanna gehetzt. »Alles, was ich hier in Japan erlebt habe . . . alles, was ich bin und sein möchte . . . all das ausgelöscht . . . aus meinem Gedächtnis getilgt . . .«

Mariko erschauderte.

»Aber *warum*?« wollte Joanna wissen. Sie schlug mit der Faust auf den Tisch, so daß Tassen und Teller klirrten. »Warum wurde das alles gemacht? Das ergibt doch keinen Sinn! Es ist total verrückt!«

»Sie irren sich«, sagte Alex. »Für die Verantwortlichen ergibt es durchaus einen Sinn. Sie wissen ganz genau, was sie tun.«

»Und wenn wir wüßten, was diese Leute wissen, würde auch uns alles einleuchtend erscheinen«, fügte Mariko hinzu.

Alex nickte. »So ist es. Und wir werden erst dann in Sicherheit sein, wenn wir alles wissen, was sie wissen. Sobald wir die Motive für die Verwandlung Lisas in Joanna kennen, können wir die Sache publik machen. Mit großen Schlagzeilen. Es wird ähnliches Aufsehen erregen, als wenn das Baby der Lindberghs nach all den vielen Jahren plötzlich lebendig auftauchen würde. Und wenn wir die Entführer ins Scheinwerferlicht gerückt haben, wenn sie mit Ermittlungen und Strafanzeigen rechnen müssen, wenn sie nichts mehr geheimhalten können, wird für sie auch jeder Grund entfallen, uns zu schnappen und in neue Personen zu verwandeln.«

»Sie könnten sich dann aber an uns rächen wollen«, meinte Joanna.

»Das wäre möglich«, gab Alex zu. »Aber vielleicht werden sie kein Interesse mehr daran haben, wenn das Spiel erst einmal aus ist. Und falls doch, werden wir uns effektiv zur Wehr setzen können. In wirklich großer Gefahr schweben wir nur jetzt, während wir uns mühsam vorantasten und noch nicht genug wissen, um mit der Geschichte an die Öffentlichkeit gehen zu können. Jetzt haben sie noch eine Chance, uns an weiterem Herumschnüffeln zu hindern.«

»Und was werden wir jetzt als nächstes tun?« fragte Joanna.

Alex kehrte zum Tisch zurück, blickte auf Mariko hinab und zupfte an seinem dunklen Schnurrbart. »Mariko-san, Sie haben doch einen Onkel, der Psychiater ist?«

»Ja.«

»Und er setzt manchmal auch Hypnose ein, um seinen Patienten zu helfen?«

»Ja.« Jahrelang hatte Mariko vergeblich versucht, Joanna zu einer Therapie bei ihrem Onkel Omi zu überreden.

Alex wandte sich Joanna zu. »Er kann Ihnen helfen, sich an Dinge zu erinnern, die wir wissen müssen.«

Joanna war skeptisch. »Ja? Beispielsweise?«

»Beispielsweise an den Namen des Mannes mit der künstlichen Hand.«

Joanna nagte mit düsterer Miene an ihrer Unterlippe. »Wozu sollte das gut sein? Es ist doch nur eine Traumfigur.«

»Oh? Wissen Sie nicht mehr, was Sie mir am Mittwoch über ihn erzählt haben?«

Joanna rutschte nervös auf ihrem Stuhl hin und her, warf Mariko einen flüchtigen Blick zu und starrte sodann auf ihre schmalen Hände hinab, die ineinander verkrampft auf dem Tisch lagen.

»Auf Schloß Nijo«, konkretisierte Alex.

»Da war ich einfach hysterisch.«

»Sie sagten mir, Ihnen sei plötzlich klargeworden, daß es sich bei dem Mann aus Ihrem Alptraum um eine reale Person handelt, die in Ihrer Vergangenheit eine Schlüsselrolle gespielt hat. Glauben Sie das nach wie vor?«

»Ja«, gab sie widerwillig zu.

»Und wenn es diesen Mann gibt, war er mit absoluter Sicherheit an dem beteiligt, was Ihnen zugefügt wurde. Er gehört zu den Leuten, die für das ganze Komplott verantwortlich sind.«

»Das glaube ich auch«, sagte sie. »Aber ... ich bin mir nicht sicher ... ich bin mir alles andere als sicher ... daß ich ihn finden will.«

Joanna war jetzt sogar noch bleicher als vor einigen Minuten, da Alex die Möglichkeit erwähnt hatte, man könnte ihre Identität noch einmal verändern. Sie sah aus, als hätte sie in ein offenes Grab geblickt und eine halb verweste Leiche gesehen, die mit einem Grinsen auf den verwesten Lippen nach ihr greifen wollte.

»Joanna, dieser Mann ist wie ein Dämon, der Sie verfolgt«, sagte Alex. »Sie müssen ihn austreiben, wenn Sie irgendwann wieder ruhig schlafen wollen. Sie werden auch weiterhin jede Nacht von diesem Alptraum heimgesucht werden, bis Sie den Mann gefunden haben und wissen, was er Ihnen angetan hat.«

»Ich lebe seit zehn Jahren damit«, wandte Joanna ein. »Wahrscheinlich kann ich weitere zehn Jahre damit leben.«

»Nein, das kannst du nicht«, widersprach Mariko. »Ich weiß, wie diese Träume dich quälen und zermürben. Ich höre dich nachts schreien.«

Joanna schwieg.

»Wenn du diesen Mann mit der stählernen Hand triffst«, fuhr Mariko fort, »wenn du ihm von Angesicht zu Angesicht gegenüberstehst, wirst du feststellen, daß er in Wirklichkeit nicht einmal halb so furchterregend ist wie in deinen Alpträumen.«

»Ich wünschte, ich könnte das glauben«, murmelte Joanna.

»Das würdest du bestimmt, wenn du einmal ganz nüchtern darüber nachdenken würdest, ohne dich von deinen Emotionen leiten zu lassen. Das Bekannte ist niemals so furchtbar wie das Unbekannte. Verdammt, Joanna, du *mußt* mit Onkel Omi sprechen!«

Joanna war sichtlich überrascht, Mariko fluchen zu hören. Sie schaute Alex an, der zu Marikos Worten beifällig nickte, betrachtete wieder ihre eigenen Hände und gab schließlich seufzend nach. »Also gut, ich werde mit ihm sprechen.«

»Können Sie das arrangieren?« erkundigte sich Alex bei Mariko.

»Ich rufe ihn gleich heute morgen an.«

»Können Sie für morgen einen Termin vereinbaren?«

»Wahrscheinlich. Spätestens für übermorgen.«

»Alex, ich möchte, daß Sie mich zu dem Arzt begleiten«, sagte Joanna. »Ich brauche jemanden, der meine Hand hält.«

»Nun, ich weiß nicht, ob ein Psychiater es gerne sieht, wenn ihm jemand über die Schulter blickt, während er . . .«

»Sie müssen mitkommen«, beharrte sie.

»Wenn der Arzt damit einverstanden ist . . .«

»Wenn nicht, blase ich die ganze Sache ab. Allein gehe ich nicht hin.«

»Ich bin sicher, daß Onkel Omi nichts dagegen haben wird«, sagte Mariko. »Schließlich ist dies ein ganz spezieller Fall.«

»Glaubst du wirklich, daß er Alex' Anwesenheit dulden wird?« fragte Joanna ängstlich.

»Sobald du ihm deine Geschichte erzählt hast«, erwiderte Mariko, »wird er so neugierig sein, daß er dir bestimmt nichts abschlägt.«

Joanna lehnte sich erleichtert zurück und schenkte Alex ein strahlendes Lächeln, das er erwiderte.

Mariko erinnerte sich später, als sie im Bett lag, an dieses Lächeln der beiden. Ihre Gesichter hatten Liebe und Vertrauen ausgedrückt. Bald würden sie auch den letzten Widerstand gegen die magischen Anziehungskräfte aufgeben. Sie konnten der Leidenschaft und einer tiefen emotionalen Bindung nicht entgehen. Genausogut hätten sie versuchen können, mit ihren bloßen erhobenen Händen einen Wirbelsturm aufzuhalten. Diesen Gedanken fand Mariko ungemein tröstlich.

Kurz vor dem Einschlafen erkannte sie, warum sie Joannas Schicksal mit ihrem eigenen in Verbindung brachte. Mariko hatte bisher nicht das Glück gehabt, einen Mann zu finden, den sie lieben konnte – oder der sie lieben würde. Sie war immer viel zu beschäftigt gewesen. Und viel zu schüchtern. Ja, warum sollte sie es nicht endlich zugeben? Sie war schüchtern und unbeholfen im Umgang mit Männern, sobald das Gespräch eine persönliche Wendung nahm. Sie hielt Männer immer auf Abstand. Sie konnte zwar Alex erzählen, daß Joanna ihn liebte, aber ihre eigenen Gefühle für einen Mann konnte sie nicht ausdrücken. Die meisten hielten sie für kalt, für frigid, weil sie die Frau unter der kühlen Fassade nicht sehen konnten – eine lebhafte, warmherzige, feurige Frau, die ungeheuer liebesbedürftig war und selbst über eine enorme Liebeskraft verfügte. Sie hatte nie einen Mann getroffen, der stark und beharrlich genug gewesen wäre, ihren Schutzpanzer zu durchbrechen. Deshalb war sie mit dreißig Jahren noch allein. Mit fast einunddreißig. Gewiß, sie war noch immer ziemlich jung. Aber sie litt unter dem Alleinsein, und sie hatte Angst davor, auch in Zukunft ohne jene Wärme und Geborgenheit leben zu müssen, nach der sie sich sehnte. Sie wollte kein Mauerblümchen sein, aber sie konnte nun einmal nicht aus ihrer Haut heraus, so sehr sie es auch versuchen mochte. Und deshalb hoffte sie, daß Joanna und Alex zueinander finden würden, denn das wäre für sie ein Beweis, daß auch sie selbst eines Tages den richtigen Mann finden würde. *Joanna und ich, wir haben beide so viele Barrieren gegen enge Beziehungen mit Männern errichtet,* dachte sie. *Aber Joanna hat ihrem Glück noch viel, viel mehr Hindernisse in den Weg gestellt als ich. Wenn sie trotzdem einen Lebensgefährten finden kann, kann ich es auch.*

Vielleicht war sie viel zu optimistisch. Vielleicht würde keiner von ihnen das Glück finden. Vielleicht stand bei dieser Chelgrin-Affäre tatsächlich soviel auf dem Spiel, daß man sie alle drei umbringen würde. Aber darüber wollte sie sich jetzt keine Sorgen machen. Mit einem Lächeln auf den Lippen schlief sie ein.

32

Hoch und runter, hoch und runter ...

Er hatte kein Gefühl für Zeit und Raum.

Er war nur eine Maschine – eine Kraftpumpe.

Ignacio Carreras trainierte seine Armmuskeln. Er keuchte. Er grunzte. Er schnappte nach Luft wie ein Asthmatiker und atmete explosionsartig aus, aber nichtsdestotrotz waren seine Atemzüge einem bestimmten Rhythmus unterworfen, so als lauschte er einer martialischen Musik, die nur er allein hören konnte. Die Hanteln, mit denen er sich abplagte, wogen mehr als er selbst. Den Schmerzenslauten nach zu schließen, die in dem großen privaten Trainingsraum laut widerhallten, war die Aufgabe für ihn viel zu schwierig, aber er machte keine Pause. Eine leichtere Übung kam für ihn nicht in Frage, denn ihn reizte nur das Unmögliche. Er war schweißgebadet; von seinen Ohrläppchen, von Nase und Kinn, Ellbogen und Fingerspitzen flogen Schweißperlen in alle Richtungen. Er trug nur königsblaue Boxershorts, und sein muskelstrotzender Körper entsprach genau dem Idealbild animalischer Männlichkeit, das in den Köpfen vieler Jungen herumspukt.

Montags, mittwochs und freitags trainierte Ignacio Carreras seine Waden und Oberschenkel, die Gesäß-, Hüft- und Bauchmuskulatur sowie die untere Rückenpartie und Taille. Zur Entspannung las er am liebsten Science-fiction-Romane, und er träumte davon, den Körper eines perfekten Roboters zu haben, der in diesen Büchern manchmal vorkam – flexibel, aber unverwundbar, unglaublich kraftvoll und perfekt. Dienstags, donnerstags und samstags arbeitete er an seiner Brust, an der oberen Rükkenpartie, an Nacken, Schultern, Bizeps, Trizeps und allen Muskeln der Unterarme. Am siebten Tag ruhte er sich aus, obwohl Untätigkeit ihn nervös machte.

Carreras war 31 Jahre alt, sah aber jünger aus. Er hatte dichte, widerspenstige schwarze Haare, die noch keine einzige graue Strähne aufwiesen. Damit sie ihm beim Training nicht ins Gesicht fielen, trug er ein elastisches gelbes Stirnband. Bei seinen ausgeprägten Gesichtszügen mit der Adlernase, den dunklen, tiefliegenden Augen und dem gelblichen Teint verlieh ihm dieses Stirnband vollends das Aussehen eines Indianers.

Er behauptete nicht, ein Indianer zu sein. Er sagte, er wäre Brasilianer. Doch auch das entsprach nicht den Tatsachen.

Der Trainingsraum, der sich im Erdgeschoß von Carreras' Haus befand, war ein ehemaliges Musikzimmer. In der Mitte des Fußbodens aus italienischem Marmor gab es ein rundes Podest, auf dem einst ein Flügel gestanden hatte. Jetzt war der Raum anstatt mit kostbaren Teppichen mit einer Vielzahl von Vinylmatten ausgestattet, und anstelle von Möbeln gab es Trainingsgeräte aller Art. Die hohe Decke war mit reichen Stuckarbeiten versehen und bemalt: die erhabenen Stellen weiß, die übrigen rauchblau; und alles war mit schmalen Goldstreifen gesäumt.

Carreras stemmte die viel zu schweren Hanteln auf dem Podest. Sein Verhalten beim Training war typisch für sein Benehmen in allen Lebensbereichen. Er war unerbittlich, das krasse Gegenteil eines Drückebergers; er würde lieber sterben als verlieren, selbst dann, wenn er nur gegen sich selbst kämpfte.

Carreras' Leibwächter und Trainingspartner, Antonio Paz, stand seitlich hinter seinem Boß und zählte dessen Übungen mit. Paz war vierzig Jahre alt, sah aber ebenfalls jünger aus. Er war 1,88 m groß, 7 cm größer als Carreras, und 15 Pfund schwerer. Mit seinem breiten, platten Gesicht und einer niedrigen Stirn war er im Gegensatz zu Carreras alles andere als attraktiv. Auch er behauptete, Brasilianer zu sein, obwohl es nicht stimmte.

Paz zählte: »Drei«, und das bedeutete, daß Carreras die Gewichte noch siebenmal stemmen mußte.

Das Telefon klingelte. Carreras keuchte so laut, daß er es kaum hören konnte, und er sah nur verschwommen durch einen Schleier von Schweiß und Tränen, daß Paz den Raum durchquerte und den Hörer abnahm.

Hoch mit der Hantel. Vier. Und runter. Kurze Pause. Und wieder hoch. Fünf. Seine Lungen brannten. Runter. Wie eine Maschine.

Paz redete am Telefon sehr schnell, aber Carreras konnte nicht verstehen, was der Mann sagte. Das Blut dröhnte ihm in den Ohren, und er hörte nur seine eigenen Schmerzenslaute.

Paß legte den Hörer neben den Apparat, kehrte zum Podest zurück, stellte sich wieder seitlich hinter seinen Boß und wartete.

Als Carreras die Hantel nach dem zehnten Hochstemmen fallen ließ, hatte er das Gefühl, als würden Unmengen von Adrenalin durch seinen Körper gepumpt. Er war leichter als Luft, er konnte fliegen. Er war nach dem Gewichtheben nie müde. Dieses Gefühl von Freiheit, diese wundervolle aufschäumende Kraft konnte ihm kein anderes Training vermitteln. Ähnliche Empfindungen hatte er nur, wenn er jemanden tötete.

Ignacio Carreras genoß es, Menschen zu töten. Ob Männer, Frauen oder Kinder – das spielte keine Rolle. Natürlich hatte er nicht allzuoft die Gelegenheit, dieser Leidenschaft zu frönen. Viel seltener, als ihm lieb war.

Paz reichte ihm einen feuchten Waschlappen und ein Handtuch. »Marlowe aus London ist am Apparat.«

»Was will er denn?«

»Das wollte er mir nicht sagen. Es sei aber sehr dringend.«

Beide Männer sprachen so perfekt Englisch, als hätten sie die Sprache an einer der angesehensten britischen Universitäten gelernt, aber sie hatten niemals eine englische Schule besucht.

Carreras ging ans Telefon. Er bewegte sich so leichtfüßig und geschmeidig, als würde er demnächst das Geheimnis der Levitation lüften.

Das Telefon stand auf dem Tisch vor einem der großen Fenster. Die Samtvorhänge waren zurückgezogen, aber das Licht im Raum stammte größtenteils von dem riesigen Kronleuchter, der über dem Podest hing; Hunderte geschliffener Kristalltropfen schillerten und glänzten in allen Regenbogenfarben. Jetzt, am Spätnachmittag, spendete die Wintersonne kaum Licht, zumal sie von dichten Schneewolken verdeckt wurde. Hinter dem Bleiglasfenster lag eine der interessantesten Städte Europas: Zürich. Der blaue See, der kristallklare Fluß Limmat, wuchtige Kirchen und Banken, Verwaltungs- und Geschäftsgebäude mit Glasfronten, die alten Gildehallen, das Münster aus dem 12. Jahrhundert und die Fabriken, die keinen Rauch ausstießen – das alles bildete eine eigentümliche und faszinierende Mischung von gotisch-würdevoller Strenge und alpiner Fröhlichkeit, von Modernem und Mittelalterlichem. Die Stadt erstreckte sich die welligen Hügel hinab und breitete sich entlang der Seeufer aus. Carreras' Haus stand hoch oben auf einem der Hügel. Das Panorama war überwältigend. Der Telefontisch schien auf dem Gipfel der Welt zu stehen.

Carreras setzte sich und griff nach dem Hörer. Noch etwas atemlos vom Training, sagte er: »Marlowe?«

»Am Apparat.«

»Was ist los?«

Er konnte mit Marlowe ganz offen reden, denn sowohl sein eigenes Telefon als auch das seines Londoner Gesprächspartners waren mit modernsten Störgeräten ausgestattet, die es fast unmöglich machten, eine Unterhaltung mitzuhören, selbst wenn die Leitung angezapft wurde.

»Ich versuche dich seit über zwei Stunden zu erreichen«, sagte Marlowe.

»Ich bin den ganzen Tag zu Hause gewesen.«

»Es lag auch nicht an dir, sondern an dem verdammten Telefon. Ständig belegte Leitungen, zum Verrücktwerden!«

»Jetzt hast du mich ja erreicht.«

»Joanna Rand hat bei der British-Continental angerufen und nach Unterlagen über die Lebensversicherung ihres Vaters gefragt.«

»Hast du mit ihr gesprochen?«

»Ja, ich habe ihr gesagt, daß wir unsere Akten nicht so lange aufbewahren. Ich habe natürlich den Namen Phillips verwendet. Also, was machen wir jetzt?«

»Vorerst gar nichts.«

»Ich denke, wir dürfen keine Zeit verlieren.«

»Du kannst denken, was du willst.«

»Offenbar bröckelt die ganze Sache.«

»Vielleicht.«

»Dich scheint das ziemlich kalt zu lassen.«

»Du solltest dich auch nicht so hineinsteigern.«

»Und was soll ich machen, wenn sie immer wieder anruft?«

»Das wird sie nicht.«

»Aber wenn sie jetzt anfängt, ihre ganze Vergangenheit in Frage zu stellen, könnte sie durchaus auch hier in London auftauchen, um weitere Nachforschungen anzustellen.«

»Zum einen hat man sie damals einer Hypnosebehandlung unterzogen, aufgrund derer es für sie sehr schwierig, wenn nicht gar unmöglich wäre, Japan zu verlassen«, erläuterte Carreras. »Wenn sie versucht, an Bord eines Flugzeugs oder Schiffes zu gehen, wird sie Angstzustände bekommen. Ihr wird so schwindlig und übel sein, daß sie einen Arzt benötigen wird. Dadurch wird sie ihren Flug verpassen.«

»Oh!« Marlowe dachte ein Weilchen darüber nach. »Aber vielleicht wird eine posthypnotische Suggestion nach all diesen Jahren keine so starke Wirkung mehr haben. Was also tun, wenn sie ihre Angst überwindet?«

»Möglich wäre das«, gab Carreras zu. »Aber ich habe die Situation auch für diesen Fall fest im Griff. Ich erhalte jeden Tag Berichte aus Kyoto. Falls sie aus Japan herauskommen sollte, werde ich es innerhalb einer Stunde erfahren und dich sofort warnen.«

»Sie darf nicht hier herumschnüffeln. Dazu steht viel zuviel auf dem Spiel.«

»Falls sie nach England kommen sollte, wird sie dort nicht lange bleiben.«

»Wie kannst du da so sicher sein? Außerdem kann sie auch in ein oder zwei Tagen irreparablen Schaden anrichten.«

»Falls sie London erreichen sollte, wird sie versuchen, der Verschwörung irgendwie auf die Spur zu kommen. Nun, wir werden mehrere falsche Spuren legen, die alle nach Zürich führen. Dann wird sie sofort hierherkommen, und wenn sie erst einmal hier ist, kann ich mich mit ihr beschäftigen.«

»Was für falsche Spuren?« fragte Marlowe.

»Das werden wir noch ausarbeiten, falls es sich als nötig erweisen sollte.«

»Hör zu«, sagte Marlowe, »*falls* sie euren Leuten in Kyoto entwischt und das Land verläßt, und *falls* sie überraschend hier in London auftaucht, werde ich selbst eine Entscheidung treffen müssen, und zwar schnell.«

»Das wäre unklug«, erwiderte Carreras ominös.

»Wie du weißt, bin ich nicht nur an eurem Spiel beteiligt. Es ist für mich eher eine Nebensache. Ich habe mehrere Eisen im Feuer und trage erhebliche Verantwortung. Ich muß bestimmte Interessen wahren, und ich werde nicht das ganze Gebäude wegen eines winzigen Steinchens in Gefahr bringen. Wenn die Frau hier an meine Tür klopft, ohne daß ich vorgewarnt bin, und wenn ich das Gefühl habe, daß sie meine ganze Operation gefährdet, werde ich sie liquidieren, mit Ketten beschweren und von einem Boot aus in den Kanal werfen lassen. Mir wird gar keine andere Wahl bleiben. Ist das klar?«

»Sie wird nicht ohne Vorwarnung eintreffen.«

»Hoffen wir, daß du recht hast.«

»Aber wenn ihr ohne meine Erlaubnis etwas zustößt, mußt du dir darüber im klaren sein, daß du selbst ebenfalls eine kurze Bootsfahrt antreten wirst.«

»Willst du mir drohen?« Marlowes Stimme war eisig.

»Ich erkläre dir nur die Konsequenzen.«

»Ich schätze es nicht, wenn man mir droht.«

»Sei doch vernünftig, Marlowe. Du weißt genau, daß es gar nicht in meiner Macht steht, eine solche Drohung in die Tat umzusetzen. Aber du kennst mich gut genug, um zu wissen, daß ich nie leere Drohungen ausstoße. Ich prophezeie dir nur, welche Entscheidung über dein Schicksal andere Leute treffen werden.«

»Ja? Wer sollte mich denn aufs Korn nehmen?« fragte Marlowe skeptisch.

Carreras seufzte und nannte den Namen eines unvergleichlich mächtigen und gnadenlosen Mannes.

Das erzielte die gewünschte Wirkung. Nach kurzer Pause sagte Marlowe: »Er selbst? Ist das dein Ernst?«

»O ja.«

»Nein, du bluffst nur.«

»Um dir zu beweisen, daß ich nicht bluffe, werde ich dafür sorgen, daß du eine Nachricht von ihm erhältst.«

»Wann?«

»Innerhalb von 24 Stunden.«

Endlich glaubte Marlowe ihm. »Aber um Gottes willen, Marlowe, warum sollte ein Mann in seiner Position an einer relativ unwichtigen Angelegenheit dermaßen interessiert sein?«

»Wenn du mehr nachdenken und weniger reden würdest, wüßtest du die Antwort.«

»Weil es doch keine unwichtige Angelegenheit ist?«

»Sehr scharfsinnig. Ehrlich gesagt, mein lieber Marlowe, dürfte dies höchstwahrscheinlich die wichtigste Sache sein, an der du und ich jemals beteiligt waren.«

»Aber wodurch unterscheidet sich diese Frau von den anderen?«

»Das kann ich dir nicht sagen.«

»Du könntest es mir sagen, aber du darfst es nicht, stimmt's?«

»Ja.«

Carreras stand mit dem Hörer am Ohr auf. Er wollte das Gespräch möglichst schnell beenden und sein Training fortsetzen.

»Ich habe sie nie gesehen«, sagte Marlowe. »Sie kann jederzeit an meine Tür klopfen, und ich würde sie nicht einmal erkennen. Wie sieht sie aus?«

»Das brauchst du noch nicht zu wissen. Falls es nötig werden sollte, wird man dir ein Foto zeigen.«

Noch vor einem Moment hatte Marlowe sich Carreras und allem, womit dieser beschäftigt war, überlegen gefühlt. Jetzt befürchtete er, in einer sehr wichtigen Angelegenheit nur eine Nebenrolle zu spielen. Für einen Mann wie Marlowe, der besondere Privilegien für sein gutes Recht hielt, war Beförderung ungemein wichtig, ja die einzige Alternative zum Mißerfolg. Wenn er auf der Erfolgsleiter einmal eine Sprosse tiefer rutschte, würde es tausendmal schwerer sein als jetzt, wieder nach oben zu kommen, und andererseits würde er sich niemals mit seinem jetzigen Platz zufriedengeben. Carreras konnte hören, daß der Mann beunruhigt war, und das amüsierte ihn.

»Eine Beschreibung dieser Frau kann doch bestimmt keinen Schaden anrichten«, sagte Marlowe. »Ich glaube, du übertreibst die Sicherheitsmaßnahmen ein wenig. Schließlich bin ich auf eurer Seite.«

»Vorläufig kann ich dir keine Beschreibung geben«, erwiderte Carreras kurz und bündig.

»Wie heißt sie?«

»Joanna Rand.«

»Ich meine ihren richtigen Namen.«

»Du weißt, daß du danach nicht einmal fragen solltest«, sagte Carreras und legte den Hörer auf.

Ein heftiger Windstoß ließ die Scheiben leicht klirren. Carreras glaubte einige Schneeflocken zu sehen. Ein Sturm schien aufzuziehen.

33

»Hilfe!«

Alex erwachte kurz nach sechs Uhr morgens. Er hatte nur vier Stunden geschlafen, aber das war für ihn ja normal, und so dachte er im ersten Moment, er wäre von allein aufgewacht. Dann hörte er Joanna im Nebenzimmer schreien.

»Hilfe!«

Alex schlug die Decke zurück und sprang aus dem Bett.

»O Gott, mein Gott, Hilfe, Hilfe!«

Er griff nach der Pistole auf dem Nachttisch. Es war die mit Schalldämpfer versehene 7-mm-Automatik, die er der Ratte abgenommen hatte.

Als er in Joannas Zimmer stürzte und Licht machte, saß sie keuchend im Bett und blinzelte verwirrt.

Alex ging auf die halb geöffnete Tür des Einbauschranks zu, riß sie weit auf und schaute hinein. Niemand hatte sich dort versteckt.

Er wollte nachsehen, ob jemand durch das Fenster geflüchtet war.

»Es war nur ein Alptraum«, sagte Joanna.

Alex drehte sich um. »Der Mann mit der künstlichen Hand?«

»Ja.«

Er setzte sich auf die Bettkante. »Möchten Sie mir davon erzählen?«

»Das habe ich schon«, erwiderte Joanna. »Es ist immer das gleiche.«

Ihr Gesicht war bleich. Ihr Mund war weich und schlaff vom Schlaf. Ihr goldenes Haar war leicht verschwitzt. Aber sie war wunderschön.

Sie trug einen gelben Seidenpyjama, der so dünn war, daß sich ihre Brustwarzen darunter abzeichneten. Alex bekam einen trokkenen Mund. Ihm fiel ein, daß er nur seine Pyjamahose anhatte, und sie berührte plötzlich seine breite Brust mit einer Hand, nur mit den Fingerspitzen, dann mit beiden Händen. Er wußte selbst nicht, wie es dazu kam, aber im nächsten Moment legte er die Pistole beiseite und schloß Joanna in seine Arme. Sie hielten einander umschlungen, und ihre Finger glitten über seinen nackten Rücken, und ihr Mund preßte sich auf seinen Mund, und ihre Zunge schob sich zwischen seine Lippen, süß, heiß, beweglich, begehrlich. Dann schienen ihre Münder miteinander zu verschmelzen, und seine Hände legten sich um ihre Brüste, die voll und schwer und herrlich fest waren, und er knöpfte mit zitternden Fingern ihren Pyjama auf und berührte ihre Haut und stöhnte leise im selben Augenblick wie sie. Er streichelte mit den Daumen ihre Brustwarzen, die Hände um ihre Brüste gewölbt, und er fühlte mehr als Begierde, mehr als Lust, mehr als Zuneigung, fühlte all das und zusätzlich etwas Neues, und ihm kam abrupt zu Bewußtsein, was er dachte – Liebe ... Liebe ... ich liebe sie –, und er erinnerte sich an seine Eltern und ihre Liebesbeteuerungen, denen unweigerlich Zorn, Gebrüll, Flüche, Fäuste und Schmerzen gefolgt waren, und er mußte sich versteift haben, denn Joanna löste sich von ihm.

»Alex?«

»Ich bin völlig durcheinander.«

»Willst du mich nicht?«

»O doch.«

»Warum bist du dann verwirrt?«
»Ich überlege, was aus uns werden kann.«
»Habe ich dir das nicht gerade gezeigt?«
»Ich meine, auf lange Sicht.«
»Das ist kein flüchtiges Abenteuer für eine Nacht.«
»Ich weiß. Und das ist es, was mich verwirrt.«
Sie legte eine Hand an seine Wange. »Überlaß alles Weitere einfach der Zukunft.«
»Ich kann nicht, Joanna. Ich muß es wissen.«
»Was denn?«
»Was du erwartest.«
»Von dir?«
»Ich meine ... was glaubst du, was aus unserer Beziehung werden kann?«
»Alles. Wenn wir es nur wollen.«
»Ich möchte dich nicht enttäuschen.«
»Das wirst du nicht, Liebling.«
»Doch.«
»Nein, nein.«
»Doch.«
Sie lächelte. »Heißt das, daß du fest entschlossen bist, mich zu enttäuschen?«
»Es ist mein voller Ernst, Joanna.«
»Ja, ich weiß. Aber warum?«
»Du kennst mich nicht.«
»Ich weiß genug von dir.«
»Ich bin ein seelischer Krüppel.«
Er wunderte sich, daß er das gesagt, daß er es zugegeben hatte. Hatte er das schon immer geglaubt?
Hatte Mariko recht?
»Mir kommst du unversehrt vor«, sagte sie.
»Ich habe nie gesagt: ›Ich liebe dich.‹«
»Aber ich weiß es.«
»Ich meine ... ich habe das noch nie zu jemandem gesagt.«
»Gut, dann werde ich die erste sein.«
»Das ist es ja.«
»Was?«
»Ich bin mir nicht sicher, ob ich es dir sagen kann.«
»Oh ...«
»Und ob ich dich wirklich lieben kann.«
»Ich verstehe«, murmelte sie.

»Nein, du kannst das nicht verstehen, Joanna. Was ich für dich empfinde, habe ich nie zuvor für einen Menschen empfunden, und doch ...«

Er erzählte ihr von seinen Eltern. Er vertraute ihr mehr an, als er jemals für möglich gehalten hätte. Er redete fast eine ganze Stunde über seine alptraumhafte Kindheit, und dabei fielen ihm viele verdrängte Einzelheiten ein. Er sprach davon, wie seine Eltern ihn auf verschiedenste Weise mißhandelt hatten. Blaue Flekken, aufgeplatzte Lippen, zugeschwollene Augen, ausgeschlagene Zähne, gebrochene Knochen. Flüche und Gebrüll, Beschimpfungen und bösartiger Spott. Zwischen seinen Schulterblättern war noch immer die Narbe zu sehen, wo man ihn mit heißem Wasser verbrüht hatte. Manchmal hatten sie ihn tagelang in einen engen Wandschrank gesperrt. Anfangs war seine Stimme haßerfüllt, doch allmählich verriet sie nur noch Schmerz und Trauer. Und obwohl er sonst nie weinte, ließ er jetzt seinen Tränen freien Lauf. Es war so, als wäre ein seelisches Geschwür endlich aufgebrochen, als spritzte der Eiter jahrelang angestauter Verbitterung endlich aus ihm hervor, und das war für ihn genauso befreiend wie die Beichte für einen frommen Katholiken. Als er schließlich verstummte, war ihm so leicht ums Herz wie nie zuvor in seinem Leben.

Sie küßte seine Lider.

»Tut mir leid«, murmelte er.

»Was denn?«

»Ich weine sonst nie.«

»Darin besteht ein Teil deines Problems.«

»Ich wollte ihnen nicht die Befriedigung verschaffen, mich weinen zu sehen, und deshalb habe ich gelernt, meinen Schmerz für mich zu behalten.«

Sie küßte seine Stirn, seine Nase, seine Wangen.

»Und das ist nun der Mann, von dem du Hilfe bei deiner Suche nach der Wahrheit über dich erwartet hast«, sagte er mit zitternder Stimme. »Hast du überhaupt noch eine Spur von Vertrauen zu ihm?«

»Grenzenloses Vertrauen. Er kommt mir jetzt sogar menschlicher vor.«

»Du bist wunderbar.«

»Hast du weitere Komplimente auf Lager?«

»Du bist schön.«

»Ich liebe dich, Alex.«

Er versuchte zu antworten, brachte aber kein Wort heraus. Sie küßte seine Mundwinkel. »Schlaf mit mir«, bat sie.

»Aber wenn ich ...«

»Es verpflichtet dich zu nichts.«

»Weder du noch ich wollen eine unverbindliche Affäre.«

»Es wird noch schöner sein, wenn du deinen Frieden gefunden hast ...«

»Viel schöner.«

»... aber es wird auch jetzt schön sein. Und wir brauchen es.«

»Wir brauchen es, aber wir werden es trotzdem nicht tun«, sagte er, obwohl die Versuchung schier übermächtig war. »Mit dir soll es von Anfang an ehrlich und aufrichtig sein. Etwas Besonderes. Ich möchte warten, bis ich diese drei Worte sagen und sie auch wirklich ernst meinen kann. Ich werde mich mein Leben lang in allen Einzelheiten an das erste Mal mit dir erinnern, und ich will von nun an nur noch schöne Erinnerungen sammeln.«

»Dann werde ich warten, bis du jene Worte sagst.«

»Bald.«

»Aber leg dich zu mir.«

Alex schaltete das Licht aus.

Sie lagen im Halbdunkel nebeneinander. Hinter den geschlossenen Vorhängen schien die Morgensonne, aber ins Zimmer drang nur wenig Licht. Sie kuschelten sich aneinander und tauschten keusche Küsse. Dies rief bei Alex wohlige Empfindungen hervor, ohne sexuell erregend zu sein. Sie waren noch kein Liebespaar; sie glichen Tieren in einer Höhle, die sich aneinander schmiegten, um in einer feindlichen Welt etwas Wärme, Schutz und Geborgenheit zu finden. Anfangs schwiegen sie, doch nach etwa zehn Minuten begannen sie sich zu unterhalten, nicht über den Fall Chelgrin und auch nicht über sich selbst, sondern über Bücher, Musik und bildende Kunst. Alex war nie glücklicher gewesen.

Eine Stunde später kehrte er nach einem letzten Kuß widerwillig in sein Zimmer zurück. Er suchte Anzug, Hemd und Schuhe aus, war mit seinen Gedanken aber nicht bei der Sache.

Während er eine Krawatte auswählte, sagte er laut: »Wenn Liebe nur ein Mythos ist – wie soll man dann die Gefühle nennen, die du für Joanna empfindest? Sie sind neu für dich, ist es nicht so? Vielleicht hattest du also doch unrecht.«

Im Bad beobachtete er, wie das Wasser in die Wanne lief, und setzte dabei sein Selbstgespräch fort: »Und, weiß Gott, falls es doch so etwas wie Liebe gibt, falls die Möglichkeit eines dauerhaften Glücks mit Joanna besteht, solltest du diese Chance wahrnehmen.«

Er zog sich aus, wusch sich in der Duschkabine und legte sich zur Entspannung in die Wanne – ein japanisches Ritual, das ihm ausgezeichnet gefiel. »Im Augenblick driftest du ziellos umher«, sagte er sich. »Bisher stand dein Beruf im Mittelpunkt deines Lebens, aber in den letzten Jahren hat er dich zunehmend gelangweilt. Deshalb reist du soviel in der Welt herum. Deshalb verbringst du soviel Zeit damit, Fremdsprachen zu lernen, anstatt im Büro zu arbeiten. Du suchst nach einem neuen Lebenssinn, nach Glück. Also nimm diese Chance wahr, bevor es zu spät ist.«

Als er etwas später aus der Wanne stieg und sich abtrocknete, führte er Gegenargumente an: »Aber wenn du diese Chance nun ergreifst, und die Sache ist dann doch nicht das Wahre? Was, wenn ihr euch auf Dauer nicht versteht? Wirst du den Schmerz verkraften können, oder wirst du daran zugrunde gehen? Verdammt, du brauchst das alles nicht. Du kommst allein großartig zurecht, Mann. Du bist nicht einsam.«

Und gleich darauf: »Ach ja? Warum verbringe ich denn soviel Zeit mit solchen Selbstgesprächen, wenn ich nicht einsam bin?«

Er seufzte. Ein innerer Dialog, und mochte er noch so lang und fundiert sein, konnte das Problem jetzt nicht lösen. Er brauchte mehr Zeit.

Er entfernte den nassen Verband. Die Messerwunden heilten schnell. Er bestrich sie mit Jod und begnügte sich diesmal mit einem einfachen Verband. Die Schlinge benötigte er nicht mehr.

Als er schließlich die Küche betrat, war Joanna dabei, ein leichtes Frühstück zuzubereiten. Jeder aß eine Portion weiße Suppe, mit *miso* gewürzt. Auf der Suppe schwamm ein hübsch geformtes, hauchdünnes Stückchen Kürbis, gekrönt mit ein wenig heißem Senf. Die Suppe wurde korrekt in einer roten Terrine mit Goldrand serviert, gemäß der japanischen Überzeugung, daß ein Mann auch mit den Augen ißt.

In dieser Hinsicht hatte Alex allerdings wenig Sinn für japanische Weisheiten. Er achtete weder auf das Geschirr noch auf das Essen, denn er konnte seine Augen nicht von Joanna abwenden, die noch bezaubernder als sonst aussah; ihr frisch gewaschenes Haar glänzte wie pures Gold.

Nach dem Frühstück rief Alex Ted Blakenships Privatnummer in Chicago an. Blakenship sollte sich mit englischen Privatdetektiven, zu denen die Bonner Corporation gute Kontakte unterhielt, in Verbindung setzen und sie bitten, möglichst umfassende Informationen über die United British-Continental Insurance Association und über den angeblichen Anwalt J. Compton Woolrich zu sammeln.

Den Rest des Vormittags verbrachten Joanna und Alex mit weiterer Lektüre der Chelgrin-Akte, ohne aber irgendwelche neuen Anhaltspunkte zu finden.

Mariko aß mit ihnen in einem Restaurant zwei Blocks vom Moonglow entfernt zu Mittag, und anschließend besuchten sie zu dritt Wayne Kennedy. Die Polizei hatte ihn bereits befragt und sich mit seinen Antworten begnügt. Trotz seiner schweren Verletzung sprühte Wayne vor Lebenslust; er war voller Energie, scherzte mit allen und wollte wissen, wann man ihm das Laufen gestatten würde. »Wenn ich noch viel länger hier herumliege, bekomme ich Muskelschwund in den Beinen.«

Eine der Krankenschwestern sprach Englisch, und Wayne versuchte ihr weiszumachen, er hätte die weite Reise nach Japan nur unternommen, um an einem Steptanzwettbewerb teilzunehmen, und das würde er auch tun, notfalls auf Krücken. Die Schwester war amüsiert, aber Waynes beste Zuhörerin war unbestreitbar Mariko. Es war nicht zu übersehen, daß er ihr gefiel und mächtig imponierte, und Alex hatte das Gefühl, als produziere sich Wayne in zunehmendem Maße nur für die Japanerin. Alex hatte Mariko noch nie so lebhaft und fröhlich gesehen wie in dem kleinen, sauberen und entschieden tristen Krankenhauszimmer.

Um drei Uhr mußten Joanna und er sich verabschieden, weil sie einen Termin bei Doktor Omi Inamura hatten.

Mariko wollte bei Kennedy bleiben, bis dessen Leibwächter um 18 Uhr abgelöst würde, aber sie begleitete Joanna und Alex bis zu den Aufzügen. Sie lächelte, summte eine liebliche Melodie und schien in Gedanken meilenweit entfernt zu sein. Während sie auf den Lift warteten, schweiften Marikos Blicke von Joanna zu Alex und wieder zurück, und ihr Gesicht spiegelte – wie schon den ganzen Tag – unverhohlene verträumte Selbstzufriedenheit wider. Ihr war natürlich aufgefallen, daß die Beziehung zwischen Joanna und Alex in ein neues Stadium getreten war, und ihre Miene besagte: *Seht ihr? Ich habe es euch doch gesagt. Ich hatte völlig recht, stimmt's? Ihr könnt euch nicht gegen die Liebe wehren.*

Alex war nahe daran, sie deswegen ein bißchen zu necken, aber der Aufzug kam, bevor ihm eine geistreiche Bemerkung einfiel.

Joanna und er betraten den Lift, Mariko wünschte ihnen viel Glück bei ihrem Onkel Omi und winkte Joanna noch einmal zu, als die Türen sich schlossen. Während sie abwärts fuhren, warf Alex Joanna einen beredten Blick zu. Sie lächelte. Er grinste. Sie kicherte, und er lachte.

Unten, in der belebten Halle, sagte Joanna: »Seit du aufgetaucht bist, hat Mariko sich als Heiratsvermittlerin versucht, und das wundert mich eigentlich.«

»Hat sie das noch nie gemacht?«

»Nein, und ich hätte es bei ihr auch nicht vermutet.«

»Sie hat aber durchaus Talent für diesen Beruf.«

»Hartnäckig ist sie jedenfalls, das stimmt.«

Es war ein kalter, klarer Tag. Sie gingen mit eingezogenen Köpfen die Straße entlang, ihre Hände tief in den Taschen vergraben. Joanna hatte ihr Auto einen Block entfernt geparkt.

»Wayne ist der nächste«, sagte Alex.

»Der nächste – was?«

»Der nächste Kandidat für Marikos Eheanbahnungsinstitut.«

»Glaubst du wirklich, daß sie ihn mit jemandem verkuppeln will?«

»Ja. Mit sich.«

Joanna blieb wie vom Blitz getroffen stehen. »Mariko und Wayne?«

»Es ist ihr selbst noch nicht bewußt«, sagte Alex, »aber genau das wird passieren.«

»Aber sie kennt ihn doch kaum.«

»Liebe auf den ersten Blick.«

»Ich dachte, du glaubst nicht an Liebe.«

»Ich bin mir nicht sicher, ob ich daran glaube oder nicht. Aber Mariko glaubt jedenfalls daran, sogar an Liebe auf den ersten Blick.«

»Ist das dein Ernst?«

»Sehe ich so aus, als würde ich unhaltbare Gerüchte verbreiten?«

Sie gingen weiter. Der kalte Wind blähte ihre Mantelschöße auf. Vor ihren Mündern bildeten sich weiße Atemwolken.

»Hat sie dir etwas gesagt?« fragte Joanna.

»Nein. Wie gesagt, sie weiß es selbst noch nicht.«

»Und woher weißt du es dann? Hast du es in den Karten gelesen?«

»Hast du nicht gesehen, wie sie Wayne anschaut?«

»Wie denn?«

»Genauso wie sie uns anschaut.«

»O nein! Dann hat der arme Wayne keine Chance, ein freier Mann zu bleiben.«

»Ich glaube, er wird gar keinen Wert darauf legen.«

»Du entwickelst dich ja zu einem regelrechten Hellseher.«

»Nein, ich bin nur ein scharfer Beobachter. Das gehört ...«

»... zu deinem Beruf, ich weiß.«

»Stimmt. Und deshalb ist mir nicht entgangen, daß Wayne ihr schmachtende Blicke zuwirft.«

»Hmmm ... ich hatte auch das Gefühl, als nähme er dich und mich kaum noch wahr ... so als hätten wir uns in Luft aufgelöst.«

Joanna setzte sich ans Steuer, Alex auf den Beifahrersitz. Sie fuhr nicht gleich los, sondern ließ den Motor ein Weilchen laufen, bis die Heizung warm wurde.

»Wird er ihr ein guter Mann sein?« fragte sie Alex.

»Er ist einer meiner besten Leute. Ich habe ihn gerade befördert. Er ist ehrlich, zuverlässig, intelligent. Aber wird sie ihm eine gute Frau sein?«

»Sie ist eine wunderbare Frau«, antwortete Joanna. »Ich liebe sie, und ich möchte nicht, daß sie verletzt wird.«

Alex lachte. »Wir reden schon wie zwei Heiratsvermittler. Mariko scheint uns angesteckt zu haben.«

Zu Beginn der Fahrt war Joanna glücklich. Sie witzelte über amerikanische Männer, die so unattraktiv waren, daß sie um die halbe Welt reisen mußten, um Frauen zu finden, von denen sie akzeptiert wurden. Doch als sie der Praxis immer näher kamen, schlug ihre Stimmung um. Sie wurde immer wortkarger und bedrückter, und als sie den Wagen einen halben Block von Doktor Omis Haus entfernt parkte, hätte man fast glauben können, es ginge zum Schafott.

Alex nahm ihre Hand. Sie war feucht und kalt.

»Ich habe Angst«, sagte sie.

»Ich werde bei dir sein.«

»Was, wenn der Arzt mir tatsächlich helfen kann, mich an das Gesicht und den Namen des Mannes mit den stählernen Fingern zu erinnern?«

»Hoffen wir, daß es ihm gelingt.«

»Aber wenn wir seinen Namen wissen, werden wir nach ihm suchen, nicht wahr?«

»Uns wird gar nichts anderes übrigbleiben.«

»Und wenn wir ihn finden?«

»Es ist so, wie Mariko letzte Nacht gesagt hat: Wenn du ihn gefunden hast, wird er nicht einmal halb so furchterregend sein wie in deinem Alptraum.«

»Und wie *ich* letzte Nacht gesagt habe – ich wünschte, ich könnte das glauben.«

»Wir müssen uns beeilen, wenn wir den Arzt nicht warten lassen wollen«, mahnte er.

»Ich bin bereit«, flüsterte sie schaudernd.

34

Alex fühlte sich fast genauso unbehaglich wie Joanna, als sie Doktor Inamuras Sprechzimmer betraten. Am liebsten hätte er auf dem Absatz kehrtgemacht und das Weite gesucht.

Alex Hunter mochte Ärzte nicht. Internisten, Allgemeinmediziner, Augenärzte, Urologen, Kinderärzte, Chirurgen und andere Spezialisten, sogar Zahnärzte – sie waren ihm allesamt unsympathisch. In seiner Kindheit hatte er mit sehr vielen Ärzten zu tun gehabt. Seine Eltern gingen oft so grob mit ihm um, daß die Verletzungen nicht einfach ignoriert werden konnten. Quetschungen und Abschürfungen heilten zwar von allein, aber gebrochene Knochen, tiefe Schnittwunden und beschädigte Zähne mußten ärztlich behandelt werden. Seine Mutter ging mit ihm höchstens zweimal zu demselben Arzt, denn sie befürchtete, daß jemand wegen der unzähligen ›Unfälle‹ von Klein-Alex Verdacht schöpfen könnte. Und sie tischte allen Ärzten einigermaßen glaubwürdige Lügen auf: ›Klein-Alex ist gestolpert und die Treppe hinuntergefallen; Klein-Alex ist auf dem Spielplatz von der Schaukel gestürzt; Klein-Alex hat einen Topf mit kochendem Wasser vom Herd gezogen, als ich ihm den Rücken zukehrte, und ich werde mir nie verzeihen, daß ich nicht besser aufgepaßt habe, obwohl ich wußte, daß er in der Küche war; Klein-Alex hat mit einem Messer gespielt, obwohl ich ihm tausendmal verboten habe, scharfe Gegenstände wie Scheren und Messer anzurühren, aber man kann sich ja als Mutter den Mund fusselig reden, und die Kinder tun trotzdem, was sie wollen, weil sie heutzutage glauben, alles besser zu wissen ...‹

Und Klein-Alex hatte diese Geschichten bestätigt, weil er befürchtete, daß die Ärzte ihm nicht glauben würden, wenn er ihnen die Wahrheit sagte, und dann würde er zu Hause um so schlimmere Prügel bekommen. Die meisten Ärzte hörten sich die Lügen seiner Mutter an, ohne Verdacht zu schöpfen, vielleicht weil sie ihr glauben *wollten*; andernfalls hätten sie nämlich etwas dagegen unternehmen müssen, und das wollten sie nicht. Einige wenige schienen die wortreichen Lügen zu durchschauen, aber den Mut, dagegen einzuschreiten, brachte keiner auf. Erst als Alex älter wurde, hatte er begriffen, daß die Ärzte keine Verleumdungsklage seines Vaters riskieren wollten. Er wußte natürlich, daß es unvernünftig war, alle Mediziner über einen Kamm zu scheren, nur weil er einige negative Erfahrungen mit dieser Berufsgruppe gemacht hatte, aber das änderte nichts an seiner Abneigung, und er fühlte sich in ihrer Gesellschaft im allgemeinen sehr unbehaglich.

Dr. Omi Inamura schien jedoch eine Ausnahme zu sein. Er war Mitte Fünfzig, ein schlanker Mann, einige Zentimeter kleiner als Joanna, mit etwas faltiger dünner Haut und warmen braunen Augen. Sein Lächeln wirkte echt. Er setzte alle nur erdenklichen Mittel ein – seine Augen, seine Stimme, Gestik und Mimik –, um sie davon zu überzeugen, daß seine Patienten ihm wirklich am Herzen lagen, und nach fünf Minuten glaubte Alex ihm.

Der eigentliche Behandlungsraum hinter dem Sprechzimmer war sehr gemütlich. Der kleine Schreibtisch stand in einer Ecke. Die Regale an einer Wand waren vom Fußboden bis zur Decke mit Büchern gefüllt. An einer anderen Wand hing ein Gobelin, auf dem ein bewaldeter Berg, ein Wasserfall und ein Fluß abgebildet waren; Boote mit geblähten Segeln steuerten auf dem Strom ein kleines Dorf unterhalb des Wasserfalls an. Der dicke Teppichboden war braun. Alex registrierte erstaunt, daß die Couch fehlte, die man bei einem Psychoanalytiker für selbstverständlich hält. Statt dessen gab es eine gemütliche Sitzecke – zwei beige und zwei braune Lehnsessel um einen niedrigen Tisch herum. An beiden großen rechteckigen Fenstern waren die Holzjalousien heruntergelassen, und die elektrische Beleuchtung war indirekt, weich und entspannend. Ein leichter Duft erfüllte den Raum – vielleicht Zitronenweihrauch, dachte Alex.

Alex und Joanna nahmen auf den beigen Sesseln Platz, Inamura auf einem der braunen. Sie berichteten ihm von dem Fall Chelgrin und von ihrer Überzeugung, daß Joanna in Wirklichkeit Lisa war. Der Arzt war fasziniert und zeigte Mitgefühl. Er verstand, daß sie mit ihrer Entdeckung nicht an die Öffentlichkeit gehen wollten – nicht gehen *konnten* –, bevor sie nicht mehr über die Leute wußten, die für diese spektakuläre Verwandlung verantwortlich waren. Und er äußerte sich mit vorsichtigem Optimismus über die Erfolgschancen einer Hypnosetherapie.

»Es gibt da allerdings ein Problem«, sagte Dr. Inamura. »Normalerweise wende ich Hypnose erst nach gründlichen Vorbehandlungen an. Ich beginne stets mit bestimmten Standardtests, zwanglosen Unterhaltungen und gezielten Fragen – nun ja, mit allen üblichen Mitteln eines Psychiaters. Ich taste mich langsam an die Probleme des Patienten heran, sowohl an die realen als auch an die eingebildeten, bis er volles Vertrauen in mich setzt. Erst dann wende ich Hypnose an – falls es mir angebracht erscheint. Bevor ich wirklich mein Bestes für Sie tun kann, Miß Rand, muß ich Sie sehr gut kennen – Ihre Vorlieben und Abneigungen, Ihre Freuden, Ängste, Depressionen usw. Wenn mir dieser ganze Hintergrund fehlt, kann ich die Hypnose nicht gezielt einsetzen, weil ich nicht weiß, an welche Punkte Ihrer Vergangenheit ich Sie zurückführen muß. Das alles braucht natürlich seine Zeit. Wochen, manchmal auch Monate. Aber wenn ich Sie richtig verstanden habe, möchten Sie sofort mit der Hypnose beginnen.«

»Ich verstehe die Gründe für Ihr behutsames Vorgehen«, sagte Joanna, »und ich weiß Ihre Sorge um den Patienten sehr zu schätzen. Aber wir haben nicht wochen- oder monatelang Zeit.«

»Was diese Leute Wayne Kennedy angetan haben, war als Warnung für uns gedacht«, ergänzte Alex. »Jetzt werden sie erst einmal abwarten, aber wenn sie sehen, daß wir nicht aufgegeben haben, werden sie wieder Gewalt anwenden, gegen Joanna oder mich. Vielleicht sogar gegen Mariko.«

Der Arzt war sichtlich beunruhigt.

»Isha-san«, ergriff Joanna wieder das Wort, »ich bin natürlich kein Psychiater, und deshalb ist es vielleicht anmaßend von mir, die Situation zu beurteilen, aber ich glaube, daß mein Fall einzigartig ist. Ihre Patienten leiden im allgemeinen unter irgendwelchen Neurosen, die im Laufe von vielen Jahren entstanden sind und ihre Ursache häufig in Umwelteinflüssen haben, ohne daß das den Betroffenen bewußt ist. Bei mir sieht die Sache aber ganz anders aus: Alle Probleme, die mir so zu schaffen machen, sind mir vor etwa zehn Jahren *implantiert* worden, in jenem Raum, der nach Antiseptika und Desinfektionsmitteln stinkt, wo auch immer sich dieser Raum befinden mag ... von jenem Mann mit der künstlichen Hand. Bei anderen Patienten ist Ihre gründliche Vorgehensweise notwendig, um die Krankheitsursachen zu ergründen. In meinem Fall ist die Ursache hingegen bekannt. Es geht nicht um irgendwelche Traumata aus meiner Kindheit. Wir wissen nur nicht, *wer* mir das angetan hat und *warum*. Könnten Sie in Anbetracht dieser Tatsachen Ihre sonstige Behandlungsmethode nicht ausnahmsweise ändern?«

Alex war von Joannas überzeugender Argumentation sehr beeindruckt. Er wußte, welche Überwindung sie dieser Arztbesuch gekostet hatte. Sie hatte wahnsinnige Angst davor, in die Zeit zurückversetzt zu werden, die sie in jenem nach Antiseptika stinkenden Raum verbracht hatte; aber sie sah die Notwendigkeit ein. Diese Frau war nicht nur schön und intelligent, sondern auch mutig.

Dr. Inamura war ein sehr gewissenhafter Arzt. Sie sprachen die Situation mit ihm gründlich durch, unter allen möglichen Aspekten, bevor er sich schließlich bereit erklärte, sogleich mit der hypnotischen Regressionstherapie zu beginnen.

»Aber wir werden heute mit allergrößter Wahrscheinlichkeit nicht fertig werden«, sagte er. »So etwas dauert seine Zeit.«

»Wie lange?« fragte Joanna.

Der Arzt schüttelte den Kopf. »Das kann ich jetzt noch nicht sagen. Es hängt davon ab, wie Sie reagieren. Das ist von Patient zu Patient verschieden. Aber ich verstehe, wie dringend die Sache ist, und ich werde mich Ihnen jeden Tag ein, zwei Stunden widmen, bis wir alles erfahren haben, was Sie wissen müssen.«

»Das ist sehr freundlich von Ihnen, Isha-san, aber ich möchte Ihren Terminkalender nicht durcheinanderbringen«, sagte Joanna. »Ich will Ihnen keine Unannehmlichkeiten bereiten, nur weil ich eine Freundin von Mariko bin.«

Dr. Inamura versicherte mit Nachdruck, daß sie ihm keinerlei Ungelegenheiten bereite. »Ein Psychiater ist in Japan in einer ähnlichen Situation wie jener sprichwörtliche amerikanische Handlungsreisende, der den Eskimos Kühlschränke zu verkaufen versucht. Die meisten meiner Landsleute sind mit sich im reinen, weil sie in einer Gesellschaft leben, die noch Sinn für Tradition, Meditation und Freundlichkeit hat. Außerdem üben in diesem Land die öffentlichen Bäder die Funktion von Psychiatern aus. Jeden Tag ein gemütliches ausgiebiges Bad in angenehmer Gesellschaft und Umgebung – das löst Spannungen, die sich unter anderen Umständen zu gravierenden psychischen Problemen auswachsen könnten.« Mit typisch japanischer Bescheidenheit fuhr er fort: »Obwohl einige meiner Kollegen vielleicht so freundlich wären zu sagen, ich sei in meinem Beruf relativ erfolgreich, kann ich mir fast jeden Tag noch ein oder zwei Stunden freihalten. Glauben Sie mir, Miß Rand, Sie machen mir keinerlei Umstände. Ganz im Gegenteil, es wird mir eine Ehre sein, Sie zu behandeln.«

Joanna machte eine leichte Verbeugung. »Ich sehe es als Privileg an, Ihre Patientin zu sein, Isha-san.«

»Sie überschätzen mich, Joanna-san.«

»Sie mich auch.«

»Sollen wir jetzt beginnen?«

»Ja, bitte.«

Joanna versuchte, ruhig und entspannt zu wirken, aber ein leichtes Zittern ihrer Stimme verriet, daß sie Angst hatte.

»Es muß sein«, sagte Alex.

»Ich weiß.«

»So schlimm wird es nicht sein.«

»Und du bist ja hier.«

»Die ganze Zeit über.«

Der Arzt stand auf und ging um den Tisch herum. Seine Schritte waren auf dem dicken Teppich nicht zu hören. Er stellte sich neben Joannas Sessel. »Lehnen Sie sich bitte zurück und entspannen Sie sich. Legen Sie Ihre Hände mit den Handflächen nach oben in den Schoß. Sehr gut. Schauen Sie geradeaus. Sehen Sie den Wandteppich, Joanna?«

»Ja.«

»Sehen Sie den Fluß darauf?«

»Ja.«

»Sehen Sie die kleinen Boote?«

»Ich sehe sie.«

»Konzentrieren Sie sich auf diese Boote, Joanna. Stellen Sie sich vor, Sie stünden auf dem Deck eines dieser Boote. Wasser spült gegen den Bootsrumpf. Es ist ein beruhigendes, rhythmisches Geräusch. Und das Boot schaukelt in der Strömung. Nicht stark. Nur ein klein wenig. Das Boot schaukelt sanft im Wasser. Spüren Sie, wie es schaukelt?«

»Ja«, sagte Joanna.

Alex wandte seinen Blick von dem Gobelin ab und blinzelte mehrmals. Inamuras Stimme war so weich und einschmeichelnd, daß Alex sich selbst schon auf dem Deck dieses Bootes geglaubt hatte.

Joanna starrte weiter geradeaus.

»Das Boot ist wie eine Wiege.« Inamuras Stimme wurde noch weicher und leiser. »Es schaukelt ganz sanft, wie eine Wiege. Es wiegt das Baby in den Schlaf. Wenn Ihre Lider schwer werden, dürfen Sie sie schließen.«

Joanna schloß die Augen.

»Jetzt werde ich Ihren Sessel ein wenig kippen, damit Sie sich noch besser entspannen können«, sagte Inamura. Er drückte auf einen Knopf an der Seite des Sessels, der sich leise surrend nach hinten neigte, bis Joanna eine halb liegende Position innehatte. »Jetzt möchte ich, daß Sie an Ihre Stirn denken, Joanna, die gerunzelt ist. Diese Falten müssen sich auflösen. Ich werde Sie jetzt berühren, und dann verschwinden die Falten.« Er berührte mit den Fingerspitzen ihre Stirn, sodann ihre Lider. »Sie beißen Ihre Zähne zu fest zusammen, Joanna. Ich möchte, daß Sie alle Gesichtsmuskeln entspannen.« Er berührte ihr Kinn, ihre Lippen. Als er seine Hand zurückzog, konnte Alex sehen, daß Joannas Gesicht plötzlich heitere Ruhe ausstrahlte – wie das Antlitz der Madonna auf alten Gemälden. »Und jetzt entspannen Sie Ihre Nackenmuskeln ... und jetzt die linke Schulter ... ganz entspannt ... und die rechte Schulter ... und beide Arme ... Ihr linker und rechter Arm sind ganz schlaff und entspannt ... Sie sind angenehm entspannt ... tiefer ... tiefer ... Ihr Unterleib und Ihre Hüften ... schlaff ... ganz entspannt ... und jetzt die Beine ...« Er erwähnte jede Beinpartie und zählte sogar ihre Zehen einzeln auf. Dann fuhr er fort: »Und jetzt haben Sie das Gefühl, auf einer großen Wasserfläche zu treiben ... auf blauem Wasser unter einem blauen Himmel ... schläfrig ... sehr schläfrig ... ganz schläfrig ... Sie sinken jetzt in einen tiefen natürlichen Schlaf.« Sie atmete langsam und regelmäßig, aber Inamura machte weiter. »Ich ergreife Ihre rechte Hand, Joanna. Ich hebe Ihren rechten Arm hoch. Und Sie merken jetzt, daß Ihr Arm steif wird ... nicht bewegt werden kann ... nicht gesenkt werden kann. Es ist Ihnen unmöglich, den Arm zu senken. Er ist steif und wird in der jetzigen Position bleiben. Ich zähle jetzt von drei rückwärts, und wenn ich ›eins‹ sage, werden Sie Ihren Arm nicht senken können. Drei ... und Sie schlafen tief ... zwei ... Sie schlafen immer fester ... ein entspannter und natürlicher Schlaf ... eins ... Ihr Arm ist jetzt steif und starr ... senken Sie den Arm, Joanna.« Sie versuchte es – vergeblich. »Jetzt können Sie den Arm senken, Joanna. Ich erlaube Ihnen jetzt, den Arm zu senken. Ihr

Arm ist jetzt so schlaff, daß Sie ihn unmöglich hochhalten können.« Ihr Arm fiel auf ihren Schoß hinab. »Und jetzt schlafen Sie ganz, ganz tief und fest, und Sie werden meine Fragen beantworten. Es wird Ihnen Freude machen, sie zu beantworten. Verstehen Sie?«

»Ja«, murmelte sie.

»Sprechen Sie bitte deutlicher.«

»Ja.«

Inamura nahm wieder in seinem Sessel Platz. Joanna war völlig entspannt, doch dafür war jetzt Alex völlig verkrampft. Er rutschte bis zur Sesselkante vor und drehte sich nach rechts, um Joannes Gesicht sehen zu können.

An Alex gewandt, sagte Inamura: »Sie eignet sich hervorragend für die Hypnose. Normalerweise ist zumindest ein geringer Widerstand vorhanden, aber bei ihr überhaupt nicht.«

»Vielleicht hat sie Übung darin«, meinte Alex.

»Wahrscheinlich sogar sehr viel Übung.«

Joanna wartete.

Nach kurzer Überlegung fragte Inamura: »Joanna, wie lautet Ihr voller Name?«

»Joanna Louise Rand.«

»Ist das wirklich Ihr Name?«

»Ja.«

»Sie haben vor kurzem erfahren, daß Joanna Rand ein falscher Name ist, daß Sie mit einem anderen Namen geboren wurden. Stimmt das?«

»Nein.«

»Sie erinnern sich nicht an diese Entdeckung?«

»Mein Name ist Joanna Louise Rand.«

»Haben Sie jemals den Namen Lisa Chelgrin gehört?«

»Nein.«

»Denken Sie darüber nach, bevor Sie antworten.«

Schweigen. Dann: »Ich habe den Namen nie gehört.«

»Kennen Sie einen Mann namens Alex Hunter?«

»Natürlich. Er ist hier.«

»Hat er Ihnen gegenüber Lisa Chelgrin erwähnt?«

Sie gab keine Antwort.

»Hat Alex Lisa Chelgrin erwähnt?«

»Ich habe diesen Namen nie gehört.«

»Joanna, Sie können mich nicht belügen. Verstanden?«

»Ja.«

»Sie müssen mir immer die Wahrheit sagen.«
»Immer.«
»Es ist Ihnen völlig unmöglich, mich zu belügen.«
»Ich verstehe.«
»Haben Sie jemals den Namen Lisa Chelgrin gehört?«
»Nein.«
Alex blickte den Arzt an. »Was ist los?«
»Sie reagiert nicht normal«, erwiderte Inamura.
»Das sehe ich. Aber warum?«
»Sie folgt einer Programmierung.«
»Sie meinen, daß jemand diese Frage vorhergesehen hat?«
»Diese Frage und wahrscheinlich auch viele andere.«
»Was kann man dagegen tun?«
»Wir brauchen viel Geduld.«
»Daran mangelt es bei mir im Augenblick.«
Inamura wandte sich wieder seiner Patientin zu. »Joanna, wir werden jetzt etwas Erstaunliches tun, etwas, das Sie vielleicht für unmöglich halten. Aber es ist nicht unmöglich. Nicht einmal schwierig. Es ist leicht. Ganz einfach. Wir lassen die Zeit rückwärts laufen. Sie werden dabei jünger werden.

Es fängt schon an. Sie können dagegen keinen Widerstand leisten. Sie wollen es auch gar nicht. Die Zeiger der Uhr drehen sich rückwärts ... und Sie schweben durch die Zeit ... werden jünger ... immer jünger ... immer schneller ... Sie sind jetzt 29 Jahre alt ... Sie schweben weiter zurück ...« Er versetzte sie auf diese Weise in ihr zwanzigstes Lebensjahr zurück. »Sie sind in London«, sagte er. »In der Londoner Wohnung. Sie sitzen am Küchentisch. Ihre Mutter kocht etwas. Es riecht gut. Was kocht Ihre Mutter, Joanna?«
Schweigen.
»Was kocht Ihre Mutter?«
»Nichts.«
»Was macht sie?«
»Nichts.«
»Sind Sie in der Küche?«
»Ja.«
»Was geht dort vor sich?«
»Nichts.«
»Wie heißt Ihre Mutter?«
»Elizabeth Rand.«
»Wie sieht sie aus?«

»Sie hat blondes Haar, wie ich.«
»Und ihre Augenfarbe?«
»Blau, wie meine.«
»Ist sie hübsch?«
»Ja.«
»Dick oder dünn?«
»Schlank.«
»Wie groß ist sie, Joanna?«
Schweigen.
»Wie groß ist Ihre Mutter?«
»Ich weiß es nicht.«
»Kocht Ihre Mutter gern?«
»Ich weiß es nicht.«
»Was ist das Lieblingsgericht Ihrer Mutter?«
Schweigen.
»Was ist das Lieblingsgericht Ihrer Mutter?«
»Ich weiß es nicht.«
»Was für Mahlzeiten kocht sie?«
»Ganz normale.«
»Rindfleisch? Bevorzugt sie Gerichte mit Rindfleisch?«
»Ich erinnere mich nicht.«
»Doch, Sie erinnern sich. Sie sind jetzt in der Küche.«
Schweigen.
»Joanna, geht Ihre Mutter gern ins Kino?«
Sie bewegte sich unruhig, aber ihre Augen blieben geschlossen.
»Geht Ihre Mutter gern ins Theater?«
»Ich nehme es an.«
»Geht sie auch gern ins Kino?«
»Ich nehme es an.«
»Wissen Sie es nicht genau?«
Keine Antwort.
»Liest Ihre Mutter gern?«
Schweigen.
»Liebt Ihre Mutter Bücher?«
»Ich . . . ich weiß es nicht.«
»Kommt es Ihnen merkwürdig vor, daß Sie so wenig über Ihre Mutter wissen?«
Joanna wand sich in dem Sessel.
»Wie heißt Ihre Mutter?«
»Elizabeth Rand.«
»Erzählen Sie mir alles, was Sie über sie wissen.«

»Sie hat wie ich blondes Haar und blaue Augen.«

»Erzählen Sie mir mehr.«

»Sie ist hübsch und schlank.«

»Und?«

Schweigen.

»Sie wissen doch bestimmt mehr, Joanna.«

»Verdammt, ich kann mich nicht daran erinnern! Lassen Sie mich in Ruhe!« Ihr Gesicht war verzerrt.

»Entspannen Sie sich«, sagte Inamura.

Ihre Hände lagen nicht mehr auf ihrem Schoß. Sie umklammerte die Sessellehnen. Ihre Knöchel traten weiß hervor.

Alex hätte sie am liebsten in die Arme genommen und beruhigt, aber er befürchtete, daß dadurch die Behandlung unterbrochen würde.

»Entspannen Sie sich«, sagte Inamura. »Sie sind ganz ruhig und entspannt ... So ist es viel besser ... Entspannt ... ruhig ... in tiefem natürlichem Schlaf. Joanna, Sie können sich an diese Dinge nicht erinnern, weil Sie sie nie gewußt haben. Und das liegt daran, daß es Elizabeth Rand nie gegeben hat.«

»Meine Mutter ist Elizabeth Rand«, antwortete Joanna stereotyp.

»Und auch Robert Rand hat niemals existiert.«

»Robert Rand ist mein Vater.«

»Nein. Beide haben nie existiert, Joanna. Genausowenig wie die Küche oder die Wohnung in London. Ich möchte, daß Sie jetzt wieder frei durch die Zeit schweben. Sie treiben durch die Zeit, auf der Suche nach einem ganz speziellen Ort, einem Ort von einzigartiger Bedeutung für Ihr Leben ... Sie suchen nach einem Ort, wo es stark nach Antiseptika riecht ... und nach Desinfektionsmitteln ... Sie suchen nach der Zeit, als Sie dort waren ... und jetzt haben Sie sie gefunden ... Sie schweben darauf zu ... auf Zeit und Ort zu ... Sie lassen sich dort nieder ... und jetzt sind Sie dort, in jenem Raum.«

»Ja.«

»Sitzen Sie oder stehen Sie?«

»Ich liege. Ich bin nackt.«

»Liegen Sie auf einem Bett?«

»Ich liege nackt auf einem Bett.«

»Wie fühlen Sie sich?«

»Ich habe Angst.«

»Wovor?«

»Ich bin . . . festgeschnallt.«
»Sind Sie eingesperrt?«
»O Gott! Meine Handgelenke und Knöchel!«
»Wer hat Ihnen das angetan?«
»Die Riemen sind so fest angezogen. Sie tun mir weh.«
»Wer hat Ihnen das angetan?«
»Ich rieche Ammoniak. Scharf. Verursacht Übelkeit.«
»Schauen Sie sich in dem Raum um, Joanna.«

Sie hob ihren Kopf vom Sessel und blickte gehorsam von links nach rechts. Sie sah weder Alex noch das Behandlungszimmer. Sie lebte jetzt in einer anderen Zeit.

»Was sehen Sie?« fragte Inamura.

Sie ließ den Kopf sinken und schloß die Augen.

»Was sehen Sie in jenem Raum?«

Sie stieß einen seltsamen gutturalen Laut aus.

Inamura wiederholte seine Frage.

Joanna gab wieder jenen eigenartigen Laut von sich, der sich zu einem lauten asthmatischen Keuchen verstärkte. Plötzlich riß sie die Augen weit auf und verdrehte sie, bis nur noch das Weiße zu sehen war; und sie versuchte ihre Hände von den Sessellehnen zu heben, aber sie glaubte, festgeschnallt zu sein, und zerrte an den Fesseln, und das Keuchen wurde schlimmer, viel schlimmer.

Alex sprang auf. »Sie kann nicht atmen!«

Joanna begann heftig zu zucken, so als würde sie mit Stromstößen gefoltert.

»Sie erstickt!«

35

Joannas Qual übertrug sich auf Alex; er wollte sie in die Arme nehmen und trösten.

»Nicht berühren«, befahl Inamura.

Die ruhige Autorität und Selbstsicherheit des Arztes ließen Alex mitten in der Bewegung innehalten. Er stand über Joanna gebeugt da und bemerkte, daß er am ganzen Leibe zitterte. Noch nie im Leben hatte er sich so hilflos gefühlt wie in diesem Augenblick.

Inamura trat von der anderen Seite an den Sessel heran. Er beobachtete Joannas Zuckungen interessiert, aber keineswegs besorgt.

Joannas Augen drohten aus den Höhlen zu treten. Ihr Gesicht verfärbte sich lila. Speichel lief ihr aus dem Mund. Sie keuchte, rang verzweifelt nach Luft und wurde von Krämpfen geschüttelt.

»Um Gottes willen, helfen Sie ihr!« rief Alex.

»Joanna, Sie werden sich jetzt beruhigen und entspannen«, sagte der Arzt. »Ihre Halsmuskeln entspannen sich. Die Krämpfe lassen nach. Sie haben keine Probleme mit der Atmung. Nicht die geringsten Probleme. Atmen Sie langsam ... tief ... tief ... gleichmäßig ... ganz entspannt ... Sie schlafen tief und fest ... ganz friedlich ...«

Der Zauber wirkte. Joanna beruhigte sich, schloß die Augen und atmete wieder normal.

»Verdammt, was kann diesen Anfall denn ausgelöst haben?« fragte Alex.

Inamura berührte Joannas Stirn. »Hören Sie mich?«

»Ja.«

»Ich werde Ihnen jetzt erklären, warum Sie diese Probleme mit Ihrer Atmung hatten, Joanna. Und wenn Sie das verstanden haben, werden Sie es nie wieder dazu kommen lassen.«

»Ich habe darüber keine Kontrolle.«

»Doch«, entgegnete Inamura zuversichtlich. »Sie konnten nur deshalb nicht richtig atmen, weil man Ihnen *eingeredet* hat, daß so etwas passieren würde, falls Ihnen jemals unter Hypnose zu viele Fragen gestellt würden. Als ich mit meinen Fragen zu tief bohrte, bekamen Sie keine Luft mehr, weil Ihnen das suggeriert wurde.«

Joanna runzelte die Stirn. »Meine Klaustrophobie hatte dieselbe Ursache.«

»So ist es«, bestätigte Inamura. »Und nachdem Sie sich dessen jetzt bewußt sind, werden Sie es in Zukunft nicht mehr zulassen.«

»Diese Schweine!« schimpfte sie.

»Werden Sie so etwas jemals wieder zulassen, Joanna?«

»Nein.«

»Ausgezeichnet.« Der Arzt nahm wieder in seinem Sessel Platz.

Alex blieb neben Joanna stehen. Sie war so bleich. Er machte sich große Sorgen um sie. »Vielleicht sollten wir nicht damit fortfahren«, meinte er, an Inamura gewandt.

»Es ist völlig gefahrlos«, erwiderte der Arzt.

»Ich bin mir da nicht so sicher.«

»Alles ist wieder in Ordnung, Alex«, sagte sie mit jener leicht hohlen Stimme, mit der sie auch die Fragen die Arztes beantwortete.

Nach kurzem Zögern setzte sich Alex, wenn auch nur auf die Sesselkante.

Inamura nahm den Faden wieder auf. »Joanna, Sie sind noch immer in dem Raum, der nach Antiseptika und Desinfektionsmitteln stinkt.«

»Ammoniak ... Lysol ... Alkohol ... Es ist ekelhaft. Es ist so stark, daß ich es riechen *und* schmecken kann.«

»Sie sind unbekleidet ...«

»... nackt ...«

»... und ans Bett geschnallt.«

»Die Riemen sind so fest angezogen. Ich kann mich nicht bewegen. Ich kann nicht aufstehen. Ich muß aufstehen und irgendwie hier herauskommen. Aber ich kann hier nicht herauskommen.«

»Entspannen Sie sich«, sagte Inamura.

Alex beobachtete sie ängstlich.

»Beruhigen Sie sich«, fuhr der Arzt fort. »Sie werden sich an alles erinnern, aber dabei ganz ruhig bleiben. Sie werden ruhig und entspannt sein, und Sie werden keine Angst haben.«

»Der Raum ist wenigstens warm«, sagte sie.

»So ist es richtig. Ich möchte, daß Sie sich umschauen und mir sagen, was Sie sehen.«

»Nicht viel.«

»Ist der Raum groß?«

»Nein. Klein.«

»Gibt es außer dem Bett andere Einrichtungsgegenstände?«

»Ich weiß nicht, ob man das als Einrichtungsgegenstand bezeichnen kann.«

»Was ist es denn?«

»Es steht neben meinem Bett. Es ist so ein ... ich glaube, es heißt Kardiograph ... so ein Ding wie auf einer Intensivstation.«

»Sind Sie an das Gerät angeschlossen?«

»Manchmal. Jetzt nicht. Wenn es eingeschaltet ist, sind Pfeiftöne zu hören.«

»Gibt es noch andere Einrichtungsgegenstände?«

»Einen Stuhl. Und einen Glasschrank.«

»Was befindet sich in dem Schrank?«

»Viele kleine Flaschen ... Ampullen ... Phiolen ...«

»Arzneimittel?«

»Ja, und Spritzen, in Plastik verpackt.«

»Werden Sie damit behandelt?«

»Ja. Ich ... ich hasse die Nadel.«

»Was sehen Sie sonst noch?«

»Nichts.«

»Gibt es Fenster in dem Raum?«

»Ja. Eines.«

»Ist es mit einer Jalousie oder mit Vorhängen ausgestattet?«

»Mit einer Jalousie.«

»Ist sie hochgezogen?«

»Ja.«

»Was sehen Sie durch das Fenster, Joanna?«

Sie schwieg.

»Was sehen Sie durch das Fenster?«

Ihre Stimme veränderte sich, wurde hart und kalt. »Spannung, Spiel und Spökenkieken sind im Gang.«

Inamura war hartnäckig. »Joanna, was sehen Sie durch das Fenster?«

»Spannung, Spiel und Spökenkieken sind im Gang«, wiederholte sie geistlos.

»Sie sind ganz ruhig und entspannt. Sie haben nichts zu befürchten. Sie schlafen tief und fest.«

»Spannung, Spiel und Spökenkieken sind im Gang.«

Inamura beugte sich verwirrt vor. »Was meinen Sie damit, Joanna?«

Sie war steif, angespannt, ballte die Fäuste. »Spannung, Spiel und Spökenkieken sind im Gang.«

Ein eisiger Schauder lief Alex über den Rücken. Er legte instinktiv eine Hand auf seinen Nacken.

»Also gut«, sagte Inamura. »Vergessen wir das Fenster zunächst einmal. Sprechen wir über die Menschen, die in jenen kleinen Raum kommen. Sind es viele?«

»Spannung, Spiel und Spökenkieken sind im Gang.«

Es war ein monotoner Singsang.

»Und was jetzt?« fragte Alex.

Der Arzt lehnte sich seufzend in seinem Sessel zurück. »Die posthypnotische Suggestion, aufgrund derer sie Atemprobleme bekam, war die erste Verteidigungslinie jener Verbrecher. Dies hier ist nun die zweite. Und ich befürchte, daß es wesentlich schwieriger sein wird, sie zu durchbrechen.«

36

»Spannung, Spiel und Spökenkieken sind im Gang.«

»Hören Sie mich, Joanna?« fragte der Arzt.

»Spannung, Spiel und Spökenkieken sind im Gang.«

Alex schloß die Augen und lauschte intensiv ihrem Singsang. Irgendwie kam ihm der scheinbar sinnlose Satz bekannt vor.

»Ich versuche im Moment nicht, Ihnen irgendwelche Geheimnisse zu entlocken, Joanna. Ich möchte nur wissen, ob Sie mir zuhören.«

»Ja.«

»Dieser Satz, den Sie ständig wiederholen, ist eine Gedächtnisblockade. Sie wurde von denselben Leuten errichtet, die auch für Ihre Probleme mit der Atmung und für Ihre Klaustrophobie verantwortlich sind. Sie werden diesen Satz nicht mehr verwenden, wenn Sie mit mir sprechen. Sie haben keinerlei Grund, meinen Fragen auszuweichen. Sie sind hierhergekommen, um die Wahrheit zu erfahren, und das werden Sie auch. Entspannen Sie sich. Sie liegen in tiefem, natürlichem Schlaf, und Sie werden alle meine Fragen beantworten. Ich möchte, daß Sie diese Gedächtnisblockade *sehen*. Sie liegt in Ihrem Geist. Stellen Sie sich diese Blokkade vor. Es ist ein großer, schwerer Betonklotz. Sie sehen ihn ... Sie packen ihn mit beiden Händen ... Sie spannen alle Kräfte an ... Sie heben ihn hoch ... werfen ihn beiseite ... so, nun ist er aus dem Weg. Jetzt werden Sie sich an alles erinnern. Sie werden mit mir kooperieren. Ist das klar?«

»Ja.«

»Gut. Ausgezeichnet. Also, Joanna, Sie befinden sich in jenem Zimmer. Sie riechen den Alkohol ... das Ammoniak ... Sie glauben sogar, den Geschmack auf der Zunge zu haben. Sie sind ans Bett geschnallt ... und die Riemen schneiden in Ihre Haut ein ... und die Jalousie ist hochgezogen. Was sehen Sie durch das Fenster?«

»Spannung, Spiel und Spökenkieken sind im Gang.«

»Wie ich erwartet habe«, seufzte Inamura.

Alex öffnete seine Augen. »Ich habe diesen Satz schon gehört.«

Inamura blinzelte. »Tatsächlich? Wo? Wann?«

»Daran kann ich mich nicht erinnern. Aber er kommt mir bekannt vor.«

»Versuchen Sie, sich daran zu erinnern«, sagte Inamura.

»Es ist wichtig. Ich könnte mit verschiedenen Methoden versuchen, Joanna zu erreichen, aber ich würde mich nicht wundern, wenn all diese Methoden versagten. Sie ist von unglaublich fähigen und gewitzten Leuten programmiert worden, die vermutlich die meisten Behandlungsmethoden mit einkalkuliert und ihnen vorgebeugt haben. Ich befürchte, daß ich die Gedächtnisblokkade nur auf zwei Arten überwinden kann, wobei die erste nicht in Frage kommt, weil sie jahrelange intensive Therapie erfordern würde.«

»Und die zweite Methode?«

»Ein Antwortsatz.«

»Antwortsatz?«

Inamura nickte. »Es könnte sich um eine Art Code handeln, verstehen Sie? Das ist zwar unwahrscheinlich und hört sich ziemlich fantastisch und melodramatisch an, aber es wäre immerhin möglich. Wenn sie die erste Zeile rezitiert, wartet sie vielleicht darauf, daß ich mit der passenden zweiten Zeile antworte. Wie gesagt, eine Art Code. Und wenn dem so ist, wird sie meine Fragen erst beantworten, wenn ich den zweiten Teil der Losung nennen kann.«

Alex starrte ihn an, beeindruckt von dem Scharfblick und der Fantasie des Arztes. »Ein Puzzle aus zwei Teilen ... Joanna besitzt ein Teilstück, und wir müssen das andere finden, um weiterkommen zu können.«

»Ja, möglicherweise.«

»Mich laust der Affe!«

»Wenn wir wüßten, woraus diese Zeile stammt, die sie ständig wiederholt, könnten wir vielleicht den Antwortsatz finden.«

»Ich glaube, sie kommt in irgendeinem Buch vor. Ich werde versuchen, mich daran zu erinnern.« Alex lehnte sich zurück und begann unbewußt an seinem Schnurrbart zu zupfen.

»Während Sie nachdenken, werde ich mich bemühen, bei ihr irgendwie weiterzukommen.«

Der Arzt versuchte eine halbe Stunde lang, die Gedächtnisblockade zu durchbrechen. Er schmeichelte und argumentierte, er wandte Humor, Disziplin und Logik an, er bat, plädierte und befahl, er ließ nichts unversucht, um ihren Widerstand zu brechen.

Alle Bemühungen blieben erfolglos.

Sie antwortete jedesmal mit denselben Worten: »Spannung, Spiel und Spökenkieken sind im Gang.«

»Ich hab's!« rief Alex plötzlich frohlockend. »Der Satz kommt in einem Science-fiction-Roman vor, den ich vor vielen Jahren gelesen habe.«

Dr. Inamura nahm Notizblock und Bleistift zur Hand. »Wie lautet der Titel?«

»Demolition.«

»Sind Sie sicher?«

»Absolut«, sagte Alex. »Es ist ein Klassiker dieses Genres. Ich habe sehr viel Science-fiction gelesen, als ich ein Kind war, weil ich dadurch der Realität entfliehen konnte.«

»Wer ist der Verfasser?«

»Alfred Bester.«

Der Arzt notierte sich den Namen. »Und in welchem Zusammenhang kommt die Zeile vor, die Joanna ständig wiederholt?«

Alex stand auf und trat ans Fenster, während er sich an die Einzelheiten der Geschichte zu erinnern versuchte. Schließlich drehte er sich wieder um. »Der Roman spielt im 21. oder 22. Jahrhundert, in einer Zeit, da die Polizei Telepathie einsetzt, um Gesetz und Ordnung aufrechtzuerhalten. Sie kann Gedanken lesen. In der Gesellschaft, die Bester beschreibt, ist es unmöglich, einen Mord zu begehen und nicht geschnappt zu werden, aber ein Mann ist fest entschlossen, das trotzdem zu schaffen. Er findet eine Möglichkeit, seine belastenden geheimen Gedanken zu verbergen. Um die Telepathie-Detektive daran zu hindern, seine Schuld an seinen Gedanken abzulesen, lernt er, im Geiste ständig einen bestimmten Vers zu rezitieren, während er sich insgeheim mit ganz anderen Themen beschäftigt. Die monotone Wiederholung dieses Verses wirkt wie ein Schutzschild gegen die telepathischen Schnüffler.«

»Und eine Zeile dieses Verses ist ›Spannung, Spiel und Spökenkieken sind im Gang‹«, konstatierte der Arzt.

»Ja.«

»Falls es also einen Antwortsatz gibt, der Joannas Gedächtnisblockade beseitigen kann, dürfte es sich um eine andere Zeile dieses Verses handeln.«

»Ja. Höchstwahrscheinlich.«

»Erinnern Sie sich an den ganzen Vers?«

»Nein«, erwiderte Alex. »Wir werden uns das Buch beschaffen müssen. Ich rufe mein Büro in Chicago an, damit jemand ein Exemplar kauft. Wir . . .«

»Das dürfte nicht notwendig sein«, unterbrach ihn Dr. Inamura. »Wenn es sich um einen Klassiker dieses Genres handelt, ist es ziemlich wahrscheinlich, daß der Roman ins Japanische übersetzt wurde. Ich kann ihn hier besorgen, selbst wenn er in den Buchhandlungen nicht vorrätig ist, denn ich kenne einen Mann, der seltene und vergriffene Bücher verkauft.«

Damit wurde die erste Sitzung beendet. Es war sinnlos, die Therapie fortzusetzen, bevor Inamura das Buch in Händen hatte. Er erklärte Joanna, daß sie sich nach dem Erwachen aus der Hypnose an den gesamten Ablauf der Sitzung erinnern würde. Ferner teilte er ihr mit, daß sie sich am nächsten Tag noch leichter hypnotisieren lassen würde. In Zukunft würden zwei Worte von Inamura genügen, um sie in tiefe Trance zu versetzen: ›Tanzende Schmetterlinge‹. Nachdem er ihr das suggeriert hatte, brachte er sie langsam aus der Vergangenheit in die Gegenwart zurück und weckte sie schließlich auf.

Draußen war es noch kälter geworden.

Der Wind fegte durch die Straßen.

»Tanzende Schmetterlinge«, sagte Joanna, während sie zum Auto gingen.

»Findest du das seltsam?« fragte Alex.

»Ich finde es typisch japanisch. Tanzende Schmetterlinge ... Ein so hübsches, zartes Bild, verknüpft mit dieser düsteren Geschichte ...«

»Er ist nett.«

»Onkel Omi?«

»Ja.«

»Er hat Marikos Augen.«

»Ich finde ihn sehr sympathisch.«

»Ich auch«, sagte Joanna. »Aber die Ereignisse, die er mir in Erinnerung rufen wird, sind trotzdem schrecklich.«

37

Vierundzwanzig Stunden später.

Diesmal waren die Jalousien in Dr. Inamuras Behandlungszimmer hochgezogen. Ein metallgrauer Himmel hing tief über der Stadt. Harte, trockene Schneeflocken wurden vom Wind gegen die Fensterscheiben getrieben.

Der Raum kam Alex etwas dunkler als am Vortag vor. Die Beleuchtung wurde offenbar mit Hilfe eines Rheostats automatisch reguliert.

»Tanzende Schmetterlinge.«

Joannas Lider flatterten und schlossen sich, als der Arzt das sagte. Sie atmete regelmäßig, und ihr Körper erschlaffte in dem großen Kippsessel.

Inamura führte sie mit großem Geschick über die Jahre hinweg in die Vergangenheit, bis sie wieder in jenem nach Antiseptika und Desinfektionsmitteln stinkenden Raum zu sein glaubte.

»Der Raum hat ein Fenster, nicht wahr, Joanna?« fragte er.

»Ja.«

»Ist die Jalousie hochgezogen?«

»Ja.«

»Was sehen Sie durch dieses Fenster?«

»Spannung, Spiel und Spökenkieken sind im Gang.«

Inamura öffnete die japanische Ausgabe von *Demolition* auf einer Seite, die er mit einem Lesezeichen markiert hatte. Joanna hatte die letzte Zeile des Verses rezitiert, der in Besters Roman eine so wichtige Rolle spielte. Inamura las die vorletzte Zeile, in der Hoffnung, daß das der Antwortsatz war – falls es überhaupt so etwas gab.

»›Spannung! rief der Tensor‹«, lautete die Zeile. Joanna schwieg.

Inamura beugte sich in seinem braunen Sessel vor. »Sie sind in dem Raum, wo es nach Alkohol, Ammoniak und Reinigungsmitteln stinkt . . . Sie sind ans Bett geschnallt . . . und da ist ein Fenster . . . Was sehen Sie durch dieses Fenster, Joanna?«

»Ein Hausdach«, erwiderte sie, ohne zu zögern. »Es ist ein Mansardendach. Schwarzer Schiefer. Keine Fenster. Ich kann zwei große Ziegelschornsteine sehen.«

Inamura warf Alex einen Blick zu.

»Es hat geklappt«, frohlockte Alex.

»Ja, wir hatten Glück. Ich habe mir den Roman gestern abend besorgt und sofort gelesen. Er ist wirklich fesselnd. Erinnern Sie sich noch daran, was am Schluß mit dem Mörder passiert?«

»Er wird von der Telepathie-Polizei geschnappt.«

»Ja, er wird geschnappt, obwohl er so clever war. Und anstatt ihn ins Gefängnis zu sperren oder hinzurichten, wird er ›demoliert‹. Sie vernichten seine Psyche, beseitigen alles, wodurch er zum Mörder werden konnte. Und dann rekonstruieren sie ihn als einen vorbildlichen Bürger. *Sie machen eine völlig neue Person aus ihm.*«

»Es bestehen also gewisse Ähnlichkeiten zu Joannas Fall«, meinte Alex. »Nur daß sie ein unschuldiges Opfer ist.«

»Einiges von dem, was vor 30 Jahren noch reine Science-fiction war, ist heute schon Realität, sowohl in positiver als auch in negativer Hinsicht.«

»Ich habe nie bezweifelt, daß moderne Techniken der Gehirnwäsche einen totalen Identitätswechsel bewirken können«, sagte Alex. »Ich möchte wissen, *warum* so was Joanna angetan wurde.«

»Vielleicht werden wir das heute erfahren.« Der Arzt wandte seine Aufmerksamkeit wieder Joanna zu. »Was sehen Sie sonst noch durch das Fenster?«

»Nur den Himmel.«

»Wissen Sie, in welcher Stadt Sie sich befinden?«

»Nein.«

»In welchem Land?«

»Nein.«

»Sprechen wir von den Leuten, die in jenen Raum kommen. Sind es viele?«

»Eine Krankenschwester. Korpulent, graues Haar. Ich mag sie nicht. Sie hat ein unangenehmes Lächeln.«

»Wie heißt sie?«

»Daran kann ich mich nicht erinnern.«

»Nehmen Sie sich Zeit.«

Sie überlegte. »Nein, ich weiß es nicht mehr.«

»Wer kommt sonst noch zu Ihnen?«

»Eine Frau mit braunem Haar und braunen Augen. Scharfe Gesichtszüge. Sie ist sehr kalt, sehr nüchtern. Sie ist Ärztin.«

»Woher wissen Sie das?«

»Ich . . . ich glaube, sie hat es mir gesagt. Und sie verrichtet ärztliche Tätigkeiten.«

»Beispielsweise?«

»Sie mißt meinen Blutdruck und gibt mir Spritzen und führt alle möglichen Tests mit mir durch.«

»Wie heißt sie?«

»Ich habe keine Ahnung.«

»Kommt sonst noch jemand zu Ihnen?«

Joanna erschauderte, gab aber keine Antwort.

»Wer kommt sonst noch zu Ihnen?«

Sie flüsterte: »O Gott, nein, nein!«

Sie kaute an ihrer Unterlippe.

Ihre Hände waren zu Fäusten geballt.

»Entspannen Sie sich. Seien Sie ganz ruhig«, sagte Inamura. Alex wurde nervös und verspürte wieder das Bedürfnis, sie in die Arme zu nehmen.

»Wer kommt sonst noch zu Ihnen, Joanna?«
»Die HAND«, flüsterte sie.
»Sie meinen den Mann mit der künstlichen Hand?«
»Ja.«
»Ist er auch Arzt?«
»Ja.«
»Woher wissen Sie das?«
»Die Ärztin und die Krankenschwester reden ihn mit ›Herr Doktor‹ an.«
»Sagten Sie eben *Herr,* die deutsche Form der Anrede?«
»Ja.«
»Sind die beiden Frauen Deutsche?«
»Das weiß ich nicht.«
»Ist der Mann ein Deutscher?«
»Die . . . die HAND? Ich weiß es nicht.«
»Sprechen sie Deutsch?«
»Mit mir nur Englisch.«
»Und untereinander?«
»Auch Englisch, glaube ich.«
»Hörten Sie sie jemals Deutsch sprechen?«
»Nur das Wort *Herr.*«
»Sprechen Sie mit deutschem Akzent?«
»Ich . . . ich bin mir nicht sicher. Sie haben einen Akzent . . . aber ich glaube, keinen deutschen.«
»Glauben Sie, daß dieser Raum sich in Deutschland befindet?«
»Nein. Vielleicht. Ich weiß nicht, wo er sich befindet.«
»Der Arzt, der Mann mit . . .«
»Müssen wir uns über ihn unterhalten?«
»Ja, Joanna. Wie sieht er aus?«
»Hellbraunes Haar. Aber er hat teilweise eine Glatze.«
»Und seine Augenfarbe?«
»Hellbraun. Fast gelb.«
»Ist er groß oder klein? Dick oder dünn?«
»Groß und dünn.«
»Was macht er mit Ihnen?«
Joanna wimmerte.
»Was macht er mit Ihnen?«
»B-B-Behandlungen.«
»Welcher Art?«
Joanna begann leise zu weinen.
Alex streckte seine Hand nach ihr aus.

»Nein!« sagte der Arzt.
»Aber sie braucht . . .«
»Vertrauen Sie mir, Mr. Hunter.«
Alex zog seine Hand zurück.
»Welche Behandlungen führt der Mann durch, Joanna?«
»Schreckliche«, murmelte sie. »Ganz schreckliche.«
»Beschreiben Sie eine davon.«
Sie konnte nicht sprechen.
»Schon gut«, sagte Inamura sanft. »Entspannen Sie sich . . . Sie sind ruhig . . . entspannt . . . Sie schlafen tief . . . in dem Raum, der nach Antiseptika und Desinfektionsmitteln stinkt. Sie sind allein . . . auf dem Bett. Sind Sie festgeschnallt?«
»Ja.«
»Sind Sie nackt?«
»Ja. Unter einem Laken.«
»Sie sind heute noch nicht behandelt worden. Herr Doktor wird gleich kommen. Sie werden schildern, was passiert. Sie werden es ganz ruhig beschreiben. Fangen Sie an.«
Sie schluckte. »Die Ärztin . . . kommt ins Zimmer und zieht das Laken bis zu meiner Taille herunter. Ich habe das Gefühl, völlig hilflos zu sein . . . schutzlos. Sie schließt mich an das Gerät an.«
»An den Kardiographen?«
»Ja. Sie befestigt Elektroden an mir. Sie sind kalt. Und der verdammte Apparat macht *piep, piep, piep.* Das macht mich wahnsinnig. Sie legt ein Brett unter meinen Arm und hängt mich an den Glykosetropf.«
»Heißt das, daß Sie intravenös ernährt werden?«
»So fängt die Behandlung immer an.« Joanna sprach jetzt langsamer und undeutlicher. »Sie deckt meine Brüste mit dem Laken zu . . . beobachtet mich . . . beobachtet mich . . . mißt meinen Blutdruck . . . und nach einer Weile . . . beginne ich zu schweben . . . ich fühle mich so leicht . . . aber ich bin völlig bei Bewußtsein . . . es ist sogar geschärft . . . aber ich . . . ich schwebe die ganze Zeit . . .«
»Joanna, warum sprechen Sie plötzlich so unnatürlich?«
»Ich schwebe . . . treibe dahin . . .«
»Enthält der Tropf außer Glykose noch eine Droge?«
»Ich weiß es nicht. Vielleicht. Leicht . . . federleicht . . .«
»Es muß irgendeine Droge sein«, sagte Alex.
Inamura nickte. »Hören Sie zu, Joanna. Ich will nicht, daß Sie so undeutlich sprechen. Sprechen Sie normal. Sie hängen zwar am

Tropf mit der Droge, aber das wirkt sich nicht auf Ihre Sprache aus. Sie werden mir von jetzt an mit Ihrer normalen Stimme von der Behandlung berichten.«

»In Ordnung.«

»Gut. Fahren Sie fort.«

»Die Frau geht, und ich bin wieder allein. Ich schwebe noch immer. Aber ich fühle mich nicht high oder glücklich. Ich habe Angst. Dann öffnet sich die Tür und . . .«

»Hat jemand den Raum betreten?«

»Die HAND.«

»Herr Doktor?«

»Er . . . er.«

»Was macht er?«

»Ich möchte weg von hier.«

»Was macht der Arzt?«

»Bitte, bitte, lassen Sie mich raus.«

»Was macht der Arzt, Joanna?«

Sie antwortete widerwillig: »Er schiebt den Wagen.«

»Welchen Wagen?«

»Es liegen viele medizinische Instrumente darauf.«

»Was tut er als nächstes?«

»Er tritt an mein Bett. Seine Hand . . .«

»Was ist mit seiner Hand, Joanna?«

»Er . . . er . . . er hält seine Hand vor mein Gesicht.«

»Fahren Sie fort.«

»Er öffnet und schließt seine Metallfinger.«

»Sagt er etwas?«

»Nein. Nur das Klicken seiner Finger ist zu hören.«

»Und wie lange macht er das?«

»Bis ich weine.«

»Ist es das, was er will – daß Sie weinen?«

Sie erschauderte.

Auch Alex kam das Zimmer plötzlich kalt vor.

»Er will mir Angst einjagen. Das genießt er.«

»Woher wissen Sie, daß er es genießt?« fragte Inamura.

»Ich kenne ihn. Die HAND. Ich hasse ihn. Er grinst.«

»Was macht er, nachdem Sie begonnen haben zu weinen?«

»Nein, nein, nein«, sagte sie kläglich.

»Entspannen Sie sich, Joanna.«

»Ich kann das nicht noch einmal durchmachen.«

»Beruhigen Sie sich. Ihnen passiert nichts.«

»Ich kann nicht! Begreifen Sie das nicht? Können Sie es nicht sehen?«

»Was soll ich sehen, Joanna?«

Sie versuchte sich in dem Kippsessel aufzurichten.

»Gott steh mir bei! Gibt es einen Gott? Gibt es ihn?«

»Lehnen Sie sich zurück«, sagte Inamura. »Schlafen Sie. Ganz ruhig.«

Alex litt mit ihr. Er zitterte heftig.

»Was sehen Sie?« fragte der Arzt.

»Die *N-N-N-Nadel*!«

»Meinen Sie die Kanüle, die Sie mit der Glykoseflasche verbindet?«

»Ja. Nein, nein. Eine Injektionsspritze. Ich werde sterben.«

»Sie werden nicht sterben. Ihnen wird nichts geschehen.«

»Die Nadel wird mich umbringen.«

»Nicht aufregen. Was ist an dieser Nadel so Besonderes?«

»Sie ist so groß. Riesig. Und sie ist mit Feuer gefüllt.«

»Haben Sie Angst vor dem Einstich?«

»Es brennt. Brennt wie eine Säure. Die Nadel spritzt Feuer in mich hinein.«

»Diesmal nicht«, versicherte ihr der Arzt. »Diesmal wird es nicht weh tun.«

Der Sturm heulte und rüttelte an den Fensterscheiben.

Das Glas zitterte.

Alex hatte das Gefühl, als wäre der Mann mit der künstlichen Hand in Dr. Inamuras Behandlungszimmer, als hätte er den Raum soeben betreten. Er glaubte einen Hauch des Bösen zu spüren, eine plötzliche Kälte der Luft.

»Fahren wir fort«, sagte Inamura. »Herr Doktor hat die Injektionsspritze mit der großen Nadel in der Hand, und dann . . .«

»Nein! Mein Nacken! Nicht in den Nacken! O Gott, nein!«

»Was ist mit Ihrem Nacken, Joanna?«

»*Die Nadel*!«

»Er führt die Nadel in Ihren Nacken ein?« fragte Inamura.

Alex berührte seinen eigenen Nacken und verspürte einen heftigen Würgereiz.

Geistig und seelisch war Joanna nicht in Inamuras Praxis. Sie durchlebte noch einmal die Hölle der Vergangenheit, wand sich vor Schmerzen, als würden sie ihr in diesem Moment zugefügt. Sie redete atemlos, überstürzt, und ihre Stimme hob und senkte sich, so als würde sie von den Schmerzwellen erfaßt.

»Es tut so weh, alles tut weh, meine Venen brennen, mein Blut kocht, schäumt, verdampft ... Es zerfrißt mich, zerfrißt mich, o Gott, es zerfrißt mich wie Säure, wie Lauge, und ich verbrenne innerlich. Was ist es nur? Was spritzt er mir? Gott, es tut so weh, es explodiert in mir, es zerfleischt mich! Es brennt so! Mein Gott, mein Herz rast immer schneller, immer schneller, es ist so heiß, es verbrennt, es schmilzt ... O Gott, lassen Sie mich raus, lassen Sie mich doch raus, verdammt, lassen Sie mich endlich raus!«

Ihr Gesicht spiegelte grenzenloses Entsetzen wider. Sie bleckte die Zähne und kniff die Augen so fest zusammen, als könnte sie nicht ertragen, was sie mit offenen Augen sehen würde. Ihre Schläfenadern traten hervor. Ihre Halsmuskeln waren angespannt. Sie krümmte sich und schrie und würgte. Sie umklammerte die Sessellehnen.

Inamura redete beruhigend auf sie ein. Er versuchte sie vom Abgrund der Hysterie zurückzureißen, an dessen Rand sie unübersehbar stand.

Joanna reagierte auf ihn, aber nicht so schnell wie bisher. Sie entspannte sich, aber nicht total. Nach wie vor in Trance, erholte sie sich einige Minuten. Hin und wieder fuchtelte sie mit den Händen in der Luft herum, um sie dann wieder auf die Lehnen sinken zu lassen. Gelegentlich murmelte sie auch verängstigt vor sich hin.

Der Arzt und Alex warteten schweigend, bis Joanna sich weitgehend gefaßt hatte.

Alex blickte zum Fenster hinaus und sah nur einen dichten Wirbel von Schneeflocken, so als drehte sich ein riesiges Kaleidoskop mit lauter weißen Glasstückchen.

Schließlich hielt der Arzt es für möglich fortzufahren. »Joanna, Sie sind in dem Raum, in dem es nach Antiseptika und Desinfektionsmitteln stinkt. Der Geruch ist so stark, daß Sie ihn schmekken können. Sie sind ans Bett geschnallt. Sie hängen am Tropf.« Inamura wiederholte das alles, um sie wieder völlig in jene Atmosphäre zurückzuversetzen. Dann sagte er: »Die Behandlung hat also begonnen. Was fühlen Sie? Was geht vor sich?«

»Ich schwebe, sehr hoch, und ich habe noch immer das Gefühl, von Säure zerfressen zu werden.«

»Was macht Herr Doktor?«

»Ich bin mir nicht sicher.«

»Was sehen Sie?«

»Leuchtende Farben. Wirbelnde Farben.«

»Was sehen Sie sonst noch?«

»Nichts. Nur die Farben.«

»Was hören Sie?«

»Die HAND. Er spricht. Weit entfernt.«

»Was sagt er?«

»Zu weit entfernt. Ich kann nicht verstehen, was er sagt.«

»Spricht er mit Ihnen?«

»Ja, und manchmal antworte ich ihm.«

»Was sagen Sie ihm?«

»Meine Stimme ist genauso weit entfernt wie seine.«

»Heißt das, daß Sie nicht wissen, was Sie sagen?«

»Ich kann meine Worte nicht verstehen . . .«

»Das stimmt nicht.«

». . . weil ich tausend Meilen über mir schwebe . . .«

»Joanna, er spricht zu Ihrem Unterbewußtsein.«

». . . hoch, hoch über mir . . .«

»Und es ist nur Ihr Bewußtsein, das dort oben schwebt und ihn nicht hören kann. Ihr Unterbewußtsein hört alles ganz deutlich. Ich möchte, daß Sie Ihr Unterbewußtsein sprechen lassen. Was sagt Herr Doktor?«

Joanna schwieg.

»Was sagt er zu Ihnen?«

»Ich weiß es nicht, aber ich habe Angst.«

»Wovor?«

»Dinge zu verlieren.«

»Was für Dinge?«

»Alles.«

»Bitte seien Sie exakter.«

»Stücke meiner selbst.«

»Sie haben Angst, Stücke Ihrer selbst zu verlieren?«

»Stücke fallen von mir ab. Ich bin wie eine Aussätzige.«

»Teile Ihres Gedächtnisses?«

»Ich zerbröckle.«

»Ist es das Gedächtnis, das Sie verlieren?«

»Ich weiß nicht. Ich weiß es nicht. Aber ich fühle, wie es dahinschwindet.«

»Was sagt er, damit Sie alles vergessen?«

»Ich weiß nicht. Ich kann es nicht richtig hören.«

»Denken Sie nach. Strengen Sie sich an. Sie *können* sich erinnern.«

»Nein, auch das hat er mir genommen.«

Inamura stellte weitere Fragen in dieser Richtung, bis er sicher war, daß er dabei nichts mehr erfahren würde. »Sie haben das ausgezeichnet gemacht, Joanna. Ganz ausgezeichnet. Und jetzt ist die Behandlung zu Ende. Die Nadel ist aus Ihrem Nacken entfernt worden. Auch die Kanüle in Ihrem Arm wird herausgezogen. Sie kommen allmählich wieder zur Ruhe.«

»Nein, ich schwebe immer noch. Ich schwebe hinterher immer weiter. Mindestens eine Stunde.«

»Also gut. Sie schweben, aber die Nadeln wurden entfernt. Was geschieht jetzt?«

Sie bedeckte ihr Gesicht mit den Händen.

Die Sitzung würde auch weiterhin nicht reibungslos vonstatten gehen, dachte Alex. Inamura würde die Geschichte aus ihr förmlich herausquetschen müssen.

»Joanna, was geschieht mit Ihnen?«

»Ich schäme mich«, sagte sie kläglich.

»Sie haben keinen Grund, sich zu schämen.«

»Sie wissen ja nicht . . . Sie können ja nicht wissen . . .«

»Sie haben nicht den geringsten Grund, sich zu schämen. Sie haben nichts Schlechtes getan.«

»Ich werde sterben. Ich will sterben. Um Gottes willen, lassen Sie mich hier raus, oder lassen Sie mich sterben!«

»Sie sind in Sicherheit.«

»Krank. Innerlich krank. In meiner Seele.«

»Was passiert mit Ihnen?«

Sie wurde wütend. »Verdammt, können Sie es nicht hören? Sind Sie taub?«

Inamura war die Geduld in Person. »Was soll ich hören?«

»Das Klicken! Klick, klick, klick! Die mechanischen Gelenke. Sie sind so laut wie Schüsse. Die Gelenke in seinen Fingern.«

»Wo ist Herr Doktor jetzt?«

Ihr Zorn wich wieder der Furcht. »N-N-Neben dem B-Bett. Er streichelt mein G-G-Gesicht mit . . . mit diesen Stahlfingern.«

»Fahren Sie fort.«

»Er massiert meinen Nacken. Ich versuche, seine Hand wegzustoßen, aber ich kann es nicht. Sie ist aus Stahl. So kräftig. So hart und kalt. Er grinst. Dieser Dreckskerl! Ich schwebe hoch oben, aber ich kann sein Grinsen sehen. Was für ein Grinsen! Wie auf einer Piratenflagge oder auf einer Giftflasche! Vorsicht: Hochspannung. Vorsicht: Radioaktive Strahlung. Diese Art von Grinsen. Ich bin hoch oben, aber ich spüre, was er macht. O ja. Ja. Ich weiß, was er tun wird. Ich weiß es. O Gott, ich weiß es, ich weiß es.«

»Verschweigen Sie nichts«, sagte Inamura. »Machen Sie kein Geheimnis daraus. Befreien Sie sich davon.«

Joanna legte ihre Hände auf die Brüste.

Sie zitterte wie Espenlaub.

»Das Klicken ... Es ist so laut, daß ich nichts anderes hören kann. Es erfüllt den Raum. Es ist ohrenbetäubend. Die mechanischen Gelenke seiner Hand ... klick, klick ...«

»Was tut er?«

»Er zieht mir das Laken weg. Ganz nach unten, ans Fußende des Bettes. Er hat mich aufgedeckt. Und ich bin nackt.«

»Weiter.«

»Er steht grinsend da. Dann entfernt er die Elektroden, wirft sie beiseite. Er berührt mich. Lassen Sie ihn mich nicht berühren. Nicht dort. Lassen Sie nicht zu, daß er mich dort berührt. *Bitte!*«

»Wo berührt er Sie denn?«

»Er berührt meine Brüste. Er streichelt sie mit seinen schrecklichen Stahlfingern. Die HAND. Er drückt meine Brüste. Er tut mir weh. Er weiß das. Dann berührt er mich mit der anderen Hand, der richtigen Hand. Sie ist feucht. Er ist auch mit dieser Hand grob.« Plötzlich verlor sie die Kontrolle über sich. Angst, Zorn, Scham, Haß und Frustration überwältigten sie, und sie begann wie eine Wahnsinnige zu heulen: *»Ahhhhh, ahhh, ahhhhh, ahhh, ahhhhh, ahhhh ...«* Dieses schaurige Geheul nahm und nahm kein Ende.

Alex war von diesen Klagelauten bis ins Mark getroffen. Er hatte in den vergangenen Tagen völlig neue Gefühle in sich entdeckt, viele menschliche Möglichkeiten, von denen er sein Leben lang nichts geahnt hatte. Joanna hatte ihn sensibilisiert. Doch all seine bisherigen Emotionen waren nur eine Frühlingsbrise gewesen, verglichen mit dem Sturm, der ihn jetzt schüttelte. Er konnte es nicht ertragen, sie in diesem Zustand zu sehen. Die Schrecken ihrer Vergangenheit setzten ihm mehr zu, als wenn es sich um seine eigenen Qualen gehandelt hätte. Wäre es eine tiefe Wunde in seinem eigenen Innern gewesen, hätte er die Zähne zusammenbeißen und sie mit dem Stoizismus, den er von Kindheit an entwickeln mußte, notdürftig zusammenflicken können, aber auf den Heilungsprozeß von Joannas Wunde hatte er keinerlei Einfluß. Er war erschüttert über seine Hilflosigkeit. Sie zu beobachten, zerriß ihm schier das Herz. Seine Kehle war wie zugeschnürt, und er hatte Tränen in den Augen.

Dr. Inamura redete einige Minuten geduldig auf Joanna ein, bis sie sich wieder gefaßt hatte. Dann drängte er sie, mit ihrer Schilderung fortzufahren. »Was macht Herr Doktor jetzt, Joanna?«

Alex unterbrach ihn. »Isha-san, es ist doch bestimmt nicht nötig, dieses Thema weiter zu verfolgen.«

»Doch.«

»Aber wir wissen doch nur allzu gut, was er ihr angetan hat.«

»Ja, natürlich wissen wir das. Und ich kann Ihre Gefühle gut verstehen«, sagte der Arzt teilnahmsvoll. »Aber wichtig ist, daß sie es ausspricht. Sie muß alles erzählen, zu ihrem eigenen Wohl. Wenn ich ihr jetzt erlaube, das Schlimmste zu verschweigen, werden die häßlichen Einzelheiten sie ihr Leben lang verfolgen. Sie werden eitern wie Pestbeulen.«

»Aber es ist für sie so schmerzhaft.«

»Die Wahrheit zu finden, ist niemals leicht und angenehm.«

»Sie leidet aber . . .«

»Sie wird noch mehr leiden, wenn ich jetzt abbreche.«

»Vielleicht könnten wir ihr eine Erholungspause gönnen und morgen weitermachen.«

»Morgen haben wir anderes zu tun. Ich brauche nur noch wenige Minuten.«

Alex mußte Inamuras Argumente widerwillig anerkennen.

»Joanna, wo sind die Hände von Herrn Doktor jetzt?«

»Auf mir.«

»Wo genau?«

»Auf meinen Brüsten.«

»Was macht er als nächstes?«

»Die Stahlfinger gleiten . . . über meinen Körper.«

»Weiter.«

»Zu meinen . . . meinen Schenkeln hinab.«

»Und dann?«

»Nein, ich kann nicht.«

»Sie können und werden es sagen.«

»Er berührt mich . . . dort.«

»Wo berührt er Sie?«

»Zwischen meinen B-B-Beinen.«

»Und dann?«

»Bitte!«

»Sie müssen es sagen.«

»Er grinst.«

»Und dann?«

»Die Fingergelenke klicken . . .«

»Weiter.«

». . . klicken so laut . . . wie Explosionen.«

»Und dann?«

»Er . . . öffnet mich.«

»Und dann?«

»Er schiebt einen dieser . . . Finger . . .«

»Weiter. Wohin schiebt er ihn?«

»In . . . in mich hinein.«

»Drücken Sie sich genauer aus.«

»Reicht das nicht, was ich gesagt habe?«

»Nein. Sie dürfen sich nicht schämen, es klipp und klar zu benennen.«

»In mich hinein.«

»Sie müssen sich davon befreien. Wohin schiebt er seinen Finger?«

»In . . . in meine Vagina.«

»Sie machen das sehr gut.«

»Ich fühle mich schrecklich. Mißbraucht!«

»Sie sind mißbraucht worden. Aber um vergessen zu können, müssen Sie sich zuerst erinnern. Erzählen Sie.«

Ihre Hände lagen noch immer schützend auf ihren Brüsten. »Er schiebt seinen Finger . . . in mich hinein . . . dort unten. Das Klikken dröhnt in meinen Ohren. Er ist in meinem Innern, dort unten, tief in mir, kalt, klickend.«

»Und dann?«

»Ich habe Angst, daß er mich verletzen wird.«

»Verletzt er Sie?«

»Er droht mir.«

»Womit droht er Ihnen?«

»Er sagt, er würde mich . . . auseinanderreißen.«

»Und dann?«

Sie schüttelte sich. »Er grinst.«

»Und dann?«

Und dann? Und dann? Und dann? Weiter. Weiter. Und dann? Und dann? Weiter.

Alex wollte sich die Ohren zuhalten, aber er zwang sich zuzuhören. Wenn er das Beste mit ihr teilen wollte, mußte er bereit sein, auch das Schlimmste mit ihr zu teilen.

Die brutalen Enthüllungen von wiederholter Vergewaltigung

und perversem Sex – und das nach der furchterregenden Geschichte über die »Behandlung« – raubten Alex die Kraft. Tief in seinem Innern loderte grenzenloser Haß auf die Ungeheuer, die Joannas Vergangenheit gestohlen und sie wie ein Stück Fleisch behandelt hatten. Er war fester denn je entschlossen, den Mann mit den Stahlfingern zu finden und zu vernichten, und mit ihm auch seine Komplizen. Aber die Rache würde warten müssen. Im Augenblick war Alex so erschüttert, daß ihm sogar zum Sprechen die Kraft fehlte.

Die restliche Befragung dauerte nur fünf oder sechs Minuten, aber sie kamen Alex wie eine Ewigkeit vor. Als Joanna schließlich auch die letzte Frage beantwortet hatte, war sie erschöpft und tief deprimiert. Sie drehte sich zur Seite und zog die Beine an, so als suchte sie Schutz und Geborgenheit in der fötalen Position. Sie murmelte vor sich hin und weinte lautlos. Ihr Gesichtsausdruck war der eines verängstigten, einsamen Kindes.

Ohne den Arzt um Erlaubnis zu fragen, ging Alex zu ihr. Das Bedürfnis, sie zu beschützen und zu trösten, setzte in ihm neue Kräfte frei. Er hob sie hoch, so als würde sie nur 15 oder 20 Pfund wiegen, trug sie zu seinem Sessel und nahm sie auf den Schoß. Er wiegte sie in seinen Armen, und obwohl sie noch immer in einer von Feinden bevölkerten Vergangenheit gefangen war, spürte sie sein Mitgefühl und klammerte sich an ihn.

»Genug«, erklärte er Inamura. »Das ist genug für heute. Bringen Sie sie zu mir zurück.«

38

Am Montagmorgen wachte Joanna um sechs Uhr auf, weil sie Durst hatte. Ihre Lippen waren rissig, ihre Kehle war trocken. Sie fühlte sich völlig ausgedörrt. Gestern abend hatten Alex und sie ein üppiges Mahl genossen – dicke Steaks aus Kobe-Rindfleisch, dem besten Fleisch der Welt, von Tieren, die täglich massiert und nur mit Reis, Bohnen und Bier ernährt wurden. Zu den Steaks hatten sie zwei Flaschen französischen Wein getrunken, ein seltener und teurer Luxus in Japan. Und nun hatte der Alkohol ihr Feuchtigkeit entzogen. Sie spitzte die Lippen, so als könnte sie damit den säuerlichen Geschmack in ihrem Mund vertreiben.

Sie stand auf, ging ins Bad und trank gierig zwei Glas Leitungswasser, das fast so gut wie Wein schmeckte.

Auf dem Rückweg ins Schlafzimmer kam ihr plötzlich zu Bewußtsein, daß sie zum erstenmal seit über zehn Jahren nicht von dem Alptraum aus dem Schlaf geschreckt worden war. Sie hatte nicht von dem Mann mit der stählernen Hand geträumt.

Sie war endlich frei.

Überwältigt von dieser Erkenntnis, stand sie einen Moment lang regungslos da.

Dann lachte sie laut.

Frei!

Unter ihrer Wolldecke fühlte sie sich angenehm geborgen, aber das lag weniger an der Wärme als an ihrer neuen Sicherheit und einem nie gekannten inneren Frieden. Kaum daß ihr Kopf auf dem Kissen lag, schlief sie auch schon selig ein.

Drei Stunden später, um neun, erwachte sie wieder. Obwohl sie auch diesmal von Alpträumen verschont geblieben war, fühlte sie sich nicht mehr so enthusiastisch wie am frühen Morgen.

Sie konnte sich selbst nicht erklären, warum ihre Hochstimmung über ihre neue Freiheit verflogen war, warum sie plötzlich skeptisch in die Zukunft blickte und sich intuitiv auf neue Probleme gefaßt machte.

Neugierig auf das Wetter, öffnete sie die Vorhänge an einem der Fenster. Der Sturm hatte sich während der Nacht gelegt. Der Himmel war wolkenlos. Kyoto lag unter etwa 20 cm Neuschnee begraben. Auf den Straßen herrschte wenig Verkehr.

Doch Joanna sah noch etwas viel Wichtigeres. Auf der anderen Straßenseite, im zweiten Stock eines beliebten Geisha-Hauses, stand ein Mann am Fenster und beobachtete ihre Wohnung durch ein Fernglas. Er sah sie im selben Augenblick wie sie ihn, ließ sein Fernglas sinken und trat ins Zimmer zurück.

Deshalb also war ihre Stimmung umgeschlagen. Ihr Unterbewußtsein hatte mit etwas Derartigem gerechnet; unbewußt hatte sie nach einem Mann mit Fernglas Ausschau gehalten, als sie die Vorhänge öffnete. Sie waren dort draußen. Wie viele mochten es sein? Sie warteten und beobachteten. Solange sie nicht wußte, wer diese Leute waren, und warum sie sie einer Gehirnwäsche unterzogen hatten, war sie weder sicher noch frei. Obwohl der schreckliche Alptraum nun wahrscheinlich für immer der Vergangenheit angehörte, war ihr neues Sicherheitsgefühl trügerisch, illusorisch gewesen. Sie hatte zwar schon so manche Hölle durchlebt, aber möglicherweise lag die allerschlimmste noch vor ihr.

39

In Kyoto war es elf Uhr vormittags, als Ted Blakenship aus Chicago anrief. Die britischen Partner der Bonner Corporation hatten per Telex auf Alex' Anfragen geantwortet.

Wer war J. Compton Woolrich, der angebliche Testamentsvollstrecker des Vermögens der Rands? Den Londoner Ermittlern zufolge existierte er nicht. Es gab weder einen Paß noch einen Führerschein auf diesen Namen, weder eine Fahrzeugzulassung noch irgendeine Versicherung. Nichts. Es hatte im ganzen 20. Jahrhundert keinen J. Compton Woolrich gegeben, der als Anwalt zugelassen worden wäre. Und seit 1946 hatte in Groß-London niemand unter diesem Namen eine Telefonnummer besessen. Wie Joanna bereits am Freitag festgestellt hatte, gehörte die auf Woolrichs Briefpapier stehende Nummer einem Antiquitätengeschäft in der Jermyn Street. Falsch war auch die angebliche Adresse: Dort befand sich seit der Vorkriegszeit eine Bibliothek.

»Und was ist mit der British-Continental Insurance?« erkundigte sich Alex.

»Auch die existiert nicht«, erwiderte Blakenship. »In ganz Großbritannien ist keine Gesellschaft dieses Namens registriert, und sie bezahlt auch keine Steuern.«

»Und obwohl man eine Registrierung mit Hilfe irgendwelcher Tricks vielleicht umgehen kann, ist es in England fast unmöglich, den Klauen des Finanzamts zu entkommen.«

»So ist es.«

»Aber wir haben erst letzten Freitag mit jemandem von der British-Continental gesprochen.«

»Dabei kann es sich nur um ein Täuschungsmanöver gehandelt haben.«

»Höchstwahrscheinlich. Und die Adresse?«

»Unsere britischen Freunde sagen, es handle sich um ein schmutziges dreistöckiges Bürogebäude in Soho, das mit Sicherheit kein Standort für eine angesehene Versicherungsgesellschaft wäre.«

»Gibt es dort nicht einmal eine Filiale irgendeiner Versicherung?«

»Nein, nur etwa ein Dutzend anderer Unternehmen, die nicht besonders erfolgreich sind, zumindest nicht nach außen hin. Importeure, Exporteure, ein Paketzustelldienst, einige Künstleragenturen, die aber nur für die billigsten Klubs in der Umgebung Leute vermitteln. Aber weit und breit keine British-Continental.«

»Und was ist mit der Telefonnummer?«

»Sie gehört einem der Importeure in besagtem Haus. Fielding Athison, Limited. Sie handeln mit Möbeln, Kleidung, Geschirr, Kunstgewerbeartikeln, Schmuck und sonstigem Zeug aus Ländern wie Südkorea, Taiwan, Indonesien, Hongkong, Singapur und Thailand.«

»Letzten Freitag haben wir unter dieser Nummer mit einem Mr. Phillips gesprochen«, sagte Alex.

»Es gibt dort keinen Mr. Phillips.«

»Laut Auskunft dieser Importeure?«

»Ja.«

»Die Typen treiben ein falsches Spiel.«

»Ich wünschte, du würdest mir sagen, worum es eigentlich geht und inwiefern das mit dem Fall Chelgrin zusammenhängt«, klagte Blakenship. »Ich sterbe fast vor Neugier.«

»Ich muß dich leider noch ein Weilchen sterben lassen«, erwiderte Alex. »Es wäre nicht gerade klug von mir, meine Pläne zu verraten – zumindest nicht am Telefon.«

»Wird es abgehört?«

»Der reinste Gemeinschaftsanschluß, nehme ich an.«

»Wäre es dann nicht vernünftiger, es überhaupt nicht zu benutzen?« fragte Blakenship besorgt.

»Was du mir zu berichten hast, können sie ruhig hören«, beruhigte Alex ihn. »Das ist für sie ja nichts Neues. Was weißt du sonst noch über diese Fielding Athison Company?«

»Nun ja . . . sie machen Profit, allerdings keinen nennenswerten. Im Grunde ist es ein Wunder, daß sie sich überhaupt über Wasser halten können, denn sie beschäftigen zu viele Leute.«

»Und was schließt du daraus?«

»Dreimal darfst du raten. Andere Importgesellschaften dieser Größe haben zehn bis zwölf Angestellte. Fielding Athison hat hingegen 27, von denen die Mehrheit im Verkauf tätig sein soll. Höchst unwahrscheinlich, daß es für sie alle genug Arbeit gibt.«

»Dieses Importgeschäft dient also nur zur Tarnung?«

»Unsere britischen Freunde haben sich folgendermaßen ausgedrückt: ›Es ist durchaus möglich, daß die Angestellten von Fielding Athison sich nicht nur mit dem Import asiatischer Waren beschäftigen, sondern daneben noch irgendwelchen anderen Aufgaben nachgehen.‹«

»Welcher Art?«

»Wenn du das wissen möchtest, werden wir eine Menge berappen müssen«, sagte Blakenship. »Außerdem läßt sich so etwas nicht schnell feststellen – wenn überhaupt. Ich könnte tausend zu eins wetten, daß diese Leute einige Gesetze übertreten. Sie gehen dabei aber sehr geschickt vor. Und ich wette zweitausend zu eins, daß sie versuchen werden, jeden zu erledigen, der ihnen irgendwie gefährlich werden könnte. Sie verstehen es verdammt gut, ihre wahre Tätigkeit geheimzuhalten. Seit 14 Jahren betreiben sie dieses Geschäft, und bisher ist ihnen niemand auf die Schliche gekommen. Soll ich ein Telex nach London schicken und weitere Nachforschungen anstellen lassen?«

»Nein«, erwiderte Alex, »vorläufig nicht. Ich will erst einmal abwarten, was sich in den nächsten Tagen hier vor Ort tut. Falls es sich als notwendig erweisen sollte, die Engländer noch einmal auf die Fielding Athison anzusetzen, rufe ich dich an.«

»Wie geht es Wayne?« erkundigte sich Blakenship.

»Besser. Viel besser.«

»Was macht sein Bein?«

»Er wird es behalten.«

»Gott sei Dank.«

»Ja.«

»Hör mal, brauchst du vielleicht Hilfe?«

»Danke, aber ich komme allein zurecht.«

»Ich habe zwei gute Leute, die im Augenblick frei sind.«

»Wenn sie hierherkämen, würden sie nur Zielscheiben abgeben, wie Wayne.«

»Und bist du selbst etwa keine Zielscheibe?«

»Doch, aber je weniger es sind, desto besser.«

»Ein bißchen Schutz . . .«

»Ich brauche keinen Schutz.«

»Du mußt es ja wissen.«

»Was ich brauche, ist Gottes Führung«, brummte Alex.

»Gut, falls ich in nächster Zukunft eine Stimme aus einem brennenden Dornbusch hören sollte, teile ich dir sofort mit, was sie zu sagen hatte.«

»Das wüßte ich sehr zu schätzen.«

»Du kannst dich darauf verlassen.«

»Jetzt aber wieder ganz im Ernst – ich möchte an diese Sache nicht mit einer ganzen Armee herangehen. Ich möchte die Antworten, nach denen ich suche, finden, ohne daß sich die japanischen Kliniken mit meinen Angestellten füllen.«

40

Montagnachmittag, 17 Uhr, in Dr. Inamuras Praxis. Joanna und Alex saßen nebeneinander auf den beigen Sesseln, der Arzt ihnen gegenüber auf einem braunen Sessel. Draußen brach die Abenddämmerung herein. Im Behandlungszimmer weiches Licht. Zitronenweihrauch.

Alex fühlte sich an ein religiöses Ritual erinnert.

»Tanzende Schmetterlinge.«

Während dieser abschließenden Sitzung erinnerte sich Joanna an den genauen Wortlaut der drei posthypnotischen Suggestionen, die der Mann mit den Stahlfingern ihr implantiert hatte. Die erste war jene Gedächtnisblockade, jenes ›Spannung, Spiel und Spökenkieken sind im Gang‹. Bei der zweiten ging es um die schrecklichen Anfälle von Klaustrophobie und Paranoia, unter denen sie gelitten hatte, sobald sich irgend jemand näher für sie interessierte. Inamura vollendete die Therapie, die Alex einige Tage zuvor begonnen hatte; er überzeugte Joanna geduldig, daß die Worte von Herrn Doktor keine Macht mehr über sie hatten, daß ihre Ängste unbegründet gewesen waren, und daß sie in Zukunft davon verschont bleiben würde. Als drittes hatte Herr Doktor ihr suggeriert, daß sie Japan niemals verlassen würde. Falls sie versuchen sollte, außer Landes zu gehen, falls sie versuchen sollte, an Bord eines Flugzeuges oder Schiffes zu gehen, das ein Ziel außerhalb von Japan ansteuerte, würde sie Schwindelanfälle und Magenkrämpfe bekommen und völlig wirr im Kopf werden. Jeder Versuch, ihrem Gefängnis Japan zu entkommen, würde in Schrecken und Hysterie enden. Die unbekannten Folterknechte hatten sie in jeder nur erdenklichen Hinsicht eingekerkert: emotional, intellektuell, psychologisch und sogar geographisch. Inamura befreite sie auch von dieser letzten Restriktion.

Alex war beeindruckt von der Raffinesse, mit der Herr Doktor

Joanna programmiert hatte. Wer er auch sein mochte – er war ein Genie, ein böses Genie, hypnotisierend wie eine tödliche Kobra, die sich vor ihrem Opfer wiegt, aufsehenerregend wie ein wilder Hund mit einem Baby im Maul – abstoßend, aber faszinierend.

Als Inamura sicher war, daß Joanna ihm alles erzählt hatte, was Herr Doktor ihr angetan hatte, ging er zu einem neuen Thema über. Er drängte sie, sich tiefer in die Vergangenheit vorzuwagen.

Sie reagierte verwirrt. »Aber es führt kein Weg dorthin.«

»Selbstverständlich gibt es einen solchen Weg. Sie sind schließlich nicht in jenem nach Antiseptika stinkenden Raum geboren worden.«

»Kein Weg.«

»Hören Sie zu«, sagte Inamura. »Sie sind ans Bett geschnallt. Durch das Fenster können Sie ein Mansardendach sehen.«

»Ja. Große schwarze Vögel sitzen auf den Schornsteinen. Ein Dutzend großer schwarzer Vögel.«

»Sie sind etwa zwanzig Jahre alt«, fuhr Inamura fort.

»Aber jetzt werden Sie jünger. Sie werden von Minute zu Minute jünger. Sie sind noch nicht lange in jenem Raum. Sie haben den Mann mit der stählernen Hand noch nicht zu Gesicht bekommen. Sie sind noch nicht behandelt worden. Sie sind soeben zum erstenmal in jenem Raum erwacht. Und jetzt läuft die Zeit rückwärts ... Sie schweben durch die Zeit ... die Stunden vergehen immer schneller, die Stunden und jetzt auch die Tage ... Sie schweben durch die Zeit ... und die Zeit gleicht einem großen Strom, der Sie rückwärts trägt, rückwärts, rückwärts ... Wo sind Sie jetzt?«

Joanna gab keine Antwort.

Inamura wiederholte seine Frage.

»Nirgends«, sagte sie tonlos.

»Schauen Sie sich um. Was sehen Sie?«

»Nichts.«

»Wie heißen Sie?«

Keine Antwort.

»Sind Sie Joanna Rand?«

»Wer?« fragte sie.

»Sind Sie Lisa Chelgrin?«

»Wer ist das? Kenne ich sie?«

»Wie heißen Sie?«

»Ich ... ich habe keinen Namen.«

»Konzentrieren Sie sich.«

»Mir ist so kalt. Ich erfriere.«

»Wo sind Sie?«

»Nirgends.«

»Was sehen Sie?«

»Nichts.«

»Was fühlen Sie?«

»Tot.«

»Mein Gott!« flüsterte Alex.

Inamura betrachtete sie nachdenklich. Nach einer Weile sagte er: »Ich werde Ihnen sagen, wo Sie sind.«

»Okay.« Joannas Stimme zitterte nervös.

»Sie stehen vor einer Tür. Einer Eisentür. Sehen Sie sie?«

»Nein.«

»Versuchen Sie sich diese Tür vorzustellen. Schauen Sie genau hin. Sie können sie nicht übersehen. Die Tür ist riesig und sehr massiv. Solides Eisen. Auf der anderen Seite befinden sich vier große Angeln, jede so dick wie Ihr Handgelenk. Das Eisen ist verkratzt und stellenweise rostig, aber die Tür ist unglaublich stabil. Sie ist zwei Meter breit und drei Meter hoch, oben abgerundet, in die Wölbung einer großen Steinmauer eingearbeitet.«

Was in aller Welt macht er da? wunderte sich Alex.

»Ich bin sicher, daß Sie die Tür jetzt sehen«, sagte Inamura.

»Ja.«

»Berühren Sie sie.«

Sie hob eine Hand, betastete die Luft.

»Wie fühlt sie sich an?« fragte Inamura.

»Kalt und rauh.«

»Klopfen Sie an die Tür.«

Sie klopfte ins Leere.

»Was hören Sie?«

»Einen dumpfen Ton. Es ist eine sehr dicke Tür.«

»Sie haben völlig recht«, sagte Inamura. »Und sie ist verschlossen.«

Joanna versuchte die nicht vorhandene Tür zu öffnen. »Ja, sie ist verschlossen.«

»Aber Sie müssen sie öffnen.«

»Warum?«

»Weil dahinter zwanzig Jahre Ihres Lebens verborgen sind. Die ersten zwanzig Jahre. Deshalb können Sie sich an diese Zeit nicht erinnern. Jene Leute haben zwanzig Jahre Ihres Lebens hinter der Tür versteckt und sie verschlossen.«

»Oh, ich verstehe.«

»Zum Glück habe ich den Schlüssel gefunden, der diese Tür öffnen wird«, fuhr Inamura fort. »Ich habe ihn hier.«

Alex grinste, begeistert über den Einfallsreichtum des Arztes.

»Es ist ein großer Eisenschlüssel«, erklärte Inamura. »Ein großer Eisenschlüssel an einem Eisenring. Ich werde ihn jetzt schütteln. Da! Hören Sie, wie er klirrt!«

»Ich höre es.«

Inamura war so überzeugend, daß auch Alex den Schlüssel fast klirren hörte.

»Ich lege den Schlüssel jetzt in Ihre Hand«, machte Inamura ihr weis, obwohl er sich nicht aus seinem Sessel wegrührte. »So, jetzt haben Sie ihn.«

»Ich habe ihn«, bestätigte Joanna und hielt den imaginären Schlüssel fest.

»Stecken Sie den Schlüssel jetzt ins Schloß und drehen Sie ihn. So ist's gut. Großartig. Sie haben aufgeschlossen.«

»Und was jetzt?« fragte Joanna besorgt.

»Stoßen Sie die Tür auf.«

»Sie ist so schwer.«

»Ja, aber sie läßt sich trotzdem öffnen. Hören Sie, wie die Angeln quietschen? Die Tür war sehr lange verschlossen. Aber sie öffnet sich . . . langsam, aber sicher . . . Sehen Sie, jetzt ist sie weit geöffnet. Sie haben es geschafft. Und jetzt treten Sie über die Schwelle.«

»Okay.«

»Sind Sie über die Schwelle getreten?«

»Ja.«

»Was sehen Sie?«

»Keine Sterne.«

»Was meinen Sie damit?«

Sie schwieg.

»Machen Sie noch einen Schritt«, forderte Inamura sie auf.

»In Ordnung.«

»Und noch einen. Insgesamt fünf Schritte.«

»Drei . . . vier . . . fünf.«

»Jetzt bleiben Sie stehen und schauen Sie sich um.«

»Ich schaue.«

»Wo sind Sie?«

»Das weiß ich nicht.«

»Was sehen Sie?«

»Mitternacht.«

»Drücken Sie sich genauer aus.«

»Nur Mitternacht.«

»Erklären Sie das bitte.«

Joanna holte tief Luft. »Nun ... ich sehe die Mitternacht. Die vollkommenste Mitternacht, die man sich vorstellen kann. Seidig. Fast flüssig. Ein flüssiger Mitternachtshimmel fließt auf allen Seiten zur Erde hinab, versiegelt alles, legt sich wie ein Schokoladenguß über die ganze Welt. Kohlpechrabenschwarz. Keine Sterne. Totale Finsternis. Kein einziger Lichtschimmer. Und kein Laut ist zu hören. Kein Wind. Keine Gerüche. Nur Schwärze, totale Finsternis, überall und in alle Ewigkeit.«

»Nein«, widersprach Inamura. »Das ist nicht wahr. Zwanzig Jahre Ihres Lebens werden sich vor Ihnen auftun. Es beginnt schon. Sehen Sie das nicht? Sehen Sie nicht, wie die Welt um Sie herum zum Leben erwacht?«

»Nichts.«

»Schauen Sie genauer hin. Vielleicht ist es anfangs nicht leicht zu sehen, aber es ist alles dort. Ich habe Ihnen den Schlüssel zu Ihrer Vergangenheit gegeben.«

»Sie haben mir nur den Schlüssel zur Mitternacht gegeben«, sagte Joanna. Aus ihrer Stimme war Verzweiflung herauszuhören.

»Den Schlüssel zu Ihrer Vergangenheit«, beharrte er.

»Zur Mitternacht«, sagte sie kläglich. »Einen Schlüssel zu Finsternis und Hoffnungslosigkeit. Ich weiß nicht, wer ich bin. Ich weiß nicht, wo ich bin. Ich bin allein. Ganz allein. Ich will hier nicht bleiben.«

41

Als sie Doktor Inamuras Praxis verließen, war bereits die Dunkelheit über Kyoto hereingebrochen. Ein eisiger Nordwind fegte durch die Stadt. Die Straßenlampen spendeten mattes Licht und warfen Schatten auf das nasse Pflaster, auf den schmutzigen Matsch im Rinnstein und auf den zur Seite geräumten Schnee.

Alex und Joanna saßen ein Weilchen schweigend und fröstelnd im Auto, dessen Windschutzscheibe von innen beschlug. Der Motor lief. Sie hofften, daß die Heizung die Kälte rasch vertreiben würde. Und während sie darauf warteten, dachten sie angestrengt nach.

Dr. Inamura konnte nichts mehr für Joanna tun. Er hatte jeden Erinnerungsfetzen zutage gefördert, der mit ›Herrn Doktor‹ zusammenhing, aber keiner dieser Hinweise war konkret genug, um Anhaltspunkte zu liefern. Die Einzelheiten der schrecklichen Vorgänge in jenem sonderbaren ›Krankenzimmer‹ waren gekonnt verschleiert worden; sie waren zum größten Teil in alle Winde verweht, wie die Asche eines längst erloschenen Feuers. Und die zwei Drittel von Joannas Leben, die sie als Lisa Chelgrin verbracht hatte, waren mit unglaublicher Gründlichkeit ausradiert worden. Des Rätsels Lösung war nicht in Joannas tiefstem Innern zu finden, wie Alex gehofft hatte. Er mußte die Antworten in der Außenwelt suchen. Daß in einer Welt, die einen derart teuflischen Plan realisiert hatte, tödliche Gefahren lauerten, war ihm bewußt.

Die Heizungsventilatoren schalteten sich ein und bliesen warme Luft ins Wageninnere. Die beschlagene Windschutzscheibe wurde allmählich wieder klar.

Schließlich sagte Joanna seufzend: »Es macht mir im Grunde nicht viel aus, daß ich alles über Lisa vergessen habe. Es macht mir nichts aus, daß sie mir mein ursprüngliches Leben gestohlen haben. Ich bin gern Joanna. Vielleicht bin ich jetzt sogar viel besser daran, als wenn meine Identität nicht verändert worden wäre. Es gefällt mir, Joanna Rand zu sein. Sie ist eine sympathische Person.«

»Das kann ich nur bestätigen«, sagte Alex.

»Den Verlust kann ich verschmerzen. Ich kann als Joanna Rand leben, ohne mich wie eine Schwindlerin oder wie eine bloße Attrappe zu fühlen. Ich kann ohne Vergangenheit leben. Ich bin stark genug.«

»Daran zweifle ich keinen Moment.«

Sie blickte ihm in die Augen. Sie war erschöpft und mitgenommen, aber nichtsdestotrotz wunderschön. »Aber ich kann nicht einfach weiterleben, ohne zu wissen, *warum* mir das angetan wurde«, sagte sie zornig.

»Wir werden es herausfinden«, versicherte Alex.

»Wie denn? Es gibt nichts mehr, was Dr. Inamura aus meinem Unterbewußtsein herausholen könnte.«

Alex nickte. »Und ich glaube auch nicht, daß es hier in Kyoto noch etwas zu entdecken gibt. Zumindest nichts Wichtiges.«

»Was ist mit dem Mann, der dich in Gion beschattet hatte?« schlug sie vor.

»Die Ratte.«

»Ich meine den Kerl, dem du die Flasche über den Schädel geschlagen hast.«

»Das ist die Ratte – so habe ich ihn genannt.«

»Können wir herausfinden, wo er sich befindet?«

»Das lohnt sich nicht. Er ist nur ein kleiner Fisch.«

»Und der Einbrecher in deinem Hotelzimmer?«

»Der ist auch nur ein kleiner Fisch.«

»Oder einer von den Leuten, die uns überallhin folgen.«

»Winzige Fische.«

»Und wo sind die großen Fische? Auf Jamaika, wo Lisa verschwand?«

»Nein. Eher in Chicago. Dort ist das Jagdrevier von Senator Tom Chelgrin.«

»Aber du hast nicht Chicago im Sinn, das sehe ich dir an.«

»Kannst du Gedanken lesen?«

»Nenn es einfach weibliche Intuition.«

»Nun, du hast recht. Ich dachte an London.«

»Aber du hast doch bewiesen, daß ich nie dort gelebt habe. Der ganze Hintergrund ist doch eine Fälschung.«

»Ja. Aber Fielding Athison Limited . . .«

». . . die sich manchmal auch als United British-Continental Insurance ausgibt . . .«

». . . befindet sich in London. Und ich bin mir verdammt sicher, daß das keine kleinen Fische sind.«

»Wirst du deine britischen Kontaktleute wieder auf sie ansetzen?«

»Nein, ich möchte mich mit diesen Leuten von Fielding Athison selbst beschäftigen.«

»Du meinst – du willst nach London fliegen?«

»So ist es.«

»Wann?«

»Möglichst bald. Morgen oder übermorgen. Ich fahre mit dem Zug nach Tokio und fliege von dort nach England.«

»*Wir* fliegen nach England.«

Er runzelte die Stirn.

»Wir fliegen beide«, insistierte sie.

»Du mußt dich um das Moonglow kümmern.«

»Das kann Mariko übernehmen.«

»Aber die Gäste wollen dich singen hören.«

»Ihnen wird gutes Essen und eine erstklassige Tanzkapelle geboten«, sagte Joanna. »Sie kommen eine Zeitlang auch ohne mich aus.«

»Ich will die Fielding Athison unter die Lupe nehmen. Ich werde Fragen stellen und überall herumstochern. Ich werde keine Ruhe geben, bis sie irgendwie reagieren. Das ist die sicherste Methode, um sie dazu zu bringen, ungewollt ihre Geheimnisse preiszugeben. Wenn ich sie genügend reize, machen sie vielleicht sogar einen Fehler. Aber es ist eine gefährliche Arbeit.«

»Wofür hältst du mich – für ein Porzellanpüppchen?«

»Kaum«, mußte er zugeben.

»Außerdem wäre es für mich genauso gefährlich, allein hierzubleiben.«

»Du hättest Mariko bei dir. Und ich würde euch rund um die Uhr bewachen lassen.«

»Du bist aber der einzige Mensch, dem ich voll und ganz vertraue«, sagte Joanna. »Ich begleite dich nach London.«

42

Senator Thomas Chelgrin stand an einem der Fenster in seinem Arbeitszimmer. Er beobachtete zerstreut den schwachen Verkehr vor seinem Haus, während er auf den Anruf wartete.

An diesem Dienstagabend, dem 1. Dezember, lag Washington mit seinen Vororten unter einer Glocke kühler, feuchter Luft. Menschen eilten von ihren Häusern zu geparkten Autos oder von den geparkten Autos zu ihren Haustüren, mit hochgezogenen Schultern und gesenkten Köpfen, die Hände in die Taschen vergraben, Atemwolken vor den Mündern. Aber für Schnee war es noch nicht kalt genug. Der Wetterbericht im Fernsehen hatte für die Nacht heftigen Eisregen vorhergesagt.

Chelgrin hielt sich in einem warmen Zimmer auf, aber er fror genauso wie der einzelne Fußgänger, der unten auf der Straße gerade an Chelgrins Haus vorbeiging.

Schuldgefühle, sagte er sich. Die gleichen Schuldgefühle und Gewissensbisse wie an jedem Ersten des Monats.

Der Senator verbrachte den größten Teil des Jahres, wenn das Oberhaus des amerikanischen Kongresses tagte oder sonstige

Staatsaufgaben anstanden, in diesem riesigen Haus mit 25 Zimmern an einer Allee in Georgetown. In Illinois verbrachte er höchstens einen Monat im Jahr. Obwohl er nach dem Tod seiner Frau nicht wieder geheiratet hatte, und obwohl sein einziges Kind vor über zehn Jahren entführt worden war, kam sein Haus ihm nicht zu groß vor. Tom Chelgrin wollte von allem nur das Beste, und er hatte genug Geld, um es sich leisten zu können. Zur Unterbringung seiner großen Kollektionen war viel Platz erforderlich. Er sammelte alles mögliche, von seltenen Münzen bis hin zu erlesenen Chippendale-Möbeln, nicht nur aus Liebhaberei oder als Geldanlage. Sein Bedürfnis, wertvolle und schöne Dinge zu erwerben, war eine regelrechte Obsession. Er besaß mehr als 5000 Erstausgaben amerikanischer Schriftsteller und Dichter – Walt Whitman, Herman Melville, Edgar Allan Poe, Nathaniel Hawthorne, James Fenimore Cooper, Henry James, Robert Frost und viele andere. Zwei große Räume enthielten seine Sammlung von Steuben-Glas, mehr als 200 Stücke, darunter auch die teuersten Arbeiten des Künstlers, die in den vergangenen fünfzehn Jahren entstanden waren. Seine seltenen Briefmarken hatten einen Wert von knapp einer halben Million Dollar. An den Wänden seines Hauses hingen 109 Originalgemälde und signierte Drucke limitierter Auflagen, aber das war nur ein Zehntel seiner gesamten Kunstschätze; die meisten befanden sich in Safes oder im Chicagoer Haus. Allein von Salvador Dali besaß er achtzehn Drucke und neun Originale. Ferner sammelte er Briefbeschwerer aus Kristall, Orientteppiche, exquisites Porzellan, Bronzeskulpturen der besten zeitgenössischen Künstler, historische Briefe und Autographe, Navajo-Decken (eines seiner besten Investments, denn sie waren in nur zehn Jahren um 2000 Prozent im Wert gestiegen), Weine, Eisenbahn-Memorabilien, Edelsteine, alte japanische und chinesische Fächer aus Seide und Reispapier und noch vieles mehr. Das Haus in Georgetown konnte all seine Schätze kaum fassen, die mit zehn Millionen Dollar versichert waren. Jeder Raum hatte einen Rauchdetektor. Kaum sichtbare, aber sehr funktionstüchtige Anlagen in den Decken regulierten Luftfeuchtigkeit und Temperatur. Die Alarmanlage war auf dem neuesten technischen Stand: Einbrecher konnten mit Hilfe druckempfindlicher Matten unter den Teppichen, versteckter elektronischer Objektive und Infrarotraster entdeckt werden.

Chelgrin war aber nicht nur von Kostbarkeiten aller Art umgeben. Ein Butler und eine Köchin, die miteinander verheiratet waren, ein Chauffeur und ein Dienstmädchen wohnten im Haus. An Werktagen erledigte Mrs. Finch für ihn unzählige Aufträge, und Berton Talbot, sein Finanzberater und gelegentlicher Geschäftspartner, kam mehrmals in der Woche zu Besuch. An den Wochenenden lud Chelgrin meistens Gäste ein. Er war nicht gern allein, denn dann hatte er zuviel Zeit zum Nachdenken, und wenn er ins Grübeln kam, waren gewisse Dinge dazu angetan, ihn fast um den Verstand zu bringen.

Das Telefon läutete.

Chelgrin stürzte zum Schreibtisch und nahm hastig den Hörer ab. »Hallo.«

»Senator?«

Es war Peterson.

»Sprechen Sie«, sagte Chelgrin.

»Wie geht es Ihnen?«

»Ausgezeichnet.«

»Ein schöner Abend heute.«

»Schreckliches Wetter.«

»Es wird regnen. Ich liebe Regen.«

Chelgrin schwieg.

»Genug?« fragte Peterson.

Chelgrin zögerte.

»Wie sieht's aus?« wollte Peterson wissen.

Chelgrin beobachtete eine elektronische Vorrichtung, die neben dem Telefon stand – eine Alarmanlage gegen Abhörversuche. »Okay«, sagte er schließlich. »Niemand belauscht uns.«

»Gut. Wir haben den Bericht.«

Chelgrin konnte sein eigenes Herzklopfen hören. »Wo treffen wir uns?«

»Wir haben den Safeway Market längere Zeit nicht benutzt. Versuchen wir's dort.«

»Wann?«

»In einer halben Stunde.«

»Ich komme hin.«

»Selbstverständlich kommst du hin, lieber Tom«, sagte Peterson arrogant. »Das ist doch ganz klar.«

»Was willst du damit sagen?«

Peterson tat so, als wunderte er sich über den scharfen Ton des Senators. »Nur, daß ich weiß, daß du unser Treffen um nichts in aller Welt versäumen würdest, weiter nichts.«

»Du glaubst, mich in der Hand zu haben«, erregte sich Chelgrin. »Du glaubst, ich wäre ein Hund an der Leine, und du genießt es, mich an dieser Leine herumzuzerren.«

»Lieber Tom, du bist viel zu empfindlich. So etwas habe ich nie gesagt und würde es auch nie sagen.«

»Vergiß nicht, daß du dich heute abend aus einem einzigen Grund mit mir triffst – weil du den Auftrag hast, mir den Bericht zu übergeben. Nur deshalb bist du an jedem Ersten des Monats zur Stelle«, sagte der Senator wütend. »Es ist keineswegs deine freie Wahl. Du bist genauso wie ich an der Leine.«

»Ruhig, Junge, nur nicht aufregen.«

»Laß diesen gönnerhaften Ton!«

»Ich mache mir Sorgen um dein Herz, Tom.«

»Du solltest dir lieber Sorgen um dein eigenes Leben machen.«

»Lieber, lieber Tom«, kicherte Peterson, bevor er den Hörer auflegte.

Die Hände des Senators zitterten, und als er seinerseits den Hörer auflegte, war das schwarze Plastik schweißnaß.

Er ging zu seinem Barschrank, schenkte sich einen Scotch ein und leerte das Glas in zwei Zügen, ohne Wasser oder Eis hinzugefügt zu haben.

»Gott steh mir bei«, murmelte er.

43

Für die Fahrt zum Supermarkt benutzte Chelgrin seinen dunkelgrauen Cadillac Seville. Er fuhr selbst. Dem Chauffeur und den anderen Dienstboten hatte er den Tag freigegeben. Er wählte den Cadillac, weil dieser unauffälliger war als der Mercedes 450 SEL, der Maserati oder der weiße Rolls-Royce.

Der Senator erreichte den Treffpunkt fünf Minuten vor der vereinbarten Zeit. Der Supermarkt befand sich am Rand eines kleinen Einkaufszentrums, und sogar an diesem ungemütlichen Winterabend herrschte hier um 20 Uhr noch ein lebhaftes Treiben. Er parkte den Wagen am Ende einer Reihe, 50 m vom Eingang des Supermarkts entfernt, wartete zwei Minuten, stieg aus, verschloß die Türen und stellte sich neben die hintere Stoßstange.

Er stellte seinen Mantelkragen hoch, zog den Hut etwas tiefer in die Stirn und achtete darauf, daß kein Licht auf sein markantes Gesicht fiel. Solche Vorsichtsmaßnahmen waren notwendig, damit ihn niemand erkannte. Schließlich war er nicht einfach Senator von Illinois, sondern auch ein Mann, der als Präsident ins Weiße Haus einziehen wollte, und er verbrachte unzählige Stunden vor Fernsehkameras und in Gesellschaft mächtiger Pressevertreter, um so die Basis für eine Wahlkampagne zu schaffen, die entweder in drei oder in sieben Jahren beginnen würde, je nachdem, wie der jetzige – vor einem Jahr gewählte – Präsident sich bewähren würde. (In Anbetracht der scheinheiligen und selbstgerechten Reden, der vielen Beispiele politischer Doppelzüngigkeit und der unglaublich stümperhaften Arbeit des derzeitigen Amtsinhabers war Thomas Chelgrin in zunehmendem Maße davon überzeugt, daß er nur noch drei Jahre auf seine große Chance warten mußte. Im Frühling würde er sich entscheiden, ob die Berufung einer Beratergruppe für die Wahlkampagne bereits angebracht war.) Jedenfalls war sein Gesicht sehr bekannt, und er wollte auf diesem Parkplatz nicht gesehen werden, denn andernfalls müßte das Treffen mit Peterson auf einen anderen Tag verschoben werden. Man konnte gar nicht vorsichtig genug sein.

Zwei Reihen entfernt wurden die Scheinwerfer eines schmutzigen Chevrolet eingeschaltet; der Wagen setzte sich in Bewegung, bog um die Ecke und hielt direkt hinter dem Cadillac des Senators.

Chelgrin öffnete die Tür auf der Beifahrerseite, stieg rasch ein und schnallte sich an. Er kannte den Fahrer von vielen anderen Treffen her – ein kleiner, stämmiger Mann mit dicken Brillengläsern –, aber er hatte ihn nie nach seinem Namen gefragt.

»Ist Ihnen jemand gefolgt?« erkundigte sich der Fahrer.

»Dann wäre ich jetzt nicht hier.«

»Wir wollen trotzdem lieber auf Nummer Sicher gehen.«

»Das ist nicht nötig.«

»Besser ist besser.«

Zehn Minuten lang fuhr der Mann kreuz und quer durch die Straßen einer Wohngegend, wobei er immer wieder in den Rückspiegel schaute. Schließlich erklärte er: »Wir werden nicht verfolgt.«

»Das habe ich Ihnen doch von Anfang an gesagt«, knurrte Chelgrin ungeduldig.

»Ich mach' nur meinen Job.«

»Aber nicht besonders gut.«

»Was haben Sie heute nur?«

»Ich kann Inkompetenz nicht ausstehen.«

»Und Sie halten mich für inkompetent?«

»Sie haben Freude an diesem Spielchen. Es macht Ihnen Spaß, durch die Gegend zu kurven und so zu tun, als müßten Sie einen Verfolger abhängen. Das ist kindisch. Sie benehmen sich nicht wie ein Profi.«

»Ich werd's nie begreifen«, murmelte der Fahrer.

»Was?«

Sie hielten an einer Ampel.

»Wie Sie jemals eine Wahl gewinnen konnten. Sie sind ein so mieser Charakter.«

»Oh, die Öffentlichkeit kennt mich von einer ganz anderen Seite«, erwiderte Chelgrin. »Ich kann im Umgang mit Wählern, Journalisten und Spendern äußerst charmant sein. Aber was hätte ich davon, wenn ich bei Ihnen meinen Charme spielen ließe?«

Chelgrin war nicht bereit, die Sache mit dieser Bemerkung auf sich beruhen zu lassen. Peterson hatte ihn gereizt, und er mußte seine Wut irgendwie abreagieren. Sich mit Anson anzulegen, wäre höchst unklug, weil dieser ihm gleichgestellt – und in einigen Bereichen sogar übergeordnet – war. Indem er den Fahrer demütigte und ihn in die Knie zwang, konnte Chelgrin sein Selbstbewußtsein stärken – und das brauchte er für das Treffen mit Peterson.

»Sie sind bei dieser Auseinandersetzung entschieden im Nachteil«, sagte der Senator sarkastisch. »Sie haben weder den Verstand, um mich in Verlegenheit zu bringen, noch haben Sie die Kraft, mich physisch anzugreifen. Was aber noch viel wichtiger ist – Sie stehen auf der Leiter mindestens ein Dutzend Sprossen unter mir. Sie würden alles tun, was ich will, weil Sie genau wissen, daß es in meiner Macht steht, Sie nach Hause schicken zu lassen. Nach Hause, mein Freund. Denken Sie einmal darüber nach. Sie möchten doch nicht nach Hause, oder?«

Der Fahrer schwieg.

»Möchten Sie nach Hause?«

Der Fahrer biß sich auf die Lippe.

»Verdammt, ich will eine Antwort! Möchten Sie nach Hause? Noch diese Woche? Für immer?«

Der Fahrer zitterte heftig. »Nein, nein.«

Chelgrin lachte. »Natürlich nicht. Keiner von uns will nach Hause. Was für eine schreckliche Vorstellung. Also halten Sie in Zukunft lieber den Mund und beschränken sich aufs Fahren.«

Sie fuhren auf direktem Wege zu einer Diskothek, zehn Kilometer vom Supermarkt entfernt. Für einen Dienstagabend war sie gut besucht; mehr als hundert Autos parkten um das Gebäude herum, darunter auch ein schokoladenbrauner Mercedes mit Maryland-Kennzeichen.

Der Fahrer hielt neben diesem Wagen.

Chelgrin stieg wortlos aus, atmete in der kalten Luft tief durch und nahm auf dem Rücksitz des Mercedes Platz, wo Anson Peterson auf ihn wartete.

Sobald der Senator die Tür geschlossen hatte, befahl Peterson seinem eigenen Fahrer: »Auf geht's, Harry.«

Der Mann am Steuer war groß, breitschultrig und völlig kahl, ein ausgezeichneter Autofahrer, der mit der Route bestens vertraut war: durch die Vororte hinaus aufs freie Land.

Im Wagen roch es nach Butterrumbonbons, einer Leidenschaft von Anson Peterson.

»Du siehst ausgezeichnet aus, lieber Tom.«

»Du auch.«

In Wirklichkeit sah Peterson alles andere als gut aus.

Obwohl er nur 1,78 m groß war, wog er über 300 Pfund. Seine Hose spannte bedenklich an den massigen Oberschenkeln, und die Knöpfe an seinem Hemd waren sichtlich überstrapaziert. Sein Sakko zu schließen, versuchte er erst gar nicht. Er trug immer eine gebundene Fliege – heute war sie dunkelblau mit weißen Punkten, passend zu seinem blauen Anzug –, die seinen phänomenalen Halsumfang und sein Drei- oder Vierfachkinn betonte. Sein Gesicht war ein großer runder Pudding, heller als Vanille, aber seine Augen waren hellwach und zeugten von großer Intelligenz.

Peterson hielt dem Senator seine Bonbonrolle hin. »Möchtest du auch eines?«

»Nein, danke.«

Peterson schob sich ein Bonbon in den Mund und verstaute die Rolle in einer seiner Sakkotaschen. Aus einer anderen Tasche holte er ein sauberes weißes Taschentuch hervor, entfaltete es und wischte sich sorgfältig die Finger ab.

Es war ein pedantisch ordentlicher Mensch. Seine Kleidung wies niemals auch nur den kleinsten Fleck auf und war untadelig gebügelt, wenn er sie anzog, obwohl sie jede Fasson verlor, sobald er sich setzte. Die Nägel seiner rosigen Hände waren manikürt und auf Hochglanz poliert. Er sah immer so aus, als käme er geradewegs vom Friseur; kein einziges Haar stand von seinem runden Kopf ab. Tom Chelgrin hatte einmal mit dem Dickwanst zu Abend gegessen, und Peterson hatte seine doppelten Portionen verzehrt, ohne eine Krume oder einen Saucenfleck auf dem Tischtuch zu hinterlassen. Der Senator, selbst alles andere als ein schlampiger Mann, war sich wie ein Schwein vorgekommen, weil sein eigener Platz unübersehbare Spuren von knusprigen Brötchen, Spaghettisauce und Rotwein aufgewiesen hatte.

Sie fuhren durch breite Straßen mit großen Häusern, in Richtung eines Jagdreviers. Ihre allmonatlichen Treffen liefen immer nach diesem Muster ab. Ein Auto war wesentlich leichter nach irgendwelchen Abhöranlagen abzusuchen als ein Zimmer in irgendeinem Gebäude; außerdem war ein fahrendes Auto mit einem geübten und wachsamen Fahrer gegen Richtmikrophone gefeit.

Natürlich war es höchst unwahrscheinlich, daß Anson Peterson überhaupt jemals elektronisch überwacht würde. Seine Tarnung als erfolgreicher Immobilienmakler war perfekt. Er war ein methodischer Mann, umsichtig in allen Dingen und in höchstem Maße auf Sicherheit bedacht. Seine andere Arbeit, die mit Immobilien nicht das geringste zu tun hatte und illegal war, unterlag strengster Geheimhaltung.

Der Dickwanst redete mit seinem Bonbon im Mund. »Wenn ich es nicht besser wüßte, könnte ich fast glauben, du hättest die Wahl dieses Mannes ins Weiße Haus organisiert. Ein Narr sondergleichen. Ein Tölpel. Wenn er so weitermacht, wirst du ihn in drei Jahren mühelos schlagen.«

»Ich bin nicht hier, um mich über Politik zu unterhalten«, sagte Chelgrin barsch. »Kann ich den Bericht sehen?«

»Lieber Tom, nachdem wir zusammenarbeiten müssen, sollten wir doch versuchen, höflich und freundlich zueinander zu sein.«

»Den Bericht!«

»Es nimmt doch so wenig Zeit und Mühe in Anspruch, wenigstens ein Minimum an Liebenswürdigkeit aufzubringen.«

»Den Bericht.«

Der Dickwanst seufzte. »Wie du willst.«

Chelgrin streckte seine Hand nach der Faltmappe aus, aber Peterson machte keine Anstalten, ihm irgend etwas zu geben. Statt dessen sagte er: »Es gibt diesen Monat keinen schriftlichen Bericht.«

Der Senator starrte ihn ungläubig an. »Was? Was hast du da gesagt?«

»Es ist diesmal ein mündlicher Bericht.«

»Lächerlich. Unmöglich.«

Peterson zerbiß den Rest seines Bonbons und schluckte ihn hinunter. Sein Atem roch stark nach Butterrum, als er ganz ruhig sagte: »Nein, lieber Tom, es stimmt. Weißt du . . .«

»Verdammt, diese Berichte betreffen meine Tochter!« rief Chelgrin in scharfem Ton. »*Meine* Tochter. Nicht deine.« Er bemühte sich, nicht in Wut zu geraten, denn wenn er die Selbstbeherrschung verlor, würde der Dickwanst im Vorteil sein, und das durfte nicht geschehen. »Diese Berichte sind privater Natur, Anson«, fuhr er deshalb gemäßigter fort. »*Sehr* privater Natur.«

Peterson lächelte. »Lieber Tom, du weißt doch ganz genau, daß sie von mindestens einem Dutzend anderer Leute gelesen werden, wenn nicht sogar von zwei Dutzend, obwohl sie als streng geheim gelten. Auch ich lese sie, bevor du sie in die Hände bekommst. Ich habe sie jeden Monat gelesen, all die Jahre hindurch.«

»Ja, aber immerhin kann ich sie danach selbst lesen. Das ist wichtig. Du kannst dir nicht vorstellen, wie wichtig es ist. Nur aus deinem Munde zu hören, was sie macht . . . das ist bei weitem nicht dasselbe. Es ist nicht so persönlich und nicht so überzeugend, denn ich kann nicht sicher sein, ob du mir alles richtig wiedergibst.«

Die Stimme des Senators war immer lauter geworden, und er atmete schnell und laut.

»Ruhig, Junge«, sagte Peterson. »Reg dich doch nicht so auf, lieber Tom.«

Chelgrin wußte, daß er sich unvernünftig benahm, aber hier ging es um etwas, das ihm wirklich am Herzen lag. Er hatte keinen direkten Kontakt mit Lisa, die jetzt Joanna hieß, und war auf Informationen aus dritter Hand angewiesen, auf einige wenige Seiten Informationen. Nachdem er seit mehr als zehn Jahren kein Wort mit seiner Tochter sprechen und sie nicht sehen konnte, hütete er eifersüchtig sein Recht, wenigstens einmal im Monat den schriftlichen Bericht zu lesen.

»Als wir an jenem Tag auf Jamaika unsere Abmachungen trafen«, sagte er erregt, »hast du versprochen, mir Berichte über ihr neues Leben zukommen zu lassen. Ich wollte nicht völlig von ihr isoliert sein. Ich wollte wissen, was sie macht, wie es ihr geht. Wir haben uns damals auf schriftliche Berichte geeinigt. Und bisher ist es auch immer so gemacht worden. Vier Seiten, fünf, manchmal auch sechs oder sieben . . . *Schriftliche* Berichte, die du mir übergibst, die ich in diesem gottverdammten fahrenden Auto im Schein einer Taschenlampe lese und dir sodann zurückgebe, damit du sie vernichtest. So läuft die Sache, Peterson. So war es von Anfang an. So hatten wir es vereinbart. Ich habe mich zu keinen Änderungen bereit erklärt, und ich werde das einfach nicht zulassen.«

»So beruhige dich doch, lieber Tom.«

»Nenn mich nicht so!«

»Du brauchst nicht zu brüllen.«

»Hast du wenigstens Fotos?«

»O ja, mehrere. Sehr interessante Fotos.«

»Zeig sie mir.«

»Zuerst muß ich dir einiges erklären.«

»Was gibt es da zu erklären? Es sind Fotos meiner Tochter. Ich . . .« Er verstummte plötzlich, von einem schrecklichen Gedanken überwältigt. Er schloß die Augen. Sein Mund war trocken. »Ist sie . . . verletzt . . . tot?«

»Aber nein«, beruhigte ihn Peterson. »Nein, nein. Nichts dergleichen, lieber Tom.«

»Sagst du die Wahrheit?«

»Selbstverständlich. Um Himmels willen, glaubst du denn, ich würde dir schlimme Nachrichten auf diese Weise beibringen?«

Mit der Erleichterung kehrte auch Chelgrins Ärger zurück. Er öffnete die Augen und fragte barsch: »Und was soll dann das alles?«

»Beruhige dich erst einmal.«

»Ich brauche mich nicht zu beruhigen.«

»Wenn du dich selbst hören könntest, lieber Tom, würdest du das nicht sagen.«

Der Fahrer verlangsamte das Tempo, bog auf eine schmale Landstraße ab und beschleunigte wieder. An dem, was auf dem Rücksitz vor sich ging, schien er nicht das geringste Interesse zu haben.

Peterson nahm nun endlich seinen Diplomatenkoffer zur Hand, der zwischen seinem Körper und der Autotür eingezwängt gewesen war, legte ihn auf seine Knie, öffnete ihn und holte eine Faltmappe hervor.

Chelgrin streckte seine Hand danach aus.

Peterson war indessen noch nicht bereit, sie ihm auszuhändigen. »Der Bericht ist diesmal nur deshalb mündlich, weil er viel zu kompliziert und viel zu wichtig ist, um ihn zu Papier zu bringen. Es liegt mir völlig fern, ohne dein Einverständnis irgendwelche Neuerungen einzuführen. Ich muß es nur dieses eine Mal auf diese Weise machen, ausnahmsweise, weil dies ein besonderer Fall ist. Eine Art Krise.«

»Wirklich nur dieses eine Mal?« fragte Chelgrin. »Nur ausnahmsweise? Verdammt, warum hast du das nicht gleich gesagt?«

Peterson lachte und legte seine dicke Hand flüchtig auf Chelgrins Schulter. »Lieber Tom, du hast mich ja nicht zu Wort kommen lassen.«

Er öffnete die Faltmappe, die mehrere Vergrößerungen enthielt, und reichte dem Senator das oberste Foto.

Zwischen ihnen auf dem Sitz lag eine Taschenlampe. Chelgrin nahm sie zur Hand und knipste sie an.

Auf dem Foto saßen Lisa und ein attraktiver Mann irgendwo im Freien auf einer Bank.

»Wer ist der Kerl?« fragte Chelgrin.

»Oh, du kennst ihn.«

Der Senator hielt die Taschenlampe etwas schräger, damit das glänzende Foto nicht so stark spiegelte, und betrachtete das Gesicht genauer. »Der Schnurrbart . . . irgendwie kommt der Mann mir bekannt vor.«

»Du mußt ein bißchen in die Vergangenheit zurückgehen«, sagte Peterson. »Du hast ihn sieben oder acht Jahre nicht gesehen, vielleicht noch länger.«

Chelgrin hatte plötzlich das Gefühl, als krallte sich ein unsichtbares Raubtier in sein Herz. »O nein, nein. Das ist doch nicht möglich.«

»Doch, lieber Tom.«

»Der Privatdetektiv!«

»Hunter.«

»Alex Hunter. Mein Gott!«

»Sein Beruf langweilt ihn mittlerweile, und Chicago ebenfalls«, berichtete Peterson. »Deshalb macht er mehrmals im Jahr ausgiebig Urlaub. Im letzten Frühling war er in Brasilien. Vor zwei Wochen ist er nach Japan geflogen. Und von Tokio hat er dann einen Abstecher nach Kyoto gemacht.«

»Und ins Moonglow«, murmelte Chelgrin. Er starrte das Foto an, das plötzlich nicht mehr einfach ein Bild war, sondern der Auftakt für eine bevorstehende Katastrophe. »Aber daß Hunter ausgerechnet in diesem Nachtklub aufkreuzt . . . die Wahrscheinlichkeit kann doch bestenfalls eins zu einer Million gewesen sein . . .«

»Ich wünschte wirklich, ich hätte ein paar Hunderter darauf gewettet«, stimmte Peterson zu.

»Aber es besteht doch keinerlei Gefahr, oder?« fragte der Senator ängstlich. »Ich meine . . . selbst wenn Hunter eine gewisse

Ähnlichkeit zwischen Joanna Rand und jenem Mädchen auffällt, nach dem er vor vielen Jahren gesucht hat ...«

»Er scheint sie auf den ersten Blick wiedererkannt zu haben«, unterbrach ihn Peterson.

»Oh? Nun, das ist zweifellos ein Problem. Aber er kann nicht beweisen, daß ...«

»Er kann eine ganze Menge beweisen«, fiel der Dickwanst ihm wieder ins Wort, und seine Stimme hatte einen leicht ominösen Unterton, der dem Senator einen Schauder über den Rücken jagte. »Hunter hat die Rand-Fassade total zum Einsturz gebracht. Er hat Joannas Fingerabdrücke mit denen von Lisa verglichen. Er hat sie veranlaßt, bei der British-Continental in London anzurufen – was dort alle in Aufruhr versetzt hat, wie du dir ja denken kannst. Er hat sie außerdem zu einem Psychiater gebracht, zu einem Mann namens Omi Inamura, dem Onkel ihrer Freundin Mariko. Dieser Psychiater hat sie hypnotisiert und ihr alle möglichen Fragen gestellt. Wir haben seine Praxis abgehört, und ich kann dir sagen, daß das, was wir gehört haben, uns gar nicht gefallen hat, lieber Tom. Inamura hat viel mehr herausgefunden, als wir für möglich gehalten haben. Sie wissen jetzt so ziemlich alles, mit Ausnahme unserer Namen und Motive.«

»Aber warum hat Hunter keinen Kontakt mit mir aufgenommen? Ich war sein Klient. Ich habe ihm eine Menge Geld bezahlt, damit er sie finden sollte. Und dann stolpert er sozusagen über sie und denkt nicht daran, mich ...«

»Er hat keinen Kontakt mit dir aufgenommen, weil er dich verdächtigt, an dem Komplott beteiligt gewesen zu sein«, erklärte Peterson. »Hunter glaubt, du hättest ihn nur engagiert, um den medienwirksamen Eindruck des trauernden Vaters zu verstärken, der sein einziges Kind um jeden Preis zurückhaben möchte. Er glaubt, du hättest durch den Mitleidseffekt politische Vorteile erzielen wollen. Und er hat natürlich völlig recht.«

Ein greller Blitz zerriß jäh die dichte Wolkendecke am dunklen Himmel und beleuchtete sekundenlang die Landschaft mit ihren kahlen schwarzen Bäumen.

Einen Augenblick später begann es zu regnen. Dicke Tropfen prallten gegen die Windschutzscheibe.

Der Chauffeur schaltete die Scheibenwischer ein und fuhr langsamer.

»Was hat Hunter jetzt vor?« fragte der Senator. »Will er mit der Geschichte einen Medienwirbel entfachen?«

»Vorläufig noch nicht«, erwiderte Peterson. »Er ist ein kluger Kopf, dem klar ist, daß wir das Mädchen schon längst umgebracht hätten, wenn das in unserem Interesse gewesen wäre. Da wir uns statt dessen aber der enormen Mühe unterzogen haben, ihre Identität zu verändern, weiß er natürlich, daß wir sie fast um jeden Preis am Leben erhalten wollen. Und nachdem er keine unmittelbare Gefahr für sie sieht, will er möglichst viel herausfinden, bevor er das Risiko eingeht, die Sache publik zu machen. Denn er glaubt, daß wir nur in diesem Fall versuchen werden, sie zu liquidieren.«

Der Senator runzelte die Stirn. »Mir gefällt dieses ganze Gerede von Umbringen und Liquidieren nicht.«

»Lieber Tom, ich meine doch nicht Lisa! Deine Tochter doch nicht! Wofür hältst du mich? Ich bin doch kein Ungeheuer. Auch mir steht sie sehr nahe, fast so, als wäre sie mein eigenes Kind. Sie ist ein reizendes Geschöpf, das mir sehr ans Herz gewachsen ist. Bei Hunter liegt die Sache natürlich völlig anders. Er wird zu einem geeigneten Zeitpunkt liquidiert werden müssen ... wahrscheinlich schon sehr bald!«

Chelgrin versuchte verzweifelt, den Dickwanst in eine ungünstige Position zu bringen. »Das alles ist deine Schuld. Du hättest ihn umbringen lassen sollen, sobald du erfahren hast, daß er nach Kyoto fahren wollte.«

Peterson ließ sich von der Beschuldigung nicht aus der Ruhe bringen. »Wir wußten nichts von seiner Absicht, dorthin zu fahren. Wir erfuhren erst davon, als er schon dort war. Wir hatten schließlich keinen Grund, ihn ständig zu beobachten. Seit er Nachforschungen über Lisas Verschwinden angestellt hatte, war immerhin sehr viel Zeit vergangen. Wir waren uns nicht einmal sicher, ob er sie überhaupt erkennen würde. Außerdem haben wir damit gerechnet, daß sie ihn auf Distanz halten würde. Sie war schließlich darauf programmiert, sich jeden Mann vom Leibe zu halten.«

»Und was machen wir jetzt mit ihr, sobald Hunter liquidiert worden ist?« fragte der Senator.

»Sie kann natürlich nicht als Joanna Rand weiterleben. Damit ist jetzt Schluß. Wir glauben, daß es für sie am besten wäre, wenn wir sie nach Hause schicken würden.«

Die letzten Worte entfachten in Chelgrin Ängste, die zwar latent immer vorhanden waren, aber normalerweise nur schwach glommen. Nun wurden sie zu einer lodernden Flamme, die ihn zu verschlingen drohte. *Sie nach Hause schicken, sie nach Hause schicken, sie nach Hause schicken,* dröhnte es laut in seinen Ohren. Mit der gleichen Drohung hatte er noch vor kurzem den Fahrer in die Knie gezwungen, und die völlig unerwartete, schreckliche Wendung der Ereignisse rief bei ihm Schwindel hervor.

Er tat so, als hätte er den Dickwanst mißverstanden. »Du meinst – zurück nach Illinois?«

Peterson fixierte ihn. »Lieber Tom, du weißt genau, daß ich das nicht gemeint habe.«

»Aber dort ist ihr Zuhause«, erwiderte Chelgrin. »In Illinois oder vielleicht noch in Washington.« Er warf einen Blick auf das Foto und starrte sodann in den Regen hinaus. »Wohin du sie schicken willst ... das ist deine Heimat und die meinige, aber nicht Lisas.«

»Japan war auch nicht ihre Heimat«, sagte Peterson nüchtern.

Der Senator schwieg.

»Wir werden sie nach Hause schicken«, bekräftigte Peterson.

»Nein.«

»Es ist wirklich zu ihrem eigenen Besten.«

»Nein.«

»Sie wird dort bestens aufgehoben sein.«

Der Senator starrte ihn wortlos an.

»Sie wird bei uns zu Hause ein herrliches Leben führen, lieber Tom.«

»Unsinn!«

»Sie wird dort glücklich sein.«

»Nein, nein, nein!« Chelgrin fühlte, daß ihm das Blut in den Kopf stieg, daß er hochrote Ohren bekam. Er ließ das Foto auf den Sitz fallen und ballte die linke Hand zur Faust, während er mit der rechten die Taschenlampe umklammerte. »Verdammt, darüber haben wir vor Jahren auf Jamaika schon einmal ausgiebig diskutiert. An meiner Position hat sich seit damals nichts geändert. Ich werde nicht zulassen, daß ihr sie nach Hause schickt. Vergiß es. Basta! Ende der Debatte!«

»Warum bist du nur so dagegen?« fragte Peterson amüsiert.

»Ihr hättet mich dann viel zu sehr in eurer Gewalt.«

»Lieber Tom, wir haben dich in unserer Gewalt, wohin auch immer wir Lisa schicken, ob nun nach Japan, Thailand, Griechenland, Brasilien oder Rußland. Wir können sie überall vernichten, wir können überall ganz nach unserem Belieben mit ihr verfahren. Und dadurch haben wir dich völlig in der Hand.«

»Wenn ihr sie nach Hause schickt, werde ich nichts mehr für euch tun, nie wieder. Hast du mich verstanden?«

»Lieber Tom, warum sind wir eigentlich gezwungen, deine Tochter als Geisel zu behalten, um uns deine Mitarbeit zu sichern?«

»Das ist doch lächerlich«, widersprach Chelgrin, aber es hörte sich alles andere als überzeugend an. »Ihr braucht nichts Derartiges zu tun.«

»O doch. Bedauerlicherweise ist es der Fall. Das ist uns völlig klar. Aber warum? Stehen wir nicht auf derselben Seite? Arbeiten wir nicht für unsere gemeinsame Sache, für dasselbe hehre Ziel?«

Chelgrin schaltete die Taschenlampe aus und schaute durchs Fenster in die dunkle Landschaft hinaus. Er fühlte sich denkbar unbehaglich und wünschte, es wäre im Wagen noch dunkler, damit der Dickwanst sein Gesicht nicht einmal vage sehen konnte.

»Stehen wir nicht auf derselben Seite?« fragte Peterson wieder.

Sogar bei diesem schwachen Licht konnte der Senator erkennen, daß der Dickwanst lächelte. Nein, es war eher ein Grinsen, das weiße Zähne enthüllte. Sie sahen bedrohlich scharf aus. Es war ein hungriges Grinsen.

Chelgrin räusperte sich. »Es ist doch nur ... sie nach Hause zu schicken, würde bedeuten, daß sie sich auf eine völlig andere Lebensweise umstellen müßte. Sie ist in Amerika geboren und aufgewachsen. Sie ist an gewisse ... Freiheiten gewöhnt.«

»Sie hätte zu Hause völlige Freiheit«, entgegnete Peterson. »Sie würde sich in den höchsten Kreisen bewegen und alle möglichen Privilegien genießen.«

»Trotzdem ist das nicht zu vergleichen mit dem, was sie hier haben könnte.«

»Auch zu Hause ist vieles besser geworden.«

»Oh? Wann bist du zuletzt drüben gewesen?«

»Ich höre so manches von zuverlässigen Leuten.«

»Nein«, beharrte Chelgrin. »Sie würde sich dort niemals einleben. Wir müssen einen anderen Ort für sie suchen. Das ist mein letztes Wort.«

Peterson hatte aus irgendwelchen Gründen seine helle Freude an Chelgrins Großmäuligkeit – vielleicht weil er genau wußte, daß im Grunde nichts dahintersteckte, daß die demonstrative

Stärke nur Attrappe war. Der Dickwanst kicherte albern, und dieses Kichern ging allmählich in schallendes Gelächter über. Er klopfte dem Senator freundschaftlich auf den Schenkel, worauf dieser nervös zusammenzuckte. Diese Überreaktion verriet, daß Chelgrin sich in ähnlicher Panik befand wie eine Katze, die auf einem Zaun sitzt, an dem von beiden Seiten bellende Hunde hochspringen. Das reizte Peterson nur noch mehr zum Lachen. Er prustete und grunzte, wieherte und gackerte, versprühte Speichel und geriet völlig außer Atem. Während er keuchend nach Luft rang, hochrot im Gesicht, kicherte er immer noch weiter.

»Ich frage mich wirklich, was an all dem so komisch ist«, knurrte Chelgrin.

Peterson beruhigte sich endlich und wischte sich mit seinem Taschentuch die Tränen ab.

Während der Senator nervös auf die nächsten Worte des Dickwanstes wartete, kam ihm das Quietschen der Scheibenwischer unerträglich laut vor.

»Lieber Tom, warum gibst du es nicht zu?«

»Was?«

»Wir kennen doch beide die Wahrheit.«

»Welche Wahrheit?«

»Die schreckliche, wunderbare Wahrheit. Du willst Lisa nicht heim zu Mütterchen Rußland schicken, weil du nicht mehr an unsere Ideale glaubst, weil du unsere Philosophie mittlerweile sogar verabscheust.«

»Unsinn!«

»Du bist nicht mehr der gute Russe, der du einst warst. Und du bist auch kein Kommunist mehr. Du bist zur anderen Seite übergelaufen – geistig, wenn auch nicht in der Praxis.

Du arbeitest nach wie vor für uns, weil dir keine andere Wahl bleibt, aber du haßt dich selbst dafür. Das gute Leben hier im Westen hat dich von Grund auf verändert, dich völlig umgekrempelt. Wenn du könntest, würdest du total mit uns brechen und uns vielleicht sogar bekämpfen – und das nach allem, was wir für dich getan haben. Aber zu deinem größten Leidwesen kannst du uns nicht den Rücken kehren, weil wir dich völlig in der Hand haben. Du mußt doch zugeben, daß wir dabei nicht minder clever vorgegangen sind wie deine heißgeliebten Kapitalisten. Wir haben deine Tochter als Pfand. Wir besitzen eine Hypothek auf deine Karriere. Dein Vermögen basiert auf Darlehen, die wir dir eingeräumt haben. Und wir haben einen großen – ich würde sagen, einen enormen – Anspruch auf deine Seele.«

Der Senator blieb vorsichtig. »Ich weiß nicht, wie du auf diese Ideen kommst. Ich bin den Idealen der proletarischen Revolution heute genauso treu ergeben wie vor 30 Jahren.«

Diese Behauptung reizte den Dickwanst wieder zum Lachen. »Lieber Tom, rede doch offen mit mir. Ich tu das ja auch. Wir wissen seit 15 Jahren über dich Bescheid. Oder sogar schon seit zwanzig. Daß deine Einstellung sich verändert hat, ist uns aufgefallen, noch bevor es dir selbst zu Bewußtsein kam. Uns war klar, daß die kapitalistische Fassade für dich keine bloße Fassade mehr war. Aber das stört uns nicht. Es macht uns überhaupt nichts aus. Wir werden dich nicht beseitigen, nur weil du einen Sinneswandel durchgemacht hast. Niemand wird dich des Nachts erdrosseln oder erschießen, niemand wird Gift in deinen Wein schütten, lieber Tom. Du bist für uns noch immer ein sehr wertvoller Besitz. Du richtest dich noch immer nach uns. Nur nach uns. Du verschaffst uns noch immer eine ganze Menge Informationen – wenn auch aus völlig anderen Motiven als zu Beginn dieses kleinen Abenteuers. Damals hast du aus Idealismus und Patriotismus für uns gearbeitet. Heute tust du es aus Pragmatismus. Aber dieser feine Unterschied bereitet uns keine Sorgen.«

Der Senator fror bis ins innerste Mark. »Also gut, seien wir ehrlich. Du hast recht. Ich habe mich bekehrt. Ich bete tagtäglich zu Gott, daß meine Hilfe euch nicht viel nutzt. Ich will nicht, daß ihr diesen Kampf gewinnt. Ich muß tun, was ihr wollt, weil ihr mich – wie du ganz richtig gesagt hast – völlig in der Hand habt, aber ich hoffe von ganzem Herzen, daß all die geheimen Dokumente, die ich euch zuspiele, nichts wirklich Wichtiges enthalten. Nichts *entscheidend* Wichtiges. Ich hoffe und bete, daß die technischen Informationen die Sowjetunion weder in der Waffenproduktion noch in der Weltraumforschung voranbringen. Ich hoffe, daß das von mir gelieferte Material euch keinerlei neue Erkenntnisse liefert. Ich hoffe, daß die Neuigkeiten aus dem Weißen Haus und aus dem Außenministerium euch am Verhandlungstisch nie auch nur im geringsten nützlich sein werden. Ich bete zu Gott – und das meine ich wirklich, denn ein überzeugter Atheist bin ich auch nicht mehr – ich bete zu Gott, daß ich nichts tue, was euch in die Lage versetzen könnte, dieses große, turbulente, wundervolle gottverdammte Land zu besiegen.« Er atmete tief durch. »War es das, was du von mir hören wolltest?«

»Ah«, sagte Peterson bewußt dramatisch, »endlich können wir die Masken abnehmen, die wir so lange getragen haben. Ist das nicht erfrischend?«

»Ja«, stimmte Chelgrin zu, obwohl er nicht sicher war, ob er sich nicht eines Tages nach den alten Illusionen zurücksehnen würde.

»Das heißt«, fuhr Peterson warnend fort, »erfrischend ist es, solange du uns weiterhin belieferst, trotz deines Sinneswandels.«

»Bleibt mir denn eine andere Wahl?«

»Eigentlich nicht.«

Dem Senator war diese neue Ehrlichkeit suspekt. In seiner Jugend hatte er kein Risiko gescheut, aber mit den Jahren – und mit wachsendem Wohlstand – war er zu einem Menschen geworden, der an festen Gewohnheiten hing und einer strengen Routine folgte. Diese plötzliche Wendung der Dinge beunruhigte ihn, und er fragte sich, ob der Dickwanst vielleicht noch weitere Überraschungen in petto hatte.

Regen trommelte auf das Wagendach. Die Reifen zischten auf dem nassen Schotterweg.

»Möchtest du die anderen Fotos sehen?« fragte Peterson.

Chelgrin knipste die Taschenlampe an und betrachtete die Aufnahmen. Nach einer Weile erkundigte er sich: »Was habt ihr mit Lisa vor?«

»Nun, uns war klar, daß du von der Idee, sie nach Hause zu schicken, nicht begeistert sein würdest«, sagte Peterson.

»Deshalb haben wir uns eine andere Möglichkeit ausgedacht. Wir übergeben sie Dr. Rotenhausen, und . . .«

»Dem einarmigen Genie.«

». . . und er wird sie noch einmal in der Klinik behandeln.«

»Der Mann ist mir unheimlich.«

»Rotenhausen wird Joanna Rand auslöschen und Lisa eine neue Identität geben. Wenn er damit fertig ist, statten wir sie mit gefälschten Papieren aus und verhelfen ihr zu einem neuen Leben in Westdeutschland.«

»Warum in Westdeutschland?«

»Warum nicht? Wir wußten, daß du auf einem kapitalistischen Land bestehen würdest, wo es die sogenannten ›Freiheiten‹ gibt, an denen dir soviel liegt.«

»Ich dachte . . . vielleicht könnte sie zurückkehren.«

»Hierher?« fragte Peterson.

»Ja.«

»Ausgeschlossen.«

»Ich meine nicht Illinois oder Washington.«

»Es gibt in den ganzen Vereinigten Staaten keinen sicheren Ort.«

»Aber nach all den Jahren ... und wenn wir sie irgendwo in Utah oder Colorado oder vielleicht Wyoming unterbrächten ...«

»Viel zu gefährlich.«

»Du willst es nicht einmal in Erwägung ziehen?«

»Nein. Der ganze Ärger mit Alex Hunter müßte dir doch eigentlich beweisen, daß ich es nicht in Erwägung ziehen *kann,* lieber Tom. Aber ich möchte dich doch daran erinnern, daß sie die ganze Zeit hier in den Staaten hätte leben können, anstatt im fernen Japan. Sie hätte als Joanna Rand hierher zurückkehren können – wenn du nur einer plastischen Operation zugestimmt hättest.«

Chelgrin knurrte zwischen den Zähnen hindurch: »Darüber will ich nicht sprechen.«

»Dein Egoismus war größer als dein gesunder Menschenverstand«, kommentierte der Dickwanst. »Du hast sie als deine Schöpfung betrachtet, und dadurch war sie für dich unantastbar. Sie hat einige Gesichtszüge von dir geerbt, und deshalb konntest du den Gedanken nicht ertragen, daß man dieses Gesicht verändern würde.«

»Ich habe gesagt, daß ich darüber nicht sprechen will. Diese Sache ist für mich indiskutabel, heute wie damals. Ich lasse keinen Chirurgen an ihrem Gesicht herumpfuschen.«

»Das ist sehr dumm von dir, lieber Tom. Ausgesprochen töricht. Wenn man ihr Aussehen kurz nach dem Schlamassel auf Jamaika verändert hätte, hätte Hunter sie letzte Woche nicht wiedererkannt, und wir hätten jetzt keinerlei Probleme.«

»Meine Tochter gehört zu den zwei oder drei schönsten Frauen, die ich je gesehen habe«, erwiderte Chelgrin. »Sie ist vollkommen. Ich werde keine Veränderungen zulassen.«

»Mein lieber Tom, eine Operation würde sie doch nicht häßlich machen. Sie wäre nach wie vor schön, nur auf eine etwas andere Weise.«

»Jeder Unterschied würde ihre Vollkommenheit beeinträchtigen«, beharrte der Senator. »Also schlag dir diesen Gedanken endgültig aus dem Kopf. Ich lasse sie nicht in jemand anderen verwandeln.«

Draußen tobte der Sturm immer heftiger. Es regnete in Strömen. Der Mercedes bewegte sich nur noch im Schneckentempo.

Ohne das Unwetter zu beachten, schüttelte Peterson lächelnd

den Kopf. »Du setzt mich wirklich in Erstaunen, lieber Tom. Ich finde es höchst sonderbar, daß du ihr Gesicht – in dem du dich selbst erkennen kannst – erhalten willst, während es dir nicht das geringste auszumachen scheint, wenn wir ihren *Geist* verändern.«

»Was soll daran sonderbar sein?« wehrte sich Chelgrin.

»Nun, schließlich macht nicht das äußere Erscheinungsbild die Persönlichkeit aus, sondern der Geist. Den relativ harmlosen Eingriff an ihrem Körper hast du vehement abgelehnt, aber mit dem weitaus folgenschwereren Eingriff in Geist und Seele warst du ohne weiteres einverstanden.«

Der Senator schwieg.

»Ich nehme an«, fuhr der Dickwanst fort, »daß die Gehirnwäsche dich nicht gestört hat, weil Lisa intellektuell sowieso nicht die Tochter ihres Vaters war. Ihre politischen Überzeugungen, ihre soziale Einstellung, ihre Ziele, ihre Denkweise, ihre Hoffnungen und Träume entsprachen nicht deinen Vorstellungen. Deshalb machte es dir nichts aus, daß wir ihre Persönlichkeit ausgelöscht haben. Die Unversehrtheit der physischen Lisa – ihre Haarfarbe, die Form ihrer Nase, ihres Kinns und ihrer Lippen, die Proportionen ihres Körpers – war für dein Ego verdammt wichtig; aber die Unversehrtheit der eigentlichen *Persönlichkeit* namens Lisa – dieses einmaligen Individuums mit all seinen Wünschen, Bedürfnissen und Intentionen, die sich von den deinigen so sehr unterschieden – bedeutete dir nichts.«

»Du hältst mich also für ein egoistisches Schwein«, sagte Chelgrin. »Na und? Was erwartest du jetzt von mir? Daß ich versuche, deine Meinung über mich zu ändern? Oder soll ich um Verzeihung bitten? Versprechen, mich zu bessern? Was zum Teufel willst du von mir?«

»Lieber Tom, laß es mich folgendermaßen ausdrücken . . .«

»Drück es aus, wie du willst!«

»Ich glaube nicht, daß es für uns ein Verlust war, als du dich zur Philosophie des Gegners bekehrt hast. Und ich könnte wetten, daß der durchschnittliche Kapitalist dich seinerseits nicht als großen Gewinn ansehen würde.«

»Falls du mich mit solchen Bemerkungen mürbe machen willst, damit ich einer plastischen Operation zustimme, vergeudest du nur deine Zeit. Wechseln wir lieber das Thema.«

Peterson lachte leise. »Du hast ein dickes Fell, lieber Tom. Es ist einfach unmöglich, dich zu beleidigen.«

Chelgrin haßte ihn.

Einige Minuten lang schwiegen beide Männer.

Wäldchen und offene Felder säumten den Weg, und auf den sanften Hügeln ringsum waren nur vereinzelte Lichter zu sehen.

Dünne Nebelstreifen huschten gespenstisch vor den Scheinwerfern davon und schienen zu erglühen, sobald ein Blitz den Himmel durchzuckte.

Schließlich sagte der Dickwanst: »Das Mädchen zum zweitenmal einer Gehirnwäsche zu unterziehen, ist nicht ungefährlich. Das solltest du wissen.«

»Nicht ungefährlich? Warum?«

»Der gute Rotenhausen hat seine Zauberkünste noch nie zweimal am selben Patienten versucht. Er hat gewisse Bedenken.«

»Inwiefern?«

»Die Behandlung könnte diesmal ein schlechtes Ende nehmen.«

»Was heißt das? Was könnte denn passieren?«

»Sie könnte wahnsinnig werden.«

»Mach keine Witze.«

»Ich mache keine Witze, lieber Tom. Ich spreche völlig im Ernst. Sie könnte sich in eine rasende Irre verwandeln oder in einen katatonischen Zustand verfallen. Das heißt, sie würde nur dasitzen und ins Leere starren, dahinvegetieren, ohne zu sprechen. Ja, sie könnte nicht einmal selbst essen. Die Sache könnte aber auch mit ihrem Tod enden.«

Chelgrin starrte ihn lange an. »Nein«, sagte er schließlich, »ich glaube es nicht. Das erfindest du einfach.«

»Ich versichere dir, daß es die Wahrheit ist.«

»Du hast das erfunden, damit ich Angst bekomme, sie zu Rotenhausen zu schicken. Dann würde mir nämlich keine andere Wahl bleiben, als ihrer Verlegung in die Heimat zuzustimmen – und das wäre euch am liebsten.«

»Ich sage die Wahrheit, lieber Tom. Rotenhausen meint, daß ihre Chancen, die Behandlung ein zweites Mal unbeschadet zu überstehen, nicht gut sind. Nicht einmal fünfzig zu fünfzig.«

»Du lügst«, beharrte Chelgrin. »Aber selbst wenn du nicht lügtest, würde ich das Risiko mit Rotenhausen eingehen. Ich lehne es entschieden ab, sie nach Rußland bringen zu lassen. Dann würde ich sie noch lieber tot sehen.«

»Möglicherweise *wirst* du sie tot sehen ... oder noch Schlimmeres.«

Inzwischen ging ein solcher Wolkenbruch nieder, daß Harry,

der Chauffeur, anhalten wollte, weil die Sichtweite höchstens zwei bis drei Meter betrug. Er lenkte den Wagen vorsichtig auf einen Parkplatz mit Picknicktischen und Abfallkörben. In ein oder zwei Minuten würde der Regen bestimmt nachlassen, meinte er, und dann könnten sie weiterfahren.

Der Dickwanst schob sich ein weiteres Butterrumbonbon zwischen die gespitzten Lippen, rieb sich die Finger mit dem Taschentuch ab und schnupperte begeistert, als die Schokolade auf seiner Zunge zu schmelzen begann.

Die Luft im Mercedes war feucht und stickig. Die Fensterscheiben beschlugen.

Der Regen prasselte so laut, daß der Senator die Stimme heben mußte, um gehört zu werden. »Sie heimlich von Jamaika in die Schweiz zu schaffen, war damals ein Alptraum.«

»Wem sagst du das?«

»Wie willst du sie dann aus Japan herausbekommen und zu Rotenhausen bringen?«

»Sie macht es uns leicht. Hunter und sie wollen nach England, um die British-Continental unter die Lupe zu nehmen.«

»Wann?«

»Übermorgen. Wir haben uns für sie etwas ausgedacht. Wir werden Spuren legen, die sie nicht übersehen können und die in die Schweiz führen. Wir setzen sie auf Rotenhausen an, und wenn sie bei ihm angelangt sind, lassen wir die Falle zuschnappen.«

»Du hörst dich so zuversichtlich an.«

»Das bin ich auch, lieber Tom. Sie werden uns keinen Ärger mehr machen. Sie sind nichts weiter als zwei kleine Mäuse, die schon an dem Käse knabbern, den wir als Köder in die Falle gelegt haben. Am Samstag oder Sonntag wird Hunter tot sein ... und deine wunderschöne Tochter wird sich in Rotenhausens Klinik befinden.«

44

Als es am Mittwochnachmittag für Joanna und Alex Zeit wurde, das Moonglow zu verlassen und mit einem Taxi zum Bahnhof zu fahren, zögerte sie den Aufbruch immer wieder hinaus. Jeder Schritt aus ihrer Wohnung, die Treppe hinab und durch das Restaurant fiel ihr schwer; sie hatte das Gefühl, als watete sie durch tiefes Wasser, als steckte sie bis zu den Hüften im Schlamm. Teppiche, Wände und Möbel schienen sie zurückhalten zu wollen. Sie fand verschiedene Vorwände: Einmal hatte sie angeblich ihren Paß vergessen, dann entschloß sie sich in letzter Minute, doch lieber andere Schuhe für die Reise anzuziehen, oder sie verspürte plötzlich das Bedürfnis, sich von der Köchin zu verabschieden, die bereits Suppen und Saucen für das Abendessen vorbereitete. Schließlich mahnte Alex zur Eile, weil sie sonst ihren Zug verpassen würden. Joannas Verzögerungstaktik hatte nicht etwa den Grund, daß sie sich Sorgen machte, was in ihrer Abwesenheit aus dem Nachtklub würde. Sie vertraute Mariko und wußte, daß die Japanerin das Geschäft genauso gewissenhaft führen würde wie sie selbst. Und auch um Marikos Sicherheit machte sie sich keine Sorgen, denn ihre Freundin würde rund um die Uhr bewacht werden. Nein, sie verspürte einfach Heimweh, noch ehe sie ihr Heim überhaupt verlassen hatte. Sie war unter mysteriösen Umständen in dieses Land gekommen, als Fremde in ein fremdes Land, und erstaunlicherweise hatte sie hier Wurzeln geschlagen. Wohin sie auch gekommen war – überall hatten diese wundervollen Menschen sie freundlich aufgenommen. Sie liebte Japan und Kyoto und das Gion-Viertel und das Moonglow. Sie liebte den musikalischen Klang der Sprache, die übertriebene Höflichkeit der Leute, den fröhlichen Klang der Fingerglocken bei Gottesdiensten, die Schönheit der Tempeltänze, die alten Bauten, die sowohl Kriege als auch das Vordringen westlicher Architektur überdauert hatten; sie liebte den Geschmack von Sake und Tempura, den köstlichen Duft heißer brauner *kamo yorshino-ni*; sie war eins mit all dem, mit dieser uralten und doch blühenden und stets jungen Kultur. Dies hier war ihre Welt, der einzige Ort, an dem sie sich je heimisch gefühlt hatte, und es schmerzte sie, ihn zu verlassen, wenn auch nur vorübergehend. Da sie jedoch fest entschlossen war, Alex nicht allein nach London reisen zu lassen, umarmte sie Mariko ein letztes Mal und folgte Alex zur Tür hinaus. Als sie in das rotschwarze Taxi stieg, wurde sie melancholisch.

Der Superexpreß nach Tokio war ein luxuriöser Zug mit Speisewagen und Plüschsitzen. Trotz seiner hohen Geschwindigkeit fuhr er erstaunlich leise, und die Waggons waren erstklassig gefedert. Der Gepäckträger hatte sich darüber amüsiert, daß sie sich gegenseitig den Fensterplatz anboten, wobei Alex schließlich nachgegeben hatte. Doch während der Fahrt widmeten beide der vorbeifliegenden Landschaft kaum Aufmerksamkeit. Sie unterhielten sich über Japan, über England und über tausend andere Dinge, kamen aber – ohne sich abgesprochen zu haben – weder auf Gehirnwäsche noch auf die British-Continental Insurance oder Senator Thomas Chelgrin zu sprechen.

Joanna stellte fest, daß Alex ein wirksames Heilmittel gegen Melancholie war. Sie waren in den letzten Tagen mit dem Entwirren des Geheimnisses so beschäftigt gewesen, daß sie ganz vergessen hatte, was für ein amüsanter und interessanter Gesprächspartner Alex war. Tagelang hatten sie über nichts anderes gesprochen als über das scheinbar undurchdringliche Gestrüpp von Joannas Vergangenheit und über die möglichen Gefahren und Schrecken, die die Zukunft für sie bereithielt. Erst jetzt hatte sie wieder die Gelegenheit, seinen Sinn für Humor, seinen Verstand und Witz zu genießen – also jene Eigenschaften, derentwegen sie sich so schnell in ihn verliebt hatte. Sie hielten sich bei den Händen, und seine Berührung elektrisierte sie so, als hätte sie noch nie körperlichen Kontakt mit einem Mann gehabt. Sie wünschte sich, sie könnte ihn küssen, wenigstens auf die Wange, aber eine derartige öffentliche Zurschaustellung von Gefühlen galt in Japan als äußerst anstößig. Allmählich entspannte sie sich, weil sie merkte, daß Kyoto zwar ihr Zuhause war, daß sie sich aber bei Alex fast genauso heimisch fühlen konnte, ganz egal, wohin er sie bringen mochte. Sie begehrte ihn mehr, als sie sagen konnte, und sie hatte sich nie im Leben etwas so sehr gewünscht wie eine gemeinsame Zukunft mit ihm.

Sie hatten sich in Tokio in einem nach westlichem Stil geführten Hotel eine Suite mit zwei Schlafzimmern reservieren lassen. Die Angestellten an der Rezeption konnten ihr Entsetzen über eine derartige Sittenlosigkeit nicht ganz verbergen. Ein Mann und eine Frau, die nicht miteinander verheiratet waren, wie aus den verschiedenen Familiennamen ja ersichtlich war, aber dennoch eine gemeinsame Suite bewohnten – so etwas galt in Japan als höchst dekadent, ganz egal, wie viele Schlafzimmer dem Paar zur Verfügung standen. Alex bemerkte die mißbilligend hochgezogenen Brauen zunächst nicht, aber Joanna stupste ihn mit dem Ellbogen, bis auch ihm auffiel, daß sie von allen verstohlen beobachtet wurden. Joannas amüsiertes Lächeln, das als Ausdruck von wollüstiger Erwartung mißdeutet wurde, machte die Sache nur noch schlimmer. Man vermied es, sie direkt anzuschauen. Trotzdem wurde das schamlose Paar nicht abgewiesen, denn Höflichkeit war nun einmal oberstes Gebot. Außerdem wußte das Personal in den auf westliche Gäste eingestellten Hotels, daß Amerikaner sich jede Frechheit erlaubten.

In der Suite trat Joanna dicht an Alex heran und erklärte in bühnenreifem Flüsterton: »Ah, endlich allein! Endlich können wir herrlich verruchte Dinge treiben!«

Er lachte.

»Wie fühlt man sich als Wüstling?«

Er nahm sie in seine Arme.

»Vorsicht!« neckte sie ihn. »Sie werden die Polizei rufen und uns rauswerfen lassen.«

»Als ich die Suite reserviert habe, habe ich diese japanische Eigenart total vergessen«, sagte er. »Ich hoffe, es war dir nicht allzu peinlich.«

Sie umarmte ihn. Es sollte nur eine Geste der Freundschaft sein, aber sofort stieg in ihr das Verlangen nach etwas anderem auf. Er war so warm, so stark, so herrlich männlich. Ihre Hände lagen auf seinem Rücken, und sie spürte seine harten Muskeln.

»Joanna . . .«

Um ihn am Reden zu hindern, stellte sie sich auf die Zehenspitzen und küßte ihn zuerst auf den linken und dann auf den rechten Mundwinkel.

Seine Hände glitten langsam tiefer und legten sich um ihre Taille.

Ihre Küsse wurden kühner. Sie verwandelte sich plötzlich in die enthemmte Frau, für die man sie an der Rezeption gehalten hatte. Sie leckte Alex' Lippen, und der Kuß wurde fordernder. Ihre Finger krallten sich in seinen Rücken. Am liebsten hätte sie ihm die Kleider vom Leibe gerissen.

Er preßte ihre Taille zusammen, so als wollte er sie auseinanderbrechen. Dann bewegten sich seine Hände weiter und streichelten ihr Gesäß. Ein kaum merklicher Lustschauer überkam ihn und übertrug sich sofort auf sie. Durch den kühlen, seidigen Stoff ihres Kleides knetete und liebkoste er das feste Fleisch, und mit den Fingerspitzen folgte er der tiefen Furche.

Sie löste sich von seinen Lippen, aber nur, um zärtlich seinen Namen zu flüstern, überzeugt davon, daß er endlich einen Entschluß gefaßt hatte.

Er versteifte sich jedoch mit einem Male, löste sich sanft aus ihren Armen und räusperte sich. »Laß uns nichts überstürzen, Joanna.«

Krampfhaft bemüht, ihre Enttäuschung zu verbergen, sagte sie scherzend: »Einen Wüstling habe ich mir eigentlich anders vorgestellt.«

Er lächelte, aber seine Augen hatten einen verwirrten und gehetzten Ausdruck.

»Dir ist doch klar, daß das eine komische Situation ist«, kommentierte sie. »Du spielst die schüchterne, spröde Jungfrau, während mir die Rolle des feurigen jungen Hengstes zufällt. Hatten wir das nicht schon einmal?«

»Du hast recht«, murmelte er.

»Ich begehre dich, Alex.«

»Ich begehre dich auch, Joanna, mehr als ich sagen kann.«

»Dann nimm mich.«

»Ich will dich *lieben*, Joanna, nicht nur begehren. Ich will Liebe, nicht nur Sex. Wenn ich jetzt mit dir ins Bett ginge, wäre es wie in all den anderen Fällen. Du wärest eine Frau wie all die anderen. Wenn ich dich jetzt nähme, ohne zu einer gemeinsamen Zukunft, zu einer festen Bindung entschlossen zu sein . . . nun ja, ich habe das Gefühl, als könnte ich damit uns beiden die Chance nehmen, das ganz große Glück zu erleben.« Er schüttelte niedergeschlagen den Kopf. »Ich muß geistig noch eine ganze Menge verarbeiten, bevor ich dir sagen kann, daß ich dich liebe.«

Sie öffnete ihre Arme. »Laß mich dich festhalten. Und halt mich fest. Laß mich dir helfen.«

Er wandte sich von ihr ab, ging zum Fenster und starrte auf die Stadt hinab. An seiner Haltung, an der Art, wie er die Schultern hochzog, konnte sie sehen, daß er verärgert war – aber nicht über sie, sondern über sich selbst.

»Meine Eltern haben gute Arbeit geleistet, nicht wahr?« Seine Stimme war kalt und bitter. »Sie haben mich wirklich toll vermurkst. Sie haben mich gelehrt, Liebe für etwas Trügerisches zu halten, für etwas, das immer von Schmerz gefolgt ist – von schrecklichem Schmerz.« Er drehte sich nach ihr um. »Ich weiß, warum ich solche Gefühle habe. Ich weiß, warum ich Angst habe, dich zu lieben. Schuld daran ist dieser Wurm in mir, dieser gräßliche schwarze Wurm, der mir fortwährend einredet, daß Liebe Schmerz bedeutet, daß Liebe und Leid Synonyme sind. Dieser Wurm ist die einzige Hinterlassenschaft meiner Eltern. Ich weiß das alles. Ich habe mich selbst analysiert. Ich weiß, daß ich mich in dieser Hinsicht völlig irrational verhalte. Aber ich kann es nicht ändern. Ich versuche es. Gott weiß, ich versuche es, Joanna. Aber ich brauche Zeit.«

Sie ging zu ihm, nahm seine Hände und führte sie an ihre Lippen.

Er hatte mit ihr Geduld gehabt. Jetzt mußte sie ihrerseits mit ihm Geduld haben.

Trotzdem war sie fest entschlossen, die Trennwand zwischen ihnen niederzureißen, bevor am nächsten Morgen ihr Flugzeug nach London startete. Ihnen standen gefährliche Zeiten bevor, Konfrontationen mit gefährlichen Männern. Joanna wußte intuitiv, daß sie für diese Auseinandersetzung besser gerüstet sein würden, wenn sie eine Einheit bildeten, nicht nur physisch, sondern auch emotional, wenn sie miteinander verschmolzen. Sie war davon überzeugt, daß die Gefahr für sie beide geringer sein würde, wenn sie wie ein organisches Ganzes handelten. Liebe war mächtiger als Haß und Gewehre und alle Regierungen der Welt. Sie glaubte fest daran, daß Liebe Berge versetzen konnte. Vielleicht war es ein törichter Glaube, der seinen Ursprung darin hatte, daß ihr die Liebe, nach der sie sich immer verzweifelt gesehnt hatte, bisher versagt geblieben war. Vielleicht überschätzte sie die Bedeutung einer derart abstrakten Idee in der modernen Welt, die sich nur noch an konkreten Dingen ausrichtete. Als Liebespaar, körperlich und seelisch vereint, würden sie nicht nur über doppelte Kraft verfügen, sondern über eine hundert- oder sogar tausendfache. In den vor ihnen liegenden Tagen würde Liebe die Quelle ihrer Kraft sein und ihnen vielleicht das Leben retten.

»Wie wär's mit Sushi zum Abendessen?« fragte sie.

»Hört sich gut an.«

»Im Ozasa?«

»Du kennst dich in Tokio viel besser als ich aus, folglich verlasse ich mich blindlings auf dich.«

Sie spürte, daß Alex sich nach Kräften aus der Zwangsjacke, die seine Eltern ihm verpaßt hatten, zu befreien versuchte, und daß dazu nicht mehr viel fehlte. Vielleicht konnte sie ihm behutsam aus den verhedderten Ärmeln helfen.

Heute nacht.

Es mußte noch heute nacht geschehen.

Es begann mit einem frühen Abendessen.

Der Dezemberabend war kalt, aber im Restaurant war es warm, und Alex wurde es sowieso heiß, sobald er Joanna nur anschaute – und das tat er ständig. Ihm kam es so vor, als wäre ihr Haar heute noch goldener, ihre Augen noch blauer und ihr Gesicht noch schöner als sonst. Sie trug ein enges waldgrünes Strickkostüm mit weißem Pullover, und jede ihrer Bewegungen führte ihm vor Augen, wie voll ihre Brüste, wie schmal ihre Taille und wie wohlgeformt ihr Gesäß war.

Das Ozasa im Vergnügungsviertel Ginza war laut und überfüllt, aber es gehörte zu den besten Sushi-Restaurants in ganz Japan. Die Gäste saßen an einer langen Holztheke; dahinter waren die weiß gekleideten Köche am Wirken. Herrliche Gerüche erfüllten den Raum – nach Omelettes, die in heißem Pflanzenöl brutzelten, nach Sojasauce, würzigem Senf, gesäuertem Reis und Meerrettich, nach Pilzen, die in einer besonders aromatischen Brühe gekocht wurden, und nach vielem mehr. Erstaunlicherweise roch es jedoch kein bißchen nach Fisch, obwohl roher Fisch verschiedenster Arten Hauptbestandteil aller Gerichte war. Frischeren Fisch als im Ozasa gab es nirgendwo.

Joanna kannte einen der Köche – Toshio – noch von früher, als sie in Tokio aufgetreten war. Sie stellte die beiden Männer einander vor, und nach den üblichen Verbeugungen nahmen Alex und sie an der Theke Platz, während Toshio ihnen große Schalen Tee servierte. Während sie sich mit einem *oshibori* die Hände abwischten, begutachteten sie die reiche Fischauswahl in dem großen gläsernen Kühlbehälter hinter der Theke.

Die erotische Spannung zwischen Alex und Joanna verlieh dem Abendessen einen ganz eigenen Reiz. Er bestellte *tataki*, kleine Stücke von rohem Bonito, das in nassem Stroh angesengt worden war und in Omelettestreifen gehüllt serviert wurde. Joanna bestellte *toro sushi*. Toshio hatte jahrelang üben müssen, bevor er den ersten Gast bedienen durfte, und seine lange Ausbildung machte sich in der Geschwindigkeit und Anmut seiner kulinarischen Kunst bemerkbar. Er holte den *toro*, fetten Thunfisch, aus dem Glasbehälter, und seine Hände bewegten sich wie die eines Zauberkünstlers, schneller als das Auge. Mit einem riesigen Messer schnitt er zwei Stücke Thunfisch ab. Aus einem großen Kübel nahm er eine Handvoll gesäuerten Reis und formte daraus zwei kleine Klöße, in die er den Fisch drückte. Mit einer schwungvollen Geste stellte er den Teller auf Joannas Platz an der Theke. Seit Toshio die Tür des Kühlbehälters geöffnet hatte, waren höchstens 20 Sekunden vergangen. Die kurze Zeremonie endete damit, daß er sich die Hände wusch, bevor er sich der Zubereitung von Alex' *tataki* widmete. Sushi zu essen, ohne zu kleckern, war ziemlich schwer, aber Joanna hatte Übung in dieser Kunst. Ihr dabei zuzuschauen, war für Alex ein sinnlicher Genuß. Sie tunkte den Reisteil des Klößchens in eine Sauce, drehte es um, damit es nicht tropfte, und legte es auf ihre Zunge. Sie schloß die Augen und kaute zuerst langsam, dann energischer. Alex fühlte sich an Katzen erinnert, die beim Essen eine eigenartige Mischung aus zierlicher Anmut und gierigem Hunger an den Tag legen. Und wie eine Katze leckte sie sich mit ihrer rosigen Zunge langsam die Lippen und Mundwinkel. Dann öffnete sie die Augen und griff nach dem zweiten Stück *toro*. Völlig hingerissen murmelte Alex: »Joanna . . .« Sie fragte: »Ja?« Er zögerte und sagte sodann: »Du bist schön.« Eigentlich hatte er viel mehr sagen wollen, und sie hätte gern viel mehr gehört, aber sie grinste zufrieden. Sie tranken Tee und bestellten andere Arten von Sushi – dunkelroten mageren Thunfisch, schneeweißen Tintenfisch, blutrote Muscheln, cremefarbene Shrimps und Kaviar; und zwischen den einzelnen kleinen Portionen neutralisierten sie den Gaumen mit Ingwerscheiben. Sie aßen langsam, kosteten von allem und kehrten zu ihren Lieblingsgerichten zurück. Während des ganzen Essens mußte Alex daran denken, wie sehr er Joanna begehrte. Sie unterhielten sich und scherzten mit Toshio, und in den Pausen zwischen dem Essen wandten sie sich einander zu, so daß ihre Knie sich berührten. Alex schwitzte, und er wußte genau, daß nicht nur die heißen *wasabi* in den Sushi daran schuld waren. Das Verlangen nach Joanna wurde so heftig, daß es fast schmerzhaft war; aber dies war ein ganz besonderer Schmerz – eine lange vergeblich herbeigesehnte, süße Qual.

Weiße Gesichter. Grellrote Lippen. Mit Maskara stark umrandete Augen. Gespenstisch. Erotisch.

Kunstvolle Kimonos. Die Männer in dunklen Farben. Andere Männer, als Frauen verkleidet, in leuchtenden Farben und mit Schleppen, geziert und spröde.

Und das Messer.

Die Lichter wurden stark gedämpft. Plötzlich ein greller Scheinwerfer, auf das Messer in einer weißen Faust gerichtet. Das Messer blitzt in einer schnellen Bewegung.

Alle Lichter gingen wieder an.

Der Mörder und sein Opfer waren durch das Messer miteinander verbunden, wie durch eine Nabelschnur des Todes.

Der Mörder drehte das Messer in der Wunde, einmal, zweimal, dreimal, in wilder Raserei.

Das Publikum schaute in gebanntem Schweigen zu.

Das Opfer taumelte schreiend rückwärts, sprach eine Zeile, eine weitere – letzte Worte. Dann erbebte die Bühne von seinem Sturz.

Joanna und Alex standen hinten im dunklen Saal.

Normalerweise mußten die Karten für jedes Kabuki-Theater in Tokio vorbestellt werden, aber Joanna kannte den hiesigen Manager.

Das Programm hatte um elf Uhr morgens begonnen und würde erst um zehn Uhr abends enden. Joanna und Alex waren aber – wie die meisten Zuschauer – nur für einen Akt gekommen.

Kabuki war die Quintessenz japanischer Kultur, ein Gipfel dramatischer Kunst. Die Handlung war sehr stilisiert, alle Emotionen wurden stark übertrieben, die Bühneneffekte waren ausgeklügelt und verblüffend. Eine Frau namens O-kuni, die im Dienste eines Schreins stand, hatte im Jahre 1600 eine Truppe von Tänzern gesammelt und am Ufer des Kamo in Kyoto eine Aufführung organisiert. Dies galt als Geburtsstunde des Kabuki. Als die Regierung 1630 bei einem Versuch, sogenannte unmoralische Praktiken zu unterbinden, Frauen verboten hatte, auf der Bühne aufzutreten, hatten männliche Schauspieler die weiblichen Rollen übernommen, und diese Tradition wurde auch beibehalten, nachdem das Verbot aufgehoben worden war. Trotz der archaischen Sprache, die kaum jemand von den Zuschauern noch verstand, hatte das Kabuki nichts von seiner Beliebtheit eingebüßt. Teilweise lag das an dem grandiosen Anblick, den das Spektakel dem Auge bot; in erster Linie blieben aber die Themen – Komödie und Tragödie, Liebe und Haß, Rache und Vergebung – immer aktuell, auch wenn die alten Stückeschreiber sie ins Unermeßliche gesteigert hatten.

Emotionen sind universell, dachte Alex, während er das Bühnengeschehen beobachtete. Diese Idee war ihm natürlich nicht ganz neu, aber er hatte sich nie intensiv damit auseinandergesetzt; erst jetzt wurde ihm klar, was das im Grunde bedeutete. Gefühle änderten sich nicht von Stadt zu Stadt, von Land zu Land, von Jahr zu Jahr, von Jahrhundert zu Jahrhundert. Die Reize, auf die das Herz reagierte, änderten sich im Laufe des Lebens ein wenig; ein Kind, ein Jüngling, ein reifer Mann und ein Greis verspürten Freude und Leid nicht immer aus den gleichen Gründen, aber die Gefühle als solche blieben dieselben, denn

Gefühle waren miteinander zu einem einheitlichen Gewebe des Lebens verwoben, immer und ausnahmslos, und dieses Gewebe hatte ein einziges Grundmuster.

Durch das Kabuki-Theater erlangte Alex an diesem Abend zwei wertvolle Einsichten:

Erstens: Wenn Emotionen universell waren, war er in gewissem Sinne nie allein gewesen und würde es auch nie sein. Als Kind war er verzweifelt gewesen, weil er geglaubt hatte, sozusagen in einem luftleeren, verschlossenen Raum zu leben, außerhalb des normalen Zeitstroms, unsichtbar für alle normalen Menschen. Erst jetzt begriff er, daß er in Wirklichkeit nie allein gewesen war. Jeden Abend, wenn er von seinem Vater geschlagen worden war, hatten andere Kinder mit ihm gelitten, ebenfalls Opfer ihrer Eltern oder aber irgendwelcher Fremder – und gemeinsam hatten sie alles ertragen. Sie waren eine geheime Bruderschaft. Kein Leid, kein Glück war einmalig. Alle Gefühle stammten aus einer gemeinsamen Quelle, aus einem riesigen See, aus dem die ganze Menschheit schöpfte und trank. Und dieses unsichtbare, aber starke Netzwerk gemeinsamer Erfahrungen verband alle Menschen, verknüpfte ein Individuum mit dem anderen, so daß im Grunde alle Rassen, Religionen und Nationalitäten eine Gemeinschaft bildeten. Welche Distanz er deshalb auch immer zu seinen Freunden und Freundinnen bewahren mochte – es würde ihm nie gelingen, sich total zu isolieren. Ein Leben ohne jede emotionale Bindung war unmöglich, ob ihm das nun gefiel oder nicht, und eine Bindung war nun einmal immer mit vielen Risiken verbunden.

Zweitens: Wenn Emotionen universell und zeitlos waren, so stellten sie die höchsten der Menschheit bekannten Wahrheiten dar. Wenn Millionen und Abermillionen von Menschen in Dutzenden verschiedener Kulturen unabhängig voneinander dieselbe Vorstellung von Liebe hatten, ließ sich ihre Realität wohl kaum leugnen.

Die laute, dramatische Musik, die den Mord begleitet hatte, verklang allmählich.

Auf der riesigen Bühne trat eine der ›Frauen‹ vor und begann etwas zu deklamieren.

Joanna warf Alex einen fragenden Blick zu. »Gefällt es dir?«

»Ja. Es ist herrlich. Es ist großartig.«

Sie gingen in eine Bar, wo der Besitzer sie auf englisch mit drei Worten begrüßte: »Nur Japaner, bitte.«

Joanna redete in schnellem Japanisch auf ihn ein und überzeugte ihn, daß sie zwar nicht in diesem Land geboren waren, aber es dennoch verstanden und liebten, worauf er sie lächelnd willkommen hieß.

Sie bestellten Sake, und Joanna mahnte: »So solltest du ihn nicht trinken.«

»Was mache ich denn falsch?«

»Du darfst die Tasse nicht mit der rechten Hand halten.«

»Warum nicht?«

»Weil man daran einen groben, ungeduldigen Trunkenbold erkennt.«

»Vielleicht bin ich ein grober, ungeduldiger Trunkenbold.«

»Aber soll das jeder wissen?«

»Ich darf die Tasse also nur mit der linken Hand halten?«

»Ja.«

»So?«

»So ist's richtig.«

»Ich komme mir wie ein schrecklicher Barbar vor.«

Sie lächelte. »Bei mir darfst du ruhig beide Hände benutzen.«

Sie besuchten in der Nichiegeki Music Hall eine einstündige Show, eine Mischung aus Varieté und Kabarett. Komiker erzählten Witze, die teilweise wirklich amüsant waren, aber Alex genoß den Anblick einer ausgelassen lachenden Joanna viel mehr als die Späße selbst. Zwischen diesen Nummern tanzten junge Frauen in knappen Kostümen, zwar nicht besonders gekonnt, aber mit viel Begeisterung und Energie. Die meisten von ihnen waren atemberaubende Schönheiten, aber für Alex war keine von ihnen auch nur halb so schön wie Joanna.

Zurück im Hotel, bestellte Joanna beim Etagenkellner eine Flasche französischen Champagner und Kleingebäck, das nicht zu süß war. Es wurde in einer hübschen rotlackierten Holzdose in die Suite gebracht.

Sie zogen Pyjamas an, Joanna einen aus schwarzer Seide mit roten Streifen an Manschetten und Kragen.

Auf ihren Vorschlag hin öffnete Alex die Vorhänge, und sie schoben das Sofa vor die niedrigen Fenster. Seite an Seite sitzend, bewunderten sie die Skyline von Tokio, während sie Champagner tranken und an Mandelkrusten und Walnußhörnchen knabberten.

Kurz nach Mitternacht begannen in Ginza die Neonlichter zu erlöschen.

»Das japanische Nachtleben kann ganz schön aufregend sein«, sagte Joanna. »Aber für westliche Begriffe wird hier sehr früh Feierabend gemacht.«

»Sollen wir auch?«

»Was?«

»Feierabend machen.«

»Ich bin nicht schläfrig.«

»Wirkt der Champagner nicht?«

»Er macht mich munter.«

»Du wirst mich noch unter den Tisch trinken.«

Sie lächelte verführerisch. »Oh? Und was tun wir, wenn wir unter dem Tisch liegen?«

Er begehrte sie, er brauchte sie. Ihn dürstete nach ihrem Mund, nach ihrer Haut. Er wollte sie ausziehen und ihre Brüste küssen und mit ihr verschmelzen. Aber er sagte: »Wir müssen um sechs aufstehen.«

»Nein.«

»Doch, wenn wir das Flugzeug nicht verpassen wollen.«

»Wir brauchen nicht um sechs aufzustehen, wenn wir gar nicht erst schlafengehen. Wir können morgen im Flugzeug schlafen.«

»Und was machen wir jetzt?«

»Wir werden ruhig hier sitzen und auf den Morgen warten.«

»Soll das romantisch sein?«

»Findest du nicht?«

»Ich stelle es mir langweilig vor.«

»Wir werden dazu Champagner trinken.«

»Diese Flasche reicht nicht bis zum Morgen.«

»Dann bestellen wir eben eine zweite.«

»Die Bar hat vor wenigen Minuten geschlossen.«

»Dann unterhalten wir uns einfach.«

»Okay. Worüber?«

Sie sah ihn an. Ihre Augen waren sehr blau. »Wir werden uns erzählen, was wir tun wollen.«

»In England?«

»Nein.«

»Mit unserem Leben?«

»Nein.«

»Um die Welt zu verändern?«

»Wer könnte die Welt verändern?«

»Was dann?«

Sie lehnte sich an ihn. Ihr Körper war warm.

Er legte einen Arm um sie.

»Wir werden uns erzählen, was wir miteinander tun wollen«, sagte sie.

Sie berührte mit ihren Lippen seinen Hals. Es war kein richtiger Kuß. Sie schien nur an seiner Halsschlagader den Puls messen zu wollen.

Er zog sie fester an sich, bis ihr Busen angenehm an seine Brust gepreßt war. Er küßte ihre Stirn, ihre Augen.

»Bitte«, flüsterte sie.

Ihr weicher Mund öffnete sich unter seinem, und die Welt bestand für eine ganze Weile nur noch aus vier Lippen und zwei Zungen.

Seine Hände glitten über ihren Körper. Sie war unter der Seide herrlich glatt und fest.

»Bitte«, murmelte sie. »Bitte, Alex.«

Er stand auf, bückte sich und hob sie hoch. Sie schien gewichtlos zu sein, und er hatte das Gefühl, als könnte er die Welt aus den Angeln heben.

Sie klammerte sich an ihn, und in ihren klaren Augen stand eine Verletzlichkeit geschrieben, die ihn tief anrührte.

Er trug sie in sein Schlafzimmer und legte sie auf das Bett. Langsam und zärtlich entkleidete er sie.

Licht fiel nur durch die offene Tür aus dem Salon ein, ein breiter Streifen auf dem Bett, bleich wie Mondschein. Sie lag nackt da, viel zu schön, um real zu sein. Ein Traumwesen.

Er zog seinen Pyjama aus, legte sich neben sie und nahm sie in die Arme.

Sie küßten und streichelten einander. Er hörte ihren Herzschlag – oder vielleicht auch seinen eigenen.

Er begann ihren Körper mit Küssen zu erforschen. Er küßte ihre Ohrläppchen und ihren Hals, küßte ihre Schultern und ihre schlanken Arme und Finger, küßte ihre herrlichen Brüste und leckte an ihren Brustwarzen, die groß und hart wurden und leicht salzig schmeckten. Er küßte ihren straffen, konkaven Bauch, küßte ihre Schenkel und Knie und Zehen. Er schob ihre langen Beine auseinander und küßte die Innenseiten ihrer Schenkel, und schließlich küßte er ihre feuchten Schamlippen.

Sie wühlte mit den Fingern in seinen Haaren, wölbte ihren Rükken, hob sich ihm entgegen.

Alex sehnte sich nach ihr. Sie war so herrlich warm, so frisch und lebendig. Dieser vollkommene Körper. Diese wunderbare, ganz besondere Frau. Ihr Körper bebte unter seinen liebkosenden Händen. Zart . . . so zart wie . . . wie tanzende Schmetterlinge. Er sehnte sich danach, sie in Besitz zu nehmen, aber es war nicht nur Lust, die er empfand. Er wollte alles wissen, was es über sie zu wissen gab, aber auch sie sollte alles über ihn wissen, er wollte ihr vertrauen und ihr Vertrauen spüren, er wollte sie umhegen und von ihr umhegt werden. Er wollte sie ›erkennen‹, wie es so schön in der Bibel hieß, und von ihr ›erkannt‹ werden, nicht nur körperlich, sondern auch seelisch.

Sie begann leise zu stöhnen. Ihr Atem wurde schneller und lauter.

»O Alex!«

Er küßte und küßte . . .

Joanna wimmerte vor Lust und rief immer wieder seinen Namen und bäumte sich auf und stieß einen gebrochenen Schrei aus.

Er schob seine Hände unter ihr Gesäß, grub seine Finger in ihre Pobacken und hielt sie fest, während er ihre empfindsamste Stelle mit Lippen und Zunge weiter stimulierte. Sie zitterte und wurde von Schauern geschüttelt, bis sie endlich mit einem erlösten Seufzer zurücksank.

Sein Mund glitt langsam höher, über das Dreieck spröder Haare, über ihren Bauch, über ihre Brüste, wo er einige Minuten verweilte, bis zu ihrer Halsgrube. Dort flüsterte er zärtlich ihren Namen.

Sie lächelte. Das Lächeln einer Madonna.

Er küßte ihre Lippen, die feucht und warm waren.

Ihre Augen hatten einen dunklen Glanz, und ihr Haar hatte in dem bleichen Licht einen Silberschimmer.

Sie streckte ihre Hand aus und berührte seinen Penis. »Ich spüre, wie er herumspringt. Ein wildes Raubtier, hmmm?«

Er lachte. »Kein Raubtier.«

»O doch, ein richtiges Raubtier.«

»Nicht in deinen Händen.«

»Was ist es denn in meinen Händen?«

»Ein Hündchen, das sich an dich schmiegen möchte.«

Auch sie lachte. »Nein, ein Raubtier.«

»Wenn du meinst.«

»Aber ich werde es zähmen.«

»Das ist sein Schicksal.«

»Immer gezähmt zu werden?«

»Ja.«

»Armes Raubtier!«

»Glückliches Raubtier!«

»Läßt es sich denn gern zähmen?«

»Es liebt es, gezähmt zu werden. Immer und immer wieder.«

Er lag über ihr, auf seine Arme gestützt, und sie führte ihn zum Eingang.

»Jetzt«, flüsterte sie. »Süßer Alex. Süßer, süßer, süßer Alex. Jetzt . . .«

Er schloß die Augen, weil er befürchtete, daß ihr Gesicht ihm viel zu früh jede Beherrschung rauben würde. Aber hinter den geschlossenen Lidern glaubte er seinen Penis in ihr schwimmen zu sehen, so als glitte ein geheimnisvoller Fisch durch einen warmen, dunklen, gallertartigen See.

Er wollte sich zurückhalten, bis ihre Lust genausogroß sein würde wie die seinige, damit sie den Höhepunkt gemeinsam erleben konnten. Aber es fiel ihm wahnsinnig schwer. Er fühlte, daß dies kein Samenerguß wie alle bisherigen sein würde. Nein, was mit solcher Macht aus ihm hervorbrechen wollte, war ein reißender Strom lang angestauter Ängste, schrecklicher Erinnerungen und jahrelanger verdrängter Verzweiflung. Zum erstenmal in seinem Leben würde er sich wirklich rein fühlen. Dies war nicht einfach ein Geschlechtsakt. Es war eine Art Wiedergeburt.

Die Liebe existierte.

Die Liebe war eine Realität.

Und er hatte sie gefunden.

Er suchte nach seiner neuen Seele, die in Joanna verborgen war.

Ihre Hände streichelten seinen Körper, erforschten seine Muskeln an Armen, Schultern und Rücken.

Seine Stöße waren kraftvoll und zugleich zärtlich. Sie glaubte, unter ihm dahinzuschmelzen.

»Ich liebe dich, Joanna.«

Sie konnte seine Worte kaum verstehen. Er flüsterte so leise, als hätte er Angst, daß sie ihn hören könnte.

»Ich liebe dich, Liebster«, sagte sie.

»Ich meine es ernst. Ich kann es aussprechen und wirklich empfinden.«

»Ich auch, Liebling.«

»Ich liebe dich.«

»Ich liebe dich.«

»Ich liebe dich, ich liebe dich.«

Sie schmiegte sich noch fester an ihn, die Beine um ihn geschlungen; sie weinte vor Glück und erreichte den Gipfel der Lust im selben Augenblick wie er.

Erschöpft sank er auf ihre Brust.

Sie kamen in dieser Nacht nicht zum Schlafen. Es galt, jede Minute bis zum Morgen voll auszukosten, ein nie gekanntes Glück zu genießen.

45

Hoch und runter, hoch und runter ...

»Neun«, zählte Paz.

»Verdammt!« keuchte Carreras.

»Zehn.«

»Scheiße!« Carreras ließ die Hanteln fallen.

Er lief auf und ab, schüttelte Arme und Beine aus und gönnte sich einige Minuten zum Verschnaufen, bevor er weitertrainieren würde.

In der Schweiz, in Zürich, in dem herrlichen Haus hoch über dem See, in dem Trainingsraum, der einst ein eleganter Musiksalon gewesen war, arbeitete Ignacio Carreras hingebungsvoll an seinen Waden, Schenkeln, an Hüften, Gesäß und Taille, an Bauch- und Rückenmuskulatur.

Seit zwei Stunden war er mit Gewichtheben beschäftigt, fast ohne auszuruhen. Wenn er ausruhte, verspürte er keine Schmerzen, und er suchte den Schmerz, weil er ihn als Herausforderung und als Maßstab für Weiterentwicklung empfand.

Auf der Suche nach Schmerz begann er mit den letzten Übungen für diesen Tag. Er stellte sich mit gespreizten Beinen über die Hantel, packte die Stange mit beiden Händen, mit der rechten vor und mit der linken hinter seinem Körper, atmete tief ein und hob die Hantel beim Ausatmen hoch, während er sich aufrichtete. Seine Waden und Oberschenkel schmerzten höllisch. Er ging wieder in die Hocke, ließ die Hantel sekundenlang den Boden berühren und wiederholte die Übung. Seine Beine drohten einzuknicken. Er keuchte. Hochrotes Gesicht. Hals- und Schultermuskeln glichen straffen Tauen. Schweiß rann ihm in die Augen. Seine königsblauen Boxershorts klebten an seinem Körper. Hoch und runter, hoch und runter. Zusammengebissene Zähne. Ein kaum noch erträglicher, rasender Schmerz.

Für Gewichtheben gab es die verschiedensten Gründe. Manche Männer trainierten um ihrer Gesundheit willen. Andere wollten ihr Aussehen verbessern. Wieder andere wollten Frauen erobern, die auf Muskelprotze abfuhren. Für manche Männer war es eine Technik der Selbstverteidigung, für andere ein Spiel, eine Sportart oder gar eine Kunst.

Für Ignacio Carreras waren das alles nur zweitrangige Gründe.

»Sieben«, sagte Paz.

»Mein Gott!« stöhnte Carreras.

»Acht.«

Carreras ertrug die Tortur, weil er machtbesessen war. Er wollte in jeder Hinsicht Macht über andere Menschen ausüben – finanziell, politisch, psychologisch und physisch. Sein ganzer Reichtum hätte ihn nicht befriedigt, wenn er körperlich ein Schwächling gewesen wäre. Er konnte seine Feinde mit bloßen Händen ebenso vernichten wie mit Hilfe seines Geldes, und beides bereitete ihm Hochgenuß.

»Zehn.«

Carreras ließ die Hantel fallen und wischte sich die Hände an einem Handtuch ab.

»Ausgezeichnet«, kommentierte Paz.

»Nein.«

Carreras stellte sich vor einem großen Spiegel in Positur und betrachtete jeden einzelnen Muskel.

»Großartig«, meinte Paz.

»Je älter ich werde, desto schwieriger wird jeder Fortschritt. Ich glaube, ich entwickle mich überhaupt nicht mehr. Jetzt geht es nur noch darum, wenigstens die alte Form zu wahren.«

»Unsinn«, sagte Paz. »Sie sind in großartiger körperlicher Verfassung.«

»Nicht gut genug.«

»Aber Sie werden immer besser.«

»Nie gut genug.«

»Madame Dumont wartet im vorderen Zimmer«, teilte Paz ihm mit.

»Die soll ruhig noch ein Weilchen warten«, knurrte Carreras.

Er begab sich in sein Schlafzimmer im zweiten Stock.

Es war ein klassischer Raum des 18. Jahrhunderts. Die Decke war hoch und weiß, mit reichen Ornamenten verziert, darunter den drei Lilien des französischen Königswappens. Alle Holzschnitzereien waren hellgrau bemalt, die Wände mit Goldstreifentapete bespannt. Das Louis-seize-Bett war außen mit Seide gepolstert, rot mit goldenem Blattmuster, passend zum Baldachin und zur Decke. An der Wand gegenüber dem Bett standen zwei gleiche Louis-seize-Mahagonischränke mit Intarsien auf Schubladen und Türen. In einer Ecke stand eine große Harfe aus dem 18. Jahrhundert, herrlich verziert und in einwandfreiem Zustand. Der Teppich war beige mit verblaßtem Rosenmuster.

Ignacio Carreras wirkte in diesem Raum genauso fehl am Platz wie ein Affe bei einem vornehmen Teekränzchen.

Er zog seine feuchten Boxershorts aus, ging in das riesige Bad und schwitzte zehn Minuten in der angebauten Sauna. Beim Gedanken an Madame Marie Dumont, die unten wartete und bestimmt ungeduldig mit dem Fuß auf den Boden klopfte, lächelte er selbstzufrieden. Eine halbe Stunde verbrachte er in der großen Badewanne, wobei er seine Beine unter Wasser massierte. Zum Abschluß unterzog er sich der Tortur einer eiskalten Dusche. Die Vorstellung, daß Marie unten inzwischen vor Wut kochte, hielt ihn dabei innerlich warm.

Er frottierte sich kräftig ab, zog einen Morgenrock an und trat gerade ins Schlafzimmer, als das Telefon klingelte.

Carreras nahm den Hörer ab. »Ja.«

»Ein Anruf aus London auf Leitung 1«, meldete Paz.

»Marlowe?«

»Nein, der Dickwanst.«

»Er ist in London?«

»Das hat er gesagt.«

»Stell das Gespräch durch – und sorg dafür, daß Marie Dumont keine Möglichkeit hat, an einem Nebenanschluß alles mitzuhören.«

»Ja, Sir.«

Carreras schaltete die mit dem Telefon verbundene Störvorrichtung ein.

»Ignacio?« Das war unverkennbar Petersons Stimme.

»Ja. Wo bist du?«

»In Marlowes Büro. Können wir offen sprechen?«

»Ja, wie immer. Was machst du in London?«

»Hunter und das Mädchen treffen heute abend hier ein.«

»Rotenhausen hatte doch geschworen, daß sie nie imstande sein würde, Japan zu verlassen.«

»Er hat sich geirrt. Kannst du eine kleine Reise machen?«

»Na klar.«

»Fahr zu Rotenhausen nach St. Moritz.«

»Ich mache mich noch heute abend auf den Weg.«

»Wir werden versuchen, Hunter wie geplant auf Rotenhausens Fährte zu bringen.«

»Schmeißt du jetzt den Laden in London?«

»Nein, nur in dieser speziellen Angelegenheit.«

»Gut. Marlowe wird damit nämlich nicht fertig.«

»Das ist mir klar.«

»Er ist wahnsinnig nervös.«

»Ich habe es bemerkt.«

»Er hat einige Spielregeln verletzt. Beispielsweise wollte er mir den richtigen Namen des Mädchens entlocken.«

»Mir auch.«

»Er hat sogar törichte Drohungen ausgestoßen.«

»Wahrscheinlich genauso törichte, wie ich sie mir anhören mußte«, sagte Peterson.

»Ich habe seine Ablösung empfohlen.«

»Ich auch.«

»Falls die Antwort positiv ausfällt, möchte ich ihn mir persönlich vornehmen.«

»Lieber Ignacio, es wird nichts derart Drastisches sein. Nur eine Heimreise.«

»Aber falls es doch etwas Drastischeres sein sollte, will ich den Job haben.«

»Keine Bange. Niemand wird dich um deinen Spaß bringen.«

»Sehen wir uns in Moritz?« fragte Carreras.

»Gewiß doch«, erwiderte Peterson. »Ich werde dort vielleicht Skiunterricht nehmen.«

Carreras lachte. »Das wäre ein unvergeßlicher Anblick.«

»Nicht wahr?« Lachend legte Peterson den Hörer auf.

Carreras stellte per Knopfdruck die Verbindung zum Erdgeschoß her.

»Ja, Sir?« meldete sich Paz.

»Madame Dumont kann jetzt raufkommen.«

»In Ordnung, Sir.«

»Und du solltest deinen Koffer packen. Wir fahren in einigen Stunden nach St. Moritz.«

»Ja, Sir.«

Carreras legte den Hörer auf und öffnete die Tür eines Einbauschranks, in dem sich eine reichhaltige Bar befand. Er begann Getränke zu mixen: Orangensaft mit zwei rohen Eiern für sich, Wodka mit Tonic für Marie Dumont.

Ihr Drink war noch nicht fertig, als sie ins Zimmer stürmte und die Tür hinter sich zuwarf. Sie war außer sich vor Wut.

»Hallo, Marie.«

»Für wen hältst du dich eigentlich, verdammt noch mal?«

»Für Ignacio Carreras.«

»Du Lump!«

»Ich habe einen Wodka mit Tonic für dich vorbereitet.«

»Du kannst *mich* nicht so einfach warten lassen!«

»Oh? Aber ich habe es doch soeben getan.«

»Dreckschwein!«

»Die junge Dame drückt sich wirklich sehr gewählt aus.«

»Halt's Maul!«

Sie war schön. Sie war erst 26 Jahre alt, aber für ihr Alter sehr klug und welterfahren – obwohl nicht so klug, wie sie glaubte. Ihr dunkles Haar umrahmte ein kühles Gesicht mit dunklen Augen, die einen hungrigen und zugleich schmerzerfüllten Ausdruck hatten. In teuren Internaten hatte sie perfektes Auftreten gelernt, das arrogant wirkte. Sie war so schlank wie ein Fotomodell, aber mit vollen Brüsten.

Ihre Kleidung ließ an Eleganz nichts zu wünschen übrig. Zu einem zweiteiligen beigen Kostüm – einem Pariser Modell – trug sie eine pinkfarbene Bluse und genau die richtige Menge Schmuck. Ihr dezentes Parfum kostete 200 Dollar pro Unze.

»Ich erwarte eine Entschuldigung«, sagte sie.

»Tatsächlich?«

»Ja.«

»Da ist dein Drink.«

»Du kannst mich nicht so behandeln!«

Sie war ihr Leben lang verwöhnt worden. Ihr Vater war ein reicher belgischer Kaufmann, und ihr Ehemann war ein noch viel reicherer französischer Industrieller. Ihr war nie ein Wunsch abgeschlagen worden – obwohl sie oft übertriebene Forderungen stellte.

»Entschuldige dich!« beharrte sie.

»Das wäre dir doch gar nicht recht.«

»Nicht recht? Ich verlange es.«

»Du bist eine Rotzgöre, weißt du das?«

»Ich habe gesagt, daß du dich entschuldigen sollst.«

»Aber eine sehr hübsche Rotzgöre.«

»Entschuldige dich endlich, verdammt noch mal!«

»Beruhige dich, Marie.«

»Entschuldige dich, du schmieriger Affe!«

Er gab ihr eine leichte Ohrfeige.

»Da ist dein Drink«, sagte er wieder.

»Dreckschwein!«

»Nimm jetzt endlich dein Glas, Luder.«

»Das kannst du dir in den Arsch stecken.«

Diesmal schlug er so fest zu, daß sie taumelte.

»Trink!« befahl er.

»Du machst mich krank.«

»Warum kommst du dann hierher?«

»Aus Wohltätigkeit.«

Er schlug wieder zu. Noch fester.

Sie prallte gegen die Wand, schwankte und griff sich an die rote Wange.

»Nimm deinen Drink!« kommandierte er streng.

Sie spuckte ihn an.

Diesmal schlug er sie zu Boden.

Sie blieb benommen sitzen.

Carreras zog sie hoch und preßte sie mit einer Hand an die Wand.

Sie weinte, aber in ihren Augen stand ein perverses Verlangen geschrieben.

»Du bist krank«, erklärte er ihr. »Du bist ein krankes, verdorbenes, kleines reiches Mädchen. Du hast deinen weißen Rolls-Royce und deinen kleinen Mercedes. Du lebst in einem herrschaftlichen Haus. Du hast Dienstboten, die dir jede Arbeit abnehmen, ausgenommen das Scheißen. Du gibst das Geld mit vollen Händen aus, so als wäre es morgen nichts mehr wert, aber du kannst nicht kaufen, was du dir wirklich wünschst. Du willst, daß jemand ›nein‹ zu dir sagt. Du bist dein Leben lang verhätschelt worden, und jetzt willst du, daß jemand dich herumstößt und dir weh tut. Du hast Schuldgefühle wegen deines vielen Geldes, und wahrscheinlich wärest du am glücklichsten, wenn jemand es dir wegnähme. Und verschenken kannst du es auch nicht, weil der größte Teil davon in Trusts steckt. Deshalb mußt du dich damit begnügen, dich schlagen und demütigen und erniedrigen zu lassen. Mir ist das alles völlig klar. Ich halte dich für verrückt, aber ich verstehe deine Motive. Du bist viel zu oberflächlich, um zu begreifen, welches Glück du im Leben gehabt hast, viel zu oberflächlich, um es zu genießen, viel zu oberflächlich, um nach einer sinnvollen Verwendungsmöglichkeit für dein Geld zu suchen. Deshalb kommst du zu mir. *Du* kommst zu *mir*. Vergiß das nicht. Du bist in meinem Haus, und du wirst tun, was ich sage. Und als erstes wirst du jetzt deinen Wodka-Tonic trinken.«

Sie hatte während seiner langen Rede Speichel gesammelt und spuckte ihn wieder an. Die Flüssigkeit lief an seiner Nase entlang, hinab zum Mundwinkel.

Während er sie mit der linken Hand an die Wand drückte, hielt er mit der rechten das Glas an ihre Lippen, aber sie hielt den Mund fest geschlossen.

»Trink!«

Sie weigerte sich.

Er bog ihren Kopf zurück und versuchte ihr das Zeug in die Nase zu gießen, bis sie schließlich gezwungen war, prustend und keuchend den Mund zu öffnen, um nicht zu ersticken. Er schüttete den Rest des Drinks zwischen ihre Lippen, ließ sie los, holte seinen eigenen Drink und leerte das Glas in wenigen durstigen Zügen.

Sie hatte sich noch immer nicht erholt, stand vornübergebeugt da, hustete und rang nach Luft.

Carreras packte sie am Arm, zerrte sie zum Bett und stieß sie mit dem Gesicht nach unten auf die Matratze. Er ließ seinen Morgenrock auf den Boden fallen und schob ihren Rock hoch. Sie trug keine Strumpfhose, sondern einen Strumpfhalter und Strümpfe, bestens vorbereitet auf eine Situation wie diese. Er zog so heftig an ihrem Slip, daß das dünne Material zerriß. Sie begann sich plötzlich zu wehren, so als hätte sie erst jetzt begriffen, was er mit ihr vorhatte. Er ließ sich auf sie fallen und drang grob in sie ein. Nur auf sein eigenes Vergnügen bedacht, wurden seine Stöße immer brutaler.

»Du tust mir weh«, jammerte sie.

Er wußte, daß das stimmte. Aber er wußte auch, daß sie es so haben wollte. Abgesehen davon wollte *er* es nur so und nicht anders haben.

Er wollte Frauen benutzen, mißbrauchen.

Schmerz bedeutete Macht.

Sexuelle Macht über andere Menschen war für Ignacio Carreras genauso wichtig wie finanzielle, psychologische und physische Gewalt. Bevor er mit Marie Dumont fertig war, würde sie wieder seine Sklavin sein. Er würde sie sich auf jede nur erdenkliche Weise vornehmen – in die Vagina, so wie jetzt, in den Anus, in den Mund, bis sie fast erstickte – und immer ohne jede Zärtlichkeit. Er würde ihr alle möglichen Schimpfwörter an den Kopf werfen und sie zwingen, sich selbst mit diesen Namen zu belegen. Er würde sie kneifen und schlagen, bis sie vor Schmerz winselte. Er würde sie demütigen und erniedrigen. Er würde immer Schlimmeres von ihr verlangen, bis sie sich völlig wertlos und er sich gottähnlich vorkam. Das würde ihnen beiden die totale Befriedigung verschaffen.

Während Marie sich unter ihm weinend in die Bettdecke krallte, dachte er an Lisa-Joanna und fragte sich, ob er Gelegenheit haben würde, mit ihr das gleiche zu machen wie jetzt mit Marie. Allein schon diese Vorstellung erregte ihn dermaßen, daß seine Stöße noch brutaler wurden.

Als er die kleine Chelgrin vor über zehn Jahren gesehen hatte, war sie das schönste und verführerischste Geschöpf gewesen, dem er je begegnet war, aber sie war für ihn unerreichbar geblieben. Nach den in Kyoto aufgenommenen Fotos zu schließen, war sie in der Zwischenzeit noch schöner geworden.

Carreras hatte keinen größeren Wunsch als den, daß Rotenhausens Behandlung diesmal fehlschlagen würde, denn dann würde man Lisa-Joanna vielleicht ihm zur Liquidierung übergeben. Rotenhausen hielt es für möglich, daß sie irreparable geistige Schäden davontragen würde, wenn das Programm ein zweites Mal durchgeführt wurde. Dem Arzt zufolge standen ihre Chancen schlechter als fünfzig zu fünfzig. Es war relativ wahrscheinlich, daß sie nach der erneuten Gehirnwäsche für immer das geistige Niveau einer Vierjährigen haben würde. Wenn man sie dann ihm übergab, würde er behaupten, er hätte sie getötet und begraben, aber in Wirklichkeit würde er sie weiterleben lassen. Wenn sie geistig beschränkt war, würde er sie in einem Ausmaß beherrschen und mißbrauchen können, wie ihm das noch nie möglich gewesen war. Sie würde sein kleines Haustier sein, ein Kätzchen, das ihm die Stiefel leckte. Er würde sie wie einen Hund dressieren und ...

Madame Marie Dumont schrie.

»Halt's Maul, du Luder!« befahl er.

»Du tust mir weh ... so weh ...«

Er drückte ihr Gesicht in die Matratze, um ihre Schreie zu dämpfen.

Joanna würde lernen, widerspruchslos zu gehorchen. Wenn er es ihr befahl, würde sie seine Hausschuhe im Mund anbringen. Mit dem Verstand eines Kindes und dem Körper einer reifen Frau würde sie nur dem einzigen Zweck dienen, ihm sexuelle Befriedigung zu verschaffen. Er würde sie mißbrauchen und ihr dabei immer neue Verletzungen zufügen. Er würde sie nackt an die Kette legen wie einen Hund, und sie würde vor ihm auf dem Bauch kriechen und vor ihm zittern, aber ihn dennoch anbeten. Er würde sie mißhandeln und benutzen, bis alle Abarten der Lust erschöpft wären. Dann würde er sie mit Paz teilen; sie würden das Mädchen zu zweit zu jedem nur vorstellbaren normalen und perversen Treiben benutzen. Und wenn sie ihn dann überhaupt nicht mehr erregte, wenn ihre Reize auf ihn jede Wirkung verloren hätten, würde er sie mit eigenen Händen totprügeln. Er war machtbesessen in jeder Hinsicht, und die Macht über Leben und Tod war am befriedigendsten. Es gab für ihn nichts Wertvolleres als die Erlaubnis zum Töten; keine Freiheit bedeutete ihm soviel wie die Freiheit zu töten; und nichts vermochte ihm einen solch intensiven Genuß zu bereiten wie der langsame Tod eines seiner Opfer. Wenn er die Kind-Frau Joanna satt hatte, würde er sich mindestens einen Tag lang Zeit nehmen, um sie zu ermorden. Er würde den Prozeß in die Länge ziehen, würde jeden Tropfen Blut und jede Pein einzeln aus ihr herauspressen, um sich möglichst lange an ihren Qualen zu ergötzen.

Von diesem Wunschtraum absoluter Dominanz überwältigt, verlor er die Kontrolle über sich und ejakulierte explosionsartig. Damit sah er sich der Möglichkeit beraubt, Madame Dumont auf verschiedene Weise zu mißbrauchen und zu erniedrigen. Seine sadistischen Visionen hatten ihm für den Moment jede reale Macht entzogen.

Er richtete sich auf und schlüpfte in seinen Morgenrock.

Marie drehte sich auf den Rücken und warf ihm einen fragenden Blick zu. Ihr Rock war bis zur Taille hochgerutscht. Ihre Haare und ihr Gesicht waren naß von Wodka, Tränen und Schweiß. Ihre teure Kleidung war befleckt.

Carreras ging an die Bar und schlug zwei Eier auf.

»Was habe ich gemacht?« fragte Marie verstört.

»Nichts.«

»Sag es mir.«

»Du kannst gehen.«

Sie stand auf und machte einen taumelnden Schritt. »Sag mir, was ich falsch gemacht habe.«

»Nichts. Ich möchte einfach, daß du gehst.«

»Aber wir haben doch kaum . . .«

»Verdammt, scher dich zum Teufel!«

Sie ließ sich erschüttert auf die Bettkante fallen.

»Verschwinde! Hast du nicht gehört?«

»Das kann doch nicht dein Ernst sein«, murmelte sie.

Er konnte nur an Joanna denken, daran, wie er sie benutzen und zuletzt umbringen würde.

»Ich habe dich satt«, sagte er. »Hau ab.«

Sie begann wieder zu weinen.

Er riß sie vom Bett hoch.

Sie klammerte sich an ihn.

Er schob sie zur Tür.

»Darf ich wiederkommen?« fragte sie.

»Vielleicht.«

»Sag ja.«

»Ruf mich in einer Woche an.«

Er stieß sie zur Tür hinaus und schloß hinter ihr ab.

Er kehrte an die Bar zurück, vermischte Orangensaft mit den Eiern und trank das klebrige Zeug.

Dann holte er einen Koffer aus dem Einbauschrank, legte ihn aufs Bett und begann zu packen.

Er konnte es kaum abwarten, nach St. Moritz zu kommen.

Dritter Teil

EIN PUZZLE IM PUZZLE

Der Wintersturm
Bläst kleine Steine
Auf die Tempelglocke.

Buson, 1715–1783

46

Weder Alex noch Joanna schliefen gut während des Fluges nach London. Sie waren nervös und fragten sich unwillkürlich, was sie in England wohl erwarten würde; außerdem mußten sie noch ihre neue Beziehung verarbeiten. Hinzu kam, daß das Flugzeug mehrmals in schwere Stürme geriet und sie in ihren Sitzen hingen wie seekranke Landratten bei der ersten Ozeanreise.

Bei der Landung in London am Donnerstagabend hatte Alex das Gefühl, als gehörte er ins Krankenhaus, in die Intensivstation. Seine langen Beine waren verkrampft, geschwollen und bleischwer; bei jedem Schritt zuckte ein stechender Schmerz durch seine Waden und Schenkel. Sein Gesäß brannte, so als hätte er auf Nadelkissen gesessen, und sein Rücken war völlig verspannt. Seine Augen waren blutunterlaufen und tränten. Sein Mund war trocken, und er hatte einen säuerlichen Geschmack auf der Zunge.

Joannas Aussehen nach zu schließen, hatte sie die gleichen Beschwerden. Sie versprach, niederzuknien und die Erde zu küssen, sobald sie sicher sein würde, daß sie genug Kraft hatte, um wieder aufzustehen.

Im Hotel verzichteten sie darauf, ihre Koffer auszupacken. Sie holten nur aus Joannas Reisetasche einige unentbehrliche Dinge. Sie hatte zwei Haartrockner mitgenommen, ein leichtes Plastikgerät und einen großen altmodischen Metallfön. In der Reisetasche befand sich auch ein kleiner Schraubenzieher, mit dessen Hilfe Alex den schweren Fön auseinandermontierte. Vor der Abreise aus Kyoto hatte er die inneren Teile des Gerätes entfernt und dort die mit einem Schalldämpfer versehene Pistole verstaut, die er der Ratte abgenommen hatte. Der umfunktionierte Haartrockner war weder bei der Gepäckdurchleuchtung noch bei der Zollkontrolle aufgefallen. Aus derselben Tasche holte Alex eine große Dose Körperpuder, ging damit ins Bad und schüttete den Puder in die Toilette. Zurück blieben in der Dose zwei Magazine Ersatzmunition.

»Du würdest einen erstklassigen Verbrecher abgeben«, meinte Joanna.

»Ja. Aber ich habe es als braver Staatsbürger wahrscheinlich weiter gebracht, als wenn ich mich für eine kriminelle Karriere entschieden hätte.«

»Wir könnten doch Banken ausrauben.«

»Warum kaufen wir nicht einfach eine?«

»Das ist nicht so romantisch.«

»Aber sicherer.«

»Oh, du bist einfach nicht abenteuerlustig.«

»Stimmt.«

»Ein richtiger Langweiler.«

»Jetzt hast du mich endlich durchschaut.«

»Du bist farblos.«

»Ja, ein richtiges Mauerblümchen«, bestätigte er.

»Ein Eigenbrötler.«

»Ich bin eben furchtbar schüchtern.«

Sie umarmte ihn lachend.

Nach einem leichten Abendessen im Salon ihrer Dreizimmersuite krochen sie um zehn unter die Decke ein und desselben Bettes, tauschten aber vor dem Einschlafen nur einen keuschen Gutenachtkuß.

Alex hatte einen seltsamen Traum. Er lag in einem weichen Bett in einem weißen Raum, und drei weißgekleidete Chirurgen mit weißen Gesichtsmasken beugten sich über ihn. Der erste Chirurg sagte: »Wo glaubt er, daß er ist?« Der zweite sagte: »In Südamerika. In Rio.« Und der dritte fragte: »Und was passiert, wenn die Sache nicht klappt?« Der erste erwiderte: »Dann wird er wahrscheinlich ums Leben kommen, ohne unser Problem gelöst zu haben.« Alex hob die Hand, um einen der Ärzte zu berühren, aber seine Finger verwandelten sich plötzlich in Miniaturgebäude, die rasch immer größer wurden und sich in Wolkenkratzer verwandelten. Eine Stadt wuchs aus seiner Handfläche heraus und breitete sich auf seinem Arm aus, und die Gesichter der Chirurgen wurden durch einen klaren blauen Himmel ersetzt. Unter ihm lag Rio, die phantastische Bucht, und dann landete sein Flugzeug; er stieg aus, und er war in Rio, und eine spanische Gitarre empfing ihn mit melancholischer Musik.

Als Joanna sich im Dunkeln an ihn schmiegte und seinen Nakken küßte, war es auf dem Reisewecker vier Uhr.

»Wach?« fragte sie.

»Jetzt – ja.«

»Ich habe gehört, daß du schüchtern bist.«

»Wahnsinnig schüchtern.«

Er drehte sich auf den Rücken.

Sie setzte sich auf ihn, und er streichelte ihre vollen Brüste, während sie wie ein Cowgirl auf ihm ritt.

»Ich habe das Raubtier wieder gezähmt«, sagte sie etwas später.

»Morgens wird es wieder wild sein.«

»Hoffentlich.«

Sie schliefen aneinandergekuschelt ein.

Um halb acht am Freitagmorgen wurde Alex durch lautes Pochen geweckt. Im ersten Moment glaubte er, nur geträumt zu haben, aber das war nicht der Fall. Es hörte sich so an, als würde sich ein Mann mit der Schulter gegen eine stabile Tür werfen.

Joanna richtete sich ebenfalls auf und zog instinktiv die Decke über ihre nackten Brüste. »Was ist das?«

Alex schüttelte seine Schlaftrunkenheit vollends ab, lauschte mit schiefgelegtem Kopf und sagte: »Jemand ist an der Salontür.«

»Hört sich so an, als wollte jemand sie einschlagen«, meinte sie.

Er griff nach der geladenen Pistole auf dem Nachttisch.

47

Alex wollte, daß Joanna im Bett blieb, aber sie weigerte sich.

Er machte kein Licht, als er aufstand, weil er befürchtete, daß sie dann eine leichte Zielscheibe abgeben würden.

Das laute Pochen hörte auf, als er die offene Tür zwischen Schlafzimmer und Salon erreichte. Die plötzliche Stille wirkte noch bedrohlicher als der Lärm.

Er machte einen Schritt in den Salon, aber Joanna, die ihm dicht auf den Fersen folgte, hielt ihn zurück. »Warte!«

»Ich glaube nicht, daß sie in einem Hotel zuschlagen werden«, beruhigte er sie. »Das wäre viel zu riskant.«

»Aber ein Spiel ist das doch bestimmt auch nicht«, erwiderte sie.

Alex lauschte mit angehaltenem Atem. Nichts. Kein Laut war zu hören.

Die Vorhänge waren geschlossen. Das schwache graue Licht, das an den Rändern einfiel, konnte den Raum nicht erhellen. Sessel, Sofa und Schreibtisch sahen im Dunkeln wie schlafende Tiere aus. In den Ecken schienen sich die violetten Schatten gespenstisch zu bewegen.

Alex tastete nach dem Lichtschalter. Er blinzelte in der plötzlichen Helligkeit und hielt die Pistole schußbereit.

»Hier ist niemand«, stellte Joanna fest.

Er ging auf die Tür zu, die auf den Korridor im 18. Stock des Hotels hinausführte.

»Alex, bleib lieber hier.«

Ein blauer Umschlag lag auf dem Teppich im Vorraum. Er war unter der Tür durchgeschoben worden.

»Das war also der Grund für das Geklopfe«, sagte Alex. »Sie wollten uns aus dem Bett jagen, damit wir diesen Brief finden.«

Er hob den Umschlag auf.

»Was ist es?« fragte Joanna.

»Ein Brief vom Senator.«

»Woher weißt du das?«

»Ich weiß es einfach.«

»Wie?« insistierte sie.

Der Umschlag war nicht beschriftet und fest zugeklebt.

Alex runzelte die Stirn. »Ich kann nicht sagen, woher ich es weiß, aber ich bin mir ganz sicher.«

Er riß den Umschlag auf und entfaltete den blauen Briefbogen.

Lesen Sie das nicht laut vor. Ihr Zimmer wird abgehört. Ich muß mit Ihnen sprechen. Kommen Sie um zehn Uhr ins Britische Museum. Man wird Sie verfolgen. Ich verlasse mich darauf, daß Sie die Verfolger abhängen. Ich riskiere mein Leben, indem ich Ihnen diese Zeilen schreibe.

Tom Chelgrin

48

London war regnerisch und kalt. Der triste Dezemberhimmel hing dicht über den höchsten Gebäuden, und dünne Nebelstreifen ließen die Atmosphäre noch trostloser erscheinen.

Der Taxifahrer, bei dem sie vor ihrem Hotel einstiegen, war ein kräftiger Mann mit sorgfältig gestutztem weißem Bart. Er trug einen verbeulten Hut und roch nach Pfefferminz. »Wohin soll's denn heute morgen gehen?«

»Wir wollen ins Britische Museum«, teilte Alex ihm mit.

»Aber vorher werden Sie die Leute abhängen müssen, die uns verfolgen. Können Sie das?«

Der Fahrer starrte ihn an.

»Er meint es völlig ernst«, erklärte Joanna.

»Scheint so«, sagte der Fahrer.

»Und er ist nüchtern«, fuhr sie fort.

»Scheint so.«

»Und er ist nicht verrückt.«

»Das ist noch sehr die Frage«, lautete der trockene Kommentar des Fahrers.

Alex gab dem Mann vier Fünf-Pfund-Scheine. »Am Ende der Fahrt bekommen sie noch einmal dieselbe Summe, plus Fahrtkosten. Werden Sie uns helfen?«

»Nun ja«, meinte der Fahrer, »es heißt ja, wenn man einem Verrückten begegnet, soll man ihn bei guter Laune halten.«

»Ein ausgezeichneter Rat. Halten Sie mich bei guter Laune.«

»Nur eines macht mir Sorgen«, sagte der Fahrer. »Sind es die Bullen, die hinter Ihnen her sind?«

»Nein.«

»Sind es die Bullen, junge Dame?«

»Nein«, antwortete Joanna. »Es sind keine sympathischen Leute.«

»Das sind die Bullen auch nicht.« Er grinste, schob die Scheine in seine Hemdtasche, strich sich über den weißen Bart und sagte: »Ich heiße Nicholas. Zu Ihren Diensten. Wonach soll ich Ausschau halten? Was für einen Wagen könnten die Typen benutzen?«

»Das weiß ich nicht«, erwiderte Alex. »Aber sie werden uns bestimmt dicht auf den Fersen bleiben. Wenn wir die Augen offenhalten, werden wir sie erkennen.«

Es herrschte dichter Verkehr. Nicholas bog an der ersten Ecke nach rechts ab, an der zweiten nach links, dann wieder rechts, links, links, rechts.

Alex blickte aufmerksam durch die Heckscheibe. »Der braune Jaguar.«

Nicholas hatte in den Rückspiegel geschaut. »Ja, das muß er sein.«

»Hängen Sie ihn ab.«

Nicholas war nicht gerade ein Rennwagenfahrer. Er versuchte zwar sein Bestes, um durch häufiges Wechseln der Fahrspur möglichst viele Autos zwischen sich und den Jaguar zu bringen, aber keines seiner Manöver war so waghalsig, daß es die Verfolger entmutigt hätte. In den ersten zehn Minuten blieben sie dicht hinter dem Taxi. Nicholas bog häufig ab, ohne vorher den Blinker zu betätigen, aber nie bei hoher Geschwindigkeit und nie von der falschen Fahrspur.

»Ihr Wagemut ist nicht gerade atemberaubend«, kommentierte Alex.

»Ich tu, was ich kann, Sir.«

Joanna legte eine Hand auf Alex' Arm.

»Denk an die Fabel von Hase und Igel«, tröstete sie ihn.

»Ja, aber ich will sie schnellstens abhängen. Wenn das hier so weitergeht, wird es uns erst nach acht bis zehn Stunden gelingen – wenn sie es einfach leid sind, uns zu verfolgen.«

Alex wußte, daß ein Londoner Taxi keinerlei Unfallspuren aufweisen durfte, auch wenn es sich nur um kleine Schrammen oder Dellen handelte. Wahrscheinlich berücksichtigte Nicholas das bei seiner Fahrweise. Natürlich würde die Versicherung eine Reparatur bezahlen, aber das Taxi würde vielleicht eine Woche in der Werkstatt stehen, und das würde eine erhebliche Geldeinbuße für den Fahrer bedeuten.

Trotz seiner Vorsicht gelang es Nicholas aber nach relativ kurzer Zeit, drei Wagen zwischen sich und den braunen Jaguar zu bringen.

»Wir hängen sie ab!« rief er glücklich.

Alex hatte allerdings eher den Eindruck, als würde Nicholas *erlaubt*, die Verfolger abzuhängen. Der Fahrer des Jaguar lenkte nicht mehr so geschickt wie anfangs; er und nicht Nicholas war für den größer werdenden Abstand verantwortlich, so als *wollte* er das Taxi entkommen lassen.

Aber warum?

Weil sie ohnehin wissen, wohin wir wollen, sagte sich Alex.

Er führte eines jener Selbstgespräche, an die er so gewöhnt war – diesmal allerdings nicht laut.

Wissen sie, daß wir den Senator treffen wollen?

Ja, und er ist einer der ihren, deshalb brauchen sie uns eigentlich überhaupt nicht zu beschatten.

Aber wenn er einer der ihren ist – warum hat er dann auf diese Weise Kontakt mit uns aufgenommen? Warum hat er geschrieben, wir sollten die Verfolger abhängen?

Ich weiß es nicht. Aber er muß zu der Bande gehören. Wie hätte er sonst herausfinden können, daß wir in London sind?

Es ist gut, mißtrauisch und sogar ein klein wenig paranoid zu sein, aber du darfst es nicht übertreiben, denn sonst wirst du nicht klar denken können. Vielleicht siehst du Gespenster. Vielleicht ist der Fahrer des Jaguar nur vorsichtig, noch vorsichtiger als unser guter alter Nicholas. Das könnte die ganz einfache Erklärung sein. Könnte . . .

Dennoch . . . Er starrte durch die Heckscheibe und wurde eine leichte Unruhe nicht los.

Sie kamen an eine Kreuzung, wo die Ampel gerade von Grün auf Rot umschaltete, aber Nicholas brachte genug Mut auf, verbotenerweise um die Ecke zu biegen, sogar mit quietschenden Reifen.

Die Autos hinter ihm blieben ordnungsgemäß stehen, und der Jaguar würde erst weiterfahren können, wenn die Ampel wieder Grün anzeigte.

Sie befanden sich in einer schmalen Straße mit eleganten Läden und Theatern. Hier herrschte nur wenig Verkehr. Nicholas bog in eine Seitenstraße ab, bevor der Jaguar wieder auftauchte, und fuhr dann noch ein Weilchen kreuz und quer in der Gegend umher, wobei er immer wieder in den Rückspiegel schaute. Ein strahlendes Lächeln breitete sich allmählich auf seinem Gesicht aus, und schließlich rief er begeistert: »Ich hab's geschafft! Ich hab' sie abgehängt! Genau wie in den amerikanischen Fernsehkrimis!«

»Sie waren großartig«, sagte Joanna.

»Im Ernst?«

»Einfach umwerfend«, versicherte sie.

»Ja, ich war wirklich nicht schlecht.«

Alex starrte schweigend aus dem Fenster.

Am Britischen Museum öffnete Joanna die Wagentür, stieg aus und rannte durch den strömenden Regen zum Haupteingang.

Während Alex bezahlte, sagte Nicholas: »Wahrscheinlich ihr Ehemann.«

Alex blinzelte verwirrt. »Was?«

»Na, wenn es nicht die Bullen waren . . .«

»Ach so! Nein, es war nicht ihr Ehemann.«

Nicholas kratzte sich am Bart. »Sie werden mich doch nicht vor Neugier umkommen lassen.«

»Doch, leider«, erwiderte Alex.

Er stieg aus und warf die Tür zu.

Nach einem letzten neugierigen Blick fuhr Nicholas los.

Alex stand im kalten Regen, die Hände in den Manteltaschen vergraben. Er blickte die Straße auf und ab und achtete besonders auf die geparkten Wagen.

Nichts Verdächtiges.

Er rannte zum Eingang.

»Du bist ja patschnaß«, sagte Joanna.

»Ja.«

»Wonach hast du denn Ausschau gehalten?«

»Ich weiß nicht so recht.« Er betrachtete noch immer die Straße.

»Alex, was ist los?«

»Der Jaguar hat sich viel zu leicht abhängen lassen. Bisher war nichts einfach. Warum jetzt?«

»Vielleicht hat unsere Glückssträhne begonnen.«

»Ich glaube nicht an Glücksfälle«, murmelte er, wandte der Straße aber endlich den Rücken zu und folgte Joanna ins Museum.

49

Sie standen vor interessanten assyrischen Exponaten, als sie endlich angesprochen wurden, allerdings nicht vom Senator, sondern von einem kleinen, drahtigen Mann in Seemannsjacke und dunkelbrauner Mütze. Er hatte ein hartes Gesicht mit wachsamen kleinen Augen und einen höhnisch verzogenen Mund. Zunächst stellte er sich neben Alex und tat so, als betrachte er eine assyrische Waffe, gab sein Manöver aber auf, als Alex ihn fixierte.

»Sie sin' ›unter‹ nich'?«

Der Cockney-Dialekt des Mannes war kaum zu verstehen. Zum Glück erstreckte sich Alex' Interesse für Sprachen auch auf besonders ausgefallene Dialekte, und das Cockney-Englisch mit seinen unzähligen Slangausdrücken und der undeutlichen Aussprache war besonders ausdrucksstark. Im Londoner East End entstanden, hatte sich dieser Dialekt bis in viele Landesteile ausgebreitet. Ursprünglich hatten sich die Bewohner des East End dieser besonderen Sprache bedient, um von den Gesetzeshütern und sonstigen Fremden nicht verstanden zu werden. Mittlerweile war aber auch die Polizei dieses Dialekts mächtig.

Der Mann blickte von Alex zu Joanna. »Ihr seht wie uf'n Fotos aus.«

»Und du siehst wie 'n Ganove aus«, erwiderte Alex in breitem Cockney. »Was gibt's denn?«

Der Fremde blinzelte, verblüfft darüber, daß ein Amerikaner

den Dialekt des East End beherrschte. »He, du sollst doch 'n Ami sein.«

»Bin ich auch.«

»Du hast's Quatschen aber nich' schlecht drauf.«

»Danke. Was willst du?« fragte Alex.

»Ich hab' 'ne Nachricht.«

»Von wem?«

»Von so'm piekfeinen Knilch.«

»Das sagt mir nich' viel.«

»So'n Kerl mit viel weißen Haaren auf'm Kopf.«

»Wie heißt er denn?«

»Vorgestellt hat er sich nich', aber ich hab' 25 Eier von ihm gekriegt.«

Das waren 25 Pfund.

»Was is' das für 'ne Nachricht?«

»Er is' im Churchill am Portman Square und tät' Sie gern seh'n.«

Senator Thomas Chelgrin wartete also im Churchill Hotel. Es konnte niemand anderer sein.

»Was noch?« wollte Alex wissen.

Der Mann kratzte sich am Kinn. »Na ja, das war's schon.«

»Nich' gerade viel.«

»Kann ich nix 'für, Kamerad.«

Der Fremde wollte gehen, drehte sich dann aber noch einmal um, fuhr sich mit der Zunge über die Lippen und faßte offenbar einen schweren Entschluß. »Da wär' noch was.«

»Was denn?« fragte Alex.

»Vorsicht vor dem Knilch.«

»Ich weiß, daß er kein netter Zeitgenosse ist.«

»Das ist 'n verdammter Schleimer.«

»Ich werd' aufpassen. Danke für'n Tip.«

Der Mann zupfte an seiner Mütze. »Ich tät' den Kerl nich' anrühren, 's sei denn, er würd' vom Kopf bis zu'n Füßen in'm Kondom drinstecken.«

Alex lachte. Er hatte über den Senator genau die gleiche Meinung.

Der Cockney verschwand eilig.

»Was hat er denn alles gesagt?« fragte Joanna, für die dieser Dialekt ein Buch mit sieben Siegeln war.

Alex berichtete ihr alles, einschließlich des letzten Kommentars.

Sie lächelte schwach. »Leider wird er nicht von Kopf bis Fuß in ein Kondom gehüllt sein.«

50

Von einer Fernsprechzelle im Museum rief Alex im Churchill Hotel an.

Joanna stand nervös neben ihm. Die Aussicht, ihrem Vater zu begegnen, stimmte sie verständlicherweise nicht gerade fröhlich.

Alex ließ sich mit Mr. Chelgrins Zimmer verbinden, und der Senator nahm nach dem ersten Klingelzeichen sofort ab. »Hallo?«

»Hier ist Alex Hunter.«

»Ist . . . ist sie bei Ihnen?«

»Selbstverständlich.«

»Ich kann es kaum erwarten, sie zu sehen. Kommen Sie rauf.«

»Wir sind nicht im Hotel.«

»Wo dann?«

»Noch im Museum.«

»Ich muß Sie möglichst rasch sprechen. Ich weiß nicht, wieviel Zeit mir noch bleibt.«

»Ich finde, wir sollten uns erst ausführlich am Telefon unterhalten, bevor wir uns treffen.«

»Es ist sehr dringend! Ich . . .«

»Wir müssen einige Dinge wissen. Beispielsweise, was auf Jamaika geschah. Und warum aus Lisa Joanna wurde.«

»Solch wichtige Fragen kann man doch nicht am Telefon besprechen«, erwiderte Chelgrin. »Jedenfalls geht es bei dieser Sache um sehr viel mehr, als Sie ahnen.«

Alex zögerte, tauschte einen Blick mit Joanna und sagte schließlich: »Also gut. Treffen wir uns in einer halben Stunde gleich am Eingang zur Nationalgalerie.«

»O nein. Nein, das ist unmöglich.«

»Warum?«

»Wir müssen uns hier treffen. In meinem Hotelzimmer.«

»Das wäre für uns zu riskant.«

»Ich habe doch nicht die Absicht, Ihnen etwas zuleide zu tun.«

»Hoffentlich stimmt das.«

»Ich möchte helfen.«

»Mir wäre ein Treffen auf neutralem Boden lieber.«

»Aber ich traue mich nicht aus dem Haus«, sagte Chelgrin, und in seiner Stimme schwang Panik mit, was für diesen Mann völlig untypisch war. »Wenn ich mit Ihnen gesehen werde . . . wenn ich überhaupt hier in London gesehen werde . . . bin ich ein toter Mann.«

»Wer würde Sie denn umbringen?«

Chelgrin begann hastig zu sprechen, so als befürchtete er, daß Alex einhängen könnte. »Diese Leute. Sie bringen mich bestimmt um, wenn mich jemand mit Ihnen sieht. Dann wissen sie nämlich, daß ich das Lager gewechselt habe.« Seine Panik kam immer deutlicher zum Ausdruck. »Ich habe alle möglichen Vorsichtsmaßnahmen getroffen, um diese Reise geheimzuhalten. Mein Büro erklärt auf Anfrage, ich sei nach Illinois gefahren, um mich mit einigen wichtigen Wählern zu treffen. Ich bin nicht von Washington aus geflogen, weil ich Angst hatte, daß sie mir dann zu leicht auf die Spur kommen könnten.« Er verhaspelte sich jetzt sogar beim Sprechen. »Ich bin mit dem Auto nach New York gefahren, von dort nach Toronto geflogen, dann weiter nach Montreal und erst von dort nach London. Ich bin total erschöpft und mit den Nerven völlig am Ende.« Seine Nervosität wuchs von Minute zu Minute. »Ich bin im Churchill abgestiegen, weil es nicht mein übliches Hotel ist. Normalerweise wohne ich im Claridge's. Aber wenn sie herausfinden, daß ich nicht in Illinois bin, werden sie erraten, wohin ich gefahren bin, und früher oder später werden sie mich finden. Verdammt, Hunter, ich riskiere mein Leben! Ich habe mit ihnen gebrochen! Ich werde Ihnen und meiner Tochter helfen. Falls sie mir noch erlaubt, sie ›Tochter‹ zu nennen, nach allem, was ich getan habe. Gemeinsam können wir die ganze Sache auffliegen lassen. Dann sind sie erledigt.«

»Wer sind ›sie‹?« fragte Alex.

»Die Russen.«

»Was haben denn die Russen damit zu tun?«

»Darüber kann ich nicht am Telefon sprechen. Es ist jedenfalls eine ganz große Sache. Sie müssen herkommen! Ich kann es nicht riskieren, mich irgendwo zu zeigen.«

Alex dachte ein Weilchen darüber nach.

»Hunter?«

»Ich bin noch dran.«

»Meine Zimmernummer ist 416.«

Alex schwieg.

»Bitte beeilen Sie sich. Bevor sie mich finden.«

Alex schwieg noch immer.

»Hunter?«

»Ja.«

»Sie *müssen* herkommen.«

Alex seufzte. »Also gut.«

51

Sie nahmen ein Taxi zu Harrods. Sogar am Vormittag wimmelte es in dem riesigen weltberühmten Kaufhaus von Menschen. Hier gab es schlichtweg alles zu kaufen: Delikatessen, Sportartikel, Kaugummi, chinesische Kunst, seltene Bücher, Gummistiefel, ausgefallene Kleidung, teure Antiquitäten, Haarnadeln, Nagellack, Orientteppiche und tausenderlei mehr.

Alex und Joanna hatten an all dem kein Interesse. Sie kauften nur zwei stabile Regenschirme und ein Set einfacher, aber solide gearbeiteter Stahlmesser.

In einer Damentoilette prüfte Joanna jedes Stück und entschied sich schließlich für ein sehr scharfes Fleischmesser, das sie in ihrer Manteltasche versteckte. Die anderen Messer ließ sie in der Toilette liegen.

Jetzt waren sowohl Alex als auch sie bewaffnet. Das war in London ein viel schlimmeres Vergehen als fast überall sonst auf der Welt, aber es war ihre geringste Sorge, ins Gefängnis zu kommen. Tom Chelgrins Hotelzimmer unbewaffnet zu betreten, wäre ein unverantwortlicher Leichtsinn, den sie mit ihrem Leben bezahlen könnten.

Von Harrods fuhren sie mit einem Taxi wieder ein Weilchen kreuz und quer durch die regennassen Straßen, bis Alex sicher war, daß niemand ihnen folgte. Drei Blocks vom Churchill entfernt stiegen sie aus.

Die Schirme schützten sie nicht nur vor dem Regen. Sie konnten dahinter ihre Gesichter gut verbergen. Anstatt das Hotel durch den Haupteingang zu betreten und die große Halle im Regency-Stil zu durchqueren, wo sie unweigerlich auffallen würden, benutzten sie den Lieferanteneingang auf der Rückseite des Hotels. Die Hintertreppe war leicht zu finden, und sie hatten das Glück, von niemandem gesehen zu werden.

»Laß deinen Schirm lieber hier«, sagte Alex. »Es ist besser, wenn wir oben beide Hände frei haben.«

Sie stellte ihren Schirm neben seinen in eine dunkle Ecke.

»Angst?« fragte er.

»Ja.«

»Willst du lieber irgendwo draußen warten?«

»Ich kann nicht.«

Obwohl sie flüsterten, hallten ihre Stimmen in dem kalten Treppenhaus wider.

Er küßte sie auf die Wange. »Ich liebe dich.«

»Ich liebe dich, Alex.«

Alex verstaute seine Pistole in der Manteltasche und ließ die Hand gleich am Abzug.

Joanna umklammerte das Fleischmesser in ihrer Tasche.

»Fertig?« fragte er.

»Ja.«

Sie stiegen die Treppen zum vierten Stock hinauf.

Der Korridor war warm, hell beleuchtet und menschenleer. Es war viel zu still – so als würde jeder Gast auf dieser Etage den Atem anhalten und darauf warten, daß zwei naive, ahnungslose Mäuslein in eine Falle tappten.

Trotz der eleganten Ausstattung hatte Alex das beklemmende Gefühl, als befände er sich in einer Geisterbahn, als würde irgendein Monster plötzlich aus einer Tür oder aus der Decke auftauchen und sie anspringen.

Zimmer 416 war nur noch wenige Schritte entfernt, als Alex abrupt stehenblieb – nicht wegen irgendeines Monsters, sondern weil ihn eine Vorahnung überfiel. Nein, es war mehr als nur eine Vorahnung, es war eine grelle Vision. Er sah Tom Chelgrin – blutüberströmt.

Joanna blieb neben ihm stehen und packte ihn am Arm. »Was ist?« flüsterte sie.

Alex fuhr sich mit der Hand über die Stirn. Noch vor wenigen Minuten hatte er gefroren. Jetzt war er schweißgebadet.

»Alex?«

»Er ist tot.«

»Wer?«

»Tom Chelgrin.«

»Woher weißt du das?«

»Ich weiß es einfach. Ich bin mir ganz sicher.«

Er nahm die Pistole aus seiner Tasche und ging weiter.

Die Tür von Zimmer 416 war nur angelehnt.

Joanna fröstelte.

»Bleib hinter mir«, sagte er.

»Laß uns lieber die Polizei verständigen.«

»Das können wir nicht. *Noch* nicht.«

»So etwas ist Aufgabe der Polizei.«

»Das haben wir doch schon alles durchgesprochen.«

»Wir haben jetzt genügend Beweise.«

»Auch nicht mehr als gestern.«

»Aber wenn er tot ist, ist das doch ein Beweis.«

»Wir wissen nicht, ob er tot ist. Aber selbst das wäre kein Beweis für irgend etwas.«

»Laß uns von hier verschwinden.«

»Für uns gibt es sowieso keinen sicheren Ort.«

Er klopfte an die Tür.

Keine Reaktion.

Er stellte sich neben die Tür und stieß sie mit dem Schalldämpfer seiner Pistole weit auf.

Stille.

Im Zimmer brannte Licht.

Alex rief leise: »Senator?«

Keine Antwort.

Er trat über die Schwelle.

»Nein!« flüsterte Joanna, aber sie folgte ihm.

Thomas Chelgrin lag mit dem Gesicht nach unten in einer Blutlache.

52

Senator Chelgrin trug einen blauen Bademantel, der den größten Teil des Blutes aufgesogen hatte. Auf dem Rücken wies der Stoff drei blutige Löcher auf. Der Mann war von drei Kugeln getroffen worden: zwischen den Schultern, in der Rückenmitte und etwa in Taillenhöhe. Sein rechter Arm war unter ihm eingeklemmt, der linke weit ausgestreckt, die Finger in den Teppich gekrallt. Sein Kopf war zur Seite gedreht. Von seinem Gesicht war nur die Hälfte zu sehen; sie war blutbeschmiert, und eine dicke Haarsträhne fiel über das Auge.

Alex inspizierte vorsichtig den Rest der kleinen Suite, aber die Mörder hatten den Tatort bereits verlassen.

Als er in den Salon zurückkam, kniete Joanna neben der Leiche.

»Rühr ihn nicht an!« rief Alex.

Sie blickte hoch. »Warum nicht?«

»Es wird nicht leicht sein, hier rauszukommen und in unser eigenes Hotel zu gelangen, wenn du voller Blutflecken bist.«

»Ich passe schon auf.«

»Du hast aber bereits Blut am Mantelsaum.«

»Oh, verdammt!«

Er zog sie hoch und weg von der Leiche. Mit seinem Taschentuch rieb er an dem Blutfleck. »So wird's gehen«, sagte er schließlich.

»Alex, sollten wir ihn nicht untersuchen?«

»Wozu?«

»Vielleicht ist er noch am Leben«

»Am Leben?« wiederholte er ungläubig. »Schau dir doch diese Wunden an. Diese Löcher! Sie haben eine großkalibrige Waffe benutzt. Das waren Profis. Mein Gott! Die Kugeln müssen ihm die Brust zerfetzt haben. Schau dir nur mal das viele Blut an. Zuviel Blut. Herzschuß. Und die Wirbelsäule ist ebenfalls getroffen worden. Er ist so tot, wie ein Mensch nur tot sein kann.«

»Woher hast du gewußt, daß er tot ist? Woher hast du schon draußen auf dem Korridor gewußt, was wir hier vorfinden würden?«

»Eine Vorahnung«, meinte er unbehaglich.

»Aber wie?«

Er zuckte die Achseln. »Ich wünschte, ich wüßte es.« Seine Hellsichtigkeit war ihm selbst etwas unheimlich.

Sie starrte die Leiche an und schüttelte traurig den Kopf. »Ich fühle überhaupt nichts.«

»Warum solltest du auch?«

»Immerhin war er mein Vater.«

»Nein, das war er nicht. Das Recht auf diese Bezeichnung hat er vor langer Zeit verspielt.«

»Ich vermute, daß er um Lisa nicht getrauert hat.«

»Bestimmt nicht. Du schuldest ihm wirklich keine Tränen.«

»Aber *warum* das alles?«

»Wir werden es herausfinden.«

»Glaubst du?«

»Ja.«

»Ich nicht. Ich glaube, wir sind in einer Art riesigem chinesischem Puzzle. Wir werden einfach in immer kleinere Schachteln geraten.«

Alex warf ihr einen forschenden Blick zu und fragte sich, ob sie nun vielleicht doch noch zusammenbrechen würde. Sie wirkte erstaunlich ruhig, aber möglicherweise unterdrückte sie ihre Gefühle nur. Ihre Augen waren klar, ihre Lippen fest zusammengepreßt, aber sie zitterten nicht. Allerdings war sie sehr bleich.

Sie bemerkte, daß er um sie besorgt war, und brachte ein

schwaches Lächeln zustande. »Es geht schon. Wie gesagt – ich fühle überhaupt nichts. Komm, machen wir, daß wir hier wegkommen.«

»Noch nicht.«

»Aber wenn sie nun zurückkommen und . . .«

»Sie kommen nicht zurück. Wenn sie gewußt hätten, daß der Senator zu uns Kontakt aufgenommen hat, und wenn sie uns hätten umbringen wollen, hätten sie einfach hier gewartet. Komm, wir müssen die Suite durchsuchen.«

Diese Vorstellung war ihr sichtlich zuwider. »Das ist unheimlich.«

»Aber notwendig.«

»Wonach sollen wir denn suchen?«

»Nach irgend etwas. Nach irgendeiner Kleinigkeit, die uns weiterhelfen könnte.«

Joanna blickte zur Tür hinüber, die sie abgeschlossen hatten.

»Wir werden bestimmt nicht gestört werden«, beruhigte er sie, obwohl er sich alles andere als sicher war.

»Und wenn nun das Zimmermädchen . . .«

»Das war heute morgen schon hier. Das Bett ist frisch gemacht.«

Joanna holte tief Luft. »Bringen wir's so schnell wie möglich hinter uns.«

»Du paßt auf, daß ich nichts übersehe. Aber rühr nichts an. Wir dürfen keine Fingerabdrücke oder sonstige Hinweise hinterlassen. Wenn die Polizei uns des Mordes verdächtigt, haben wir nur Scherereien.«

»Davon haben wir ohnehin schon genug.«

»So ist es. Wir können nicht vor den Bullen weglaufen und gleichzeitig diesen Fall lösen.«

Im Schlafzimmer lagen zwei Kalbslederkoffer auf faltbaren Gepäckablagen. Einer war geöffnet. Alex fand ein Paar schwarze Socken und streifte sie als behelfsmäßige Handschuhe über.

Chelgrins Brieftasche lag auf der Kommode, enthielt aber nichts Interessantes.

Im Schrank hingen zwei Anzüge und ein Mantel. Alle Taschen waren leer.

Zwei Paar auf Hochglanz polierte Gucci-Schuhe standen im Schrank. Alex nahm die Spanner heraus und warf einen Blick hinein. Nichts.

Ein Gucci-Reisenecessaire neben dem Waschbecken im Bad

enthielt nur einen elektrischen Rasierapparat, Rasiercreme, Eau de Cologne, einen Kamm und eine kleine Dose Haarspray.

Alex wandte sich wieder dem offenen Koffer zu. Nichts Interessantes.

Er öffnete den zweiten Koffer und warf ein Kleidungsstück nach dem anderen auf den Boden, bis er auf einen großen braunen Umschlag stieß. »Hoffen wir, daß das endlich etwas Aufschlußreiches ist«, sagte Alex. »Denn wenn nicht, stehen wir in diesem Spiel wieder auf dem ersten Feld.«

Der Umschlag enthielt mehrere verblichene Zeitungsausschnitte – aus der *New York Times* und der *Washington Post*. Außerdem einen angefangenen Brief an Joanna. Alex nahm sich nicht die Zeit zum Lesen, aber er sah, daß alle Zeitungsausschnitte zwölf oder dreizehn Jahre alt waren und über einen deutschen Arzt namens Franz Rotenhausen berichteten. Neben einem der Artikel war auch ein Foto des Arztes abgedruckt: ein hageres Gesicht, scharfe Züge, Halbglatze.

Joanna sog plötzlich geräuschvoll die Luft ein. »O Gott!«

»Was ist?«

»Das ist er.«

»Wer?«

»Der Mann aus meinem Alptraum.«

»Der mit der künstlichen Hand?«

»Ja.«

Sie war wie betäubt.

»Sein Name ist Rotenhausen«, sagte Alex.

»Den Namen habe ich noch nie gehört.«

Sie zitterte wie Espenlaub.

»Ruhig, ganz ruhig«, murmelte Alex sanft.

»Ich dachte nicht, daß ich ihn jemals wiedersehen würde.«

Ihre Augen waren weit aufgerissen.

»Das ist es, was uns bisher fehlte – ein Name.«

»Bitte, Alex, bitte, laß uns gehen.«

Das Gesicht auf dem grobkörnigen Foto wirkte hart, knochig, irgendwie vampirartig. Die Augen schienen in eine Dimension zu starren, die andere Menschen nicht sehen konnten. Es waren kalte Augen. Franz Rotenhausen hatte den Blick eines Wahnsinnigen.

Alex fühlte, daß sich sogar ihm die Härchen im Nacken sträubten. Vielleicht war es wirklich höchste Zeit zu verschwinden.

»Wir lesen das Zeug später«, sagte er, schob Brief und Zeitungsausschnitte in den Umschlag zurück.

Während sie zur Tür gingen, rechnete Alex damit, daß sie plötzlich auffliegen würde. Aber niemand hielt sie auf.

53

Trotz der blutüberströmten Leiche, die sie im Churchill gesehen hatten, waren sie wahnsinnig hungrig. Alex dachte allerdings, daß sie vielleicht gerade deshalb so hungrig waren, weil sie diese Schreckensbilder noch vor Augen hatten. Nach einer Konfrontation mit dem Tod erlebten die meisten Menschen plötzlich einen Durchbruch ihrer animalischen Instinkte: Sie wurden hungrig, durstig und wollüstig. Ohne sich dessen bewußt zu sein, wollten sie der Welt damit laut und frohlockend demonstrieren: *Verdammt, ich lebe noch!*

Alex und Joanna aßen in einem gut besuchten Café am Piccadilly Circus zu Mittag. Während sie ihre Sandwiches verspeisten und Tee tranken, lasen sie die alten Zeitungsartikel aus der *New York Times* und der *Washington Post*.

Franz Rotenhausen war ein Genie auf mehr als nur einem Gebiet. Er hatte Biologie, Chemie, Medizin und Psychologie studiert sowie viele wichtige und international anerkannte Arbeiten veröffentlicht. Mit 24 Jahren hatte er bei einem Autounfall eine Hand verloren. Da ihn die zu jener Zeit erhältlichen Prothesen nicht zufriedenstellten, erfand er eine künstliche Hand, die der echten aus Fleisch und Blut kaum nachstand. Sie wurde durch Nervenimpulse des Armstumpfs gesteuert und mit Batterien betrieben. Achtzehn Jahre lang hatte Rotenhausen an einer großen westdeutschen Universität geforscht und gelehrt. Sein Hauptinteresse galt den Gehirnfunktionen und ihren Störungen; sein Spezialgebiet war die elektrische und chemische Natur von Denkprozessen und Erinnerungen.

»Warum läßt man jemanden überhaupt an so etwas arbeiten?« sagte Joanna zornig. »Das ist doch wie in George Orwells ›1984‹.«

»Es ist der Weg zur absoluten Macht«, erwiderte Alex. »Und deshalb sind alle Politiker daran brennend interessiert.«

Auf dem Gipfel einer brillanten Karriere hatte Rotenhausen vor 13 Jahren einen verhängnisvollen Fehler begangen. Er hatte ein Buch über das menschliche Gehirn geschrieben, mit Schwerpunkt auf den neuesten Erkenntnissen und Entwicklungen in der Verhaltensforschung und Verhaltensmanipulation, beispielsweise Gehirnwäsche und chemisch-elektrische Methoden der Gehirnkontrolle. Das ganze Werk zielte darauf ab, seine These zu stützen, daß sogar die drastischsten Formen der Gehirnmanipulation von ›verantwortungsbewußten‹ Regierungen eingesetzt werden sollten, um eine spannungsfreie, verbrechensfreie und sorgenfreie ›perfekte‹ Gesellschaft zu schaffen. Sein größter Fehler war nicht etwa, daß er dieses Buch geschrieben hatte; was ihn ruinierte, war sein Mangel an Reue. Die wissenschaftlich und politisch Verantwortlichen können jede Dummheit, Indiskretion oder grobe Fehleinschätzung verzeihen, wenn nur die öffentlichen Entschuldigungen lange und laut genug vorgebracht werden. Diese demütige Reue und Zerknirschung braucht nicht einmal aufrichtig zu sein, um vom Establishment bedingungslos akzeptiert zu werden; sie muß nur aufrichtig *wirken*, damit die Öffentlichkeit sich wieder beruhigen kann. Im Verlauf der Kontroverse um sein Buch leistete Rotenhausen jedoch keine Abbitte. Im Gegenteil, er reagierte zunehmend verärgert auf Kritiken. Anstatt des verlegenen Lächelns, das die Welt sehen wollte, zeigte er ihr ein überhebliches, höhnisches Grinsen. Seine öffentlichen Erklärungen gab er in barschem Ton ab, und zudem hatte er die unglückselige Gewohnheit, mit seiner häßlichen Stahlhand heftig zu gestikulieren. Die europäischen Zeitungen fanden rasch Spitznamen für ihn – Dr. Seltsam oder Dr. Frankenstein; bald setzte sich aber ein noch treffenderer Name durch: der Zombie-Doktor. Er wurde beschuldigt, eine Welt hirnloser Sklaven, gehorsamer Roboter schaffen zu wollen. Der Medienwirbel wurde immer schlimmer. Rotenhausen beschwerte sich, daß Reporter und Fotografen ihn auf Schritt und Tritt verfolgten, und er ließ sich zu Äußerungen hinreißen, daß sie die allerersten wären, die er einer Gehirnwäsche unterzöge, wenn er etwas zu sagen hätte. Er weigerte sich beharrlich, seiner Theorie abzuschwören. Ihm ging es ums Prinzip, und er blieb stur, auch als der Druck immer stärker wurde.

»Normalerweise habe ich Mitleid mit Opfern von Pressekampagnen«, sagte Alex. »Aber nicht in diesem Fall.«

»Er würde das, was er mir angetan hat, am liebsten mit allen machen«, stellte Joanna erschüttert fest.

»Oder sogar noch Schlimmeres.«

»Und was den Medien Sorgen bereitete, war die Tatsache, daß seine Forschungen die Möglichkeit einer derartigen Manipulation in greifbare Nähe rücken ließen.«

Die Bedienung brachte weiteren Tee und eine Platte mit kleinen Kuchen als Nachtisch.

Sie vertieften sich wieder in die Zeitungsausschnitte.

In Bonn war sich die deutsche Regierung der totalitären Vergangenheit ihres Volkes schmerzlich bewußt; man befürchtete negative Auswirkungen auf die internationalen Beziehungen durch das Wiederaufleben alter Ressentiments. Deshalb reagierte die Regierung äußerst sensibel auf die aggressive Weltmeinung, Rotenhausen sei ein geistiger Erbe Adolf Hitlers, der für den schlimmsten Terror aller Zeiten verantwortlich gewesen war. Der brillante Wissenschaftler war mit einem Male – nur weil er den Mund nicht halten konnte – kein nationales Prestigesymbol mehr, sondern wurde zu einem Mühlstein am Hals des deutschen Staates und seiner Bürger. Auf die Universität, die ihn beschäftigte, wurde erheblicher Druck ausgeübt. Schließlich wurde er wegen angeblicher sexueller Belästigung einer Studentin entlassen. Er bestritt alles und beschuldigte die Universitätsleitung und das Mädchen, ein Komplott gegen ihn geschmiedet zu haben. Im Grunde wußte er jedoch, daß andere Kräfte am Werk waren, und er hatte es satt, soviel Zeit mit Politik zu vergeuden, anstatt sich seiner wichtigen Forschung zu widmen. Er trat deshalb den Rückzug an. Kurze Zeit später wurde die Anklage fallengelassen.

»Was man mit ihm gemacht hat, war kein Unrecht«, sagte Joanna. »Vielleicht hat er jenes bestimmte Mädchen nicht belästigt, aber viele andere hat er mit Sicherheit belästigt, darauf könnte ich schwören. Ich kenne ihn sehr gut. Viel zu gut.«

Alex konnte den gehetzten Ausdruck ihrer schönen Augen nicht ertragen. Er starrte den angebissenen Kuchen auf seinem Teller an.

Kurze Zeit später nahmen sie sich einen weiteren Zeitungsartikel als Lektüre vor.

Sechs Monate nach seiner Vertreibung aus der Universität hatte der Zombie-Doktor seinen gesamten Besitz in Deutschland veräußert und war in die Schweiz, nach St. Moritz, umgezogen. Am letzten Tag in seiner Heimat hatte er Deutschland beschimpft und erklärt, die allermeisten Deutschen seien Schwächlinge, Feiglinge und Idioten. Die Schweiz nahm ihn mit offenen Armen auf, und zwar aus zwei Gründen: Zum einen ist dies ein Land mit einer sehr alten, bewundernswerten Tradition, prominenten Flüchtlingen Asyl zu gewähren. (Normale Sterbliche kommen allerdings seltener in diesen Genuß.) Zum anderen war Rotenhausen sehr reich, ein vielfacher Millionär. Er hatte sehr viel Geld geerbt und noch mehr selbst verdient, durch Dutzende von medizinischen und chemischen Patenten. Er traf mit den Schweizer Finanzbehörden eine für beide Seiten günstige Abmachung und bezahlte jedes Jahr eine Summe, die ihm nicht weh tat, aber einen nicht unerheblichen Prozentsatz der Ausgaben seines Kantons deckte. Man nahm an, daß er seine Forschungen im Privatlabor in St. Moritz weiter betrieb. Da er aber nie wieder etwas publizierte und mit keinem Journalisten sprach, ließ sich dieser Verdacht nicht bestätigen. Und nach einiger Zeit geriet er natürlich in Vergessenheit.

Chelgrins handgeschriebener, nicht beendeter Brief an seine Tochter bestand nur aus Entschuldigungen in mitleidheischendem Ton. Neue Informationen enthielt er nicht, nicht einmal den kleinsten Hinweis.

»Und wie hängt Rotenhausen nun eigentlich mit Chelgrin und mit Jamaika zusammen?« wollte Joanna wissen.

»Ich weiß es nicht, aber wir werden es herausfinden.«

»Du hast doch gesagt, der Senator hätte bei dem Telefonat Russen erwähnt.«

»Ja, aber ich weiß nicht, was er damit gemeint hat.«

»Was könnte Rotenhausen mit den Russen zu tun haben? Er scheint mir eher ein Nazi zu sein.«

»Nazis und Kommunisten haben eine Menge gemeinsam«, erklärte er ihr. »Sie wollen im Grunde dasselbe – absolute Kontrolle, unbeschränkte Macht. Ein Mann wie Franz Rotenhausen könnte in beiden Lagern große Sympathien genießen.«

»Und was jetzt?« fragte Joanna.

»Jetzt fahren wir in die Schweiz.«

54

Joanna beugte sich vor. »Alex, bitte, bitte hör zu. Wir brauchen nicht in die Schweiz zu fahren.« Sie versuchte in erster Linie nicht Alex, sondern sich selbst zu überzeugen.

»Doch, wir müssen hinfahren«, widersprach er.

»Wir können die ganze Sache jetzt der Polizei übergeben.«

»Wir haben noch immer nicht genügend Beweise.«

Sie schüttelte den Kopf. »Da bin ich anderer Meinung. Wir haben diese Zeitungsartikel und diesen Brief, eine Leiche im Churchill Hotel und die Tatsache, daß meine Fingerabdrücke mit Lisas übereinstimmen.«

Alex wollte sie unbedingt von seiner Sicht der Dinge überzeugen. »Zu welcher Polizei sollen wir denn gehen? Zur jamaikanischen?«

»Nein, natürlich nicht. Wir . . .«

»Zur amerikanischen? Vielleicht zum FBI? Oder zum CIA? Zur japanischen Polizei? Zur britischen? Sollen wir uns an Scotland Yard wenden? Oder an die Schweizer Polizei?« Er redete leise, aber mit großem Nachdruck.

Sie öffnete den Mund, schloß ihn wieder, ohne etwas gesagt zu haben, und runzelte angestrengt die Stirn.

Alex nahm ihre Hände in die seinigen.

»Alles ist so schrecklich kompliziert«, murmelte sie.

»Wenn wir jetzt zur Polizei gehen, sind wir morgen tot. Diese Leute, wer immer sie sein mögen, haben etwas zu verbergen, etwas enorm Wichtiges, und sie haben es lange geheimgehalten. Jetzt klappt die Sache nicht mehr. Alles droht einzustürzen wie ein Kartenhaus. Und das wissen sie genau. Deshalb haben sie den Senator ermordet. Sie versuchen den Scherbenhaufen zu beseitigen, bevor er jemandem auffällt. Zur Zeit dürften sie nach uns Ausschau halten.«

»Du meinst . . . sie suchen uns, weil sie uns ermorden wollen?«

»Ich könnte darauf jede Wette eingehen. Welche Immunität du bisher auch gehabt haben magst – diese Zeiten sind vorbei. Wenn wir die Sache jetzt publik machen, geben wir nur um so bessere Zielscheiben ab. Bis wir *alles* wissen, bis wir ihre Beweggründe kennen, bis uns alle Ereignisse von Jamaika über Japan bis hier bekannt sind, bis wir sie wirklich hochgehen lassen können, werden wir nur so lange am Leben bleiben, wie es uns gelingt, unsichtbar zu bleiben.«

»Aber wir werden alles andere als unsichtbar sein, wenn wir uns in der Schweiz auf die Jagd nach Rotenhausen machen.«

»Wir werden uns nicht direkt dorthin begeben, sondern eine Art Rundreise machen. Wir könnten beispielsweise nach Belgien und von dort nach Deutschland fliegen und dann mit dem Zug nach St. Moritz fahren. Wir schleichen uns sozusagen heimlich an.«

Joanna war noch immer nicht überzeugt. »Der Senator hat auch versucht, unbemerkt nach London zu kommen. Bei ihm hat es nicht geklappt.«

»Bei uns wird es aber klappen«, versicherte er. »Es *muß* einfach klappen.«

»Und wenn es klappt? Was willst du in St. Moritz unternehmen?«

»Ich werde herausfinden, wo Rotenhausen wohnt. Wenn sein Haus nicht übermäßig bewacht wird – und das glaube ich nicht –, werde ich mir irgendwie Zutritt verschaffen und dann herumschnüffeln, bis ich sein Archiv finde. Wenn er der korrekte, methodische Wissenschaftler ist, der er zu sein scheint, wird er vollständige Aufzeichnungen über deinen Fall besitzen – was er mit dir gemacht hat, wie und warum. Wenn diese Unterlagen erst einmal in unseren Händen sind, werden wir der Welt erzählen können, was Lisa Jean Chelgrin passiert ist.«

»Und was ist mit der British-Continental Insurance?«

»Was soll damit sein?«

»Vielleicht könnten wir uns den Weg nach St. Moritz sparen, wenn wir hier die Spur der British-Continental verfolgen.«

»Nachdem wir jetzt wissen, wo man dich der Gehirnwäsche unterzogen hat, brauchen wir uns mit der British-Continental nicht zu befassen. Das wäre nicht minder gefährlich als die Reise in die Schweiz, und wir würden mit größter Wahrscheinlichkeit nicht soviel herausfinden wie bei Rotenhausen.«

Sie lehnte sich resigniert zurück. »Wann verlassen wir London?«

»Sobald wie möglich«, erwiderte er. »Wenn wir es schaffen, schon in einer Stunde.«

55

Um ihre Spuren zu verwischen, beschlossen Alex und Joanna, nicht von London abzufliegen, sondern von einer anderen englischen Stadt. Bei ihrer Rückkehr ins Hotel forderten sie deshalb einen Mietwagen an, bezahlten ihre Rechnung und nahmen vorsichtshalber zwei Pagen in ihre Suite mit.

Doch obwohl die Pagen, ohne es zu wissen, als Wächter dienten und die Mörder des Senators kaum in Gegenwart von Zeugen zuschlagen würden, lief Alex nervös im Salon auf und ab, ohne die Tür aus den Augen zu lassen, während Joanna sich um das Gepäck kümmerte. Zum Glück waren sie am Vorabend viel zu müde zum Auspacken gewesen, und am Morgen hatten sie – von Chelgrins Nachricht aufgeschreckt – keine Zeit dazu gehabt. Deshalb waren sie jetzt schon nach wenigen Minuten aufbruchbereit.

Als der Lift auf der Fahrt nach unten im zehnten Stock hielt, öffnete Alex hastig einen Mantelknopf und griff nach der Pistole unter seinem Gürtel. Er befürchtete, daß Leute mit Maschinenpistolen in den Aufzug stürzen und sie mit Kugeln durchsieben könnten. Die Türen öffneten sich, und ein älteres Paar stieg ein, das eine lebhafte Unterhaltung in schnellem Spanisch führte und den anderen Insassen keinerlei Beachtung schenkte.

Joanna warf Alex einen flüchtigen Blick zu und lächelte bitter. Sie wußte, was er gedacht hatte.

Er knöpfte seinen Mantel wieder zu.

Sie warteten in der Hotelhalle auf den Mietwagen, der eine Dreiviertelstunde nach der Bestellung fahrbereit eintraf. Um 15 Uhr fuhren sie los.

Zunächst ging es ihnen nur darum festzustellen, welches Auto ihnen diesmal folgte. Sie kurvten durch das Straßengewirr der Großstadt. Es regnete nach wie vor in Strömen.

Joanna blickte angestrengt nach hinten. Nach einer Weile sagte sie: »Siehst du ihn?«

Alex warf zum x-tenmal einen Blick in den Rückspiegel. »Es ist wieder ein Jaguar, stimmt's?«

»Ja. Diesmal ein gelber.«

»Diese Typen scheinen größten Wert auf Stil zu legen.«

»Nun, immerhin waren sie ja mit dem Senator bekannt«, meinte Joanna sarkastisch, »und der Senator verkehrte stets in den allerbesten Kreisen, nicht?«

»Das kann man wohl sagen«, bestätigte Alex trocken. »Schnall dich jetzt lieber an.«

Sie drehte sich nach vorne und legte den Sicherheitsgurt an. »So, fertig, und jetzt zeigen wir's dem Schwein mal!«

Nach zehnminütigem waghalsigem Zickzackkurs durch die Straßen war der gelbe Jaguar nicht mehr zu sehen.

»Fantastisch!« rief Joanna, die während der riskanten Raserei mehrere Stoßgebete zum Himmel geschickt hatte.

»So fantastisch nun auch wieder nicht«, sagte er grimmig.

»Aber wir haben sie abgehängt!«

»Das ist es ja. Sie haben sich verdächtig leicht abhängen lassen.«

»Leicht? Wir sind mindestens ein halbes dutzendmal nur um Haaresbreite dem Unfalltod entgangen.«

»Diese Leute morden wie Profis. Folglich müßten sie auch zu einer professionellen Verfolgungsjagd imstande sein. Sie hatten einen besseren Wagen als wir, und sie müssen sich in dieser Stadt viel besser auskennen. Es ist genau wie heute morgen mit dem *braunen* Jaguar. Ich werde das Gefühl einfach nicht los, daß sie uns entkommen lassen *wollten.*«

»Aber warum sollten sie ein solches Spiel treiben?«

»Das weiß ich nicht«, sagte er mit düsterer Miene. »Es kommt mir so vor, als würden wir manipuliert, und das bereitet mir Sorgen.«

56

Joanna fand im Autoradio einen Sender, der zwei Stunden Beethoven im Programm hatte. Schon nach wenigen Minuten linderte die herrliche Musik ihre Nervenanspannung, und sie sah, daß auch Alex' Sorgenfalten sich etwas glätteten.

Dank der Straßenkarten der Mietwagenagentur verfuhren sie sich nur dreimal, bevor sie die Autobahn nach Süden fanden. Ihr Ziel war Brighton an der Küste, wo sie übernachten wollten.

Jahrelang hatte Joanna geglaubt, auf dieser Straße wären ihre Eltern ums Leben gekommen. Aber London hatte sich als fremder Ort erwiesen, und auch diese Landschaft war ihr völlig unbekannt. Bis vor kurzem war sie davon überzeugt gewesen, daß sie in London aufgewachsen war, aber alles hatte sich als Lug und Trug erwiesen. Robert und Elizabeth Rand hatten nur auf dem Papier existiert, auf einigen gefälschten Dokumenten – und in den Erinnerungen, die ihr einprogrammiert worden waren.

Die Scheibenwischer surrten gleichmäßig.

Sie dachte an ihren richtigen Vater, Thomas Chelgrin, der tot im Hotelzimmer lag, und sie wünschte, das Bild des blutüberströmten Senators könnte sie zum Weinen bringen. Zu trauern war besser als gar nichts zu fühlen. Aber sie war unfähig, um diesen Mann auch nur eine Träne zu vergießen.

Einen Moment lang kam sie sich wie eine Eisscholle vor, die auf einem riesigen dunklen Meer dahintrieb. Sie fühlte sich einsam, unerträglich allein. Doch dann sah sie Alex an, und die eisige Einsamkeit schwand dahin. Sie legte eine Hand auf seine Schulter. Er wandte seinen Blick für Sekunden von der Straße ab. Sie sagte, daß sie ihn liebte, und er richtete seine Augen wieder auf die Straße und sagte, daß auch er sie liebte, sehr liebte, und plötzlich war alles wieder in Ordnung.

Nach einer Weile stieg jedoch eine neue Angst in ihr auf. Und wenn Alex ihr nun genommen wurde? Wenn sie ihn umbrachten? Dann wäre sie wieder, wie früher, eine Eisscholle auf hoher See – und würde es für immer bleiben.

Der Sturm ließ nicht nach, auch als der trübe Winternachmittag in den Abend überging. Regen fiel vom aschgrauen Himmel auf das bleigraue Land. Die Autobahn war ein glänzendes schwarzes Band, auf dem die Scheinwerfer schimmerten wie das Mondlicht auf einem Fluß.

»Westlich von Brighton, auf dem Weg nach Worthing, gibt es einen romantischen kleinen Gasthof namens The Bell and the Dragon. Er ist einige hundert Jahre alt, aber sehr gepflegt, und auch das Essen ist ausgezeichnet.«

»Muß man dort nicht reservieren?«

»Um diese Jahreszeit nicht mehr. Die Touristensaison ist ja längst vorbei. Sie müßten freie Zimmer haben.«

Kurze Zeit später konnte sich Joanna mit eigenen Augen davon überzeugen, daß der Gasthof romantisch war. Er stand zwischen alten Ulmen, und der Parkplatz war fast so dunkel wie zur guten alten Zeit, als die Gäste noch mit Pferdekutschen vorgefahren waren. Der hübsche Fachwerkbau hatte schwere Eichentüren. Im Innern schimmerte die reich verzierte Holztäfelung im warmen Schein alter Messinglampen. Alex und Joanna bekamen im zweiten Stock geräumige Zimmer mit dunklen Holzbalken, weißem Verputz und Eichenböden.

Joanna hatte eine kindliche Freude an den greifköpfigen Wasserhähnen im Bad und stellte begeistert fest, daß der Steinkamin im Schlafzimmer keine Attrappe war. Schließlich warf sie sich auf das breite Bett. »Ach, Alex, es ist einfach herrlich!«

»Dieser Ort stammt eben noch aus einer ganz anderen Zeit, die gastlicher war als die unsrige«, meinte Alex.

»Ich finde ihn wundervoll. Wie oft bist du schon hier gewesen?«

Die Frage schien ihn zu überraschen. Er starrte sie schweigend an.

Sie richtete sich auf. »Was ist?«

Alex zupfte an seinem Schnurrbart. »Ich bin noch nie in diesem Gasthof gewesen.«

»Und?«

»Ich bin auch noch nie in Brighton gewesen«, sagte er. »Ich habe nicht die leiseste Ahnung, woher ich etwas von dem Gasthof wußte. Verdammt, das ist heute nun schon das dritte Mal!«

Er trat ans Fenster und blickte in die Dunkelheit hinaus.

»Was meinst du damit?«

»Dies ist das dritte Mal, daß ich etwas weiß, was ich eigentlich nicht wissen *kann*. Es ist unheimlich. Bevor ich heute morgen den Brief öffnete, wußte ich, daß Chelgrin der Absender war.«

»Das war doch nur eine Vermutung.«

»Und ich wußte, daß der Senator tot ist, noch bevor wir sein Zimmer betraten. Ich *wußte* es.«

»Eine Vorahnung.«

»Nein.«

»Es gibt Hellseher, die . . .«

»Daran glaube ich nicht.«

»Dann nenn es einfach Intuition«, sagte sie unbehaglich. »Du hast mir doch selbst einmal gesagt, du hättest manchmal Vorahnungen, die sich meistens als richtig erweisen.«

Alex wandte sich vom Fenster ab. »Aber dies hier war *keine* Vorahnung, Joanna. Ich wußte den Namen des Gasthofs – The Bell and the Dragon. Ich wußte genau, wie der Ort aussieht, so als hätte ich ihn schon einmal gesehen.«

»Vielleicht hat dir jemand davon erzählt und dir geraten, hier zu wohnen, falls du jemals nach Brighton kämest.«

Er schüttelte den Kopf. »Nein, dann würde ich mich erinnern, wer es war.«

»Nun, dann hast du vielleicht einen Artikel darüber gelesen und ein Foto gesehen.«

»Auch daran würde ich mich erinnern.«

»Nicht, wenn es einige Jahre her ist, und wenn du es irgendwo nur ganz beiläufig gelesen hast – vielleicht in irgendeiner Zeitschrift im Wartezimmer eines Arztes. Du hast es völlig vergessen, aber in deinem Unterbewußtsein ist es haften geblieben.«

»Vielleicht«, murmelte er, wenig überzeugt.

»Es muß etwas in dieser Art sein«, beruhigte sie ihn. »Es muß irgendeine einfache Erklärung dafür geben.«

»Einfach? Da bin ich mir nicht so sicher. Ich habe wieder das beklemmende Gefühl, daß wir manipuliert werden.«

Er starrte zum Fenster hinaus, das Gesicht an die Scheibe gepreßt, so als wäre er sicher, daß dort draußen jemand stand und ihn genau beobachtete.

57

In London war die Temperatur am Abend um zehn Grad gefallen. Sie lag jetzt um den Gefrierpunkt. Der Wind war stärker geworden, und der Regen war in Graupelschauer übergegangen.

Auf dem Heimweg von den Büros der Fielding Athison fuhr Marlowe – der Mann, der für alle sowjetischen Operationen unter dem Deckmantel der Importfirma verantwortlich war – sehr langsam und vorsichtig. Er umklammerte das Lenkrad mit beiden Händen und fluchte leise über das Wetter. Vor ihm, neben und hinter ihm kamen auf der vereisten Straße immer wieder Wagen ins Rutschen. Marlowe ärgerte sich maßlos über die Fahrer, die trotzdem wie die Irren durch die Gegend brausten.

Wollen die sich alle umbringen? fragte er sich.

Er war versucht, das Fenster herunterzukurbeln und sie anzubrüllen: »Verdammt, ihr blöden Arschlöcher, seid ihr denn alle lebensmüde?«

Marlowe selbst hing sehr am Leben. Er wollte nicht vor seinem hundertsten Geburtstag sterben – und dann im Bett, mit einer jungen Frau neben sich. Mit einer sehr jungen Frau – oder, noch besser, mit zweien.

Was ihm momentan Sorgen bereitete, war die Tatsache, daß er sich nicht ausschließlich auf das Fahren konzentrieren konnte. Trotz der ständigen Furcht, daß irgendein Idiot ihn rammen könnte, schweiften seine Gedanken ab. In den letzten Tagen hatte es viele schlechte Vorzeichen gegeben.

Das Telefonat mit Ignacio Carreras war der Anfang vom Übel gewesen. Als er nach Joanna Rands richtigem Namen gefragt hatte, sollte das eine Art Kraftprobe sein. Er hatte nicht damit gerechnet, mächtiger als Carreras zu sein, aber er hatte sich in seiner Meinung bestätigt sehen wollen, daß sie im sowjetischen Spionagesystem die gleiche Rangordnung einnahmen. Es war ein schwerer Schlag für ihn gewesen, als sich herausstellte, daß Carreras auf der Leiter höher stand als er selbst, zumindest was den Fall Joanna Rand betraf. Ignacio hatte ihm ja einen Anruf von höchster Stelle angekündigt, aber er hatte nicht so recht daran geglaubt. Was er für möglich hielt, war eine scharfe Zurechtweisung durch seinen unmittelbaren Vorgesetzten im KGB. Doch dann hatte sich tatsächlich der Regierungschef höchstpersönlich eingeschaltet und ihm unmißverständlich klargemacht: Tu, was Carreras dir gesagt hat, Marlowe; halt dich aus dem Fall Rand völlig heraus, laß die

Finger von dem Mädchen, selbst wenn es in London auftauchen sollte; vergiß am besten das wenige, was du von der ganzen Sache weißt, kümmere dich um deine eigenen Angelegenheiten, andernfalls ...

Er litt noch unter diesem Gesichtsverlust, als der groteske Dickwanst Anson Peterson aus Amerika nach London gekommen war und mit unglaublicher Arroganz begonnen hatte, Befehle zu erteilen. Marlowe dürfe Joanna Rand nicht sehen – nicht einmal ein Foto von ihr. Falls sie noch einmal bei der British-Continental anriefe, dürfe er nicht mit ihr sprechen. Er solle am besten überhaupt nicht mehr an diese Frau denken. Peterson hatte die Leitung an sich gerissen, und Marlowe mußte seinen übrigen Aufträgen nachgehen, so als wüßte er überhaupt nichts von der Krise.

Es widerstrebte Marlowe zutiefst, auch nur die geringste Kompetenz seiner Position abzutreten. Er hatte sich jedes Privileg hart erkämpft und wachte eifersüchtig darüber. Die Anmaßung des Dicken machte ihn rasend, bereitete ihm aber auch Sorgen.

Marlowe bewohnte die gesamte oberste Etage eines dreistöckigen Herrenhauses aus dem 18. Jahrhundert, das in Wohnungen aufgeteilt war. Als er am Straßenrand parkte und den Motor abstellte, atmete er erleichtert auf, weil er in keinen Unfall verwikkelt worden war.

Während er zur Tür rannte, prasselte der Eisregen auf ihn nieder und drang unter seinen Mantelkragen. Auf der Treppe lief ihm geschmolzenes kaltes Wasser den Rücken hinab, und er fröstelte, als er seine Wohnungstür aufschloß und das Licht einschaltete. Er machte zwei Schritte und blieb sodann wie angewurzelt stehen.

Gas!

Gasgeruch erfüllte die Luft.

Er hielt sich hastig ein Taschentuch vor Nase und Mund und eilte in die Küche. Er überprüfte die Knöpfe am Gasherd, aber alle waren ausgeschaltet.

Hier stimmte etwas nicht.

Selbst wenn er vergessen hätte, das Gas auszuschalten, wäre niemals eine derartige Menge ausgeströmt.

Er begann in sein Taschentuch zu husten.

Plötzlich wurde ihm klar, was das Gas zu bedeuten hatte. Er begriff, daß er nur noch wenige Sekunden zu leben hatte, und in dieser kurzen Zeit geschah sehr viel:

Er konnte sich nicht vom Fleck rühren. Er versuchte, seine Füße zu heben, aber sie schienen am Boden angenagelt zu sein. Die Angst hatte ihn total gelähmt.

Eine Sekunde war vorüber. Wie viele noch?

Er starrte in morbider Faszination den Herd an.

»Nein«, murmelte er. »Bitte, Peterson. Nein!«

Die zweite Sekunde war vorüber.

Er konnte sich noch immer nicht bewegen.

Wenn du hundert Jahre alt werden wolltest, sagte er sich, hättest du dir eine andere Arbeit wählen müssen.

Ihm war schwindlig.

Sie liquidieren mich, weil ich zuviel über Joanna Rand weiß, dachte er. Aber ich weiß doch kaum etwas, um Himmels willen! Ist sie so wichtig, daß sie mich beseitigen müssen, nur weil ich weiß, daß sie überhaupt existiert? So wichtig kann sie doch unmöglich sein.

Vier oder fünf Sekunden nach der schrecklichen Erkenntnis fand Marlowe endlich die Kraft, einen Schritt rückwärts zu machen. Dann erfolgte die Explosion, und er wurde von scharfen Glas- und Metallsplittern durchbohrt. Einige davon stachen ihm die Augen aus und drangen tief ins Gehirn ein. Er war bereits tot, als die Wucht der Explosion ihn durch die Mauer in die kalte Winternacht hinausschleuderte.

Der Dickwanst saß allein in einem Wagen, schräg gegenüber von Marlowes Wohnung. Er sah Marlowe aus einem kleinen schwarzen Ford steigen. Er sah Marlowe das Gebäude betreten. Er sah, wie das Licht im dritten Stock eingeschaltet wurde. Er sah den Feuerball, die zerberstenden Scheiben und das Loch in der Mauer. Er sah auch, wie die Leiche in die Nacht hinausgeschleudert wurde. Für den Bruchteil einer Sekunde sah es so aus, als könnte der Tote wie ein Vogel fliegen – doch dann stürzte er wie ein Stein auf das Pflaster.

Ein Mann und eine Frau kamen aus dem Gebäude gerannt. Im zweiten Stock war niemand zu Hause, folglich dürfte es sich um die Bewohner der Wohnung im ersten Stock handeln. Sie eilten auf Marlowe zu, zogen sich aber nach dem ersten flüchtigen Blick auf die Leiche hastig zurück.

Peterson schob sich ein Butterrumbonbon in den Mund und fuhr davon.

Er hatte noch keine Erlaubnis erhalten, Marlowe zu liquidieren, und er hatte auch nie damit gerechnet, sie zu erhalten. Marlowe hatte keine Ahnung gehabt, worum es in dem Fall Rand in Wirklichkeit ging; er hatte nicht genug gewußt, um die Operation gefährden zu können. Und obwohl er in der vergangenen Woche mehrere Fehler gemacht hatte, wäre er deshalb nicht gleich liquidiert worden. Die Bosse in Moskau sahen es natürlich nicht gern, wenn Agenten ständig versuchten, größeren Einfluß zu gewinnen, wie Marlowe das getan hatte, aber nur aus diesem Grunde wurde kaum jemals ein Mord befohlen. Schlimmstenfalls wäre Marlowe nach Hause zurückbeordert worden. Da er aber ein sehr guter Agent war, hätte man sich wahrscheinlich damit begnügt, ihm einen strengen Verweis zu erteilen und ihn unter schärfere Beobachtung zu stellen.

Marlowe mußte aber unbedingt sterben. Sein Name gehörte zu jenen sechs, die auf Petersons Todesliste standen. Er hatte einer Gruppe äußerst mächtiger Männer mehrere Versprechen gegeben, und wenn er auch nur eines dieser Versprechen nicht halten würde, war sein eigenes Leben keinen Pfifferling mehr wert. Peterson konnte England nicht verlassen, bevor Marlowe tot war. Und da er um 20 Uhr nach Zürich abfliegen mußte, war er gezwungen gewesen, ohne Moskaus Erlaubnis zu handeln. Er hatte eine Stunde hart gearbeitet, um die Gasherdexplosion wie einen Unfall erscheinen zu lassen. Den Männern in Moskau, die von Peterson absoluten Gehorsam erwarteten, würde ein solcher Unfall zwar verdächtig vorkommen, aber sie würden eher die Gegenseite als einen ihrer eigenen Agenten dafür verantwortlich machen. Und jene anderen Männer, die von Peterson soviel erwarteten, würden zufrieden sein, daß er sein erstes Versprechen gehalten hatte.

Ein Mann war tot. Der erste von vielen.

58

Alex und Joanna aßen in der gemütlichen, mit Eichenholz getäfelten Gaststube zu Abend. Das Essen war ausgezeichnet, aber Alex konnte es nicht richtig genießen, weil er ständig mißtrauisch die anderen Gäste beäugte und sich fragte, ob einer von ihnen auf ihn und Joanna angesetzt war.

Später gingen sie miteinander ins Bett, und es wurde diesmal ein langer, zärtlicher Akt. Noch später lagen sie aneinandergekuschelt da, wie zwei Löffel in einer Schublade: seine Brust an ihrem Rücken, ihr warmes Gesäß an seinem Unterleib, seine Hand auf ihren Brüsten. Überwältigt von Lust und Liebe, hatte er jenes beklemmende Gefühl verloren, beobachtet und manipuliert zu werden.

In der Nacht hatte er wieder jenen seltsamen Traum. Das weiche Bett. Der weiße Raum. Die drei weißgekleideten Chirurgen mit weißen Gesichtsmasken. Sie beugten sich über ihn. Der erste Chirurg sagte: »Wo glaubt er, daß er ist?« Der zweite sagte: »In Südamerika. In Rio.« Und der dritte fragte: »Und was passiert, wenn die Sache nicht klappt?« Der erste erwiderte: »Dann wird er wahrscheinlich ums Leben kommen, ohne unser Problem gelöst zu haben.« Alex hob die Hand, um einen der Ärzte zu berühren, aber seine Finger verwandelten sich plötzlich in Miniaturgebäude, die rasch immer größer wurden und sich in Wolkenkratzer verwandelten. Eine Stadt wuchs aus seiner Handfläche heraus und breitete sich auf seinem Arm aus, und die Gesichter der Chirurgen wurden durch einen klaren blauen Himmel ersetzt. Unter ihm lag Rio, die phantastische Bucht, und dann landete sein Flugzeug; er stieg aus, und er war in Rio, und eine spanische Gitarre empfing ihn mit melancholischer Musik.

Er murmelte etwas und drehte sich im Schlaf auf die andere Seite.

Er hatte einen neuen Traum. Er war in einer Krypta, in einer kühlen, dunklen Krypta. Kerzen flackerten. Er ging zu einem schwarzen Sarg auf einem Steinpostament, packte die Messinggriffe und öffnete den Deckel. Thomas Chelgrin lag im Sarg, blutig und tot. Er starrte den Senator eine Weile an und wollte den Sargdeckel gerade wieder schließen, als die Augen der Leiche sich plötzlich öffneten. Chelgrin grinste bösartig, packte Alex mit kräftigen grauen Händen und versuchte, ihn in den Sarg zu ziehen.

Alex fuhr aus dem Schlaf.

Ein Schrei steckte ihm in der Kehle, aber er unterdrückte ihn.

Joanna schlief.

Er richtete sich auf und saß ganz still da. Obwohl er im Bad das Licht hatte brennen lassen und die Tür einen Spaltbreit offenstand, lag der größte Teil des Schlafzimmers im Dunkeln. Sobald seine Augen sich daran gewöhnt hatten, stieg er leise aus dem Bett und trat ans Fenster.

Das Zimmer hatte Meeresblick, aber jetzt, mitten in der

Nacht, war nur eine weite schwarze Leere zu sehen. Sogar die Lichter eines großen Schiffes verschwammen hinter dichten Regenschleiern. Sein Gesicht spiegelte sich in der Fensterscheibe – ein durchsichtiges Gesicht mit erschreckend angespannten Zügen, die Lippen fest zusammengepreßt, die Augen weit aufgerissen.

Die ganze Geschichte hatte mit Joannas Alptraum begonnen, und nun sah es fast so aus, als könnte sie mit seinem eigenen wiederkehrenden Traum enden. Er glaubte nicht an Zufälle. Er war davon überzeugt, daß seine Träume eine Botschaft enthielten, die er entschlüsseln mußte, wenn er und Joanna überleben wollten. Sein Unterbewußtsein versuchte ihm etwas ungeheuer Wichtiges mitzuteilen.

Aber was?

Er hatte im vergangenen Frühjahr drei Wochen in Rio verbracht, aber er war dort in keinem Krankenhaus gewesen. Er hatte keine Ärzte konsultiert. Es war eine ganz normale Reise ohne irgendwelche Zwischenfälle gewesen – nichts weiter als eine der vielen Abwechslungen, die er gesucht hatte, weil sein Beruf ihn nicht mehr ausfüllte.

Er blickte wieder in die Ferne, in die undurchdringliche Finsternis hinaus.

Wir sind Marionetten, dachte er. *Joanna und ich. Marionetten. Und der Puppenspieler ist dort draußen. Irgendwo. Wer? Wer bist du? Wo bist du? Was zum Teufel willst du von uns?*

Ein greller Blitz erhellte plötzlich die Nacht.

59

Es hatte aufgehört zu regnen. Der Morgen war sonnig und sehr kalt.

Joanna hatte gut geschlafen und fühlte sich herrlich ausgeruht. Sie konnte Alex aber ansehen, daß er sich über Nacht nicht erholt hatte. Seine Augen waren gerötet und von dunklen Ringen umgeben.

Er brachte die Pistole wieder in der Haartrockner-Attrappe unter und legte diesen in Joannas größten Koffer.

Sie verließen den Gasthof um neun Uhr, versehen mit guten Wünschen für eine schnelle und problemlose Fahrt.

In einer Apotheke erstanden sie eine neue Dose Körperpuder, in der Alex die Ersatzmunition versteckte. Joanna brachte die Dose in ihrer Reisetasche unter.

Sie fuhren nach Southampton. Niemand folgte ihnen.

Am Flughafen ließen sie den Mietwagen auf dem Parkplatz stehen. Sie hatten ihn für eine Woche gemietet; er würde also frühestens in acht oder neun Tagen vermißt werden. Alex wollte das Auto nicht korrekt in der Filiale am Flughafen übergeben, um keine unnötigen Spuren zu hinterlassen.

Aurigny Airlines hatte für den Samstagmorgenflug nach Cherbourg noch einige freie Plätze. Alex und Joanna saßen hinter einer der Tragflächen. Der Flug verlief ruhig und ohne den geringsten Zwischenfall.

Die französischen Zollbeamten untersuchten das Gepäck relativ gründlich, schenkten aber weder dem Körperpuder noch dem Fön Beachtung.

Alex und Joanna nahmen einen Expreßzug von Cherbourg nach Paris, wo sich Alex' Stimmung etwas besserte. Paris war eine seiner Lieblingsstädte. Normalerweise wohnte er im Hotel George V. Dort war er so bekannt, daß sie vielleicht auch ohne Reservierung ein Zimmer bekommen hätten. Doch sie stiegen vorsichtshalber lieber in einem weniger luxuriösen Hotel ab.

Von dort aus rief Alex ein Hotel in St. Moritz an und erkundigte sich unter dem Namen Maurice Demuth in fließendem Französisch, ob ab Montag für eine Woche ein Zimmer frei sei, was zum Glück der Fall war.

Als Alex den Hörer aufgelegt hatte, erkundigte sich Joanna: »Warum Maurice Demuth?«

»Damit man uns nicht finden kann, falls jemand sich in St. Moritz in den Hotels erkundigt.«

»Nein, ich meinte – warum hast du dich ausgerechnet Maurice Demuth genannt?«

»Ich habe nicht die leiseste Ahnung.«

»Ich dachte, daß du vielleicht jemanden kennst, der so heißt.«

»Nein, er ist mir gerade erst eingefallen.«

»Du hast so überzeugend gelogen.«

»Dieses Talent erwirbt man in meinem Beruf.«

»Dann sollte ich wohl besser alles, was du sagst, mit Vorsicht genießen«, schmunzelte sie kokett.

»Verdammt, jetzt habe ich mich verraten!« lachte er.

»Hast du mich belogen?«

»Schamlos.«

»Du hast mir gesagt, ich wäre hübsch.«

»Und das bist du nicht.«

»Nein?«

»Du bist nicht nur hübsch, sondern schön, bezaubernd, atemberaubend.«

»Du hast mir auch gesagt, daß du mich liebst.«

»Ich habe es nicht so gemeint.«

»Du Schuft!« grinste sie.

»Das Wort Liebe ist inadäquat. Ich meinte mehr als das: Ich bete dich an.«

»Oh, wahrscheinlich sagst du das jeder Frau.«

»Ich gestehe.«

»Nur um sie rumzukriegen.«

»Kann ich dich denn rumkriegen?«

»Ich dachte schon, du würdest nie fragen.«

Sie liebkosten einander sehr lange mit Händen und Zungen, zärtlich und leidenschaftlich, und als Alex sie schließlich nahm, hatten beide das Gefühl, im siebten Himmel zu schweben.

Sie aßen im oberen Saal von Lapérouse zu Abend. Die niedrige Decke, die Wandgemälde, die elegante Einrichtung und die perfekte Bedienung – das alles schuf eine romantische Atmosphäre, wie Joanna sie noch nie in einem Restaurant erlebt hatte. Von ihrem Tisch aus konnten sie den dunklen Fluß sehen, der hier und dort mit den Lichtern kleiner Boote gesprenkelt war und in dem sich hell erleuchtete Gebäude spiegelten.

Während sie erstklassiges *oie rôtie aux pruneaux* aß und Alex' Geschichten über Paris lauschte, wußte sie, daß sie nie jemandem erlauben würde, ihn von ihr zu trennen. Keiner Macht der Erde würde sie das erlauben.

Eher würde sie sterben.

60

In St. Moritz stand dem Dickwanst ein grauer Mercedes zur Verfügung. Er fuhr selbst, was ihn aber nicht daran hinderte, sich gelegentlich ein Butterrumbonbon in den Mund zu schieben.

Schwere Sturmwolken hingen tief am Himmel. Bald würde es schneien. Die Berggipfel waren in grauen Nebel gehüllt.

Während des Nachmittags fuhr Peterson wie ein ganz normaler Tourist von einem Aussichtspunkt zum anderen, begeistert von der landschaftlichen Schönheit.

Eine Stunde nach Einbruch der Dunkelheit hatte er eine Verabredung in St. Moritz-Bad, einem der drei Teile der Stadt. Vor einem der häßlichen neuen Hotels stellte er seinen Mercedes ab und begab sich in die Cocktailbar am Seeufer. Der Raum war laut und überfüllt.

Der Empfangsangestellte Rudolf Ubersex hatte seinen Dienst vor einer Viertelstunde beendet und wartete an einem Ecktisch. Er war ein magerer Mann mit langen, schmalen Händen, die er nicht stillhalten konnte. Peterson hängte seinen Mantel über einen Stuhl und nahm ihm gegenüber Platz. Ubersex hatte seinen Brandy fast ausgetrunken und wollte einen zweiten. Der Dickwanst bestellte das gleiche.

Als die Drinks vor ihnen standen, fragte Peterson: »Hat sich schon was getan?«

Der Angestellte war sichtlich nervös. Er trank einen großen Schluck Brandy, bevor er antwortete: »Monsieur Maurice Demuth hat vor vier Stunden angerufen.«

»Ausgezeichnet.«

»Er trifft am Montag ein.«

»Doch wohl nicht allein?«

»Nein, mit Frau Gemahlin.«

Peterson holte einen Umschlag mit 5000 Schweizer Franken aus seiner Sakkotasche und überreichte ihn Ubersex. »Das ist die zweite Rate. Wenn am Montag alles klappt, erhalten Sie einen dritten Umschlag.«

Der Mann blickte ängstlich nach rechts und links und versteckte den Umschlag so hastig, als könnte jeder sofort erraten, daß es sich um Schmiergeld handelte. In Wirklichkeit interessierte sich überhaupt keiner der Gäste für die beiden Männer in der Ecke.

»Ich hätte gern eine Sicherheit«, sagte Ubersex.

Peterson runzelte die Stirn. »Sicherheit?«

»Ich meine . . . ich hätte gern eine Garantie, daß niemand . . .«

»Ja?«

»Daß niemand umgebracht wird.«

»Ach so. Selbstverständlich. Ich geben Ihnen darauf mein Ehrenwort.«

Ubersex fixierte ihn. »Falls jemand im Hotel getötet würde,

bliebe mir keine andere Wahl, als zur Polizei zu gehen und alles zu erzählen, was ich weiß.«

Peterson hob nicht die Stimme, aber sein Ton wurde sehr scharf. »Das wäre äußerst töricht. Sie sind ein Komplize, mein Herr. Die Polizei würde Sie nicht ungeschoren davonkommen lassen. Und meine Leute ebensowenig.«

Ubersex kippte seinen Brandy wie Wasser. »Vielleicht sollte ich Ihnen das Geld lieber zurückgeben.«

»Ich würde es nicht annehmen«, erwiderte Peterson. »Außerdem wäre ich sehr verärgert. Abgemacht ist abgemacht, mein Herr.«

»Ich hänge also bis zum Hals mit drin.«

»So ist es, mein Herr. Aber Sie brauchen sich keine Sorgen zu machen. Sie haben mein Ehrenwort, daß im Hotel kein Mord geschieht.« Lächelnd fügte er hinzu: »Und jetzt sagen Sie mir bitte, ob das Restaurant hier etwas taugt?«

Ubersex starrte ihn lange an und seufzte schließlich. »Das Essen ist furchtbar.«

»Das habe ich fast vermutet.«

»Versuchen Sie das ›Chesa Veglia‹.«

»Das werde ich tun.«

»Oder vielleicht das ›Corviglia‹, oben an der Seilbahn.«

Peterson legte das Geld für die drei Drinks auf den Tisch, erhob sich, zog schwerfällig seinen Mantel an und verließ die Cocktailbar.

61

Am Sonntag flogen Alex und Joanna von Paris nach Zürich.

In ihrem eleganten Hotel hatte Alex nachts wieder einen Traum, der ihn kurz vor drei aus dem Schlaf riß. Es gelang ihm auch diesmal, einen Schrei zu unterdrücken, um Joanna nicht zu wecken, aber er wollte nicht mehr einschlafen. In einem Stuhl neben dem Bett, die Pistole auf dem Schoß, wartete er auf den Anruf, mit dem sie um sechs geweckt werden sollten. Und zum x-tenmal in seinem Leben war er dankbar für seine Fähigkeit, mit wenig Schlaf auszukommen.

Am frühen Montagmorgen bestiegen sie am Züricher Hauptbahnhof einen Zug nach Chur.

»Wir machen wirklich eine tolle Rundreise«, sagte Joanna, als der Zug sich in Bewegung setzte. »Niemand wird uns so leicht auf die Spur kommen.«

»Vielleicht brauchen sie das gar nicht.«

»Was?«

»Vielleicht kannten sie unsere Route früher als wir selbst.«

»Was meinst du damit?«

»Ich bin mir nicht sicher, aber manchmal fühle ich mich . . . programmiert. Wie ein Roboter.«

»Ich verstehe nicht.«

»Ich selbst auch nicht«, sagte er müde. »Vergiß es. Genießen wir die Landschaft.«

In Chur stiegen sie um und fuhren weiter nach Klosters, das fast so berühmt wie St. Moritz war.

Sie ließen ihr Gepäck am Bahnhof und kauften sich Skianzüge, zum einen, weil ihre Kleidung für einen Winteraufenthalt im Gebirge nicht warm genug war, zum anderen aber auch, weil sie in ihrer Straßenkleidung zu sehr auffallen würden, was sie ja auf jeden Fall vermeiden wollten. Sie zogen sich gleich in dem Sportgeschäft um und ließen zur größten Bestürzung des Verkäufers ihre eigenen Sachen zurück.

Nach dem Mittagessen ging es mit einem überfüllten Zug weiter nach Davos. Eine Gruppe französischer Skifahrer war sehr ausgelassen, lachte, sang und trank Wein aus Flaschen.

Kurz vor Davos begann es heftig zu schneien. Der Wind wurde immer stärker. Die Berge waren kaum zu sehen.

»Ich habe das seltsame Gefühl, als wäre der Rest der Welt zerstört worden«, meinte Joanna. »Alles weg . . . aufgrund eines Atomkriegs . . . oder irgendeiner anderen Katastrophe. Ich habe das Gefühl, als wäre das hier das einzige, was übriggeblieben ist. Es ist so . . . abgelegen . . . so isoliert . . .«

Und wenn wir in dieser Einöde verschwinden würden, würde man uns nie finden, dachte Alex besorgt.

Von Davos fuhr der Zug weiter nach Susch und Scuol. Die Franzosen sangen so gut, daß keiner der anderen Fahrgäste sich beschwerte.

Am frühen Abend stiegen Alex und Joanna dann in St. Moritz aus, mitten in einem Schneesturm. Der Wind fegte mit dreißig bis fünfzig Stundenkilometern von den Bergen herab, und bei dem dichten Schneetreiben konnte man kaum einen halben Block weit sehen.

Im Hotel trugen sie sich unter ihren eigenen Namen ein, aber Alex bat darum, daß sie in der Registratur weiterhin als Madame und Monsieur Demuth geführt würden. In einer Stadt, die an Filmstars, Herzöge, Fürsten und reiche Industrielle gewöhnt war – an Leute, die oft größten Wert auf Anonymität und Diskretion legten –, war eine solche Bitte nichts Ungewöhnliches.

Sie erhielten eine kleine, aber komfortable Suite im fünften Stock. Alex schloß die Tür sorgfältig ab, bevor er sich ins Schlafzimmer begab, um Joanna beim Auspacken zu helfen.

»Ich bin wahnsinnig müde«, sagte sie.

»Ich auch«, gab er zu, während er seine Pistole auf den Nachttisch legte.

»Ich könnte im Stehen einschlafen«, gähnte sie, »aber ich habe Angst.«

»Heute nacht sind wir in Sicherheit«, beruhigte er sie.

»Hast du immer noch jenes Gefühl?« fragte sie, während sie ihm einen Stapel Socken reichte.

Er legte die Socken in eine Kommodenschublade. »Welches Gefühl?«

»Daß man uns irgendwie programmiert hat, damit wir . . .«

»Nein«, schwindelte er. »Jetzt ist es weg. Denk nicht mehr daran. Ich war einfach nervös und deprimiert.«

»Was machen wir morgen?«

»Herumschnüffeln.«

»Herausfinden, wo Rotenhausen wohnt?«

»Ja.«

»Und dann?«

Alex hörte hinter sich ein Geräusch und wirbelte auf dem Absatz herum.

Ein großer, muskulöser Mann stand auf der Schwelle zwischen Salon und Schlafzimmer.

Sie wissen nicht nur, wo wir sind, schoß es Alex durch den Kopf, *sondern sie haben auch einen Schlüssel für unser Zimmer! So schnell! Sie haben so schnell zugeschlagen!*

Joanna sah den Eindringling und schrie auf.

Der Mann hielt eine eigenartige Pistole in der Hand und trug eine sonderbare Maske.

Eine sehr sonderbare Maske.

Eine Gasmaske!

Alex streckte die Hand nach seiner Pistole aus.

Der Mann feuerte aus der Gaspistole. Weiche, wachsartige Geschosse trafen Alex und verströmten beim Aufprall süßliche Dämpfe.

Bevor Alex auch nur einen Schuß abgeben konnte, versank die Welt um ihn herum.

62

Im Salon der Suite verstauten Ignacio Carreras und Antonio Paz zunächst das Gepäck aus dem Schlafzimmer in zwei großen, tiefen Wäschekarren. Alex Hunter und Joanna Rand wurden auf ihre Koffer gelegt.

Die Frau kam Carreras sogar noch schöner als auf den Fotos vor. Am liebsten hätte er sie auf der Stelle ausgezogen und vergewaltigt. Vom Gas betäubt, wäre sie warm und herrlich elastisch. Bedauerlicherweise hatte er dazu keine Zeit.

Carreras hatte zwei Hermes-Lederkoffer mitgebracht. Sie gehörten dem Dickwanst. Er stellte sie ins Schlafzimmer.

Morgen würde der Empfangsangestellte die Registrationskarte austauschen, damit es so aussah, als wäre Anson Peterson am Montag eingezogen.

Hunter und Joanna würden einfach spurlos verschwinden.

Paz deckte die beiden mit Handtüchern und zerknitterten Bettlaken zu.

Sie rollten die Karren zum Lastenaufzug und fuhren ins Erdgeschoß hinab. Niemand sah sie.

63

Als Alex zu sich kam, hatte er Kopfweh. Seine Zunge war pelzig. Er hatte einen galligen Geschmack im Mund. Seine Sicht war zunächst noch etwas verschwommen, klärte sich aber bald.

Zumindest bin ich noch am Leben, dachte er. Und dann: *Aber warum? Eigentlich müßte ich tot sein.*

Er lag auf seiner linken Seite, auf einem schwarzweiß gekachelten Boden. Eine Küche. Über dem Herd brannte eine schwache Lampe.

Seine Hände waren auf dem Rücken gefesselt. Mit einem dikken Strick – einer Wäscheleine oder etwas Ähnlichem. Auch seine Füße waren gefesselt.

Joanna war nicht hier. Er rief leise ihren Namen, erhielt aber keine Antwort. Er hatte auch nicht damit gerechnet.

Er verfluchte sich, weil er nicht besser auf sie aufgepaßt hatte.

Er war allein. Niemand bewachte ihn. Vielleicht hatte er also doch noch eine Chance.

Er lauschte auf Schritte oder Stimmen. Nichts. Stille.

Obwohl er wußte, daß die stabile Leine nicht so leicht zerreißen würde, zerrte er an seinen Fesseln, in der verzweifelten Hoffnung, ausnahmsweise vielleicht einmal Glück zu haben. Er konnte es selbst kaum glauben, als der Strick schon beim zweiten Ruck zerriß.

Er lag regungslos da, völlig perplex, und lauschte wieder.

Stille.

Die Furcht schärfte seine Sinne, und er konnte Dinge riechen, die in den Schränken untergebracht waren: Knoblauch, Geschirrspülmittel, stinkender Käse ...

Er bewegte seine Arme nach vorne. Der zerrissene Strick hing lose an einem Handgelenk. Er schüttelte ihn ab.

Er rutschte auf dem Boden herum, bis er sich an einen der Schränke lehnen konnte, und löste die Fesseln an seinen Füßen.

Er erhob sich und stand mit geballten Fäusten auf dem Sprung. Ganz geräuschlos hatte er sich nicht befreien können. Nun wartete er auf eilige Schritte. Aber es kam niemand.

Er hob den Strick auf, mit dem seine Hände gefesselt gewesen waren, und untersuchte ihn im Schein der kleinen Lampe über dem Herd.

Er sah sofort, warum es ihm mühelos gelungen war, den Strick zu zerreißen. Während er bewußtlos gewesen war, hatte jemand das Seil bis auf wenige Millimeter durchschnitten.

Wir alle funktionieren wie Roboter, dachte Alex. *Wir sind programmiert. Alles, was sich in den nächsten Stunden ereignen wird, ist schon vor langer Zeit genau geplant worden.*

Aber von wem?

Und warum?

Werde ich dieses Spiel gewinnen oder verlieren? Und Joanna? Wozu hat man uns programmiert – für das Leben oder für den Tod?

64

Joanna erwachte in dem weiß getünchten Raum, in dem es sehr stark nach Desinfektionsmitteln stank – dem Schauplatz ihres Alptraums. Sie lag in einem Klinikbett mit erhöhtem Kopfteil. Daneben stand ein Kardiograph, aber er war nicht eingeschaltet.

Im ersten Moment glaubte sie zu träumen, doch dann wurde sie sich der Realität ihrer grauenhaften Situation bewußt. Sie bekam rasendes Herzklopfen, und der kalte Schweiß brach ihr aus.

Rotenhausen.

Die künstliche Hand.

Ich muß hier raus!

Ihre Handgelenke und Knöchel waren mit Riemen festgeschnallt. Sie zerrte an den Fesseln, konnte sich aber nicht befreien.

»Ah«, sagte jemand hinter ihr, »die Patientin ist endlich aufgewacht.«

Joanna hatte bisher geglaubt, allein im Zimmer zu sein. Nun verrenkte sie sich fast den Hals, um zu sehen, wer dort stand, aber die Gurte hinderten sie daran, sich aufzurichten.

Eine Frau in weißem Arztkittel trat neben das Bett. Braunes Haar, braune Augen. Scharfe Gesichtszüge. Kein Lächeln. Eine kalte Miene. Es war Franz Rotenhausens Assistentin, jene Ärztin, an die Joanna sich unter Hypnose erinnert hatte.

»Ich will Alex Hunter sehen«, sagte sie.

»Das geht nicht.«

»Wo ist er?«

»Oben.«

»Bringen Sie ihn zu mir.«

Die Frau lächelte kaum merklich.

»Ist er unverletzt?«

Die Frau nahm ein Blutdruckmeßgerät von einem Wagen mit medizinischen Instrumenten.

»Ist er unverletzt?« fragte Joanna wieder. »Verdammt, sagen Sie mir, ob er unverletzt ist?«

»Ja«, erwiderte die Ärztin. »Im Augenblick jedenfalls noch.«

Joanna versuchte vergeblich, an der undurchdringlichen Miene abzulesen, ob die Frau die Wahrheit gesagt hatte.

Die Manschette wurde um ihren Arm gelegt.

Sie versuchte sich zu wehren, war aber völlig hilflos, da ihre Handgelenke ja festgeschnallt waren.

Die Ärztin maß ihren Blutdruck. »Ausgezeichnet.«

»Schnallen Sie mich los«, bat Joanna.

»Finden Sie sich mit Ihrem Schicksal ab, meine Liebe.«

Die Ärztin band einen Gummischlauch um Joannas Arm, damit die Vene hervortrat, und rieb die Haut mit Alkohol ab.

»Ich werde kämpfen«, sagte Joanna.

»Sie können ohnehin nicht gewinnen. Sparen Sie sich also die Mühe.«

Die Frau hatte einen Akzent, wie Joanna ja bereits unter Hypnose eingefallen war. Keinen deutschen Akzent, auch keinen skandinavischen. Vielleicht einen slawischen? Einen russischen? Der Senator hatte doch bei seinem Telefonat mit Alex Russen erwähnt.

»Sind Sie Russin?« fragte sie.

Die Frau warf ihr einen scharfen Blick zu.

»Sie sind es«, folgerte Joanna.

Die Ärztin zuckte die Achseln. »Was spielt es schon für eine Rolle, ob Sie es wissen? Ja, ich bin Russin.«

»Was machen Sie hier?«

»Ich helfe, und ich lerne.« Sie entfernte die Plastikverpackung von einer Injektionsspritze.

Joannas Herz klopfte zum Zerspringen. »Was lernen Sie hier?«

»Alles, was Franz Rotenhausen weiß.«

»Er ist ein Ungeheuer.«

»Sie irren sich. Er ist ein genialer Wissenschaftler.«

»Man hat ihn aus Deutschland ausgewiesen.«

»Nein, er ist freiwillig gegangen.«

»Der Zombie-Doktor.«

»Sie wissen ja so viel«, sagte die Frau sarkastisch.

»Genug, um Sie ins Gefängnis zu bringen.«

»Vielleicht. Aber Sie können es niemandem erzählen.«

»Ich werde es der ganzen Welt erzählen. Irgendwie werde ich das schaffen.«

Die Ärztin zog die Spritze mit einer farblosen Flüssigkeit aus einer winzigen Flasche auf.

»Ich lasse mir dieses Zeug nicht spritzen«, erklärte Joanna.

»Es wird Sie nur entspannen.«

»Nein.«

»Es wird nicht weh tun.«

»Nein.«

»Es ist doch nur ein Beruhigungsmittel.«

Joanna zappelte so wild, daß es unmöglich war, ihre Vene zu erreichen. Doch dann gab ihr die Ärztin völlig unerwartet eine schallende Ohrfeige und nutzte Joannas Schrecksekunde aus, um ihr die Spritze zu setzen.

Vor Schmerz und Wut liefen Joanna Tränen über die Wangen. »Hexe!«

»Sie werden sich gleich besser fühlen.«

»Hexe! Luder!«

»So heiße ich nicht.«

»Und wie heißen Sie?«

»Tamara Sajcev.«

»Ich werde diesen Namen nie vergessen«, sagte Joanna bitter.

Die Ärztin lächelte. »O doch, meine Liebe, Sie werden ihn vergessen – wie auch alles andere.«

65

Alex legte eine Hand auf die Schwingtür und öffnete sie vorsichtig. Ein schwach beleuchteter langer Korridor führte zu einer Treppe. Kein Mensch war zu sehen.

Es gab fünf weitere Türen. Drei waren geschlossen, zwei weit geöffnet, aber in beiden Räumen brannte kein Licht.

Alex öffnete die erste Tür und fand sich in einem elegant möblierten Schlafzimmer mit angrenzendem Bad und Sauna wieder. Es war nicht schwer zu erraten, in wessen Haus er sich befand. Auf dem Nachttisch lagen fünf Fachbücher über neueste Entwicklungen der Verhaltensforschung sowie ein reich illustrierter Privatdruck: Pornographie mit Schwerpunkt Sadismus. Es drehte Alex fast den Magen um, denn die schönen Frauen auf den Fotos schienen wirklich zu leiden; das Blut sah echt aus. In einer Kommodenschublade fand Alex drei Handschuhe aus feinem Leder – alle für nur eine Hand. Dieses Haus gehörte Franz Rotenhausen, daran bestand überhaupt kein Zweifel.

Die Räume mit den geöffneten Türen entpuppten sich als Eß- und Wohnzimmer, wie Alex durch sekundenlanges Einschalten des Lichts feststellte. Aus den Wohnzimmerfenstern hatte man einen herrlichen Blick auf das nächtliche St. Moritz im Schneetreiben. Das Haus lag etwas über der Stadt, am Waldrand.

Die zweite der drei geschlossenen Türen führte in ein großes

Gästezimmer mit Bad. Der muffige Geruch deutete darauf hin, daß es lange nicht benutzt worden war.

Alex war beeindruckt von der Größe des Gebäudes. Wenn Rotenhausen hier im obersten Stockwerk wohnte – was mochte sich dann in den beiden unteren Etagen befinden?

Hinter der letzten Tür befand sich die Bibliothek. Eine Tiffany-Lampe auf dem Schreibtisch verbreitete vielfarbiges Licht.

Beim Anblick der Bücherwände hatte Alex plötzlich ein Déjà-vu-Erlebnis. Er blieb zitternd stehen. Noch nie in seinem Leben hatte er sich so gefürchtet.

Ich habe diesen Raum schon einmal gesehen, dachte er. *Aber ich weiß genau, daß ich noch nie hier gewesen bin. Was hat das zu bedeuten?*

Er war davon überzeugt, daß er hier etwas finden würde, was er dringend benötigte. Die unzähligen Bücher interessierten ihn dabei ebensowenig wie der Pfeifenschrank, der riesige Globus und die Zeitschriftenstapel.

Er begann die Schreibtischschubladen zu öffnen. In der zweiten fand er eine mit Schalldämpfer versehene 7-mm-Automatik samt Ersatzmunition – jene Pistole, die er in Kyoto der Ratte abgenommen hatte.

Als er sie sah, wurde ihm klar, daß er genau gewußt hatte, was er hier finden würde.

66

Die Ärztin hatte den Raum verlassen. Joanna war allein.

Der Wintersturm rüttelte am Fenster.

Joanna zerrte wieder an den Ledergurten. Es war sinnlos.

Was jetzt?

Sie konnte nur abwarten.

Eine Minute verging. Zwei. Drei. Fünf.

Sie rechnete damit, daß die Spritze bald wirken würde. Die Ärztin hatte gesagt, daß es sich um ein Beruhigungsmittel handelte. Eigentlich müßte sie jetzt schon ein wenig schläfrig werden, doch statt dessen konnte sie von Minute zu Minute immer klarer denken.

Ein Adrenalinstoß, dachte sie. *Das muß es sein. In ein, zwei Minuten wird das vorbei sein, und ich werde mich ruhig und entspannt fühlen.*

Aber sie blieb hellwach.

Die Tür öffnete sich. Rotenhausen trat ins Zimmer und lächelte ihr zu. Dann verschloß er die Tür.

67

Alex setzte sich an den Schreibtisch und überprüfte die Pistole gründlich. Die ganze Sache erschien ihm äußerst suspekt. Vielleicht hatte jemand dafür gesorgt, daß die Waffe nicht mehr funktionstüchtig war.

Der Wind rüttelte an einer Fensterscheibe hinter ihm, und ein kühler Luftzug streifte seinen Nacken.

Die Pistole schien völlig in Ordnung zu sein. Aber vielleicht war die Munition durch Platzpatronen ersetzt worden. Er hatte das Gefühl, in einen tödlichen Strudel geraten zu sein.

Er sagte sich, daß er nicht die ganze Nacht hier herumsitzen und nachdenken konnte. Er mußte Joanna finden und aus diesem Haus wegbringen. Er stand auf, richtete die Pistole auf eine Bücherwand und drückte den Abzug.

Pffffftttt!

Eines der Bücher ruckte nach hinten, mit zerfetztem Rücken.

Es waren keine Platzpatronen.

»Also gut«, murmelte er vor sich hin. »Dann wollen wir mal rausfinden, was das alles soll.«

Er verließ die Bibliothek und schlich zur Treppe.

68

Die HAND.

Jetzt kannte sie seinen Namen: Franz Rotenhausen.

Er sah genauso wie in ihrem Alptraum aus. Groß und sehr hager. Die Kleider schlotterten ihm um den Körper. Seine Haare hatten sich in den vergangenen zehn Jahren noch mehr gelichtet, wiesen aber noch immer keine grauen Strähnen auf. Seine Augen waren hellbraun, fast gelb; und in diesen Augen flackerte ein perfekt kontrollierter Wahnsinn.

Auch die künstliche Hand war genauso furchterregend wie in ihren Alpträumen. Die glänzenden Stahlfinger bewegten sich wie die Beine fleischfressender Insekten, und die Bewegungsmechanik erzeugte ein entnervendes Geräusch. Sie hatte vergessen gehabt, daß die Hand zwar durch Nervenimpulse des Armstumpfs gesteuert wurde, aber einer äußeren Energiequelle bedurfte. An Rotenhausens Oberarm war denn auch ein kleiner Batteriebehälter befestigt, nicht größer als zwei Zigarettenschachteln.

Mariko hatte ihr versichert, daß der Mann in Wirklichkeit bei weitem nicht so furchterregend wie in ihrer Phantasie sein würde. Aber das stimmte nicht. Bei seinem Anblick erfaßte sie ein tiefes Grauen, und sie konnte nur mit größter Mühe einen Schreckensschrei unterdrücken.

Während er sich dem Bett näherte, fragte er: »Müde, kleines Fräulein?«

Sie war hellwach, und das war eigenartig. Die Ärztin hatte gesagt, daß die Injektion sie entspannen und beruhigen würde. Und Rotenhausen rechnete damit, daß sie schläfrig war. Sie fragte sich, ob der Ärztin vielleicht ein Fehler unterlaufen war. Vielleicht hatte sie die falsche Droge erwischt.

»Schläfrig, kleines Fräulein? Ganz schläfrig?«

Joanna begriff schlagartig, daß das Schicksal ihr eine letzte Chance eingeräumt hatte, wenn auch keine allzu große. Vielleicht könnte ihr die Flucht gelingen. Wenn sie Rotenhausen in dem Glauben hielt, sie wäre halb betäubt, würde er möglicherweise die Gurte öffnen. Und dann könnte sie ihm bei erster Gelegenheit durch einen Überraschungsangriff entkommen.

Lieber Gott, bitte laß es so ablaufen, betete sie inbrünstig.

»Schläfrig?« fragte Rotenhausen wieder, diesmal schon neben ihrem Bett.

Sie tat so, als würden ihr die Augen fast zufallen, und gähnte.

»Sehr schön«, sagte er.

Sie lächelte ihn töricht an. »Wer sind Sie?«

»Ich bin der Arzt.« Seine Augen waren fast durchsichtig.

»Alles ist so verschwommen«, murmelte sie.

»So soll es auch sein.«

»Ganz schrecklich verschwommen.« Sie bemühte sich, undeutlich zu sprechen.

»Ausgezeichnet.«

Die Metallfinger klickten, als er mit seiner künstlichen Hand nach dem Laken griff und es herunterzog.

Sie trug ein dünnes Krankenhausnachthemd, das auf dem Rükken zugebunden wurde.

»Hübsch«, kommentierte er.

Unter Aufbietung aller Willenskraft brachte sie ein Lächeln zustande.

Die Stahlfinger packten eine Handvoll Stoff und rissen ihr das Nachthemd vom Leibe.

Er beobachtete sie scharf.

Sie grinste und gähnte.

Die Stahlhand legte sich auf ihre Brüste.

69

Das Haus war stabil gebaut. Keine der Stufen knarrte.

Alex blieb auf dem Treppenabsatz im ersten Stock stehen. Der schwach beleuchtete Korridor war leer. Verschiedene Gerüche, eine Mischung von Antiseptika und Desinfektionsmitteln, erinnerten ihn an Joannas Alptraum. Offenbar führte Rotenhausen auf dieser Etage seine Forschungsarbeiten durch.

Alex wollte gerade die erste von sechs geschlossenen Türen öffnen, als er Stimmen hörte. Er duckte sich instinktiv und überlegte, ob er wegrennen oder schießen sollte. Dann begriff er, daß die Stimmen aus dem Erdgeschoß kamen. Er beschloß, den ersten Stock vorerst nicht genauer unter die Lupe zu nehmen, sondern das Gespräch zu belauschen.

Der Korridor im Erdgeschoß sah genauso wie die beiden anderen aus: sehr sauber und schwach beleuchtet, mit sechs Türen. Eine war einen Spaltbreit geöffnet, und dort war eine laute Unterhaltung – ein Streit? – im Gange.

Alex schlich zur Tür und lauschte. Die Leute sprachen über ihn und Joanna.

Er riskierte einen Blick durch den knapp 10 cm breiten Spalt. Es war ein Konferenzraum. An einem großen runden Tisch saßen drei Männer; ein vierter stand am Fenster und blickte in die Dunkelheit hinaus.

Der erste Mann am Tisch war unglaublich fett und gerade damit beschäftigt, eine Bonbonrolle auszupacken.

Anson Peterson.

Soviel Alex wußte, hatte er den Dickwanst noch nie gesehen. Trotzdem kannte er seinen Namen.

Der zweite Mann am Tisch war sehr groß, hatte einen Stiernakken und unglaublich breite Schultern. Sein Gesicht war breit und platt, mit einer niedrigen Stirn.

Antonio Paz.

Alex hatte das Gefühl, als hätte ihm jemand diesen Namen soeben zugeflüstert, und ihm war so, als wäre er nur geboren worden, um jetzt an diesem Ort zu sein.

Prädestination.

Schicksal.

Ich glaube doch nicht an so etwas, dachte Alex.

Aber er hatte keine andere Erklärung.

Er war verwirrt und verunsichert.

Der dritte Mann am Tisch hatte dichtes schwarzes Haar, eine Adlernase, tiefliegende dunkle Augen und einen gelblichen Teint. Er sah gefährlich aus. Er war etwas kleiner als Paz, aber noch kraftstrotzender. Was jedoch am schlimmsten war – er hatte den Gesichtsausdruck eines Psychopathen, wenngleich das nur einem so scharfen Beobachter wie Alex auffallen konnte.

Ignacio Carreras.

Der Mann am Fenster drehte sich plötzlich um.

Alex konnte nur mit Mühe einen Aufschrei unterdrücken.

Der vierte Mann war Senator Thomas Chelgrin.

70

Der Dickwanst schob sich ein Butterrumbonbon in den Mund und ließ es genüßlich auf der Zunge zergehen. Dann sagte er zu Carreras: »Es ist also beschlossene Sache. Du bringst Hunter heute nacht um, entkleidest die Leiche und wirfst sie in den See.«

Carreras nickte. »Ich werde seine Fingerkuppen abschneiden und ihm die Zähne ausschlagen, damit die Polizei ihn nicht identifizieren kann.«

Peterson zuckte zusammen. »Ist das nicht etwas übertrieben? Bis man ihn findet, werden die Fische von ihm sowieso nur abgenagte Knochen übriggelassen haben.«

»Die Fische sind uns in dieser Hinsicht schon oft sehr nützlich gewesen«, sagte Carreras. »Aber wenn sie nun keine Zeit haben, ganze Arbeit zu leisten? Was ist, wenn Hunters Leiche morgen oder übermorgen gefunden wird?«

»Das wird nicht der Fall sein«, erwiderte Peterson. »Eine Zeitlang wird ihn niemand vermissen. Er hat in den letzten Tagen keinen Kontakt mit seinem Büro in Chicago gehabt. Niemand weiß, daß er in die Schweiz gefahren ist. Und wenn man dann endlich seine Spur aufnimmt, wird man feststellen, daß er spurlos verschwunden ist. Kein Mensch wird auf die Idee kommen, den ganzen See nach ihm abzusuchen. Warum auch? Er könnte doch ebensogut irgendwo im Gebirge oder in einer ganz anderen Stadt verschollen sein – oder vielleicht sogar irgendwo in der Südsee ein neues Leben begonnen haben.«

Carreras schüttelte ungeduldig den Kopf. »Ich will kein Risiko eingehen. Nicht das geringste. Ich werde seine Fingerkuppen abschneiden, ihm die Zähne ausschlagen und vielleicht sogar sein Gesicht unkenntlich machen.«

Und du würdest diese Prozedur von ganzem Herzen genießen, dachte Peterson angewidert.

Chelgrin hatte in der letzten halben Stunde nicht viel gesprochen. Nun ging er auf Peterson zu. »Du hast mir versprochen, daß ich meine Tochter sehen könnte, sobald man sie herbringen würde.«

»Ja, lieber Tom, aber zuerst muß Rotenhausen sie untersuchen.«

»Warum?«

»Das weiß ich nicht, aber er hielt es für notwendig, und er ist hier der Boß.«

»Nicht, wenn du hier bist«, widersprach Chelgrin.

»Doch, selbstverständlich ist er der Boß. Dies hier ist sein Haus und seine Klinik.«

»Wenn du irgendwo auftauchst, spielt es keine Rolle mehr, wer der Hausherr ist«, sagte Chelgrin. »Du bist der Boß, wo immer du dich auch sehen läßt. Das ist ein angeborenes Talent von dir. Du wirst sogar in der Hölle eine Stunde nach deiner Ankunft das Kommando an dich reißen.«

»Wie nett von dir, das zu sagen, lieber Tom.«

»Ich will jetzt Lisa sehen.«

Peterson war dankbar, daß Carreras sich ins Gespräch einmischte. »Dieses Problem müssen wir auch noch lösen«, sagte er. »Was machen wir mit dem Mädchen, wenn . . .«

»Das ist alles längst beschlossene Sache«, fiel der Senator ihm scharf ins Wort. »Ihre Identität als Joanna Rand wird ausgelöscht. Sie wird völlig neu programmiert und wird unter einem anderen Namen in Westdeutschland ein neues Leben beginnen.«

»Das ist der Ablauf, wenn alles planmäßig verläuft«, stimmte Carreras zu. »Aber wenn sie diese zweite Behandlung nun nicht unbeschadet übersteht? Wenn sie den Verstand verliert? Wenn sie irreparable Gehirnschäden erleidet? Was machen wir in diesem Fall mit ihr? Wir können sie doch nicht jahrelang irgendwo dahinvegetieren lassen.«

»Das wird nicht passieren«, sagte Chelgrin.

»Lieber Tom, ich habe dich letzte Woche in Washington gewarnt, daß so etwas durchaus passieren könnte«, erklärte der Dickwanst.

»Du lügst.«

»O nein, lieber Tom.«

Chelgrin steigerte sich in rasende Wut hinein. »Ihr wollt mir weismachen, daß die Behandlung sie zugrunde richten wird. Und ich weiß auch, welche Absicht ihr damit verfolgt: Ihr wollt mir Angst einjagen, damit ich zustimme, daß sie nach Hause geschickt wird.«

»Aber es ist die Wahrheit, lieber Tom.«

»Nein! Nein, du lügst! Ihr alle lügt! Aber eure Rechnung wird nicht aufgehen. Ich werde nicht . . .«

Chelgrin verstummte und starrte mit gerunzelter Stirn zur Tür. »Wer ist dort? Jemand ist dort draußen. Man hat uns belauscht.«

71

Sobald er wußte, daß man ihn entdeckt hatte, stieß Alex die Tür weit auf und trat ins Zimmer.

»Herzlich willkommen«, sagte der Dickwanst.

Alex fixierte Chelgrin. »Sie waren doch tot.«

Der Senator gab keine Antwort.

Alex geriet plötzlich in Zorn. Er hatte es gründlich satt, belogen, betrogen, ausgetrickst und benutzt zu werden. Er richtete seine Pistole auf den Senator. »Erklären Sie mir, warum Sie nicht tot sind, Sie gemeines, verkommenes Subjekt! Sagen Sie mir, warum!«

Chelgrin fuhr sich mit den Fingern nervös durch das silbergraue Haar. »Offiziell mache ich Skiurlaub.«

»Warum sind Sie nicht tot?«

»Es war alles nur vorgetäuscht«, erklärte Chelgrin. »Ich habe mich totgestellt. Eine Inszenierung extra für Sie. Wir wollten, daß Sie die Zeitungsartikel finden und hierher nach St. Moritz kommen.«

»Und der unvollendete Brief an Lisa . . .«

»Ein guter Einfall, nicht wahr?« meinte Peterson zufrieden.

Alex war verwirrt. Seine nächste Frage galt mehr ihm selbst als einem der Männer. »Aber warum habe ich Sie nicht untersucht, als ich Sie dort im Hotel am Boden liegen sah? Warum habe ich nicht nach dem Puls getastet? Das hätte ich tun müssen, und normalerweise hätte ich das auch getan.«

Chelgrin räusperte sich. »Sie waren fest davon überzeugt, daß ich tot bin. Wir haben unser Bestes getan, damit es möglichst echt aussah. Die Kugellöcher in meinem Morgenmantel, jede Menge Kaninchenblut, die Haare über meinen Augen, damit Sie eventuelle reflexartige Muskelzuckungen nicht sehen konnten . . . Ich trug nur den Morgenmantel und hatte meine Brieftasche auf die Kommode gelegt, damit Sie keinen Grund hatten, mich zu durchsuchen.«

Alex blickte die vier Männer der Reihe nach an, während er über Chelgrins Worte nachdachte. »Nein, das ist keine einleuchtende Erklärung. Ich bin schließlich ein Profi. Als allererstes hätte ich Ihren Puls fühlen müssen. Statt dessen habe ich einen Bogen um Sie gemacht. Und als ich Joanna neben Ihnen knien sah, zog ich sie hastig beiseite, unter dem Vorwand, daß sie kein Blut auf ihre Kleidung bekommen dürfe. In Wirklichkeit habe ich Sie nur deshalb nicht angerührt, weil man mich programmiert hatte, Ihnen nicht zu nahe zu kommen. Habe ich recht?«

Chelgrin blinzelte verwirrt. »Programmiert?«

»Lügen Sie nicht!«

»Wovon sprechen Sie?«

»Das sollen Sie mir sagen.«

Der Senator war völlig perplex.

Alex wandte sich an den Dickwanst. »Ich habe doch recht, nicht wahr?«

»Was meinen Sie?«

»Ich bin wie ein gottverdammter Roboter herumgelaufen, dem man ein bestimmtes Programm eingegeben hat.«

Peterson lächelte.

Alex richtete die Pistole auf ihn. »Als ich letztes Frühjahr in Rio Urlaub gemacht habe – was in aller Welt ist dort mit mir passiert?«

Bevor der Dickwanst antworten konnte, griff Antonio Paz in

seine Tasche. Alex sah die Bewegung aus dem Augenwinkel, reagierte blitzschnell und gab zwei Schüsse ab.

Die Kugeln trafen Paz' breites Gesicht, und er stürzte mit seinem Stuhl krachend zu Boden.

Carreras sprang brüllend auf.

Eine Stimme in Alex' Kopf flüsterte: *Leg ihn um.* Er gehorchte, ohne zu überlegen.

Carreras brach getroffen zusammen.

Mit schreckensweit aufgerissenen Augen wich der Senator zurück, die Hände abwehrend vor seinen Körper haltend, so als könnte er damit dem Tod Einhalt gebieten.

Leg ihn um.

Alex hörte die Stimme in seinem Kopf, aber er zögerte. Er zitterte am ganzen Leib und war völlig durcheinander.

Er suchte verzweifelt nach einer weniger blutigen Lösung. Paz und Carreras waren gefährliche Männer, aber sie waren jetzt tot, und der Senator stellte keine Gefahr mehr dar, denn er war ein gebrochener Mann, der um sein Leben bettelte und jetzt gründlich auspacken würde. Es war überflüssig, ihn umzubringen. Völlig überflüssig.

Leg ihn um.

Er konnte der Stimme in seinem Kopf nicht widerstehen und drückte zweimal auf den Abzug.

Die Kugeln trafen den Senator in die Brust. Er taumelte rückwärts und prallte mit dem Kopf so heftig gegen ein Fenster, daß die dicke Scheibe einen Sprung bekam. Dann sank er wie ein Stein zu Boden.

»Mein Gott«, murmelte Alex. »Was habe ich getan? Was in aller Welt habe ich getan?«

Der Dickwanst saß seelenruhig auf seinem Stuhl. »Der schreckliche Racheengel«, kommentierte er lächelnd. Er schien begeistert zu sein.

Carreras kam auf die Beine. Er blutete, aber er hatte nur einen Streifschuß abbekommen. Mit phänomenaler Geschwindigkeit packte er einen Stuhl und schleuderte ihn durchs Zimmer.

Alex schoß, verfehlte aber sein Ziel.

Er versuchte, dem Stuhl auszuweichen, wurde aber am rechten Arm mit voller Wucht getroffen. Dabei wurde ihm auch die Pistole aus der Hand geschlagen.

Er stolperte rückwärts und stieß gegen den Türrahmen.

Carreras kam auf ihn zu.

72

Die HAND. Sie streichelte Joanna, tätschelte und kniff sie. Kalter, glänzender Stahl. Ein ständiges Surren und Klicken. *Klick, klick, klick.*

Joanna wunderte sich über ihren eigenen Mut. Sie ließ Rotenhausens Liebkosungen über sich ergehen, ohne mit der Wimper zu zucken. Sie stellte sich schläfrig, murmelte unverständliches Zeug vor sich hin, stieß zufriedene Laute aus, wenn er sie berührte, und lächelte ihn töricht an.

Er stellte ihre Geduld und Willenskraft auf eine harte Probe, und sie war nahe daran, ihn anzuspucken, als er plötzlich den Riemen um ihr linkes Handgelenk löste. Sie erstarrte und hielt unwillkürlich den Atem an, doch nur den Bruchteil einer Sekunde später murmelte sie wieder vor sich hin und lächelte ihm zu. Ihr war klar, daß er keinerlei Veränderung ihres Verhaltens bemerken durfte. Er befreite ihre zweite Hand. Sie bewegte ihre Arme nicht und versuchte einen völlig zufriedenen Eindruck zu erwecken. Er ging zum Fußende des Bettes und löste die Gurte an ihren Knöcheln. Sie war nicht mehr in ihrer Bewegungsfreiheit behindert!

»So ein süßes kleines Mädchen«, sagte Rotenhausen mehr zu sich selbst als zu ihr.

Er trat wieder ans Kopfende des Bettes.

Sie blieb regungslos liegen.

Rotenhausen zog seinen weißen Arztkittel aus und legte ihn über den Wagen mit medizinischen Instrumenten.

»Ich erinnere mich noch gut an dich«, sagte er. »Ich weiß noch genau, wie du dich angefühlt hast.«

Er begann sein Hemd aufzuknöpfen.

Unter gesenkten Lidern hervor betrachtete Joanna seine künstliche Hand. Ein dickes Kabel führte von dem stählernen Handgelenk zum Oberarm, teilte sich auf den letzten Zentimetern und endete in zwei Buchsen, die an den Batteriebehälter angeschlossen waren.

Er zog sein Hemd aus und warf es auf den Kittel.

»Es wird besonders reizvoll sein, weil dein Vater sich nur einen Stock tiefer befindet.«

Joannas Hand schoß blitzartig in die Höhe, packte das Kabel und riß die Buchsen aus den Batterien. Das Surren und Klicken endete abrupt, und die Finger erstarrten mitten in einer Bewegung. Joanna nutzte die totale Überraschung des Arztes aus, sprang auf der anderen Seite aus dem Bett und rannte zur Tür.

Als sie den Schlüssel umdrehen wollte, packte er sie mit seiner Hand aus Fleisch und Blut bei den Haaren und zerrte sie zurück.

Sie schrie vor Schmerz auf und schlug wild um sich.

Rotenhausen stieß sie laut fluchend von sich.

Sie taumelte rückwärts und wäre gestürzt, wenn sie nicht in letzter Sekunde an einem Bettpfosten Halt gefunden hätte.

Rotenhausen steckte die Buchsen wieder ein.

Der Mechanismus surrte.

Die Stahlfinger bewegten sich: *klick, klick, klick.*

73

Alex sah Ignacio Carreras wie eine Dampfwalze auf sich zukommen, und er wußte, daß seine Überlebenschancen nun, ohne Pistole, gleich Null waren. Er beherrschte zwar mehrere Disziplinen der Selbstverteidigung wie Jiu-Jitsu und Karate, aber mit größter Wahrscheinlichkeit war auch Carreras darin geübt, und durch seinen muskelstrotzenden Körper wäre der Kerl entschieden im Vorteil.

Alex trat den Rückzug an. Er sprang mit einem Satz auf den Korridor hinaus, warf hinter sich die Tür zu und rannte den Gang entlang. Er hörte, daß die Tür aufgerissen wurde, und er hörte die dröhnenden Schritte seines Verfolgers, aber er verlor keine Zeit damit, sich umzuschauen.

Er öffnete die letzte Tür auf der rechten Seite des Korridors, stürzte in den dunklen Raum, schlug die Tür zu und drehte hastig den Schlüssel im Schloß.

Eine Sekunde später rüttelte Carreras an der Klinke.

Alex tastete nach dem Lichtschalter, und als es im Zimmer hell wurde, hielt er verzweifelt nach irgend etwas Ausschau, das ihm als Waffe dienen konnte. Er hatte Pech, denn er war in einem leeren Lagerraum gelandet.

Joanna, ich lasse dich nicht im Stich, dachte er. *Ich werde dich finden und von hier wegbringen.*

Doch vielleicht hatte Rotenhausen bereits mit der Behandlung begonnen. Vielleicht war sie nicht mehr Joanna.

Wie lange mochte es dauern, zehn Jahre aus ihrem Gedächtnis

zu löschen? Eine Stunde? Bestimmt länger. Einen Tag? Eine Woche? Einen Monat?

Vielleicht hatte er noch jede Menge Zeit – vielleicht war es aber auch schon zu spät, um sie zu retten.

Zunächst einmal mußte er irgendwo ein Versteck finden, wo er in Ruhe über die nächsten Schritte nachdenken konnte. Mit Carreras im Nacken war das unmöglich.

Alex hastete zum Fenster und zog die Jalousie hoch. Ein heftiger Windstoß fegte Schnee gegen die Scheibe.

Carreras warf sich gegen die Tür. Einmal. Zweimal. Etwas zerbarst.

Mit zitternden Fingern entriegelte Alex das Fenster und stieß die beiden Flügel nach außen auf. Kalte Luft strömte in den Raum.

Carreras warf sich wieder gegen die Tür. Das Holz splitterte.

Das ist ja ein gottverdammter Bulle und kein Mann!

Alex stieg aus dem Fenster und landete im tiefen Schnee. Der Wind heulte mit mindestens 50 Stundenkilometern durch das Tal, biß Alex ins Gesicht, trieb ihm die Tränen in die Augen und machte seine Hände sofort gefühllos. Er war dankbar für seinen wattierten Skianzug.

Carreras spielte weiterhin Rammbock.

Alex stapfte in die Dunkelheit hinaus. Er war noch nicht weit gekommen, als er hörte, wie die Tür krachend nachgab.

Er rannte los.

74

Als der Dickwanst das Ende des Korridors erreichte, kletterte Ignacio Carreras bereits aus dem Fenster. Peterson wollte ihm folgen, überlegte es sich dann aber anders.

»Tamara! Tamara!« rief er laut auf dem Korridor. »Wo bist du?«

Sie gab keine Antwort.

Er ging auf den Konferenzraum zu. »Doktor Sajcev! Ich bin's. Anson.«

Sie öffnete die Tür zu seiner Rechten. »Was hat dieser ganze Lärm zu bedeuten?« fragte sie. »Ich hatte Angst rauszukommen. Ist etwas schiefgegangen?«

»Alles. Wir müssen von hier verschwinden.«

»Verschwinden?«

»Beeil dich«, drängte der Dickwanst. »Wir dürfen keine Zeit verlieren.«

»Aber wohin sollen wir denn gehen?«

»An einen sicheren Ort.«

»Ich verstehe nicht.«

»Nun komm schon, meine Liebe. Wenn wir uns nicht sputen, wird man uns noch schnappen.«

»Schnappen? Wer sollte uns schnappen?«

»Wer? Natürlich die Polizei.«

Verwirrt trat sie auf den Korridor hinaus.

Peterson hatte eine mit Schalldämpfer versehene Pistole in der Schulterhalfter. Er zückte die Waffe und drückte zweimal ab.

Die Ärztin wurde von den Kugeln herumgerissen, sackte gegen die Wand, blickte den Dickwanst an, ohne ihn wahrzunehmen, verlor zum erstenmal, seit Peterson sie kannte, ihre eisige Miene und sank tot zu Boden.

Von den insgesamt sechs Personen auf Petersons Liste waren vier somit liquidiert. Marlowe, Antonio Paz, Thomas Chelgrin und Tamara Sajcev. Jetzt mußten nur noch zwei eliminiert werden.

Peterson rannte in den Lagerraum. Er besaß jene erstaunliche Behendigkeit, die fetten Männern mitunter eigen ist. Er zwängte sich mühsam durch das Fenster und stöhnte, als die eisige Nachtluft ihm ins Gesicht schlug.

Der Wind hatte die Fußspuren im Neuschnee fast schon verweht, aber Peterson konnte ihnen noch folgen.

75

Einige Minuten lang war irgendwo im Haus Lärm und Gebrüll zu hören. Joanna hoffte, daß Alex ins Zimmer stürzen und sie befreien würde. Vielleicht hatten sie unerwartete Hilfe erhalten. Doch Rotenhausen kümmerte sich nicht um den Lärm, und nach kurzer Zeit gab sie jede Hoffnung auf Rettung auf.

Er drängte sie in eine Ecke und versperrte ihr mit seinem Körper den Fluchtweg.

Sie saß hilflos in der Falle.

Der Alptraum war Realität geworden.

Rotenhausen spreizte seine Stahlfinger und legte sie um ihre

Kehle. Seine linke Hand lag auf den Batterien, damit sie nicht wieder die Buchsen herausziehen konnte.

Sie war wie hypnotisiert von seinen seltsamen Augen. Sie waren ungewöhnlich hell. Gelblich. Katzenaugen. Dämonische Augen. Sie hatten nichts Menschliches an sich.

Mit schief gelegtem Kopf beobachtete er sie aufmerksam, während er ihr die Kehle zudrückte – so als wäre sie ein Versuchskaninchen.

Sie glaubte zu ersticken.

Lächelnd drückte er noch fester zu.

Joanna geriet in Panik. Sie zappelte und trat nach ihm, was freilich mit nackten Füßen völlig wirkungslos war.

Ihr Widerstand beeindruckte Rotenhausen nicht im geringsten. Er lockerte seinen Griff nicht.

Joanna hatte erwartet, daß er Hilfe holen würde, um sie wieder auf dem Bett festzuschnallen. Aber offenbar hatte er etwas anderes mit ihr vor. Sie ahnte, was das war. Er würde sie würgen, bis sie das Bewußtsein verlor, und dann würde er sie vergewaltigen.

Sie wußte, daß es jetzt nicht mehr lange dauern würde, bis ihr schwarz vor Augen würde.

76

Billionen Schneeflocken wirbelten durch die Nacht, legten sich auf Alex' Haar, gerieten unter den Kragen seiner Skijacke, schmolzen auf seinem Gesicht und klebten am glänzenden Material seiner Skikleidung.

Nach etwa 100 m erreichte er zum Glück den Wald. Die riesigen Nadelbäume standen dicht beieinander und fingen den Schnee wenigstens teilweise ab, und sie boten auch einen gewissen Schutz vor dem eisigen Wind.

Alex' Augen hatten sich inzwischen an die Dunkelheit gewöhnt. Zufällig stieß er auf einen Hirschpfad, wo er schneller vorwärtskam – freilich nur, bis er über einen Stein stolperte, der vom Schnee verborgen war. Der Sturz raubte ihm sekundenlang den Atem.

Er drehte sich auf den Rücken und warf die Arme hoch, weil er damit rechnete, daß Carreras sich gleich auf ihn stürzen würde. Er hatte die Absicht, mit Händen und Füßen um sein Leben zu kämpfen.

Carreras war aber noch nicht einmal in Sicht.

Alex versuchte, auf die Beine zu kommen, rutschte aus und fiel wieder in den Schnee.

Dabei geriet ihm unverhofft eine Waffe unter die Finger: ein Stein von der Größe einer Orange, rauh und mit vielen scharfen Zacken. Natürlich war das kein vollwertiger Ersatz für die Pistole, aber immerhin besser als nichts.

Er eilte tiefer in den Wald hinein.

Etwa zehn Meter von der Stelle seines Sturzes entfernt bog der Pfad scharf nach rechts ab, entlang eines dichten schulterhohen Gebüsches. Er blieb stehen. Dies schien ihm ein idealer Ort für einen Überraschungsangriff zu sein. Es war so dunkel, daß er seine eigenen Fußspuren kaum erkennen konnte. Mit dem Stein in der Hand schob er sich ins Gebüsch und nahm eine geduckte Haltung ein.

Der Wind heulte wie ein Rudel hungriger Wölfe über dem Dach aus Ästen.

Seine Hände waren so kalt, daß er befürchtete, den Stein nicht mehr lange festhalten zu können.

Eine Minute später hörte er Carreras. Der Mann fürchtete sich offenbar nicht im geringsten vor seiner Beute, denn er bemühte sich nicht einmal, leise zu sein. Er bahnte sich laut fluchend einen Weg durch den Wald, vornübergebeugt, um die Fußspuren seines Opfers nicht zu übersehen.

Als der Mann Alex' Versteck passierte, sprang dieser wie von der Tarantel gestochen auf, holte weit aus und ließ den Stein mit voller Wucht auf Carreras' Schädel niedersausen. Der Kerl fiel in den Schnee.

Alex blickte auf ihn hinab. Carreras lag völlig regungslos da. Alex machte einen großen Schritt über ihn hinweg.

Carreras packte ihn am Knöchel.

77

Joanna rammte ihr Knie in Rotenhausens Unterleib.

Er krümmte sich vor Schmerz, und seine kalten, klickenden Stahlfinger lockerten ihren Griff um Joannas Kehle.

Sie schlüpfte an ihm vorbei und rannte auf die Tür zu. Er verfolgte sie, vornübergebeugt, vor Schmerz humpelnd, aber trotzdem bedrohlich schnell.

Sie gab die Hoffnung auf, durch die Tür zu entkommen. Statt dessen brachte sie den Instrumentenwagen zwischen sich und ihren Feind. Rotenhausens Hemd und Arztkittel warf sie achtlos auf den Boden. Auf dem Wagen lagen verschiedene Gegenstände: das Blutdruckmeßgerät, eine große Glykoseflasche, Spritzen, Phiolen und Fläschchen – und eine Operationsschere. Joanna griff hastig danach und schwang sie wie ein Zauberschwert.

Rotenhausen starrte sie mit hochrotem Kopf wütend an.

»Ich werde nicht zulassen, daß Sie mich noch einmal einer Gehirnwäsche unterziehen«, rief Joanna. »Sie müssen mich entweder gehen lassen oder aber umbringen.«

Mit seiner künstlichen Hand griff er über den Wagen hinweg, entwand ihr die Schere und drückte sie zwischen seinen Stahlfingern zusammen, bis die beiden Klingen auseinanderbrachen.

»Das gleiche könnte ich mit dir machen«, knurrte er und warf die kaputte Schere beiseite.

Joanna hatte rasendes Herzklopfen. Ihr Atem ging sehr schnell und laut, und sie spürte, wie ihr das Blut zu Kopfe stieg – Anzeichen für einen mächtigen Adrenalinstoß. Und dann überstürzten sich die Ereignisse: Sie griff nach der Glykoseflasche und wollte sie als Wurfgeschoß verwenden, aber Rotenhausen zertrümmerte die Flasche mit seiner Stahlhand, und Joanna behielt nur den Flaschenhals in der Hand. Er schob den Wagen heftig beiseite und kam auf sie zu. Seine blassen Augen funkelten mörderisch. Sie wich zurück und erkannte plötzlich, daß er viel zu zuversichtlich war – und sie dadurch noch eine Chance hatte, denn sie besaß eine Waffe, sogar eine verdammt gute Waffe. Als er sie packte, stieß sie ihm den ausgezackten Flaschenhals tief in die Kehle. Blut spritzte wie eine Fontäne hervor. Er taumelte rückwärts und versuchte, die Glasscherben herauszuziehen. Er riß den Mund auf wie ein Fisch auf dem Trockenen und brach zusammen.

78

Carreras hatte Alex am Knöchel gepackt. Der Detektiv stürzte, riß sich los und rollte zur Seite.

Als er wieder auf die Beine kam, kniete Carreras auf allen vieren mitten auf dem Pfad und schüttelte seinen Kopf, so als könnte er damit seine Benommenheit überwinden.

Alex nutzte die günstige Gelegenheit, um ihm kräftig unter das Kinn zu treten.

Carreras' Kopf flog nach hinten, und der Mann fiel rückwärts ins Gebüsch.

Alex glaubte, daß er ihm das Genick gebrochen hatte, aber nach einer Minute bewegte sich der Muskelprotz wieder und versuchte hochzukommen.

Der Kerl ist unverwüstlich! dachte Alex.

Er hatte noch immer den Stein in der Hand und holte zum Schlag aus.

Carreras warf schützend den Arm hoch und packte Alex am Handgelenk.

Alex hatte das Gefühl, als würden seine Knochen in einem Schraubstock zermalmt. Mit einem Schmerzensschrei ließ er den Stein fallen, versuchte sich aus dem eisernen Griff zu befreien, glitt im Schnee aus und fiel hin.

Im nächsten Moment war Carreras über ihm, knurrend wie ein wilder Hund.

Eine riesige Faust landete in Alex' Gesicht. Seine Lippen platzten auf, und er wäre an einem ausgeschlagenen Zahn fast erstickt. Er hatte einen unangenehmen Blutgeschmack im Mund.

Er wußte, daß er im Nahkampf gegen Carreras keine Chance hatte. Er mußte irgendwie auf die Beine kommen.

Als Carreras zum nächsten Boxhieb ausholte, warf Alex sich blitzschnell zur Seite. Der Schlag verfehlte ihn, Carreras verlor das Gleichgewicht und fiel in den Schnee. Alex rappelte sich auf, suchte Halt an einem Baum und zog sich daran hoch.

Auch Carreras versuchte aufzustehen.

Alex versetzte ihm einen Tritt in die Magengrube, die sich allerdings hart wie ein Brett erwies.

Trotzdem fiel Carreras wieder auf Hände und Füße.

Alex trat ihm mit aller Kraft ins Gesicht.

Carreras wurde auf den Rücken geworfen und blieb mit ausgebreiteten Armen regungslos liegen.

Mit äußerster Vorsicht, wie ein Priester, der sich dem Sarg eines Vampirs nähert, kniete Alex neben dem Mann nieder. Carreras' Augen waren weit aufgerissen, aber sie sahen nichts mehr. Alex tastete nach seinem Puls. Er brauchte keinen Holzpfahl, kein Kruzifix und keine Knoblauchkette zu besorgen, denn diesmal war das Monster endgültig tot.

Alex dachte an Joanna, die sich im Haus in Rotenhausens Gewalt befand. Ohne sich eine Verschnaufpause zu gönnen, machte er sich auf den Rückweg.

Anson Peterson wartete am Waldrand auf ihn. Der Dickwanst hielt eine Pistole in der Hand.

79

Rotenhausen war tot.

Joanna verspürte nicht die geringsten Gewissensbisse. Sie hatte auch keine Angst mehr. Sie machte sich nur Sorgen um Alex.

Sie suchte auf dem Instrumentenwagen nach der Droge, die Tamara Sajcev ihr injiziert hatte. In dem Fläschchen war noch ein kleiner Rest der Flüssigkeit. Joanna öffnete es und goß einige Tropfen auf ihre Hand. Sie schnüffelte daran, leckte vorsichtig daran und stellte fest, daß es sich mit größter Wahrscheinlichkeit um reines Wasser handelte. Jemand mußte die Fläschchen vertauscht haben.

Aber wer? Und warum?

Sie fand ihren Skianzug in einem Schrank, zog sich an und verließ den Raum.

Im Haus war es sehr still. Sie inspizierte die anderen fünf Zimmer auf dieser Etage. Alle waren leer. Sie schlich zur Treppe, lauschte angestrengt, hörte aber nur den Wind, der an den Dachrinnen rüttelte.

Sie stieg leise ins Erdgeschoß hinab. Von der Eingangshalle ging ein langer Korridor ab. Dort stieß Joanna auf die blutige Leiche der Ärztin Tamara Sajcev.

Denk nicht darüber nach, sagte sie sich. *Überleg nicht, wer sie umgebracht hat und warum. Such lieber Alex.*

Sie zählte sechs Türen, drei auf jeder Seite des Korridors. Ihr graute davor, sie öffnen zu müssen, aber sie wußte, daß ihr keine andere Wahl blieb, wenn sie Alex finden wollte.

Dann sah sie, daß die beiden vordersten Türen nur angelehnt waren. Sie stieß die Tür auf der rechten Seite langsam auf.

»*Sie?*« rief Joanna entsetzt.

Vor ihr stand Senator Thomas Chelgrin. Er war leichenblaß. Sein Gesicht war blutbeschmiert, ebenso sein silbergraues Haar. Er preßte seine linke Hand auf eine Wunde in der Brust. Sein Hemd war blutdurchtränkt. Er machte taumelnd einen Schritt auf sie zu und legte seine blutige Hand auf ihre Schulter.

80

Auf dem schneeverwehten Hügel, 100 Meter vom Haus entfernt, starrten Alex und der Dickwanst einander lange schweigend an. Nur der Wind heulte.

Schließlich fragte Alex: »Warum habe ich *Sie* nicht getötet?«

»Darauf waren Sie nicht programmiert«, erwiderte Peterson. »Wo ist er?«

»Carreras? Der ist tot.«

»Was?«

Alex konnte nicht deutlicher sprechen. Seine Lippen waren geschwollen. »Tot. Er ist tot.«

»Sie haben ihn getötet?«

»Ja.«

»Aber Sie hatten doch keine Pistole.«

»Nein.« Alex war sehr müde. Seine Augen tränten von der Kälte, so daß er den Dickwanst nur verschwommen sehen konnte.

»Schwer zu glauben, daß Sie ohne Schußwaffe mit ihm fertiggeworden sind«, sagte Peterson.

»Ich habe auch nicht gesagt, daß es einfach war.«

Peterson grinste. Dann begann er schallend zu lachen.

»Schon gut«, sagte Alex. »Bringen wir's hinter uns. Ich habe Carreras umgebracht, und jetzt bringen Sie mich um.«

»Du lieber Himmel, nein!« rief Peterson. »Sie befinden sich gründlich im Irrtum, mein lieber Junge. Sie und ich – wir spielen im selben Team.«

81

Der Anblick des blutenden Gespenstes – ihres leiblichen Vaters, der vom Tode auferstanden zu sein schien – lähmte Joanna. Sie stand wie angewurzelt da, während der Senator sich schwer auf ihre Schulter stützte. Sie verstand nicht, wie er hier sein konnte, wie er zum zweitenmal sterben konnte, und sie fragte sich unwillkürlich, ob sie nicht vielleicht den Verstand verloren hatte.

»Ich bin sehr schwach«, murmelte er undeutlich. »Ich kann mich nicht mehr auf den Beinen halten. Hilf mir.«

Joanna stützte sich am Türrahmen ab und ging langsam in die Knie, während der Senator sich an ihr festhielt. Schließlich saß er an die Wand gelehnt da, und sie kniete neben ihm.

»Tochter«, sagte er und betrachtete sie verzückt. »Meine Tochter!«

Sie konnte ihn nicht als Vater akzeptieren. Sie dachte an alles, wofür er verantwortlich war: an die Jahre programmierter Einsamkeit, an die programmierte Klaustrophobie, die Alpträume, die Ängste. Sie dachte daran, wie Rotenhausen sie bei ihrem ersten Aufenthalt in diesem Haus vergewaltigt und gequält hatte – und wie er auch heute abend wieder versucht hatte, sie zu mißbrauchen. Doch noch schlimmer als all das war die Möglichkeit, daß Alex tot sein könnte; und falls dem so sein sollte, hätte Thomas Chelgrin direkt oder indirekt auf den Abzug gedrückt. In ihrem Herzen war kein Platz für den Senator. Vielleicht war es ungerecht, ihn zu verdammen, ohne seine Gründe zu kennen. Vielleicht war es eine schreckliche Sünde, daß sie ihrem eigenen Vater nicht vergeben konnte. Zumindest war es sehr traurig. Aber sie verspürte keine Schuldgefühle, und sie verabscheute diesen Mann.

»Mein kleines Mädchen«, murmelte er.

»Nein.«

»Du bist meine Tochter.«

»Nein.«

»Du bist Lisa.«

»Ich heiße Joanna Rand.«

Er räusperte sich. »Du haßt mich, nicht wahr?«

»Ja.«

»Aber du verstehst nicht . . .«

»Ich verstehe genug.«

»Nein, du mußt mir zuhören.«

»Was auch immer du mir zu sagen hast – es wird nichts an meiner Einstellung ändern. Ich bin nicht mehr deine Tochter. Lisa Chelgrin ist tot. Für immer.«

Der Senator schloß die Augen. Ein rasender Schmerz nahm ihm den Atem. Er schnitt eine Grimasse und krümmte sich zusammen, die Hand noch immer auf die Brustwunde gepreßt.

Sie hatte für ihn keine Geste und kein Wort des Trostes.

Als der Schmerz etwas nachließ, setzte er sich wieder aufrecht hin und öffnete die Augen. »Ich muß dir alles erzählen. Du mußt mir eine Chance geben, alles zu erklären. Du mußt mir zuhören.«

»Ich werde dir zuhören«, sagte sie, »aber freiwillig.«

Er atmete rasselnd. »Jeder hält mich für einen Kriegshelden. Alle glauben, ich wäre aus dem koreanischen Gefangenenlager geflohen und hätte mich zu den UN-Truppen durchgeschlagen. Meine ganze politische Karriere basiert auf dieser Geschichte. Aber sie ist eine einzige Lüge. Ich bin nicht wochenlang auf feindlichem Territorium durch die Wildnis geirrt. Ein nordkoreanischer Offizier hat mich fast bis zur Front gefahren, und ich mußte nur wenige Kilometer zu Fuß zurücklegen. Ich bin nie aus einem Gefangenenlager entflohen, weil ich überhaupt nie dort gewesen bin. Thomas Chelgrin wurde dort gefangengehalten, aber nicht ich.«

»Du *bist* Thomas Chelgrin.«

»Nein. Mein richtiger Name ist Ilja Timoschenko. Ich bin Russe.«

Immer wieder von Hustenanfällen geschüttelt und Blut spukkend, erzählte er ihr mühsam, wie aus Ilja Timoschenko der ehrenwerte Senator von Illinois Thomas Chelgrin geworden war, der bekannte und angesehene potentielle Anwärter auf die Präsidentschaft. Er hörte sich überzeugend an. *Die Beichte eines Sterbenden ist wohl immer überzeugend,* dachte Joanna.

Sie hörte zu, entsetzt und doch fasziniert.

82

Im Jahre 1950 hielten die Kommandanten aller nordkoreanischen Konzentrationslager für UN-Soldaten ständig Ausschau nach speziellen Gefangenen, nach US-Bürgern, die eine gewisse Ähnlichkeit mit zwölf Männern hatten, deren Fotos streng geheim an hochrangiges kommunistisches Gefängnispersonal verteilt worden waren.

Es handelte sich um junge russische Geheimagenten, die sich freiwillig für ein Projekt gemeldet hatten, das den Decknamen SPIEGEL trug.

Als Thomas Chelgrin in Ketten ins Lager bei Hyesan gebracht wurde, stellte der dortige Kommandant sofort fest, daß der Gefangene einem der Russen aus der SPIEGEL-Gruppe, Ilja Timoschenko, ziemlich ähnlich sah. Die beiden Männer waren gleich groß und hatten die gleiche Statur. Auch Haar- und Augenfarbe stimmten überein. Der Knochenbau ihrer Gesichter war fast identisch. Chelgrin wurde noch am Tag seiner Ankunft von den anderen Gefangenen getrennt. Von nun an verbrachte er die Vor- und Nachmittage mit nordkoreanischen Vernehmungsoffizieren, die Abende und Nächte in strenger Einzelhaft. Ein Fotograf der Roten Armee machte mehr als 150 Aufnahmen von Chelgrin, von seinem ganzen Körper, sowohl nackt als auch bekleidet, hauptsächlich aber von seinem Gesicht, bei jedem Licht, von verschiedenen Seiten und aus unterschiedlicher Entfernung – Nahaufnahmen ebenso wie Bilder, auf denen genau zu sehen war, wie er ging, stand und aß, welche Schulterhaltung er hatte usw. Diese Filme wurden unter strengsten Sicherheitsvorkehrungen in einer nahegelegenen Militärbasis entwickelt und mit einem Sonderkurier nach Moskau geschickt, wo die Verantwortlichen für die Operation SPIEGEL begierig darauf warteten.

Militärärzte studierten die Fotos zwei Tage lang und kamen zu dem Ergebnis, daß die Aktion möglich sei. Eine Woche später unterzog sich Ilja Timoschenko der ersten von vielen Operationen, die ihn in Chelgrins Doppelgänger verwandeln sollten. Sein Haaransatz mußte einen Zentimeter nach oben verschoben werden. Seine Lider waren zu schwer – das Erbe einer mongolischen Ururgroßmutter – und mußten geliftet werden. Seine Nase wurde operiert, weil ein kleiner Höcker entfernt und sie insgesamt etwas verschmälert werden mußte. Sein Mund hatte die richtige Form, aber die Zähne mußten abgeschliffen und überkront werden, damit sie den Fotos von Chelgrins Gebiß entsprachen. Timoschenkos Kinn war rund, was nicht ins Bild paßte; folglich wurde es eckig gemacht. Er hatte im Gegensatz zu dem Amerikaner eine stark behaarte Brust. Nach und nach wurden die Haare entfernt, der Wuchs gestoppt. Schließlich begutachtete der Chefchirurg Ilja Timoschenko und stellte fest, daß die Verwandlung perfekt war.

Während der Russe sieben Monate den Künsten plastischer Chirurgen ausgesetzt war, wurde Thomas Chelgrin im Gefangenenlager von Hyesan brutal verhört. Nordkoreas beste Verhörspezialisten beschäftigten sich intensiv mit ihm. Mit Hilfe von Drogen, Drohungen, Versprechen, Humor, Zorn, Hypnose und Folter erfuhren sie alles Wissenswerte über ihn. Sie legten umfangreiche Dossiers an, in denen alles mögliche aufgeführt wurde: Welche Gerichte er liebte und welche er verabscheute, welche Biermarke er bevorzugte, seine religiösen Überzeugungen, seine Lieblingszigaretten, seine Freunde, deren Vorlieben, Abneigungen, Tugenden, Schwächen und Eigenheiten; seine politischen Überzeugungen, seine Lieblingssportarten, seine bevorzugten Freizeitbeschäftigungen, seine Rassenvorurteile, seine Ängst und Hoffnungen, seine geringen mathematischen Kenntnisse, seine Begabung für Aufsätze; sein Unvermögen, Unwissenheit und Dummheit zu tolerieren, sein Geschmack, was Frauen betraf, seine sexuellen Praktiken und Tausende weiterer Einzelheiten. Sie preßten ihn wie eine Zitrone aus, bis auf den allerletzten Tropfen.

Einmal wöchentlich wurden die neuesten Berichte nach Moskau gebracht, wo Ilja Timoschenko sich zwischen den Operationen intensiv damit beschäftigte. Er mußte sich unzählige Details einprägen, was äußerst schwierig war. Zwei Psychologen, die im Auftrag des KGB an Gedächtnistrainingsprogrammen arbeiteten, waren ihm dabei behilflich. Unter ihrer Anleitung las Timoschenko jede Liste dreimal durch, und danach wurde sie ihm vorgelesen, während er sich in hypnotischer Trance befand. Während er schlief, liefen Tonbänder, die mit den jeweiligen Berichten besprochen worden waren. Auf diese Weise prägte sich alles auch seinem Unterbewußtsein ein.

Nach zwölf Jahren Englischunterricht seit seinem zehnten Lebensjahr sprach Timoschenko Englisch ohne jeden russischen Akzent. Er hatte die korrekte Aussprache eines Nachrichtensprechers. Nun mußte er sich Aufzeichnungen von Chelgrins Stimme anhören, um sich dessen Akzent des amerikanischen Mittelwestens zuzulegen. Bis er auch die letzte Operation hinter sich hatte, hörte er sich so an, als wäre er auf einer Farm in Illinois aufgewachsen.

Während Timoschenkos Metamorphose bereitete etwas den Verantwortlichen große Sorgen: Chelgrins Mutter. Sie glaubten, daß Timoschenko imstande sein würde, Chelgrins Freunde und

Bekannte zu täuschen, aber besonders nahestehende Personen – Mutter, Vater, Frau oder Geschwister – könnten doch irgendwelche Veränderungen oder Gedächtnislücken bemerken und Verdacht schöpfen. Zum Glück war Chelgrin weder verlobt noch verheiratet gewesen. Der attraktive junge Mann hatte nicht einmal eine feste Freundin gehabt, sondern war wie ein Schmetterling von einer Blume zur anderen geflattert. Seinen Vater hatte er verloren, als er noch ein Kind war. Geschwister hatte er nie gehabt. Die erfolgreiche Maskerade konnte also nur durch eine Person ernsthaft gefährdet werden – durch Chelgrins Mutter. Doch dieses Problem ließ sich mühelos lösen, denn der KGB hatte einen langen Arm. Am 5. Januar 1951 erhielt ein Agent in New York einen Spezialauftrag, und zehn Tage später kam Chelgrins Mutter auf dem Heimweg von einem Bridgeabend bei einem Autounfall ums Leben. Die Nacht war dunkel, die Straße stellenweise vereist. Niemand schöpfte Verdacht.

Im Frühjahr 1951, acht Monate nach Chelgrins Gefangennahme, kam Ilja Timoschenko nachts im Lager von Hyesan an, in Begleitung des KGB-Direktors Emil Gorov, der den ganzen Plan ausgeheckt hatte. Sie warteten in den Privaträumen des Lagerkommandanten, während Chelgrin aus seiner Zelle geholt wurde. Als der Amerikaner den Raum betrat und Timoschenko sah, wußte er sofort, daß er nicht mehr lange zu leben hatte. »Ein Spiegelbild«, sagte Gorov begeistert, »das reinste Spiegelbild!«

Thomas Chelgrin wurde noch in jener Nacht erschossen. Die Leiche wurde verbrannt, die Asche in alle Winde verstreut.

Eine Woche später ›entkam‹ der neue Thomas Chelgrin aus dem Lager, schlug sich zu seinen Leuten durch, kehrte schließlich nach Illinois zurück, schrieb ein Buch und wurde als Kriegsheld gefeiert.

Thomas Chelgrins Mutter war keine reiche Frau gewesen, aber sie hatte eine Lebensversicherung über 25 000 Dollar abgeschlossen, die ihren einzigen Sohn begünstigte. Dieses Geld erhielt Chelgrin, als er aus Korea zurückkam, und er legte es vorteilhaft an, indem er eine Volkswagenvertretung erwarb, kurz bevor der große Run auf VWs begann. Er heiratete und bekam eine Tochter. Sein Geschäft florierte, und die Gewinne investierte er in neue Unternehmen.

Er hatte sich genau an die Befehle gehalten, die ihm als Mitglied der SPIEGEL-Gruppe ursprünglich erteilt worden waren: Er sollte als kleiner Geschäftsmann beginnen und sich dann hocharbeiten;

falls er das allein nicht schaffte, würde der KGB ihm mit Geld unter die Arme greifen; wenn er sich dann erst einmal als erfolgreicher Unternehmer und respektabler Familienvater etabliert hatte, sollte er in die Politik gehen, wobei der KGB die Wahlkampagne finanziell massiv unterstützen würde.

Chelgrin war allerdings schon ein sehr wohlhabender Mann, als er sich erstmals in die politische Arena begab. Abgesehen von einem gewissen Anfangskapital, das der KGB ihm gleich nach seiner Rückkehr aus dem Koreakrieg unauffällig zur Verfügung gestellt hatte, brauchte er nie die Hilfe seiner Landsleute in Anspruch zu nehmen.

In Moskau hoffte man bestenfalls, daß er es schaffen würde, Abgeordneter des Repräsentantenhauses zu werden und dies über mehrere Wahlperioden hinweg zu bleiben. In diesen acht oder zehn Jahren würde er wertvolle Geheiminformationen liefern können.

Er verlor die erste Wahl vor allem deshalb, weil er nach dem frühen Tod seiner Frau nicht wieder geheiratet hatte. In der damaligen amerikanischen Politik gab es Vorurteile gegen Junggesellen. Als Chelgrin sich zwei Jahre später wieder zur Wahl stellte, setzte er seine aufgeweckte Tochter Lisa Jean ein, um Stimmen zu gewinnen. Der Mitleidseffekt – der tragische Verlust seiner Frau, als die Tochter noch ein kleines Kind war – verfehlte nicht seine Wirkung. Er gewann die Wahl, stieg später ins Oberhaus auf und wurde schließlich intern als nächster Präsidentschaftskandidat seiner Partei gehandelt. Seine Erfolge überstiegen Moskaus kühnste Erwartungen um ein Mehrfaches.

Sein Erfolg wurde jedoch mit der Zeit zum größten Problem seines Lebens. Mit Ende Dreißig verlor Chelgrin, der einst Ilja Timoschenko gewesen war, den Glauben an die Ideale des Kommunismus. Er lernte das Land lieben, in dem er Karriere gemacht hatte. Trotzdem mußte er weiterhin mit dem KGB zusammenarbeiten und seine neue Heimat verraten.

Er saß in der Zwickmühle.

83

»Aber warum wurde mir meine Vergangenheit gestohlen?« fragte Joanna. »Das verstehe ich nicht. Warum hast du mich zu Rotenhausen geschickt?«

»Mir blieb keine andere Wahl.«

»*Warum?*«

Der Senator krümmte sich wieder vor Schmerz und spuckte dunkles Blut auf den Teppich. Endlich fand er die Kraft, sich wieder aufrecht hinzusetzen.

»Warum hat der Dreckskerl mich einer Gehirnwäsche unterzogen?« wollte Joanna wissen.

»Jamaika«, erwiderte Chelgrin-Timoschenko. »Du und ich wollten eine Woche in dem Ferienhaus auf Jamaika verbringen.«

»Du und *Lisa*«, korrigierte sie ihn.

»Ja. Ich bin an einem Donnerstagabend von Washington abgeflogen. Du hast an der New Yorker Universität studiert, und du hast gesagt, du könntest erst am Freitag nachkommen, weil du noch eine Seminararbeit beenden müßtest.«

Er schloß die Augen und schwieg so lange, daß sie ihn für tot gehalten hätte, wenn seine rasselnden Atemzüge nicht gewesen wären. Schließlich fuhr er fort:

»Du hast deine Pläne geändert, ohne mir Bescheid zu sagen. Du bist schon am Donnerstagmorgen nach Jamaika geflogen und Stunden vor mir dort gelandet. Als ich spät abends ankam, glaubte ich, das Haus wäre leer, aber in Wirklichkeit hast du oben in deinem Zimmer geschlafen.«

Seine Stimme wurde immer schwächer, aber er wollte unbedingt noch lange genug am Leben bleiben, um alles erklären zu können, in der Hoffnung, daß Joanna ihm doch noch verzeihen würde.

»Ich hatte im Haus ein Treffen mit einigen russischen Agenten vereinbart ... ich sollte ihnen einen Koffer mit wichtigen Unterlagen übergeben ... geheimen Dokumenten ... Du bist aufgewacht ... hast uns im Erdgeschoß sprechen gehört ... bist nach unten geschlichen und hast gehorcht, bis du genau wußtest, daß ich ein Landesverräter bin. Dann bist du mitten in unsere Besprechung geplatzt. Du warst schockiert ... wütend ... empört. Du wolltest sofort das Haus verlassen ... aber das haben sie natürlich nicht erlaubt. Der KGB stellte mich vor die Wahl: Entweder man würde dich liquidieren oder aber zu Rotenhausen schicken – zur Behandlung.«

»Aber warum mußte Lisas ganzes Leben ausgelöscht werden?« fragte Joanna. »Warum konnte Rotenhausen nicht einfach die Erinnerung an das, was sie gehört hatte, ausradieren?«

Chelgrin spuckte wieder Blut, mehr als zuvor. »Es ist für Rotenhausen ... relativ einfach, riesige Gedächtnisblöcke zu beseitigen. Seiner Aussage nach ist es wesentlich schwieriger, einzelne Erinnerungen auszumerzen. Er wollte keine Erfolgsgarantien übernehmen, wenn ihm nicht erlaubt würde, Lisa komplett auszulöschen und eine ganz neue Person zu schaffen. Man hat dich nach Japan gebracht, weil du die Sprache beherrscht hast, und weil es höchst unwahrscheinlich schien, daß dich jemand dort wiedererkennen würde.«

»Mein Gott!« murmelte Joanna.

»Mir blieb keine andere Wahl.«

»Du hättest dich weigern können.«

»Unmöglich.«

»Du hättest mit ihnen brechen können. Du hättest aufhören können, für sie zu arbeiten.«

»Dann hätten sie dich umgebracht.«

»Hättest du denn für sie gearbeitet, wenn sie mich umgebracht hätten?«

»Nein!«

»Dann hätten sie mir auch nichts getan«, sagte sie. »Sie hätten dadurch ja nichts gewonnen.«

»Aber ich konnte mich unmöglich gegen sie wenden«, sagte Chelgrin kläglich. »Die einzige Möglichkeit wäre gewesen ... mich ans FBI zu wenden und dort auszupacken. Aber dann hätte man mich ins Gefängnis geworfen. Ich wäre wie ein Spion behandelt worden. Ich hätte alles verloren ... mein Geschäft ... meine Investments ... meine Häuser ... die Autos ... die Sammlung von Steuben-Glas ... alles ... alles hätte ich verloren!«

»Nicht alles«, widersprach Joanna.

»Was?«

»Deine Tochter hättest du nicht verloren.«

»Du ... versuchst ... nicht einmal ... zu verstehen.« Er seufzte schwer.

»O doch, ich verstehe nur allzugut. Du bist von einem Extrem ins andere gefallen. Ursprünglich warst du ein fanatischer, dogmatischer Kommunist, und dann hast du dich in einen fanatischen, dogmatischen Kapitalisten verwandelt. Für Menschlichkeit war da kein Platz, weder in der einen Rolle noch in der anderen.«

Er gab keine Antwort.

Er hatte ihre Anklage nicht mehr gehört.

Er war tot. Diesmal war er wirklich tot.

Sie betrachtete ihn eine Zeitlang und dachte darüber nach, was hätte sein können.

Schließlich erhob sie sich und trat auf den Korridor hinaus.

In der Eingangshalle stand Alex.

Er lebte!

Er rief ihren Namen.

Vor Glück weinend, rannte sie auf ihn zu.

84

Der Dickwanst bestand darauf, daß sie einen Drink benötigten, um sich aufzuwärmen – körperlich und seelisch. Er führte sie in den zweiten Stock, in Rotenhausens Wohnzimmer. Sie nahmen nebeneinander auf dem Sofa Platz und hielten sich bei den Händen, während Peterson Rémy Martin aus einer Kristallkaraffe einschenkte und sich sodann in einen riesigen Sessel fallen ließ.

Nach kurzem Schweigen sagte Peterson: »Prost!« Er hob seinen Cognacschwenker. »Ich trinke auf die Lebenden.«

Alex und Joanna verzichteten darauf, ihre Gläser zu erheben. Sie tranken gierig.

Der Dickwanst lächelte zufrieden.

»Wer sind Sie?« fragte Joanna.

»Wie ich Alex bereits gesagt habe, heiße ich Anson Peterson, stamme aus Maryland und bin Immobilienmakler.«

»Wenn das komisch sein soll ...«

»Es stimmt«, sagte Peterson. »Aber natürlich bin ich mehr als das.«

»Natürlich.«

»Ich bin Russe.«

»Von denen scheint es hier nur so zu wimmeln.«

»Mein Name war einst Anton Brokawski. Damals war ich schlank, sogar mager. Sie hätten mich damals sehen sollen, meine Liebe! Zugenommen habe ich von dem Tag an, als ich von Korea in die Vereinigten Staaten kam und für immer in die Rolle von Anson Peterson schlüpfte. Ich konnte all seine Freunde und Verwandten täuschen, aber es war eine enorme Nervenanspannung, und die reagiere ich seitdem immer durch übermäßiges Essen ab.«

Joanna trank wieder einen Schluck. »Der Senator hat mir vor seinem Tod alles über das Projekt SPIEGEL erzählt. Gehören Sie auch dazu?«

»Wir waren zwölf Männer«, sagte Peterson. »Man hat uns in Spiegelbilder amerikanischer Kriegsgefangener verwandelt. Wir bekamen neue Identitäten – ähnlich wie Sie, Joanna.«

»Blödsinn!« rief Alex wütend. »Sie mußten keine Schmerzen erdulden wie Joanna. Sie sind nicht vergewaltigt worden wie Joanna. Sie haben immer gewußt, wer Sie sind und woher Sie stammen. Aber Joanna mußte im Dunkeln leben.«

Sie tätschelte seine Hand. »Das alles ist jetzt vorbei. Mir geht es gut. Du bist bei mir, und deshalb geht es mir gut.«

Peterson seufzte. »Der Plan sah vor, daß wir es alle zwölf in den USA als selbständige Geschäftsleute zu Wohlstand bringen sollten – mit finanzieller Unterstützung des KGB. Einige von uns mußten diese Hilfe in Anspruch nehmen, andere hingegen nicht. Wir alle schafften den Aufstieg – bis auf zwei Genossen, die früh starben, der eine bei einem Unfall, der andere an Krebs. Moskau glaubte, die perfekte Tarnung für einen kommunistischen Agenten sei Reichtum. Wer könnte jemals auf den Gedanken kommen, daß ein Millionär das System, dem er alles verdankt, beseitigen will?«

»Aber Sie sagten doch vorhin auf der Treppe, Sie stünden auf unserer Seite«, wandte Joanna ein.

»So ist es auch.«

»Aber wir sind keine Russen.«

»Ich habe das Lager gewechselt«, sagte Peterson. »Schon vor 14 Jahren. Und ich bin nicht der einzige. Diese Möglichkeit hatten die Erfinder der Operation SPIEGEL nicht einkalkuliert. Wenn ein Mensch in einer kapitalistischen Gesellschaft Karriere macht und sich jeden Wunsch erfüllen kann, wird er sich nach einiger Zeit diesem System verpflichtet fühlen. Vier weitere ehemalige Genossen sind zur Gegenseite übergelaufen, und auch der liebe Tom hätte das getan, wenn er nicht solche Angst gehabt hätte, seine Millionen zu verlieren.«

»Zur Gegenseite ...« sagte Joanna nachdenklich. »Wollen Sie damit sagen, daß Sie für die ... für die USA arbeiten?«

»Sprechen Sie es ruhig aus«, erwiderte Peterson. »Wir brauchen keine Umschreibungen zu verwenden. Ja, ich arbeite für die CIA.

Ich haben der CIA von Tom und den anderen erzählt. Sie hofften, daß auch Tom aus freiem Willen beichten und Doppelagent werden würde. Als er das nicht tat, wurde beschlossen, ihn ohne sein Wissen zu gebrauchen. Vierzehn Jahre lang wurden Tom von der CIA falsche Informationen zugespielt, die er an Moskau weitergab. Ein Jammer, daß das nicht ewig so weitergehen konnte.«

»Und warum nicht?« wollte Alex wissen.

»Der liebe Tom hatte viel zu ehrgeizige politische Pläne. Er wollte Präsident der Vereinigten Staaten werden, und seine Chancen standen nicht schlecht. Aber wir hätten den KGB unmöglich weiter an der Nase herumführen können, wenn Tom im Weißen Haus gesessen hätte. Falls den KGB-Leuten in den Informationen, die *Senator* Chelgrin ihnen zukommen ließ, irgendwelche Unstimmigkeiten aufgefallen wären, hätten sie das darauf zurückgeführt, daß er als Senator eben nicht vollständig über alle Vorgänge informiert war und nicht zu allen Geheimdokumenten Zugang hatte. Sie hätten keinen Verdacht geschöpft. Falls sie aber irgendwelche Ungereimtheiten in Berichten entdeckt hätten, die ihnen von *Präsident* Chelgrin zugespielt worden waren, hätten sie gewußt, daß an der Sache etwas faul sein muß. Sie hätten vermutet, daß er ihnen vorsätzlich falsche Informationen lieferte, und dann hätten sie angefangen, sämtliche Informationen, die er ihnen jemals hatte zukommen lassen, genau unter die Lupe zu nehmen. Allmählich hätten sie begriffen, daß alles auf sehr subtile Weise aufbereitet worden war. Sie hätten wissenschaftliche Daten, diplomatische und militärische Angaben und was sonst auch immer sie im Laufe der Jahre von ihm erhalten hatten, mit großen Fragezeichen versehen und auf diese Weise einen Großteil des Schadens, den wir ihnen zugefügt haben, reparieren können. Das wollten wir verhindern. Deshalb mußte der liebe Tom von der Bildfläche verschwinden, bevor er Präsidentschaftskandidat wurde.«

»Aber warum mußte ausgerechnet *ich* ihn liquidieren?« fragte Alex.

Peterson leerte sein Glas, holte eine Rolle Butterrumbonbons aus der Tasche, bot sie Alex und Joanna an, die dankend ablehnten, und schob sich ein Bonbon in den Mund. »Die CIA war der Ansicht, daß man aus dem Tod des Senators ein Maximum an Propaganda herausschlagen sollte. Es wurde beschlossen, daß er als russischer Geheimagent entlarvt werden sollte – aber so, daß der KGB glauben würde, das Projekt SPIEGEL als Ganzes wäre nicht aufgeflogen. Wir wollten nicht, daß meine Position und die der übrigen acht SPIEGEL-Agenten Schaden nimmt. Wenn die CIA Tom Chelgrin entlarvte, würde der KGB überzeugt sein, daß der Senator ein komplettes Geständnis abgelegt hatte. Wenn hingegen ein Unbeteiligter Chelgrins Doppelleben auf die Spur käme, indem er dessen vermißte Tochter fände, und wenn Chelgrin umgebracht würde, bevor die CIA ihn verhören könnte, würde der KGB wahrscheinlich glauben, das SPIEGEL-Projekt wäre nicht gefährdet.«

»Aber der Senator hat mich doch darüber aufgeklärt«, sagte Joanna.

»Das sollten Sie einfach vergessen«, meinte der Dickwanst. »In wenigen Minuten mache ich mich aus dem Staub. Sie warten eine halbe Stunde und rufen dann die Polizei.«

»Man wird uns wegen mehrfachen Mordes verhaften«, sagte Alex.

»Nicht, wenn die ganze Sache herauskommt. Sie haben diese Leute in Notwehr erschossen.« Der Dickwanst lächelte Joanna zu. »Sie werden der Presse berichten, Ihr Vater sei ein sowjetischer Geheimagent gewesen. Das habe er Ihnen kurz vor seinem Tod gebeichtet. Sie werden aber das SPIEGEL-Projekt und die Doppelgänger nicht erwähnen.«

»Und wenn ich es doch täte?«

Peterson runzelte die Stirn. »Nun, das wäre höchst unklug von Ihnen. Sie würden eine der raffiniertesten Gegenspionage-Operationen des kalten Krieges auffliegen lassen. Es gibt Leute, die das gar nicht gern sehen würden.«

»Die CIA.«

»Richtig.«

»Würde man mich umbringen, wenn ich alles ausplaudere?«

»Nun, sagen wir mal, man würde die Sache nicht auf die leichte Schulter nehmen.«

»Drohen Sie ihr nicht«, mischte sich Alex ein.

»Ich drohe nicht«, entgegnete Peterson. »Ich habe nur eine Tatsache konstatiert.«

»Was hat man in Rio mit mir gemacht?« wollte Alex wissen.

»Wir haben Ihnen eine Urlaubswoche gestohlen. Die CIA fördert einige Verhaltensforscher und Biochemiker, die auf Rotenhausens Erkenntnissen aufbauen. Mit Hilfe einiger von Rotenhausens Techniken haben wir Sie programmiert.«

»Deshalb bin ich also nach Japan gefahren.«

»Ja.«

»Deshalb habe ich den Abstecher nach Kyoto gemacht.«

»Ja.«

»Und deshalb bin ich ausgerechnet ins Moonglow gegangen.«

»Ja, wir haben Sie darauf programmiert, und es hat großartig geklappt.«

Joanna beugte sich nervös vor. Ihr machte eine neue Sorge zu schaffen. »Wie . . . wie detailliert war diese Programmierung?«

»Was meinen Sie damit?« fragte der Dickwanst.

»War Alex . . .«

Sie biß sich auf die Lippe und holte tief Luft. »War Alex darauf programmiert, sich in mich zu verlieben?«

Peterson lächelte. »Nein, das kann ich Ihnen versichern. Aber ich wünschte, ich *wäre* auf diese Idee gekommen, denn das wäre eine zusätzliche Garantie gewesen, daß er sich wunschgemäß verhalten wird.«

Alex ging zur Bar und goß sich noch einen Cognac ein. »Moskau wird sich fragen, warum nicht auch Sie umgebracht worden sind.«

»Sie werden der Polizei und der Presse mitteilen, einem fetten Kerl sei die Flucht gelungen. Eine nähere Personenbeschreibung können Sie nicht geben. Sie werden sagen, ich hätte auf Sie geschossen. Sie hätten das Feuer erwidert. Mir wäre die Munition ausgegangen. Sie hätten mich verfolgt, aber ich wäre in der Dunkelheit entkommen.«

»Und wie erkläre ich der Polizei die Leiche von Tamara Sajcev?« wollte Alex wissen. »Sie war doch unbewaffnet, oder? Die Schweizer Polizei wird die Ermordung einer unbewaffneten Frau kaum gutheißen.«

»Wir drücken ihr die 7-mm-Automatik in die Hand«, sagte Peterson. »Glauben Sie mir, Alex, Sie kommen nicht ins Gefängnis. Die CIA hat hier gute Beziehungen, und die werde ich spielen lassen, wenn es sich als notwendig erweisen sollte. Aber das wird nicht der Fall sein. Sie haben in Notwehr gehandelt.«

In der nächsten Viertelstunde wurde eine Geschichte ausgearbeitet, die alle Vorfälle erklärte, ohne die Operation SPIEGEL und Petersons Rolle in dem ganzen Geschehen zu erwähnen.

Schließlich stand der Dickwanst auf und streckte sich. »So, ich werde mich jetzt auf den Weg machen. Vergessen Sie nicht, eine halbe Stunde zu warten, bevor Sie die Polizei rufen.«

85

Sie standen in der offenen Tür und blickten Peterson nach, der in die Nacht und den Schnee hinausstapfte, auf die Lichter von St. Moritz zu. Eine Minute später war er nicht mehr zu sehen.

Alex schloß die Tür und sah Joanna an. »Nun?«

»Ich glaube, wir müssen tun, was er gesagt hat. Wenn wir dieses SPIEGEL-Projekt erwähnen und damit der CIA in die Quere kommen, legen sie uns um, daran zweifle ich keinen Augenblick.«

»Sie werden uns sowieso umbringen«, sagte Alex, »auch wenn wir tun, was sie wollen.«

»Warum?«

»Die Sache wird folgendermaßen ablaufen: Wir rufen die Schweizer Polizei und erzählen ihr unsere Geschichte. Man wird uns anfangs nicht glauben und uns in Gewahrsam nehmen. Aber in einigen Tagen werden sie feststellen, daß deine Fingerabdrücke mit Lisas identisch sind, und dann werden sie unsere Aussagen akzeptieren und uns laufen lassen. Wir werden die Geschichte auch der Presse erzählen, und die Zeitungen werden sich in aller Welt begierig darauf stürzen. Den Russen wird das alles wahnsinnig peinlich sein. Nach einer Weile wird sich die ganze Aufregung aber legen. Wir werden ein normales Leben führen. Und dann wird jemand in der CIA sich plötzlich Sorgen machen, daß zwei Zivilisten Geheimnisträger sind. Man wird uns liquidieren.«

»Aber was können wir denn tun?«

Er hatte darüber nachgedacht, während der Dickwanst ihnen eingeschärft hatte, was sie der Polizei berichten sollten. »Wir werden *nicht* die Polizei rufen, sondern uns aus dem Staub machen. Heute nacht oder morgen früh fahren wir nach Zürich und verstecken uns in irgendeinem Hotel. Dort bringen wir alles zu Papier, einschließlich dieser Operation SPIEGEL und Petersons Aussagen. Davon fertigen wir hundert Kopien an, versiegeln sie und schicken sie an hundert Anwälte und Banken in zehn oder zwanzig Ländern, versehen mit Instruktionen, daß diese Berichte an große Zeitungen – an *verschiedene* große Zeitungen – weitergegeben werden sollen, falls wir umgebracht werden oder einfach spurlos verschwinden. Außerdem schicken wir eine Kopie an Peterson in Maryland und eine weitere an die CIA und teilen Ihnen mit, was wir getan haben.«

»Wird das funktionieren?«

»Hoffen wir's.«

In den nächsten zwanzig Minuten beseitigten sie im Haus sämtliche Fingerabdrücke, die sie irgendwo hinterlassen haben konnten.

Sie fanden den Lieferwagen, in dem man sie betäubt vom Hotel in Rotenhausens Haus gebracht hatte. Ihr Gepäck lag sogar noch im Kofferraum.

Eine halbe Stunde nach Petersons Aufbruch verließen sie den ungastlichen Ort mit seinen vielen Leichen.

Die Scheibenwischer vermochten nicht sehr viel gegen das dichte Schneetreiben.

»Wir kommen heute nacht nicht aus dem Gebirge raus«, sagte Joanna. »Die Straßen werden unpassierbar sein. Was sollen wir tun?«

»Wir fahren zum Bahnhof«, erwiderte Alex. »Vielleicht fährt noch ein Nachtzug irgendwohin.«

Sie hatten Glück. Es gab tatsächlich noch einen Nachtzug.

Sie saßen in einem fast leeren Abteil und hielten sich bei den Händen.

Es wurde Mitternacht, tiefe Mitternacht, aber das störte sie nicht, denn vor ihnen lag ein hoffnungsvoller Morgen.